KB021114

명탐정 6

# Thank you

이 책은 크라우드 펀딩 플랫폼 텀블벅을 통해 후원금을 모금한 프로젝트입니다. 후원해주신 여러분께 깊은 감사의 말씀 드립니다.

### 탐정

**探偵 / Detective, Private investigator**

일반적으로 의뢰를 통해 정보를 조사하는 민간조사원을 말한다. 한국에서는 2020년부터 탐정업이 합법화되면서 관련 업체와 자격증 및 교육기관이 있다.

## 名探偵 / Great Detective

영문을 일본어로 번역하면서 사용하기 시작한 단어다. 명탐정은 진실을 밝히고 사건을 해결하는 존재로, 일반적으로 코난 도일 소설 속에 등장하는 셜록 홈즈가 대명사로 인식되고 있으며 만화의 인기에 의해 『명탐정 코난』이나 『소년 탐정 김전일』 등이 사건을 해결하는 영웅으로 알려져 있다. 주로 경찰 수사의 조력자 역할을 하며, 수많은 창작물에서 다양한 특징의 명탐정이 등장한다. 성별, 나이, 국적, 직업의 제한 없이 비범한 사건 해결 능력을 소유하여 초인적 히어로 이미지와 닮아 많은 콘텐츠에서 인기 캐릭터로 대중들에게 사랑받고 있다.

홍정기

김영민

황세연

조동신

정명섭

공민철

K 탐정소설 앤솔러지

# 명탐정 6

SIX DETECTIVES

아프로스
ⓒ미디어

# 차례

## 명탐정을 위하여

조동신 (소설가, 한국추리작가협회 이사)

**탐정**(探偵)이란, 사전적인 의미는 염탐꾼으로, 의뢰를 받아 정보를 조사하는 민간 조사원을 말한다. 물론 '탐정'과 '명탐정'은 의미가 다르다고 할 수 있다. 탐정의 경우 관련 자격증이 있고 사무실을 가진, 프로 조사원이지만 '명탐정'은 굳이 직업 탐정이 아니더라도 자신의 능력을 바탕으로 수수께끼 같은 사건을 해결해 내는 사람을 뜻하기 때문이다.

19세기 이후 유럽과 미주 등에서는 신문이 보편화되고 그 지면에 연재하는 소설도 인기를 끌었는데, 독자들은 그중에서도 범죄 사건 이야기를 특히 좋아했다. 잘 알려져 있듯 최초의 명탐정 캐릭터는, 에드거 앨런 포가 쓴 『모르그가의 살인 사건』

(1841)에 나오는 오귀스트 뒤팽이다. 그는 몰락 귀족으로서 한 량처럼 살다가, 어느 날 일어난 의문의 밀실 살인 사건에 흥미를 느끼고 자신이 조사한 끝에 사건을 해결한다.

뒤팽 시리즈는 단편 세 편뿐이지만 경찰이 아닌 민간인이 단서를 바탕으로 논리적인 추리를 하여 사건의 진실을 알아내고, 또한 1인칭 서술자의 시점으로 주인공 탐정 캐릭터의 활약을 관찰하는 방식을 썼으며('홈즈와 왓슨 형식'이라고도 한다.), 이는 이 뒤에 나오는 추리소설 시리즈에 큰 영향을 주었다.

첫 번째 장편 추리소설은 에밀 가보리오가 1863년에 신문 연재를 시작하고 3년 뒤 단행본으로 낸 『르루즈 사건』이다. 이 작품에서는 타바레라는 인물이 주역이고 형사 르코크가 조역이지만, 시리즈가 이어지며 르코크의 비중이 점점 높아진다는 점이 특징이다.

그 뒤 여러 국가에서 수도 없는 탐정 캐릭터가 나왔다. 탐정의 대명사는 누가 뭐래도 아서 코난 도일의 '셜록 홈즈' 시리즈라 할 수 있다. 1887년 『주홍색 연구』로 시작한 이 시리즈는 56편의 단편과 4편의 장편이 나왔고, 천재적인 탐정의 모습을 이를 보는 평범한 사람의 입장에서 서술하는 형식을 완성했으며, 사소한 단서 하나만으로 순식간에 진상을 파악해 내는, 이른바 프로파일링의 원조가 되기도 했다. 무엇보다도 이 시리즈는 추리소설의 '원형'을 정립했다고 할 수 있으며, 그 뒤 수많은 작품에 영향을 미쳤다.

홈즈 이후 세계 각국에서 온갖 탐정 캐릭터가 나왔는데, 추리소설이 발달한 나라라면 일본을 빼놓을 수 없다. 일본 명탐정의 원조라면, '일본 탐정소설의 아버지'라 불리는 에도가와 란포가 창조한 아케치 코고로다. 그는 1925년에 「D언덕의 살인 사건」이라는 단편에서 처음 등장하며, 여러 면에서 포의 '오귀스트 뒤팽'과 비슷하다고 할 수 있다. 방에 책을 가득 쌓아 두고 산다는 점, 한량처럼 보이지만 사건 해결에는 탁월한 능력을 보인다는 점 등에서다.

요코미조 세이시가 만든 탐정 긴다이치 코스케는 한국에서도 인기 추리 만화 『소년 탐정 김전일』의 주인공의 할아버지로 유명하지만, 그는 말 그대로 일본의 셜록 홈즈라 할 수 있다. 그는 홈즈와는 달리 날카로운 인상이 아니고 보통 아저씨 같은 스타일이라 남에게 얕보이기 쉽기도 하지만(손자인 김전일도 비슷하지만), 날카로운 관찰과 추리력으로 사건을 해결해 나간다. 이 시리즈의 대표작인 『옥문도』는 주간문춘에서 1985년과 2012년에 실시한 '동서 미스터리 베스트 100'에서 두 번 모두 1위를 차지하기도 했다.

일본에서는 그 뒤 마쓰모토 세이초 등 '사회파', 즉 수수께끼 풀이보다는 사회를 제대로 반영한 미스터리가 1950년대 이후 큰 인기를 끌었다. 그리고 1980년대에 이르러 아유카와 테쓰야, 시마다 소지 등을 필두로 한 이른바 '신본격'이라 하여 탐정을 중심으로 한 수수께끼 풀이 소설이 다시 인기를 얻기 시작했다.

한국으로 눈을 돌렸을 때 최초의 추리소설은 신소설의 대표적인 작가인 이해조가 신문에 연재했다가 1908년에 출간한 『쌍옥적』을 첫 작품으로 보는 견해가 일반적이다. 이 작품은 주인공이 관에 속한 형사인 순검이므로 추리소설보다는 공안소설이라고 보는 사람도 있지만, 잃어버린 돈 가방과 이와 관련된 살인 사건을 수사하면서 악명 높은 도적 패거리를 소탕해 나가는 과정이 잘 묘사되어 있다.

그 뒤 본격적으로 추리소설다운 작품 중 가장 오래된 것은 울산의 독립 운동가이자 사회 운동가였던 박병호가 1926년에 발표한 『혈가사』라고 할 수 있다. 탐정 김응록이 남산공원 살인 사건을 해결하는 이야기이며, 제목 그대로 피가 묻은 가사(승려복)가 그 단서가 된다.

1934년 채만식이 서동산이라는 필명으로 조선일보에 연재했던, 『염마』에는 셜록 홈즈의 영향이 짙게 느껴지는 탐정 백영호가 등장한다. 그는 독신이며 자산가이자, 운동을 잘하고 집 안에 화학 실험실을 둘 정도로 과학에 조예가 깊다는 등 여러 모로 셜록 홈즈와 비슷한 캐릭터이므로, 당시 한국에 나왔던 서양 추리소설의 영향을 느낄 수 있다.

한국 추리소설에서 절대로 빼놓을 수 없는 작가는 바로 아인(雅人) 김내성이다. 그는 와세다대학 법학부를 졸업했으며, 일본에서 있는 동안 추리소설에 심취하여 잡지 『프로필』에 단편 「타원형 거울」(1934)을 발표했다. 이 작품은 에도가와 란포도 극찬

했을 만큼, 오늘날의 단편 추리소설과 비교해도 결코 뒤지지 않는 걸작이다.

그의 대표 장편인 『마인』(1939)은 1930년대 한국과는 어울리지 않는 요소가 꽤 있다. 세계적인 무희 주은몽의 집에서 있었던 가면무도회에서, 도화역자(어릿광대)의 가면을 쓴 이가 그녀를 칼로 찌르고, 그 뒤 그녀의 주변에서 살인 사건이 연달아 일어난다.

이 작품에서 탐정으로 활약하는 유불란은 뤼팽 시리즈의 작가 모리스 르블랑에서 따온 이름으로, 실제로 아르센 뤼팽처럼 변장에 능하기도 하다. 오늘날의 입장에서 본다면 매우 상투적이기는 하지만, 당시에는 상당히 인기를 끌었고 두 번이나 영화화되기도 했다.

김내성은 본격 추리소설 외에도 에도가와 란포의 공포 단편과 비슷한 분위기의 괴기 단편 등을 발표한 바 있으며, 어린이용 모험소설인 『백가면』(1937), 『황금굴』(1937) 등을 쓰기도 했다.

해방 후 한국 추리소설의 대표적인 탐정은 방인근의 장비호를 들 수 있다. 그는 해방 후 좌우 이데올로기의 대립, 일제 당시의 원한으로 인한 사건, 혹은 일제 때 약탈당한 보물을 찾는 등의 일을 한다.

장비호는 30세 안팎의 미혼남이며, 재산도 여유가 있고, 일본 유학파로서 탐정 사무소에서 일한 적도 있다. 문학과 예술에도 조예가 깊고 잘생긴 청년으로서 등장 작품마다 연애도 한다. 그가 활약하는 작품은 『국보와 괴적』(1948), 『원한의 복수』(1949), 『복수』(1949) 등이 있다. 해방 직후의 시국을 반영한 듯 그는 애국심이 강한 캐릭터이기도 하다.

1960년대를 대표하는 탐정은 허문영의 '번개'를 들 수 있다. 번개 탐정은 원래 권투선수였으나 폭력배들 다툼에 휘말려 만주로 떠났고, 돌아와서 탐정 일을 한다. 그는 매우 거칠고 악을 악으로 응징하는 등의 모습을 보인다. 그가 등장하는 작품은 『몽당비 마귀』(1965), 『처녀귀신』(1965) 등이 있다.

1970년대 이후, 김성종이 『최후의 증인』(1974)을 발표하며 추리문학계의 신성으로 주목받았다. 그의 대표작은 『제5열』(1978), 『비련의 화인』(1986), 『국제열차 살인사건』(1987) 등이며, 그는 1992년 부산 해운대 달맞이고개에 추리문학관이라는, 추리소설 전문 도서관을 세웠다.

그 뒤 작가와 번역가 등 추리소설 관계자들의 활동이 활발해졌다. 영문학자였던 고(故) 이가형 선생의 주도로 번역가와 추리소설가들이 모여 '미스터리 클럽'을 만들었고, 1983년 8월 3일 이가형을 초대 회장으로 문용, 양기택, 유명우 등 영문학자 겸 번역가들과, 추리소설을 발표해 왔던 이상우, 김성종, 노원, 이원두, 현재훈 등이 모여 한국추리작가협회가 발족되었다.

1980년대와 90년대, 추리작가협회 창립 멤버이자 가장 오래 회장으로 재임했던 이상우는 언론사 사장으로서, 스포츠신문을 통해 추리소설 신춘문예 공모를 했다. 이로 등단한 대표적인 작가는 서미애를 비롯하여 장량, 정석화, 황세연, 정가일 등이다. 또한 이수광, 장세연 등의 작가들은 스포츠신문에 추리소설을 연재해 많은 인기를 끌기도 했다.

이상우는 또한 KBS나 한국일보 문화센터 등에서 추리소설 강좌를 개설하여 후배 작가들을 양성해 '추리 전도사'라 불리기도 했으며, 본인도 수많은 작품을 남겼다. 그의 대표적인 탐정 캐릭터는 추병태 경감으로, '한국의 셜록 홈즈'라 불리기도 한다. 그가 등장하는 첫 작품은 『불새, 밤에 죽다』(1986)이며, 그 외 여러 작품에 후배인 강 형사와 콤비로 등장한다.

그 외 2000년대 이전에 나왔던 한국 탐정 캐릭터들은 노원의 하영구 경감, 권경희의 박민기 순경, 백휴의 탐정 최유리, 이승영의 윤주희 형사 등을 들 수 있다.

2002년, 한국추리작가협회에서는 추리소설 전문 잡지인 『계간 미스터리』를 냈고, 이는 지금까지도 신인 작가 발굴 및 기성 작가 작품 발표의 장이 되어 이를 통해 매년 적어도 4~5명의 신인이 데뷔하고 있다. 최근 인기를 끌고 있는 송시우, 도진기 등도 이 잡지를 등단의 장으로 삼았다.

오늘날은 오히려, 추리소설의 입지는 더욱 좁아졌다. 스마트폰으로 읽는 소설이 큰 인기를 끌고 있는데, 추리소설은 이러한 모바일 환경에는 잘 맞지 않음을 이유로 들 수 있다. 스마트폰으로 읽는 사람은 앞 페이지로 다시 가서 읽기를 귀찮아하는데, 추리소설은 복선을 깔았기 때문에 가끔 앞부분을 확인해야 하기 때문이다.

또한, 19세기와는 비교되지 않을 정도로 과학 수사 기법 등이 발달하였으며 CCTV, 블랙박스 등이 보편화되었으니 범죄 수사는 훨씬 용이해졌다. 범죄 발생을 막는 데 도움이 되었지만 범죄 이야기를 쓰기는 어려워졌으니 아이러니라 할 수 있다.

여러 어려움에도 불구하고 오늘날, 한국 추리소설이 해외에도 활발히 소개되고 윤고은의 『밤의 여행자들』이 영국추리작가협회 상을 타는 등 인기를 끌고 있다. 앞으로 한국에서 더 멋진 작품이 나오기를 바라 마지않는다.

이처럼 미스터리 소설이 확장해 온 변천사를 생각하면, 그 원점인 탐정소설을 중심으로 한 『명탐정 6』는 특별하다. 그동안 한국에서 추리소설 단편은 잡지나 단편집 형태로 꾸준히 나왔고, 매년 '올해의 추리소설'이라는 단편 앤솔러지도 나왔지만, 탐정 캐릭터만으로 단편집이 나온 예는 처음이기 때문이다. 탐정 캐릭터는 오늘날 인기를 끌고 있는 슈퍼히어로와 유사하다고 할 수 있다. 주인공 캐릭터가 자신의 능력을 이용해 악당과 싸우고 사람들을 지켜 주듯, 탐정이 자신의 방법을 이용해 사건을 해결해 나간다는 점 자체가 추리소설의 가장 큰 매력 중 하나다.

수많은 탐정들의 조사 방식 혹은 특징의 예를 든다면 셜록 홈즈는 남다른 관찰력과 추리력이 무기이며, 현장에 가지 않고 자료만 보고 사건을 해결해 내는 '안락의자형 탐정'인 구석의 노인(본명은 불명), 괴도지만 변장한 뒤 탐정 사무소를 연 적 있는 아르센 뤼팽, 시각 장애인이지만 예민한 손끝으로 조사하는 탐정인 맥스 캐러도스 등이 있다.

이들 탐정은 각자의 특기뿐 아니라 약점도 있어서 그 점이 또한 독자들에게 사랑받는 요인이 되기도 한다. 1930년대 이른바 하드보일드라 불리는, 주로 어두운 뒷골목을 배경으로 직접 주먹도 쓰면서 사건을 해결해 나가는 탐정인 샘 스페이드나 필립 말로 시리즈 등이 나오게 되는데 이 주인공들은 능력 외에도 자신의 트라우마 혹은 현실적 문제와 맞닥뜨리면서 진흙탕을 굴러다니다가 결국 사건을 해결해 내는 모습 등에서 독자들은 카타르시스를 느끼곤 했다.

그 외, 전문직에 종사하면서 자신의 분야를 사건 해결에 응용하는 마술사, 학자, 변호사, 심지어는 초능력을 쓰는 탐정 등등 일일이 대자면 한이 없다. 하나의 사건도 그 해결에 접근하는 방법은 다양해서 탐정의 개성 역시 중요하다. 그 점이 추리소설이란 장르가 오늘날까지도 사랑받게 된 원인이라 할 수 있다.

앞으로 탐정 캐릭터들이 등장하는 작품이 더욱 많이 나오고, 영국 하면 셜록 홈즈, 일본 하면 긴다이치 코스케가 생각나듯 한국에서도 그만한 탐정 캐릭터가 떠오르게 되길 기대한다.

최근 들어 마블이나 DC 등 대형 만화 제작사에서 만든 슈퍼히어로 캐릭터를 바탕으로 만든 영화가 세계적으로 큰 인기를 끌고 있다. 특히 여러 개성 강한 캐릭터들이 힘을 합쳐 거대한 악과 싸우는 이야기일 경우 더 그렇다. 그처럼 나중에는 명탐정 캐릭터들이 힘을 합쳐 하나의 큰 사건을 해결해 내거나, 거대 범죄 조직과 싸우는 이야기 등을 할 수 있다면 더욱 흥미진진할 것이다. 그러기 위해선 독자들이 명탐정 캐릭터들을 많이 사랑해줘야 한다. 『명탐정 6』의 탐정들을 포함해서.

마술사의 죽음

## 홍정기

네이버 블로그에서 '엽기부족'이란 닉네임으로 장르 소설을 리뷰하고 있는 리뷰어이자 소설가.

추리와 SF, 공포 장르를 선호하며 장르 소설이 줄 수 있는 재미를 좇는 장르 소설 탐독가.

2020년 계간 미스터리 봄, 여름호에서『백색살의』로 신인상 수상.

2021년 계간 미스터리 봄호에『코난을 찾아라』발표, 2021년 제15회 한국 추리문학상 황금펜상 우수작 선정.

한국추리문학상 황금펜상 수상작품집 2021 제15회 수록.

2021년 계간 미스터리 가을호에『무속인 살인 사건』발표.

2021년 엔솔러지 혼숨에『혼숨』발표.

2022년 계간 미스터리 봄호에『무구한 살의』발표.

2022년 단독 연작 단편집『전래 미스터리』발표.

가장 좋아하는 명탐정은 이노우에 마기의 파란 머리 탐정, 우에오로 조.
『그 가능성은 이미 떠올렸다』,『성녀의 독배』등의 작품에 등장하는데, 상식 파괴, 클리셰 파괴. 가능한 모든 가능성을 고려하기에 하나도 예상할 수 없는 탐정이다.

한순간 찬물을 끼얹은 듯 정적이 내려앉았다. 나무 소반을 사이에 두고 마주 앉은 둘 사이에 불편한 긴장감이 흘렀다. 여성이 내뱉은 한마디는 방 안의 공기를 단번에 바꿔 버릴 정도로 충격적이었다.

　무당이 그녀를 노려보았다.

　그녀도 무당을 노려보았다.

　무당도 그녀를 노려보았다.

　여성은 심호흡을 한 뒤 한 번 더 확인하듯 말했다.

　"죽이고 싶은 사람이 있다고요. 저주를 내려 주세요!"

　이제껏 표정이 없던 여성의 얼굴에 처음으로 감정이 드러났다. 눈동자에 날카로운 살기가 어렸다. 허벅지 위에 올린 두 주먹이 부르르 떨렸다. 마주 앉은 무당은 여성의 살기 어린 눈빛을 그대로 받아 냈다. 그리고 천천히 숨을 들이마셨다.

'쾅!'

무당이 손바닥으로 소반을 내려친 소리에 팽팽한 침묵이 깨졌다.

"아니, 이런 무엄한 년을 봤나! 지금 어느 안전이라고 망발을 늘어놓는 게냐."

작고 가녀린 체구로는 생각지 못할 정도로 방 안을 쩌렁쩌렁하게 울리는 일갈이었다. 당황한 여성이 눈을 아래로 떨궜다. 예상치 못한 무당의 반응에 앞쪽으로 쏠려 있던 여성의 상체가 뒤로 밀려났다. 여성의 살기 어린 분노는 흔적도 없이 사라지고 그 자리에 두려움이 떠올랐다. 무당은 개의치 않고 들고 있던 점사 방울을 여성을 향해 휘둘렀다. 짤랑거리는 명료한 방울 소리가 방 안을 뒤흔들었다.

"사람을 해하려는 급살은 반드시 역살을 불러온다는 것을 모르더냐."

당황한 여성의 어깨가 가늘게 떨렸다. 이내 우물쭈물 기어 들어가는 목소리로 항변했다.

"TV에서 보면 짚이나 목각 인형으로 저주를 걸던데요."

여성의 말이 떨어지기 무섭게 무당의 비명 같은 웃음이 이어졌다. 날카롭게 웃던 무당의 얼굴이 금세 귀신이 들린 듯 창백해졌다. 흰자를 가득 채우던 검은자가 급격히 축소됐다. 무당의 사백안이 여성을 죽일 듯 쏘아봤다.

"지금 네년이 네년뿐만 아니라 내가 모시는 장군님까지 깡그리 죽이려고 작정을 한 게로구나. 내 급살을 날리는 방법은 익히 알고 있다. 다만!"

무당이 눈빛을 번뜩였다.

"네년처럼 시답잖은 이유로 살을 날릴 생각은 추호도 없다. 장군님이 진노하셨어. 벼락 맞아 죽고 싶지 않으면 지금 당장 내 눈 앞에서 썩 꺼지지 못할까."

말을 마친 무당은 몸을 휙 돌리고 눈을 감아 버렸다. 신을 달래듯 무당의 입은 연신 달싹이며 알 수 없는 주문을 읊조렸다.

무당이 보여 준 압도적 카리스마에 여성은 혼이 쏙 나갔다. 이내 안절부절 어쩔 줄을 몰라 했다. 용서해 달라며 손을 싹싹 빌었지만 이미 돌아선 무당의 마음을 돌릴 길은 없었다. 겁에 질린 여성은 엉거주춤 일어나 천천히 뒷걸음질 쳤다. 뭐가 그리 아쉬운지 방을 나갈 때까지도 울음 섞인 중얼거림은 계속됐다.

여성이 급히 자리를 비우고 얼마 뒤, 노크 소리와 함께 신딸이 방으로 들어왔다.

"아우, 애미나이. 협박 실력이 북조선 공산당 저리 가라갔어. 호호호."

남한에 정착한 지 꽤 되었지만 아직도 남한 말에 북한 사투리를 섞어 쓰는 신딸의 너스레에 무당의 굳은 얼굴이 그제야 눈 녹 듯 스르르 풀어졌다. 무당은 손을 휘휘 저으며 손사래를 쳤다.

"말도 안 되는 소릴 하잖아. 사람을 죽여 달라니. 어쩐지 들어 올 때부터 얼굴에 그늘이 가득한 게 느낌이 안 좋더라."

그때 무당이 퍼뜩 뭔가 생각난 듯 덧붙였다.

"근데 나가는 내내 뭐라고 중얼거린 거야. 언니 혹시 들었어?"

신딸은 고개를 갸우뚱거렸다.

"충격 받은 얼굴로 뭐라 씨부리긴 하던데. 불쌍한…… 투 빙…… 개새끼였나?"

무당은 신딸의 말을 천천히 따라 했다.

"불쌍한 투빙 개새끼? 풋. 뭐니, 그게."

웃음을 터트린 무당을 보며 신딸도 함께 따라 웃었다.

"호호호호. 아우, 고년 덕분에 오랜만에 시원하게도 웃었네."

한참을 따라 웃던 신딸이 갑자기 웃음을 뚝 그치고 정색했다.

"아무리 그래도 그렇지, 종간나 애미나이야. 그걸 복채도 안 받고 그냥 돌려보내면 어떡한단 말이니. 30분 뒤에 다음 예약 시간이니까 날래 쉬고 있으라우."

냉정히 말을 마친 신딸은 방문을 닫고 나갔다. 무당은 돌아서 는 신딸을 바라보며 낮게 중얼거렸다.

"쳇, 냉정한 언니."

두꺼운 방석 위에 양반다리로 앉아 있던 무당은 그제야 다리를 쭉 펴고 기지개를 켰다.

빌딩이 밀집한 도심지.

이니셜만 대도 이름을 떠올릴 법한 고급 오피스텔 로열층.

거실 왼쪽 세 평 남짓의 작은 골방.

이곳이 20대 초반의 소녀 이루다가 일하는 사무 공간이다.

하지만 여느 사무실과는 사뭇 다르다. 책상 대신 과일과 떡들이 쌓인 재단이, 의자 대신 두꺼운 방석과 나무 소반이, 방 한가운데 걸린 이순신 장군의 초상화가 그려진 두루마리 족자가 조명을 받아 신묘하게 빛나는 곳. 바로 이루다가 무당으로 있는 점집, 장군신당이다.

덕수 이씨 30대 손 이루다에게 가문의 선조인 이순신 장군이 찾아온 건 루다의 나이 열여섯이었다. 원인 모를 신병을 앓던 루다는 열일곱에 계룡산에서 내림굿을 받고 무당이 됐다. 이후 부모에게서 독립하여 서울 변두리 초라한 월세방에 신당을 차렸다.

갓 신 내림을 받은 무당의 신빨은 비교 불가라는 말이 있던가. 루다는 금세 용한 소녀 무당으로 소문이 나 서울에서 큰 유명세를 떨쳤다. 차로 4시간 거리에 있는 광주에서도 소문을 듣고 찾아올 정도이니 더 이상 말해 무엇 하랴. 작은 단층집 월세방에서 시작한 점집은 오로지 자력으로 3년 만에 고급 오피스텔로 옮기기에 이르렀다. 이즈음엔 그녀를 만나기 위해 전국에서 사람들이 모여들었고, 3개월 치 예약이 마감될 정도로 성황을 이루었다.

그러나 영원할 것 같았던 신빨은 그리 오래가지 않았다. 루다의 나이 스물한 살. 타인의 운명을 뒤흔들던 무당도 자신의 운명은 예측하지 못했던 걸까. 어느 날 갑자기 장군신은 매정하게 그녀를 떠나 버렸다. 아무런 예고 없이 찾아왔을 때처럼⋯⋯.

미처 당황할 새도 없었다. 예약자는 끝도 없이 그녀의 방문을 두드렸다. 절체절명의 순간, 고심 끝에 그녀는 결심했다. 신기 없는 무당이 되기로.

그녀에겐 그것을 가능케 하는 영민한 두뇌와 막대한 자본이 축적돼 있었다. 그리고 곧바로 조력자를 찾아 나섰다. 그렇게 들인 사람이 신딸 김옥선이었다. 서른다섯. 북한 평양 출신으로 탈북 전까지 당의 유능한 해커로 전 세계 주요 기업들의 비밀 정보를 해킹하고 협박했던 특이한 이력을 가진 이였다. 루다는 그녀의 특출 난 해킹 실력과 비밀을 발설할 인간관계가 없는 점이 마음에 들어 스카우트하게 됐다.

루다와 옥선은 비즈니스 관계로 만났지만 서로 마음이 잘 통해 금세 언니, 동생으로 지내게 됐다. 다만 옥선은 탈북 직후 한동안 금전적으로 고생한 탓인지 돈 계산에 철저했고, 집착도 매우 강했다. 옥선은 신딸 노릇을 하는 기본급에 추가로 해킹 보수를 케이스 바이 케이스로 요구했다. 옥선이 요구한 추가 보수는 오너인 루다조차 부담이 가는 금액이었다. 하지만 옥선의 넘사벽 실력 앞에 결국 루다는 옥선과의 관계를 유지할 수밖에 없었고, 정말 중요한 일이 아니고선 자신의 관찰력과 심리술로 점을 쳤다. 그렇게 의도치 않게 그녀의 감각은 나날이 예리하고 날카로워졌다.

◎

오후 4시 45분. 예약 15분 전.

떨리는 마음을 달래며 초인종을 눌렀다. 전자 벨이 울리자 딸깍 소리와 함께 인터폰으로 점잖은 여성의 목소리가 들려왔다.

"차소희 씨?"

"네, 5시 예약한 차소희예요."

잠시 후, 슬리퍼 끄는 소리에 이어 철문이 조금 열리고 여성이 얼굴을 빼꼼이 내밀었다. 서른 중반대로 동그란 은테 안경을 쓴 그녀는 둥근 얼굴에 서글서글한 인상이었다. 위아래로 나를 훑어본 여성은 이내 문을 활짝 열어 주었다. 그녀는 나를 거실 소파로 안내하며 자신은 무당을 모시는 신딸이라 소개했다.

"아직 시간이 남았는데, 커피? 녹차? 어떤 걸로 드릴까요?"

신딸의 억양이 조금 어색했지만 대수롭지 않게 대답했다.

"커, 커피요."

"아이스?"

"아뇨, 따뜻한 걸로……."

순백의 한복을 곱게 차려입은 신딸은 곧바로 거실 한편에 비치된 원두커피 기계에서 능숙하게 커피를 내렸다.

"자요."

"감사합니다."

두 손으로 신딸이 건넨 커피를 받아 들었다. 김이 모락모락 피어오르는 뜨거운 커피를 한 모금 마시자 카페인이 전신에 퍼지면서 긴장이 다소 누그러졌다.

이날을 위해 거금을 들여 예약했다. 그럼에도 한 달을 기다려야만 했다. 뭐 상관없다. 고민만 해결해 준다면야 몇백이 대수인가.

사실 무속 신앙을 맹신한 적은 없었다. 아니, 무속뿐만 아니라 종교 자체에 회의적이다. 모두 사기꾼이라고. 사기꾼들의 세 치 혀에 속아 넘어가는 사람들을 보며 비웃었었다. 그런 내가 지금 여기에 앉아 있다니. 난…… 그 정도로 절박한 걸까.

"자, 시간 됐어요. 이쪽입니다."

신딸의 목소리에 상념에 젖어 있던 난 현실로 돌아왔다.

거실 첫 번째 방. 신딸이 열어 준 문 안으로 조심스럽게 걸어 들어갔다. 어두컴컴하리라 생각했던 것과는 달리 방 안은 환했다. 그 밝은 방 안 정면으로 이순신 장군의 초상화에 시선을 빼앗겼다.

아, 그래서 장군신당인가.

나도 모르게 신당 작명에 고개를 끄덕이는 사이.

"잘나가는 놈이랑 붙어먹으니까 너도 잘나가는 것 같지?"

"네, 네?"

엉겁결에 대답이 나와 버렸다.

난데없는 목소리를 듣고서야 재단 아래 앉아 있는 무당이 눈에 들어왔다. 밑도 끝도 없는 말에 어안이 벙벙해졌다. 내가 잘못 들었나 싶었다. 나는 무언가에 이끌리듯 쭈뼛거리며 무당 앞에 앉았다. 떨군 고개를 살짝 들어 무당을 살폈다. 과연 듣던 대로였다. 눈앞에는 인형이 앉아 있었다. 미소녀 무당이라 칭송하던 후기가 바로 이해됐다. 대체 왜 무당을 하는지 의아할 정도였다. 친분 있는 기획사에 데려가면 당장이라도 걸 그룹 센터 자리는 꿰찰 듯한 미모인데.

하지만 그녀가 풍기는 분위기는 결코 범상치 않았다. 가녀린 작은 몸에 걸친 오색 색동저고리, 옥비녀를 꽂아 가지런히 정리한 흑단의 머리는 잔머리 하나 빠져나와 있지 않았다. 하얀 피부에 붉게 물든 입술, 상대를 압도하는 강렬한 눈빛까지. 범접할 수 없는 아우라가 그녀를 감싸고 있었다.

아, 무당 미모에 넋 놓고 있을 때가 아닌데…….

퍼뜩 정신을 차리고 찾아온 이유를 설명하려던 찰나, 무당이 먼저 앙다문 입을 뗐다.

"오만방자한 년."

"네?!"

나는 또다시 바보처럼 되물었다. 무당은 나를 빤히 쳐다보며 말했다.

"텄어. 쯧쯧쯧, 이제 헛물 그만 켜라고!"

"!!!"

등줄기로 소름이 돋았다. 아주 중요한 말을 들은 것 같아 몸이 반응했지만 머리가 따라잡지 못했다. 조금 뒤 머릿속에서 무당의 말이 이해되면서 나는 할 말을 잃어버렸다.

◎

루다는 충격으로 꿀 먹은 벙어리가 된 손님을 보며 속으로 쾌재를 불렀다.

옳거니. 그러면 그렇지.

보통 여성이 홀로 점집을 찾는 경우는 주변에 공유하지 못할 고민이 있을 때다. 경험상 그런 여성들의 99%가 치정과 얽혀 있다 해도 과언이 아니다.

20대 중후반. 중저가 스파 브랜드 옷에 어울리지 않는 샤넬 백. 아직 사용감이 없는 걸로 보아 최근에 선물받은 것이리라. 왼손 약지에 낀 불가리 반지는 커플링일 것이요, 직장인 한 달

수입에 맞먹는 복채를 감수할 정도라면 일반적인 사주풀이로 온 것은 아니리라. 굳이 접신을 하지 않더라도 결론은 연애 문제로 귀결된다.

고개를 떨군 차소희가 갑자기 훌쩍거렸다. 천천히 고개를 든 그녀의 양 볼에 눈물로 번진 마스카라로 새카만 줄이 길게 그어져 있었다. 꽤나 마음고생이 심한 모양이다. 하나 어쩔 수가 없었다. 모진 소리를 할 수밖에 없다.

"그만 포기해. 네 남친을 거쳐 간 여자만 수십 명이야. 도화살이 아주 제대로 끼었어."

판다 같은 차소희의 검은 눈이 번쩍 뜨였다. 갈 곳을 잃은 동공이 지진이 난 듯 흔들렸다. 이내 차소희는 무릎을 꿇고 두 손을 싹싹 비볐다.

"장군님, 제발…… 제발 부탁이에요. 전 그 사람 없으면 못 살아요. 으허헝."

반응을 보니 차소희도 애인의 바람을 어느 정도 짐작하고 있던 것 같다. 루다는 눈에 힘을 풀고 차소희를 딱하게 바라봤다.

"그놈이 그리도 좋더냐?"

차소희는 경련하듯 미친 듯이 고개를 끄덕였다.

에휴. 하긴, 저리도 목을 맬 만큼 잘생기긴 했지.

루다는 조금 전 봤던 눈부시게 빛나는 외모의 남자를 떠올렸다.

"이번 손님은 스물네 살 차소희. 직업은 스타일리스트. 예약을 앞당겨 달라고 2백을 선입금했어. 아마 꽤나 애가 탔나 봐."

신딸이 보고 있던 태블릿을 루다에게 건넸다. 루다는 검지로 빠르게 태블릿 액정을 쓸어 올렸다. 그녀가 근래 올린 인스타그램 사진들이 획획 지나갔다.

신기가 떨어진 후로 예약은 SNS DM으로만 받았다. 이름과 전화번호, 생년월일, 생시 공개는 예약 필수 조건이다. 해커인 신딸은 이름과 전화번호만으로도 예약자의 수많은 정보를 알아낼 수 있었다. 사실 해킹까지 갈 것도 없었다. 대부분의 손님은 SNS를 엿보는 것만으로도 응대가 가능했다.

태블릿 스크롤을 올리던 중 몇몇 사진이 루다의 눈길을 잡아끌었다.

"애 좀 봐, 홀리기 스킬이 장난이 아니네. 외제차 조수석, 고급 레스토랑 스테이크 접시 옆에 무심코 놓은 신상 샤넬 백, 유명 호텔 인피니트 풀에서 찍은 비키니 사진까지…… 스타일리스트 수입으로 이 정도 지출은 무리일 테고, 혹시 스타일리스트는 취미로 즐기는 재벌 집 딸?"

신딸이 고개를 가로저었다.

"아니, 부모는 평범한 중산층이야. 로또 당첨도 아니고. 그랑께 사진을 보면 하나같이 상대 남자는 손톱만큼도 찍혀 있지 않잖아. 정체가 드러나면 곤란한 사람이란 거지."

다시 사진을 유심히 보던 루다가 말했다.

"하지만 사진에서는 남들에게 알리고 싶어 죽을 것 같은 자랑 심리가 철철 흘러넘쳐. 자랑하고 싶지만 절대 노출돼서는 안 되는 사람. 가만, 스타일리스트랬지? 연예인 스타일리스트? 얘가 맡은 사람이 누군데?"

신딸이 씨익 웃으며 말했다.

"요술사 박빈."

"뭐? 요술사?"

잠시 생각하던 루다가 반색했다.

"아! 마술사 빈이 오빠? 꺄아아악!"

루다는 손바닥을 양 볼에 대고 소리 쳤다.

"나 그 사람 연말 공연 매년 가잖아. 출연한 드라마도 빼놓지 않고 챙겨 볼 정도로 팬이라고."

"진정하라우. 더 대박인 건 뭔지 알간?"

루다는 신딸에게 얼굴을 들이댔다.

"뭔데? 뭔데뭔데?"

신딸은 루다가 들고 있던 태블릿을 빼앗아 손가락으로 터치한 뒤 돌려줬다.

"이거 봐 봐, 여기 레스토랑에서 찍은 사진. 애미나이가 밥상 칼(나이프) 들고 있지?"

루다는 태블릿에 얼굴을 들이밀었다.

"응, 근데?"

신딸이 왼쪽 눈을 찡긋거리며 물었다.

"그 밥상칼에 상대방 얼굴이 비치고 있다고. 자, 여기서 퀴즈! 그 사람은 과연 누굴까요?"

갑자기 루다가 정색했다.

"설마, 박빈? 빈이 오빠가 비밀 연애 중이었어?!!! 어머, 어머 머머."

루다는 앉은 채로 발을 동동 굴렀다. 신딸은 그런 루다를 보며 한숨을 푹 쉬었다.

"얘 좀 봐. 정말 신기 다 빠졌나 보네."

루다는 징징거리듯 물었다.

"왜, 왜왜왜?"

신딸은 마치 비밀이라도 되는 듯 루다의 귀에 대고 작게 속삭였다.

"박빈, 증권가 사이에서 소문이 굉장히 안 좋아. 얼마 전 증권가 찌라시로 돌았던 개망나니 련애군(바람둥이) 있잖아. 그게 바로 박빈이래."

"헙."

루다는 자신의 입을 틀어막았다.

"정, 정말? 정말 빈이 오빠 맞아? 다른 사람이랑 착각한 게 아니고?"

"너 내가 누군지 아니? 수령 동지한테 직접 상까지 받은 천재 해커야, 알간?"

씩씩거리던 신딸은 다시 차분히 말을 이었다.

"소문으로는 여성 편력이 장난 아니래. 치마만 두르면 남자라도 상관없을 거라나. 철석같이 결혼할 줄 알았던 여자가 한순간 버림받고 충격으로 자살했다는 소문도 있어."

웃음기 가득했던 루다의 얼굴이 천천히 일그러졌다.

"웩! 미안. 나 좀 쉬어야겠어. 갑자기 속이 너무 안 좋아졌어."


한참을 꺽꺽거리던 차소희는 시간이 지나자 조금은 진정된 듯했다.

루다는 참을성 있게 기다렸다. 가망 없는 치정이 얽힌 경우 잘돼야 본전, 안 되면 원망만 듣기 십상이다. 갖은 이유를 들어 떼어 놓는 게 방법. 아무래도 아직은 미련이 남아 있으니 살살 달래다가 포기시키는 게 최선이다.

"그리도 간청하니 내 묘수가 있나 한번 알아보마."

루다의 말에 차소희가 고개를 번쩍 들었다. 희망에 찬 눈빛을 보자 루다는 마음이 쓰렸다. 루다는 나무 소반 아래 있던 쌀 3홉이 담긴 접상을 상 위로 들어 올렸다.

"마하발타 살발라 아미타무 이루나카 루다가……."

눈을 감고 나지막이 주문을 읊조리던 루다가 눈을 번쩍 떴다.

이어서 점상 위의 쌀을 한 움큼 집어 소반 위에 뿌렸다. '좌라락' 소리를 내며 쌀알이 소반 위로 흩어졌다. 루다는 굳은 얼굴로 쌀 무더기 주위에 흩어진 쌀알의 수를 살폈다. 지켜보는 차소희의 침 삼키는 소리가 루다의 귀에 들릴 정도로 방 안은 침묵이 감돌았다. 루다는 한참 만에 침묵을 깨고 입을 뗐다.

"점괘가 나왔다."

루다는 시선을 쌀알에 고정한 채 말했다.

"꿀벌은 더 향기롭고 큰 꽃을 찾아가게 마련. 네 애인은 마음이 이미 떠나갔어. 그런데도 떠나간 마음을 붙잡고 싶다고?"

루다의 물음에 차소희가 고개를 주억거렸다. 루다는 잠시 쉬었다 나지막이 일렀다.

"그렇다면 꼭 내가 이르는 대로 따라야 할 것이야."

차소희가 두 눈을 빛냈다.

"일단 내 부적을 하나 써 주마. 그걸 애인 팬티에 몰래 붙여 둬야 해. 절대로 발각돼선 아니 된다. 그 부적이 붙은 팬티를 일주일 내내 입으면 네 남친 바람기는 씻은 듯이 날아갈 게야."

루다는 차소희를 흘낏 보고 넌지시 물었다.

"그런데 돈은 있어? 부적 값이 꽤 비싼데……."

루다가 일러 준 금액을 듣자 차소희는 핏기 없는 얼굴로 조만간 돈을 구해 다시 오겠다며 도망치듯 방을 떠났다. 힘없이 방을 나서는 차소희를 보며 루다는 생각했다.

결국엔 포기할 수밖에 없을 게야. 설령 돈을 구해 온다 해도 초특급 스타에게 일주일 내내 같은 속옷을 입히는 건 불가능한 일. 성공한다 해도 더 큰 액수를 부르며 굿을 치러야 한다고 둘러대면 결국은 스스로 포기할 수밖에 없으리라.

◎

신당을 나서기 전, 잠시 화장실에 들러 찬물로 세수를 했다. 차가운 물이 얼굴을 때리자 조금은 정신이 드는 것 같았다. 과연 소문대로였다. 설마 설마 했는데 그렇게나 용할 줄이야. 무당은 문지방을 넘기도 전에 내 얼굴만 보고 모든 것을 간파해 버렸다.

무당의 마지막 말이 귓가에 맴돌았다. 정신이 아득해지는 금액이었다. 다리에 힘이 풀려 간신히 걸어 나왔다. 결혼 자금으로 모은 적금을 깨도 한참 모자란 금액. 게다가 그렇게 깔끔 떠는 오빠가 일주일이나 같은 속옷을 입어 줄까. 솔직히 자신이 없었다.

문득 세면대 거울로 눈이 갔다. 거울 속 물에 젖은 난 한없이 초라해 보였다.

안 돼! 약해지면 안 돼.

'짝!'

스스로 뺨을 세게 때렸다. 금세 두 볼이 퉁퉁 붓고 얼얼해졌다. 입 안이 찢어졌는지 혀에 쇠맛이 느껴졌다.

그때였다. 저릿한 통증과 함께 기막힌 방법이 떠올랐다.

그래, 내가 갖지 못하면 아무도 가질 수 없게 만들면 돼.

부서 버릴 거야.

가질 수 없으면.

파괴하는 거야!

거울 속의 나는 서늘한 미소를 짓고 있었다.

◎

"나 말고 다른 여자 만나는 거 다 알아. 지금도 늦지 않았어. 돌아와, 전부 용서해 줄게."

나도 모르게 피식 웃음이 나왔다.

"너 미쳤냐? 네가 뭔데? 넌 그저 잠시 스쳤던 여자 중 하나일 뿐이야. 오버하지 말고 나가 줄래? 역사에 남을 무대가 얼마 안 남았는데 그런 골치 아픈 말을 지금 이 순간 해야겠냐?"

당황한 그녀의 동공이 지진이 난 듯 이리저리 흔들렸다. 나는 마침표를 찍듯 다그쳤다.

"당장 꺼져. 집중에 방해돼."

금세 그녀의 눈에 눈물이 차올랐다.

"용서 못 해, 나쁜 새끼."

그녀는 신경질적으로 핸드백을 집어 들고 돌아서 대기실을 나갔다.

*멍청한 년.*

*너 따윈 처음부터 안중에도 없었어.*

*이번 공연으로 난 전 세계 마술계에 새로운 역사를 쓸 거야.*

*넌 그 역사적 순간에 잠시 함께했던 걸로 만족하라고.*

*큭큭큭…….*

◎

목돈을 들고 찾아오리라 생각했던 초특급 스타의 숨겨진 여친은 끝내 다시 오지 않았다. 아마 말도 안 되는 부적 값에 포기했으리라. 절박한 차소희의 표정이 떠올랐으나 헤어지는 게 피차 그녀의 앞날에는 더 나을 것이다. 그렇게 그녀의 비극적 러브스토리는 루다의 기억 속에서 희미해져 갔다.

하지만 그로부터 며칠 뒤, 생각지도 못한 소식과 마주하게 됐다. 빡빡한 일과를 마치고 인터넷을 서치하던 루다는 모든 포털 사이트 메인에 대문짝만 하게 올라간 기사에 시선이 멈췄다.

**인기 배우이자 마술사 박빈. 마술쇼 「사형수」 초회를 앞두고 대기실에서 사체로 발견!**

인기 마술사 박빈(27)이 22년 6월 1일 마술쇼 「사형수」의 초회 공연을 앞두고 개인 대기실에서 목을 매달아 숨진 채 발견됐다. 기발한 마술쇼로 인기를 끌며 각종 드라마와 영화에서도 좋은 연기로 주목을 받아 온 박빈은 자신이 개발한 새로운 마술쇼 「사형수」으로 남다른 주목을 받아 왔다. 교수형 밧줄을 목에 걸고 탈출 마술을 선보이려던 박빈은 「사형수」의 초회 공연의 막이 오르기 1시간 전인 오후 6시경에 시신으로 발견돼 당일 예정된 공연이 무산됐다. 사인은 관할 서에서 조사 중이나 살인 사건에 무게를 두고 있다고 밝혔다.

뒤통수를 얻어맞은 듯 머리가 멍해졌다.

화려한 여성 편력을 자랑하던 박빈이 죽었다고? 게다가 살인?!

믿을 수가 없었다. 신기가 사라졌다 해도 박빈의 관상은 단명의 상이 아니었다. 코가 살짝 굽고 턱이 갈라지는 정욕이 넘치는 관상 때문에 그의 바람기를 이해하기도 했던 만큼 박빈의 급작스러운 죽음은 적잖은 충격이었다.

여러 포털에서 관련 기사를 검색하던 루다의 손이 한순간 멈춰 섰다. 박빈의 기사에 달린 한 댓글에 루다의 시선이 고정됐다. 조의를 표하는 댓글들 사이에서 추천 10, 비추천 130이 달린 댓글에는 이렇게 적혀 있었다.

잘 뒤졌다 투빙 새끼. ㅋ

의미를 알 수 없는 댓글인데…… 뭔가, 뭔가가 마음에 걸렸다. 이상하게 신경이 쓰였다. 루다는 진지한 얼굴로 눈을 감고 필사적으로 기억을 더듬었다. 그러나 몇 초 뒤 힘없이 고개를 흔들었다. 마음을 잡아끄는 찜찜함의 정체를 끝내 알 수가 없었다.

그때 신딸이 호들갑을 떨며 신당 안으로 들어왔다.

"어머머, 세상에. 봤어? 박빈이 글쎄……."

루다는 신딸의 말이 채 끝나기도 전에 기사가 뜬 휴대폰을 들어 보였다.

"애미나이 빠르구만. 그래도 완전 의외 아냐? 난 깜짝 놀란 거 있지. 지난번 찾아온 여자 친구는 불쌍해서 어떡하누. 에휴."

딱한 표정을 짓는 신딸에게 루다는 덤덤히 말했다.

"어차피 오래가야 좋을 것 없는 관계, 차라리 그렇게라도 헤어지는 게 그 여자에게는 좋은 일일걸."

루다의 말에 신딸이 팔짱을 끼며 고개를 돌렸다.

"냉정한 애미나이……."

"근데 이게 무슨 의미일까?"

루다는 자신의 휴대폰을 신딸에게 건넸다. 신딸은 휴대폰을 보고 곰곰이 생각하듯 눈을 위로 치켜떴다가 이내 소리쳤다.

"아, 기억났어! 그, 그 여자 손님."

신딸은 루다의 손을 덥석 잡고 말을 이었다.

"기억 안 나? 나흘 전에 투빙 개새끼인지 잡새끼인지…… 하여튼 뭔 새끼라고 중얼거리던 그 음침한 여자 말야."

축축한 목소리로 욕설을 흉내 내는 신딸의 말에 뿌옇게 안개가 낀 듯 흐릿했던 루다의 머릿속이 환하게 맑아졌다. 저주로 사람을 죽일 수 없는지를 물어 호통을 쳤던 손님. 그 음침한 여자는 분명 신당을 나서며 '투빙 개새끼.'라고 중얼거렸었다.

순간 고개를 돌린 루다와 신딸이 얼굴을 마주 보았다. 서로의 눈빛이 맞부딪쳤다. 둘은 조용히 각자의 휴대폰에 박빈과 투빙을 연관 검색어로 검색했다. 그러자 최상단에 인터넷 카페 하나가 검색되었다.

"마술사 박빈 공식 안티 카페, 투빙카?"

알고 보니 박빈의 이름에 들어가는 첫 자음 ㅂ 두 개에 빙신을 합성하여 두 빙신, 투빙이라 부르며 조롱하는 의미였다. 투빙카 자료들을 하나하나 읽어 본 루다는 혀를 내두를 수밖에 없었다. 의미 없는 단순한 욕설부터 학창 시절 박빈에게 폭행을 당했다는 사람들, 박빈의 여성 편력에 속은 여성들 등, 카페는 박빈을 향한 적의와 분노로 가득 차 있었다.

단순한 투빙카 회원이었던 걸까. 그런데 왜 나가면서 박빈 욕을……. 그러고 보니 이상하긴 했다. 어떤 안티 팬이 몇 주를 꼬박 기다려 회사원 한 달 월급에 준하는 복채를 내고 죽음의 저주를 의뢰한단 말인가. 그런 안티 팬은 이제껏 들어 본 적이 없었다.

설마, 박빈의 죽음에 그 여자가 연관된 건 아니겠지? 에이, 설마…….

루다는 퍼뜩 떠오른 생각을 말도 안 되는 비약이라며 웃어넘기려 했다. 하지만 꺼림칙한 기분은 좀처럼 가시지 않았다.

"너 지금 설마라고 생각했지?!"

루다의 마음을 읽기라도 한 듯 신딸이 의미심장하게 물었다. 루다는 황당해하며 말했다.

"참나, 돗자리 깔아. 무당은 언니가 해야겠다."

신딸은 입꼬리를 올리며 씨익 웃었다.

"일단, 이건 확실해. 신당에 찾아왔던 그 여자가 박빈 안티 카페 정회원이라는 거. 그 여자가 예약한 인스타 아이디랑 안티 카페에 가입된 아이디가 똑같아."

순간 저주를 사주했던 여자의 살기 어린 눈빛이 루다의 뇌리를 스쳤다. 따뜻한 실내인데도 오한이 들어 저절로 몸서리가 쳐졌다.

정말 그 여자가 박빈을?

◎

*아아아아악!!*

*정신을 차린 나는 미친 듯이 비명을 지르고 있었다.*

*목구멍을 죄어들던 거친 밧줄의 느낌이 지금도 생생했다.*

*손으로 목을 더듬자 움푹 파인 자국이 아직도 선명했다.*

*그런데 여긴 어디지.*

*병원인가.*

*어둠에 서서히 눈이 적응되자 그제야 이곳이 어딘지 알 수 있었다.*

*어두컴컴한 방 안에 덩그러니 매달린 밧줄 하나.*

*방금 전까지 내 목을 조이던 매듭을 보자 온몸에 소름이 돋아났다.*

*당장이라도 이 방을 벗어나고 싶었다. 숨 막히는 공포가 밀려왔다.*

*나는 문으로 달려가 손잡이를 잡아 쥐었다.*

*그런데 뭔가 이상했다.*

*아무리 손잡이를 잡아 돌려도 문은 꿈쩍도 하지 않는 것이 아닌가.*

*도와줘요! 밖에 누구 없어요!*

*아무리 외쳐도, 문을 발로 차도 돌아오는 것은 고요한 정적뿐이었다.*

◎

저주녀를 의심했던 루다는 저주녀가 투빙카에 작성한 모든 글과 댓글들, 그리고 가입된 SNS를 싹 다 뒤져 봤다. 투빙 카페에서는 그다지 건질 게 없었다. 연결 고리를 없애려던 것인지, 아니면 소송을 의식해서인지 이미 대부분의 글들은 블라인드 처리되어 있거나 게시자에 의해 삭제되어 사건과 연관된 단서를 찾기는 힘들었다.

다만 SNS에서 저주녀의 이름이 이안이란 것과 나이 24세, 직업은 프리랜서 프로그래머이며, 주말마다 리빙 코랄 경차를 타고 근처 바닷가에서 낚시를 즐긴다는 정보를 찾을 수 있었다.

루다가 저주녀를 의심하는 사이 박빈 살인 사건은 진전 없는 답보 상태였다. 최정상 마술사의 갑작스런 요절. 게다가 사건은 미궁에 빠지면서 온갖 추측성 소문들이 나돌았다. 박빈의 죽음이 상식적으로 이해할 수 없는 미스터리한 방식이었다느니, 귀신의 저주에 목숨을 잃었다느니, 알고 보니 범인은 박빈의 숨겨진 애인인 스타일리스트였다느니(이 소문은 일부분 사실이라 놀랐지만), 마술 공연에 내려진 저주 때문이라느니, 악귀에 홀렸다느니, 심지어 외계인의 소행이라는 헛소리까지. 한번 날개 돈친 가십들은 끝도 없이 확산 중이었다.

단순히 웹 서칭으로는 한계가 있었다. 쏟아지는 소문 중 진실을 가려내는 건 동해 바다 백사장에서 모래알 찾기였다.

옥선 언니에게 한번 부탁해 볼까?

아, 아냐!

루다는 문득 떠오른 생각을 떨치기라도 하듯 이내 고개를 저었다. 단순한 호기심 때문에 수백만 원을 들여 해킹을 의뢰할 수는 없지 않은가. 설령 해킹을 한다 치자. 누구를 해킹해야 하나. 관할서? 저주녀? 박빈?

옥선 언니가 만면에 한가득 웃음 지으며 해킹 대가로 받은 돈다발을 세는 모습이 그려졌다. 에휴, 됐다. 오지랖은. 어차피 나와는 상관없는 일. 신경 끄자.

애써 덮어 두기로 마음을 정한 그때, 루다의 방문이 왈칵 열렸다.

"애, 내일 급하게 출장 잡혔는데 가능하지?"

신딸이 루다의 상상에서처럼 만면에 한가득 웃음을 지으며 들어왔다.

"출장? 내일?"

"클라이언트가 굉장히 급한가 봐. 당장 와 줄 수 있냐길래. 그러면 긴급 출장 수당이 붙는다고 그랬거든. 근데 상관없대. 당장이라도 와 달래."

호들갑을 떠는 신딸에게 루다가 물었다.

"어딘데? 뭘 해 달라는 건데? 별신? 치병? 씻김굿?"

"자자, 내 말 듣고 놀라지 마."

뜸을 들이는 신딸을 향해 루다가 재촉했다.

"아휴, 이 언니가 왜 이러실까? 대체 어딘데 그래?"

신딸이 검지를 빙글빙글 돌리더니 루다를 가리키며 말했다.

"바로바로, 용산 레드스퀘어."

루다는 신딸을 멀뚱멀뚱 쳐다봤다.

"레드스퀘어? 그게 뭔데?"

신딸은 놀란 듯 눈을 동그랗게 뜨고 말했다.

"헐, 매일 박빈 기사만 검색하면서 레드스퀘어를 몰라? 박빈 죽은 데. 요술 공연장이 거기잖아."

이번엔 루다가 놀랄 차례였다.

"어? 마술 공연장에서 출장굿을 의뢰했다고? 왜? 무슨 일로?"

"클라이언트가 레드스퀘어 대표야. 조금 통화해 봤는데, 어머머, 완전 진성 무속 신봉자야. 박빈이 그렇게 가고 바로 다른 공연을 올리려는데 그 전에 꼭 씻김굿을 해서 박빈 원혼을 성불시켜야 다음 공연이 성공할 거라고 철석같이 믿고 있더라고. 안 그래도 박빈 죽음이 미스터리한 것도 공연장에 씐 귀신 때문이라고 생각하는 것 같던데. 뭐, 우리야 그런 사람들 덕에 밥 벌어먹고 사는 거 아니겠니. 호호호."

"그럼 무대에서 푸닥거리를 해 달라는 거야?"

신딸이 검지를 좌우로 흔들어 보였다.

"노노노, 박빈이 죽은 대기실입니다."

"어? 거긴 아직 경찰이 조사 중 아냐? 영화에서 보면 노란 출입 금지 테이프로 막아 놓던데."

신딸이 루다의 말을 정정했다.

"폴리스라인. 그래서 말인데, 경찰 눈을 피해서 후딱 끝내야 하니까 아침 일찍 6시에 와서 최대한 간소하게 해 달라더라. 물론 시간 외 수당은 받기로 했어. 호호호."

입을 가리고 만족스러운 듯 웃는 신딸의 어깨가 웃음소리에 맞춰 들썩였다.

문화계에 종사하는 사람들 중 무속에 심취한 사람들이 많다고는 들었지만, 이토록 기막힌 타이밍의 우연을 어떻게 생각해야 할까. 모처럼 사그라졌던 사건에 대한 호기심에 또다시 불길이 치솟았다.

◎

*씨팔.*

*방 안에 갇혔다.*

*며칠 동안 수많은 사람들이 이 방에 드나들었다.*

*하지만 그 누구도 나를 알아보지 못했고, 나 역시 밖으로 나갈 수가 없었다.*

*그제야 내 처지를 이해할 수 있었다.*

*죽었구나, 나는…….*

*누군가가 붙여 놓은 대리석 바닥의 초크 아웃라인(Chalk Outline) 을 보고서야 그 자국이 내가 죽은 자국이었음을 깨달았다.*

*그저 마지막 연습을 위해 밧줄 매듭을 목에 걸었다.*

*그런데 그 순간.*

*미처 피할 새도 없이 밧줄이 목을 조였다.*

*나는 몰아치는 통증과 강렬한 고통에 그대로 정신을 잃었다.*

*정신을 잃던 마지막 순간까지도 방 안에는 나밖에는 없었는데…….*

*대체 난 어떻게 죽은 걸까.*

◎

　루다는 이른 아침부터 외출 채비를 마치고 집을 나섰다. 여름으로 접어드는 6월이지만 새벽 공기는 아직 찼다.

　새벽 5시. 해가 뜨지 않은 사위는 어둑했다. 그런 밤거리를 루다가 모는 포르쉐 헤드라이트가 갈랐다. 이른 새벽이라 도로에 차들은 거의 없었다. 거침없이 강변북로를 질주하던 포르쉐는 고층 건물들이 밀집한 용산 도심지로 진입했다. 차는 고층의 마천루를 지나 잠시 후 직사각형의 창문들이 빈틈없이 채워진 세련된 건물로 들어섰다.

　루다는 지상 주차장에 포르쉐를 주차했다. 비단 보자기를 챙겨 차에서 내리자 건물 상단에 붉게 빛나는 'REDSQUARE' 네온사인이 루다를 맞이했다. 그 아래 건물 전면을 덮어 버릴 정도로 거대한 패브릭 포스터에 눈길이 갔다. 마술쇼 「사형수」의 밧줄에 목을 맨 남자의 실루엣이 프린팅된 포스터는 보는 것만으로도 으스스한 느낌을 자아냈다. 하필이면 「사형수」 공연 첫날 밧줄에 목이 매여 죽다니. 공연장의 저주 때문이라는 소문이 왜 나왔는지 이해가 갈 것도 같았다.

　손목시계는 5시 50분을 지나고 있었다. 루다는 정문으로 발걸음을 서둘렀다. 정갈하게 머리를 틀어 묶고 자색 개량 한복을 차려입은 소녀 루다를 어느 누가 무당으로 알아보겠냐마는 때마침 문 앞에서 무당을 기다리고 있던 남자는 정문을 열고 루다를 안으로 맞아들였다.

"장군보살님?"

루다가 고개를 작게 끄덕이자 남자가 굽실거리며 인사했다.

"안녕하세요. 레드스퀘어 대표 정한수입니다. 어려운 시간에 귀한 걸음 내 주셔서 정말 감사합니다."

50 중반쯤 됐을까. 오렌지색 타이가 튀어나온 배에 간신히 매달려 있었다. 벗겨진 정수리를 가리기 위해 귀밑머리를 널어놓은 대표는 연신 고개를 굽실거리며 손바닥을 비벼 댔다. 그 모습만으로도 절실함이 묻어났다.

루다는 대표의 인사에도 고개를 꼿꼿이 세운 채 한발 앞서 안으로 들어갔다. 꽤나 큰 규모의 공연장이었다. 광장에 육박하는 넓은 관객 대기 공간 정면으로 공연장 객석으로 통하는 거대한 여닫이문이 굳게 닫혀 있었다. 양 사이드 끝으로 2층 객석으로 올라갈 수 있는 계단이 공연장을 둥글게 감싸는 구조였다. 대표는 텅 빈 관객 대기 공간을 가로질러 루다를 우측 계단으로 이끌었다. 루다와 계단을 오르면서도 대표는 끊임없이 입을 쉬지 않았다.

"……제가 이번 쇼에 공연장의 명운을 걸었었습니다. 이번 작품은 절대로 실패해서는 안 되는 작품이었어요. 그런데 일이 이렇게 될 줄이야……."

대표는 손수건을 꺼내 이마에 맺힌 땀을 찍었다.

"투자자들 원성이 이만저만이 아닙니다. 제발 새로 거는 작품이 성공할 수 있도록 도와주십시오, 보살님. 공연만 성공하면 사례는 얼마든지 하겠습니다. 박빈이 죽고 나서부터 무대 조명이 떨어져 스태프가 크게 다칠 뻔하고 이유 없이 전기가 나가는가 하면 아무도 없는 방에서 비명 소리가 들리는 이상한 일들이 빈번합니다. 새로운 공연을 준비하는 단원들도 박빈 원혼이 공연장을 떠돈다며 겁을 집어먹어 연습이 제대로 되지 않을 정도예요. 이대로는 새로운 공연을 올릴 수가 없어요. 제발 부탁드립니다. 박빈을 성불시켜 주세요."

마지막 말을 하는 대표의 얼굴은 거의 울상이었다.

연신 사정하는 대표를 따라 한참을 걸어가자 마침내 복도 끝 철문 앞에 다다랐다. 굳게 닫힌 철문에는 대기실이라는 팻말이 붙어 있었고, 그 아래 투명 아크릴판 안으로 프린트된 박빈의 이름표가 들어가 있었다.

박빈의 대기실은 건물의 마지막 방으로 외벽과 맞닿아 있었다. 불 꺼진 복도 천장으로 실내형 CCTV의 카메라가 붉은빛을 깜빡이고 있었다. 대표는 주머니에서 열쇠를 꺼내 방화문 손잡이의 구멍에 꽂았다. 잠금쇠가 열리는 소리와 함께 잠겨 있던 철문이 끼이익 쇠 긁는 소리를 내며 열렸다.

"자, 여기입니다."

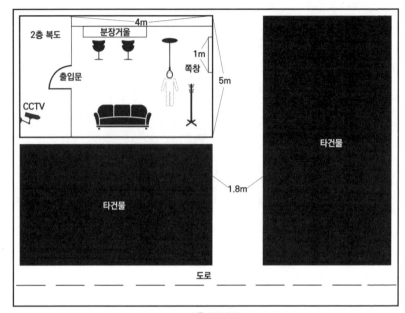

2층 대기실

　루다는 대기실로 들어가기에 앞서 문 앞에서 공손히 합장을 했다. 그리고 들고 온 비단 보자기 단지 속에서 팥 한 주먹을 꺼내 복도와 문을 향해 뿌렸다.

　"썩 꺼져라, 귀신아!"

　루다가 뿌린 붉은 팥알들이 철문에 부딪혀 여기저기 흩어졌다. 대표는 한발 물러서 그 모습을 지켜보며 합장한 손을 비벼댔다. 복도 바닥이 흩뿌린 팥알들로 발 디딜 틈이 없어지고 나서야 루다는 드디어 대기실 문턱을 넘었다.

　'흡.'

들어서자마자 퀴퀴한 공기가 루다의 코를 찔렀다. 축축하고 습기 찬 곰팡내가 방 안에 가득했다. 이게 죽음의 냄새일까. 루다의 얼굴이 찡그려졌다. 옆에서 루다를 살피던 대표가 변명하듯 얼버무렸다.

"냄새가 좀 나죠? 원래는 창고로 쓰던 곳인데, 요즘 장마철이기도 하고 건물 맞은편에 5층짜리 건물이 있어서요. 2층인데도 볕이 잘 들지 않아서 굉장히 습하고 눅눅합니다."

대표는 다시 손수건으로 이마의 땀을 닦았다.

"하긴, 사고가 있고 나서부터 냄새가 더 지독해졌어요."

중얼거리던 대표는 더듬거리며 벽면의 전등 스위치를 켰다. 형광등이 몇 번 깜빡인 뒤 대기실이 환해졌다. 구조를 보니 습할 수밖에 없는 구조였다. 정면에서 좌측으로 보이는 폭 1m, 높이 30cm의 쪽창이 창문의 전부였다. 그나마 그 창도 굳게 닫혀 있었고, 대표 말대로 창문 밖으로 맞은편 건물의 회색 벽이 가로막고 있었다. 눈치를 보던 대표는 성큼 창가로 다가가 레버를 잡고 창문을 열었다.

"아직 수사가 진행 중인 걸로 아는데…… 그렇게 손으로 만져도 되는 것이냐?"

루다의 물음에 대표가 멋쩍은 웃음을 지으며 말했다.

"창문과 레버는 지문 감식이 끝났습니다. 이 창이 요즘 나온 하이새시라서 그냥 닫기만 해도 자동으로 잠기는 창문이거든요.

경찰들이 창문 레버에는 여러 사람들의 지문이 겹쳐 있어 용의
자를 특정하기 어렵다더군요."

루다는 천천히 고개를 끄덕였다. 불과 50cm를 열었을 뿐이지
만 새벽 공기가 눅눅한 공기를 밀어내 처음보다는 훨씬 낫게 느
껴졌다. 그제야 대기실 전경이 눈에 들어왔다.

마술사의 대기실이라 약간 기대했건만, 실상은 여느 대기실과
마찬가지였다. 왼편 벽면을 차지한 거울과 의자들, 오른편으로
2인용 소파와 무대 의상이 걸린 옷걸이. 그리고 단출한 대기실
에서 루다의 눈길을 사로잡는 이질적인 것, 바로 개방형 중앙 천
장에서부터 내려와 있는 밧줄이었다. 어디서든 구하기 쉬운 산
악용 로프일 거라 생각했던 것과는 달리 정말로 교수형 하면 떠
올릴 법한 굵게 꼰 밧줄이었다. 게다가 밧줄 끝에는 교수형 매듭
까지 묶여 있었다.

루다는 밧줄에 시선을 고정한 채 입을 뗐다.

"지금부터 내가 묻는 것에 소상히 답해야 해. 박빈을 성불시키
려면 박빈이 죽던 상황을 상세히 알아야 하니까."

대표가 비굴한 웃음을 지으며 고개를 주억거렸다.

"이 밧줄이 박빈이 목을 맨 밧줄이더냐?"

"맞습니다. 이걸로 죽을 줄 알았더라면 절대로 밧줄을 걸지 않
았을 텐데 말이죠. 에휴."

땅이 꺼져라 한숨짓는 대표를 향해 루다가 고개를 획 돌렸다.

"그게 무슨 소리냐?"

"이 밧줄은 박빈이 직접 저희에게 요구한 겁니다. 박빈은 이번 공연에 새로운 마술을 선보일 예정이었어요. 일종의 탈출 마술이었죠."

"자세히 말해 보거라."

루다의 말에 대표가 고개를 조아리며 말을 이었다.

"아, 네네. 무대 단상 위에 박빈이 두 손을 뒤로 묶은 채 교수형 밧줄을 목에 겁니다. 그리고 단상을 쓰러트리면 공중에 매달려 발버둥 치는 박빈이 관객들이 지켜보는 앞에서 감쪽같이 탈출하는 마술이죠. 박빈은 새로운 마술에 대한 자부심이 대단했어요. 전 세계를 깜짝 놀라게 할 마술이라고 장담했었죠. 그런 박빈이 직접 대기실에 교수형 밧줄을 준비해 달라고 요청했습니다. 연습 겸 마인드 컨트롤을 위해서라더군요. 아무래도 마술의 비밀이 새어 나가지 않도록 개인 대기실에서 연습을 하려는 모양이라고 생각했습니다. 처음엔 아예 공연에서처럼 단상을 밟고 올라서서 매겠다고 했는데, 안전사고를 우려해서 제가 거부했습니다. 자칫 실수로 단상이 넘어가면 마술사가 어이없게 질식사할 테니까요. 그런 우스꽝스러운 구설수에 휘말릴 수는 없었습니다. 하지만 박빈은 고집스럽게 밧줄을 요구했습니다. 보살님은 아실지 모르겠지만, 박빈은 완벽주의자였어요. 사소한 실수도 용납하지 못하는 성격이었죠. 저희도 박빈의 집요한 요구에 어쩔 수 없이 응할 수밖에 없었습니다."

루다는 천천히 고개를 끄덕였다. 공연 중 사소한 실수로 남은 공연을 취소하고 환불했던 사건은 루다도 익히 알고 있던 일이다. 박빈이라면 충분히 대기실에 밧줄을 요구할 만한 사람이란 것도 이해가 갔다. 루다는 박빈의 목숨을 앗아 간 밧줄을 살펴봤다. 이 두꺼운 밧줄이 박빈의 목을 졸랐다는 말인가.

그런데 문득 위화감이 들었다. 165cm 키인 루다의 눈에 밧줄의 매듭이 너무 가까웠기 때문이다. 눈치 빠른 대표가 루다의 뒤에서 말했다.

"역시, 보살님도 알아보셨군요. 박빈의 요구에 그대로 응한 건 아니었습니다. 밧줄을 천장에 매어 주는 대신 박빈의 키에 딱 맞게 매는 것으로 타협했던 겁니다. 그래서 박빈이 서 있을 때 밧줄 매듭이 딱 목에 걸리도록 낮게 걸었죠."

루다가 대표를 향해 고개를 홱 돌렸다.

"뭐시라? 그럼 대체 박빈은 어떻게 죽은 것이냐? 혹시 밧줄에 어떤 장치라도 돼 있는 것이냐? 아니면 밧줄을 목에 거는 순간 정신이라도 잃었다는 말이냐?"

대표는 자신이 죄라도 지은 양 손수건으로 다시금 이마의 땀을 닦아 냈다.

"그게 도저히 이해할 수 없는 부분입니다. 사실 박빈의 키로는 절대 질식할 수가 없거든요. 그런데 이 밧줄에 목이 졸려 죽은 겁니다. 경찰이 출동하기 전에 제가 직접 목격했어요. 그때, 숨이 끊어진 박빈의 발은 바닥에 닿아 있었어요. 무릎이 살짝 굽어 발끝이 바닥에 끌리고 있었습니다. 형사들의 이야기를 얼핏 들었는데, 밧줄에는 어떤 장치도 없었답니다. 그냥 흔한 밧줄이었대요."

대표의 목소리가 떨렸다.

"부검 결과도 시신에서 어떠한 약물도 발견되지 않았답니다. 알코올조차도요. 숨이 끊어질 때까지 박빈은 멀쩡한 맨정신이었던 겁니다. 핏기 없는 목에는 온통 긁힌 자국 투성이였어요. 숨이 막혀 스스로 밧줄을 풀려다 낸 상처였죠."

말을 마친 대표의 얼굴은 온통 공포로 일그러져 있었다.

확실히 이해하기 힘들었다. 만약 박빈이 살해당했다면, 범인은 박빈이 목을 매고 자살한 것처럼 꾸미려다 몸을 허공으로 끌어 올리지 못해, 서 있는 채로 죽은 기묘한 상태로 발견되었다는 말인가. 그렇다면 범인은 박빈을 끌어 올릴 만한 힘이 없었거나 충분한 시간이 없었던 것이 아닐까. 그럼에도 불구하고 경찰은 대기실에서 박빈을 살해했을 만한 범인을 특정하지 못했다.

"용의자는? 지금껏 범인이 잡히지 않은 건 의심되는 사람이 없다는 말이냐?"

대표는 고개를 절레절레 흔들고 두 손으로 마른세수를 했다.

"없습니다, 아무도요. 공연 시작이 불과 1시간 남았던 상황입니다. 저나 스태프들은 모두 제자리에서 막바지 점검 중이었습니다. 경찰 조사 결과 공연 관계자 모두 알리바이가 확인됐어요. 그럴 수밖에 없는 게 웬만한 출입구에는 CCTV가 설치돼 있거든요."

"그럼 박빈이 죽던 당시 대기실에는 아무도 없었단 말이냐?"

"네. 박빈이 마지막으로 만난 사람은 스타일리스트입니다. 단둘이 한 10분 정도 있다가 대기실을 나왔어요. 박빈은 공연 전 마지막으로 연습을 하겠다며 스타일리스트를 내보내고 문을 잠갔다고 합니다. 이후 스타일리스트는 문밖에 있던 분장사와 함께 박빈을 기다렸습니다. 그런데 30분이 지나도 박빈이 나오지 않았답니다. 공연 시작이 임박해서 스타일리스트가 대기실 문을 두드렸는데 안에서는 아무런 기척도 없었답니다. 그때 뭔가 잘못됐다는 걸 깨달았대요. 두 사람은 절 찾아왔고, 전 관리실에서 대기실 키를 받아 문을 열었죠. 그렇게 대기실 안에서 숨져 있는 박빈을 발견했던 겁니다. 분장사와 스타일리스트의 말은 이미 대기실 복도에 설치된 CCTV로 확인했어요. 스타일리스트가 나온 뒤 약 30분 동안 대기실에 들어갔던 사람은 없었습니다."

유일한 출입문이 잠겨 있었다면……. 마지막으로 박빈과 함께 있던 스타일리스트, 차소희가 가장 의심되는 상황이다. 하지만 가녀린 여성의 신체로 건장한 성인 남성을 목매달아 죽이는 게 가능할까? 목맨 박빈을 끌어 올려 자살로 위장하는 것을 포기했더라도 말이다. 하긴, 경찰이 차소희를 의심하지 않았을 리 없다. 루다는 조심스럽게 떠보기로 했다.

"항간에 그 스타일리스트가 범인이라는 말이 있던데……."

"아, 차소희 말씀이군요."

대표는 아무도 없는 방을 두리번거리더니 목소리를 낮춰 말했다.

"보살님께만 말씀드리는 건데, 스타일리스트인 차소희가 박빈의 숨겨진 애인이었답니다. 그 여자 휴대폰 내역에 박빈과 나눈 메시지가 가득했다네요. 스태프들 사이에서는 이미 비밀도 아니었나 봐요. 근데 사건 당일 차소희 핸드백에서 협박장이 발견됐습니다. 이별을 선언한 박빈을 향한 협박장이었대요. 전 경찰이 왜 그렇게 오랫동안 차소희를 조사하는지 몰랐는데 그런 내막이 있었던 거죠."

"그렇다면 범인은 스타일리스트라는 게냐?"

대표는 힘 빠진 목소리로 답했다.

"아니요. 물론 의심을 받긴 했습니다. 그런데 범인은 아니었어요. 박빈이나 차소희나 둘 다 몸싸움의 흔적이 없었어요. 문밖에는 분장사가 있었는데 아무 소리도 듣지 못했습니다. 둘이 함께 있던 불과 10분 동안 박빈이 깨어 있는 상태로 비쩍 마른 차소희가 박빈의 목을 조를 수 없다는 걸 경찰도 알았던 거죠. 더군다나 차소희가 대기실을 나온 뒤 안에서 문이 잠기는 소리를 둘 다 들었거든요."

루다는 천천히 고개를 끄덕였다.

철문은 안에서 잠겨 있었다. 대기실 안에는 오로지 박빈 혼자였다. 그런데 발이 땅에 닿는 높이에서 목이 매여 죽었지만 자살은 아니다. 상식적으로 이해할 수 없는 죽음이었다. 정말 귀신의 소행인가. 문득 쪽창이 루다의 눈에 들어왔다. 대기실 쪽창은 어른의 머리 하나도 들어갈 수 없을 정도로 작다. 게다가 2층이라 범인의 침입은 불가하다. 하지만 바깥과 통하는 유일한 통로였다.

"이 창문은 내내 잠겨 있던 게냐?"

"아, 네. 제가 박빈의 시신을 발견했을 때 창문은 잠겨 있었습니다. 스타일리스트나 분장사도 창문을 만진 적이 없다고 했고요. 아마도 인접한 차도에서 나는 소음 때문에 몰입이 방해돼 박빈이 닫지 않았을까 생각합니다만……."

그때 대표가 뭔가 생각난 듯 말했다.

"아! 그러고 보니……."

루다가 대표를 똑바로 쳐다봤다.

"무어냐? 소상히 말해 보거라."

"네, 네. 박빈의 시신을 수습하던 그때 얼핏 차소희가 중얼거리는 것을 들은 것 같아요."

"뭐라더냐."

"자기가 대기실을 나가기 전까지는 창문이 열려 있었다고요. 곰팡이 냄새 때문에 항상 창문을 열어 두는 박빈이 왜 창문을 닫았는지 모르겠다고……."

창이 열린 것만으로 박빈의 죽음에 영향을 끼칠 수 있었을까? 그럴 수 있을 것 같지 않다. 대표 말대로 혼자 있던 박빈이 직접 창문을 닫았을지도 모르는 일 아닌가.

경찰의 수사가 난항을 겪고 있는 이유를 알 것도 같았다. 이런 게 밀실 살인이란 건가. 추리소설에서나 보던 밀실 사건을 이렇게 접하다니. 더군다나 상식적으로 이루어질 수 없는 불가능 범죄였다. 이런 상태로는 저주녀는커녕 어느 누구도 박빈에게 접근할 수 없을 것 같았다. 갑자기 편두통이 밀려왔다.

에라, 모르겠다. 나야 굿이나 보고 돈이나 받으면 그만이지.

생각에 잠겼던 루다는 대표에게 단호하게 말했다.

"자, 이제 망자에 대해 어느 정도 알았으니 제령을 시작할 것이야. 그동안 자네는 밖에 나가 있게. 자칫 부정이라도 타면 망령은 영영 떼어 놓을 수가 없어."

"히익. 네, 네. 잘 부탁드립니다."

얼굴이 새하얗게 질린 대표는 서둘러 대기실을 빠져나갔다. 철문이 닫히는 소리가 나서야 루다는 꼿꼿했던 자세를 편하게 풀었다. 루다는 우측에 있는 소파에 앉아 몸을 기댔다. 눈앞 대리석 바닥에 박빈의 발이 닿았던 모양 그대로 흰색 테이프가 붙어 있었다. 그대로 고개를 들자 공중에 떠 있는 교수형 매듭이 보였다.

'지익. 지익. 지익.'

온통 상처투성이 목덜미를 깊숙이 파고든 교수형 매듭.

턱 아래까지 길게 늘어진 혓바닥을 내민 박빈의 곱상한 얼굴.

무릎을 굽힌 채 땅바닥에 닿은 발끝이 직직 끌리고.

풀린 괄약근 사이로 흘러내린 분변이 발끝을 타고 떨어져 대리석 바닥에 분뇨 궤적을 남기고 있는…….

참혹한 박빈의 잔상이 눈에 선했다.

"하아."

생각할수록 참으로 기묘한 사건이었다. 범인은 바로 너! 라며 멋지게 사건을 해결하고 싶었지만 역시 무리였다. 오히려 직접 현장을 보니 더욱 알 수가 없었다. 루다는 문득 가슴이 답답해졌다. 빌어먹을 곰팡내인지, 시체 잔향인지. 구역감이 치밀었다. 신선한 공기를 마시고 싶었다. 소파에서 일어선 루다는 쪽창으로 발걸음을 서둘렀다.

바로 그때였다.

*방 안을 휘젓고 다니는 저 무당이라는 년은 가짜다.*

*바로 옆에 있는 날 느끼지 못하다니.*

*멍청한 대표 놈.*

저렇게 보는 눈이 없으니 빚더미에 올라앉지.

그나저나 이 사기꾼 무당년은 보면 볼수록 내 스타일인데.

살아 있었다면 꼭 정복하고 싶을 정도로 매력적인 외모다.

갖고 싶다.

내 것으로 만들고 싶다.

제발!

두 눈을 질끈 감고 염원했다.

그 순간 변화가 일어났다.

어? 이게 무슨 일이지.

배 속이 울렁거렸다. 처음 느끼는 낯선 감각에 나는 감았던 눈을 떴다.

헉!

나는 공중을 날고 있었다.

거인이 된 무당. 거대해진 소파⋯⋯.

지겹도록 익숙한 주변이 거대해졌다.

아니, 내가 작아진 걸까.

상관없다. 이 방을 나갈 수만 있다면 무엇이 되든 상관없다.

드디어 이 망할 방을 탈출할 수 있다!

나는 열려 있는 창문을 향해 힘차게 날아올랐다.

그런데⋯⋯.

◎

하얀색 날개를 펄럭이는 나비 한 마리가 스쳐 지났다.

열려 있는 쪽창으로 들어왔나? 이런 빌딩 숲에서 웬 나비람.

작은 날개를 펄럭이던 나비는 루다를 빙 둘러 대기실을 한 바퀴 돌았다. 루다는 그런 나비를 눈으로 좇았다. 흰나비는 볼일을 끝낸 듯 창가로 향했다. 작게 열려 있는 쪽창으로 향하던 나비가 한순간 공중에서 멈춰 버렸다.

"어?"

나비는 연신 날갯짓을 했지만 공중에 그대로 멈춰 선 채 옴짝달싹 못 했다.

"아……."

루다는 나비에 얼굴을 가까이 가져가서야 그 이유를 깨달았다. 나비는 창문 근처에 쳐 놓은 거미줄에 걸려 있었다. 저 구석에서 거미 한 마리가 먹이를 향해 다가가는 중이었다. 나비는 그새 힘이 빠졌는지 날갯짓이 눈에 띄게 잦아들었다. 그대로 두면 나비는 거미의 양식이 될 것이었다. 약육강식은 자연의 섭리이거늘. 문득 죽음 앞에 놓인 나비가 측은하게 느껴졌다.

루다는 조심스럽게 거미에 앞서 나비를 투명한 거미줄에서 잡아당겼다. 나비 날개에 걸린 거미줄이 당겨지자 거미 꽁무니에 연결된 거미줄 때문에 거미도 함께 위로 딸려 올라왔다. 나비와 연결된 팽팽하던 거미줄이 마침내 툭 끊어졌다. 먹이를 바로 앞에서 놓친 거미는 찢어져 흔들리는 거미줄에 망연히 매달려 있었다.

"미안하구나."

루다가 창문 앞에서 나비를 놓아주자 나비는 몇 번의 날갯짓 후 창밖으로 날아가 버렸다. 건물 사이로 멀어져 가는 나비와 찢어진 거미줄을 지켜보던 루다의 뇌리에 뭔가가 번쩍였다.

밧줄을 선회한 뒤 창문 밖으로 날아가는 나비.

루다가 잡아당긴 거미줄 끝에 딸려 올라간 거미.

"설마!!"

문득 떠오른 생각에 엉겁결에 소리쳤다. 반신반의하면서도 흥분감이 차올랐다. 안개처럼 흐릿했던 머릿속이 일순간 환해졌다. 루다는 서둘러 대기실을 빠져나왔다. 문 앞을 지키던 대표가 깜짝 놀라 물었다.

"벌써 끝났나요?"

"그, 그래. 망령은 하늘로 돌려보냈으니 더 이상 이상한 일들은 일어나지 않을 게야. 내 급한 일이 있어 먼저 가 보마."

얼버무리고 발걸음을 서두르는 루다의 뒤로 대표가 연신 허리를 숙였다.

정문을 빠져나온 루다는 그대로 대기실이 있던 건물의 뒤편으로 향했다. 2차선 도로에서 인접한 건물들 사이로 난 작은 통로 안쪽에 공연장 뒤편이 있었다. 고개를 드니 2층으로 열려 있는 대기실 쪽창이 보였다. 맞은편 건물이 해를 가려 환한 아침인데도 상당히 어두컴컴했다. 사건 당시 창문이 잠겨 있었다면 경찰은 이 공간을 조사하지 않았을지도 몰랐다. 설령 조사했다 해도 꼼꼼히 살펴보지 않았으리라.

루다는 휴대폰 플래시를 켜고 약 1.8m 폭의 시멘트 바닥을 샅샅이 뒤지기 시작했다. 얼마나 시간이 지났을까, 마침내 공연장 뒷벽에서 작은 흔적을 발견했다.

"아싸!"

루다의 허리 높이에 약 5cm가량, 주황색 분필 자국이 회색 시멘트 벽에 가로로 그어져 있었다.

마침내 루다의 머릿속을 맴돌던 단편적 장면들이 하나의 그림으로 짜 맞춰졌다. 박빈이 죽음을 맞이한 순간이 차례로 그려졌다.

루다의 심장이 방망이질 쳤다. 루다는 건물 사이 길을 되돌아 도로로 나왔다. 그리고 신딸 옥선에게 전화를 걸었다. 몇 번의 신호음 뒤, 잠에서 막 깬 신딸의 목소리가 들려왔다.

[우음…… 굿은 잘 끝났어?]

루다는 시선을 도로 위에 고정한 채 신딸에게 물었다.

"언니, 깨워서 미안한데 간단하게 하나만 조사해 줄 게 있어."

잠긴 목소리의 신딸이 반기며 말했다.

[일 없시요. 조사? 해킹? 뭔데. 날래 말해 보라우. 그럴 줄 알고 노트북도 미리 켜놨어.]

◎

'[속보] 인기 마술사 박빈(27) 살해범 긴급 체포.'

기사를 클릭하자 새 인터넷 창으로 관련 내용이 떠올랐다.

### [속보] 인기 마술사 박빈(27) 살해범 긴급 체포

22년 6월 8일 마술사 박빈(27)의 살해범이 긴급 체포됐다.

살인범 이모 씨(24)는 22년 6월 1일 2층 대기실 밖에 세워 둔 경차를 이용하여 박빈이 스스로 목에 건 밧줄을 끌어당겨 질식사시킨 혐의를 받고 있다.

이모 씨는 범행 2시간 전, 빈 대기실에 미리 범행을 준비했다. 카메라가 탑재된 초소형 드론에 낚싯줄을 매달아 당시 열려 있는 창문으로 들여보낸 이모 씨는 천장에 묶여 있는 밧줄을 돌아 나오게 하는 방법으로 밧줄에 수직으로 낚싯줄을 걸어 두었다. 낚싯줄 양 끝을 경차에 묶은 이모 씨는 대기실 창에 띄워 놓은 초소형 드론의 카메라 기능으로 경차 안에서 휴대폰으로 실시간 대기실 내부를 감시했다. 경찰은 이모 씨가 초소형 저소음 드론을 대기실 안에서 볼 수 없는 각도에서 감시하여 피해자는 드론의 존재를 전혀 눈치채지 못했을 것이라고 추정했다.

오후 6시경. 대기실에 홀로 있던 박빈이 스스로 목에 밧줄을 거는 순간, 이모 씨는 차를 이동시켜 박빈을 공중에 띄워 목 졸라 숨지게 했다. 이후 경차 밖으로 나온 이모 씨는 밧줄에 걸어 놓은 낚싯줄을 회수하고 준비해 온 접이식 막대로 열려 있는 창문을 닫아 잠근 후 그대로 도주했다.

이모 씨를 체포한 오영섭 형사는 대기실 뒤편 건물 외벽에 묻은 차량 페인트를 토대로 범행에 소형 차량이 쓰였음을 추정, 인근 도로 CCTV를 조회하여 범행에 쓰인 마티즈를 찾아냈다. 자동차 번호판으로 차주 이모 씨를 특정한 경찰은 그녀의 거래 내역을 추적하여 범행에 쓰인 드론 구매 내역을 확보했다.

경찰에 따르면 이모 씨는 범행 전 박빈 안티 카페 회원으로 활동한 이력이 있었고, 그 이전에는 박빈의 사생팬으로 활동했다고 했다. 이모 씨와 함께 사생팬이었던 동생의 자살이 박빈 때문이라는 이모 씨의 주장은 어느 정도 관련성이 있는 것으로 확인됐다.

한편, 단독으로 이모 씨 체포에 공헌한 오영섭 형사는 그 공을 인정받아 1계급 특진의 포상이 주어질 예정이라고…….

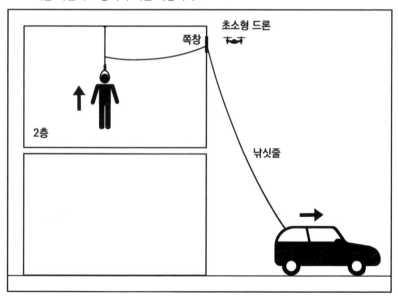

루다는 만족스러운 표정으로 소반 위에 휴대폰을 놓았다.

며칠 전 대기실로 날아든 나비와 투명한 거미줄을 본 순간 저주녀의 범행이 눈에 보이듯 그려졌다. 거미줄 하나에 매달려 딸려 올라간 거미를 보며 목 졸린 박빈을 연상했다. 밧줄을 선회하여 창밖으로 나가는 나비를 보며 살인에 쓰인 드론을 떠올렸다.

때때로 망자가 새나 나비로 환생하여 죽은 장소로 돌아온다는 이야길 들은 적이 있다. 대기실에 날아든 나비는 억울함을 풀어 달라는 박빈의 망령이었을까.

어쨌든 살인 방법이 해결되자 다른 요소들이 보이기 시작했다. 건장한 성인 남성이라도 2층에서 연결한 낚싯줄을 당겨 박빈을 죽이는 것은 어려운 일이었을 터. 혼자가 아니라면 다수가 잡아당겼을까? 그런 다수의 원한 관계가 있었다면 경찰이 실마리를 잡았을 것이다. 그렇다면 원점으로 돌아가 만약 저주녀가 박빈을 죽였다면, 부족한 힘을 어떻게 보강했을까.

루다는 당시 건물 벽면에 남은 주황색 선을 보고 확신했다. 진실을 확인하는 방법은 간단했다. 신딸 옥선에게 사건 당일 건물 뒤편 진입로를 비추던 CCTV 해킹을 의뢰하는 것이다. 물론 생각지 않던 지출이 생기고 말았지만 말이다.

옥선은 아주 간단하게 답을 내 주었다. 사건 발생 2시간 전 공터로 들어갔던 주황색 경차가 있었음을 확인해 주었다. 과연 예상대로였다. 그녀의 SNS에서 본 리빙 코랄 마티즈와 CCTV에 찍힌 번호판이 일치했다. 벽면의 분필 자국은 저주녀의 주황색 마티즈 사이드미러가 시멘트 벽에 긁히면서 남긴 자국이었다. 폭 1.8m의 공터를 1.6m의 마티즈로 운전하는 것은 베테랑 운전자도 어려운 일일 것이다. 살인 직후 흥분한 상태로 운전했을 저주녀에겐 더욱 어려운 일이었으리라.

이것으로 저주녀는 살인의 죗값을 치르게 됐다. 하지만 기사 어디에도 실제로 사건을 해결한 소녀 무당의 이야기는 없었다.

그런 건 상관없었다.

그저 잠깐의 일탈이랄까.

점을 칠 때와는 또 다른 만족감이 싫지만은 않았다.

한바탕 치른 요란한 소동일 뿐.

다시 신기 없는 무당의 삶으로 돌아왔다.

'똑똑.'

문밖으로 차분한 신딸의 목소리가 들려왔다.

"손님 왔습니다."

루다는 소반 위 휴대폰을 치우고 점사 방울을 쥐어 들었다.

*나비였던 내가 거미줄에 걸린 순간.*

*내 영혼은 나비와 분리되어 다시 대기실에 갇히고 말았다.*

그리고 며칠 뒤.

오랜만에 대기실에 들어온 청소 아주머니들의 이야기로 마침내 내가 어떻게 죽었는지를 알게 됐다.

기가 막혔다. 투명한 낚싯줄을 밧줄에 걸었을 줄이야.

참나, 망할 년 같으니라고.

얼굴도 모르는 안티팬에게 죽임을 당하다니.

그년 동생이 대체 누구기에 살인까지 저지른다는 말인가.

에잇! 감옥에서 평생 썩다가 지옥으로 떨어져라.

어라?

저주를 내뱉던 나의 몸이 갑자기 공중에 붕 떠올랐다.

뭐지. 이제 원한이 풀려서 하늘로 올라가는 건가.

으아아아악!

하지만 예상과는 달리 건물 밖으로 튕겨 나온 내 몸은 그대로 차가운 시멘트 땅바닥에 내리꽂혔다. 다행스럽게도 통증은 없었다.

죽었으니 당연한 건가. 어쨌든 드디어 대기실을 탈출했다. 자유의 몸이 됐다.

땅을 짚고 천천히 일어서려는데 웬일인지 다리를 움직일 수가 없었다.

자세히 보니 다리에 뭔가가 엉켜 있었다.

헉!

다리에 엉킨 것은 거무튀튀한 마른 손가락이었다.

땅속에서 튀어나온 거미 다리 같은 손가락이 내 다리를 움켜쥐어 꼼

짝할 수가 없었다.

뭐, 뭐야! 이것 놔!!

정체불명의 손아귀에서 벗어나려 했지만 다리는 점점 땅속으로 파묻혀 갔다.

익익! 뭐야! 이 새끼야! 이거 안 놔?!

그때 시커먼 구체가 땅속에서 기어 올라왔다.

구체는 지저분하게 엉킨 머리카락이었다. 구체가 고개를 들자 머리카락에 가려져 있던 흉측한 얼굴이 드러났다.

미…… 미선이?

땅속으로 나를 잡아끄는 괴물은 다름 아닌 이미선이었다.

팬이라며 쫓아다니기에 몇 번 만나 줬더니만.

몇 달 전 갑자기 찾아와 임신을 했다며 나를 협박했었다.

홧김에 배를 걷어차 버리고 연락을 끊었었는데…….

머리카락 사이로 그녀의 가녀린 목에 익숙한 상처가 보였다.

목덜미를 깊숙이 파고든 선명한 멍 자국.

아……. 그랬구나.

원망이 가득 담긴 눈으로 나를 노려보는 미선의 눈빛에 저항할 힘을 잃어버렸다.

나는 그녀와 함께 천천히 차가운 시멘트 바닥 속으로 끌려 들어갔다.

헤어 나올 수 없는 영겁의 지옥 속으로.

◎

여기저기 빗발치는 전화벨 소리에 정신을 차릴 수가 없었다.

"오 경위님! 3번 전화요."

"오 경위님, 통화 중이세요? 전화 왔는데……."

"경위님, 오 경위님!"

그만. 그만!

당장이라도 모든 전화선을 뽑아 버리고 싶었다.

벌써 세 번째 범행이다.

세 명의 피해자가 잔혹하게 살해당하는 동안 단서 하나 잡아 내지 못했다.

아……. 대체 날더러 어쩌란 말인가.

박빈 사건은 내가 해결한 게 아니란 말이야.

정말이지 미칠 지경이었다.

참, 그러고 보니 그때 그 무당 이름이 뭐였더라.

나는 필사적으로 기억을 되살려 냈다.

서둘러 책상 서랍을 열어 쓰레기통 같은 서랍 속을 뒤지기 시작했다. 바닥이 보일 정도로 뒤집어엎고 나서야 마침내 서랍 깊숙이 아무렇게나 쑤셔 박힌 종잇조각을 찾아냈다.

"찾았다!"

장군신당 이루다.

담당자가 자리를 비운 사이 우연히 받았던 전화 한 통.

자신을 무당이라 소개한 여성은 박빈 사건의 자세한 내막을 일러 주었다. 그리고 자신의 정체는 절대로 밝히지 말아 달라는 당부를 끝으로 전화는 끊겼다. 그때 아무 생각 없이 끄적였던 그녀의 이름과 전화번호가 떠오른 것이다.

옥상으로 올라와 주변에 아무도 없는 것을 확인한 나는 휴대폰을 꺼내 들었다. 쪽지에 적힌 숫자를 하나하나 확인하며 떨리는 손으로 전화번호를 눌렀다. 이윽고 통화 연결음이 흘러나왔다.

받아라. 받아라. 제발 받아라.

영원 같은 찰나의 시간이 지나 드디어 상대의 목소리가 들렸다.

[네, 장군신당입니다.]

기쁨과 흥분에 말문이 막혔다. 아무 말이 없자 상대가 재차 물었다.

[여보세요?]

나는 한참 만에야 가까스로 목소리를 냈다.

"저…… 오영섭 형사입니다."

불온한 손

## 김영민

1991년 대구에서 태어나 중앙대 물리학과를 졸업했다.

클로즈드서클 단편 「회색 장막 속의 용의」로 계간 미스터리 신인상을 수상했다. 이후 「안전한 추락」, 「병중진담」, 「밀착과외」, 「임시보호되었습니다」 등의 단편을 발표했다. 현재 열심히 장편을 준비 중이다.

가장 좋아하는 명탐정은 와카타케 나나미의 소설에 나오는 하무라 아키라.

늘 크게 다치는 불운한 명탐정이라는 콘셉트, 냉소적인 성격, 의뢰인이 거액을 제시해도 딱 필요한 금액만 받는 깔끔함, 정의로움, 드센 것 같으면서도 약한 마음이 매력적이다.

출발할 때 한 방울씩 떨어지던 비는 갤러리에 도착하자 장대비로 바뀌었다. 텅 빈 주차장에 차를 대고 운전석에서 내렸다. 가장 아끼는 핑크색 셔츠가 후드득 하는 소리를 내며 비에 젖어갔다. 교수님이 이 옷을 입으라는 명령만 내리지 않았어도 이런 비극은 없었다. 재빨리 트렁크로 튀어가 우산을 꺼낸 뒤 자동차 한 바퀴를 도는 모양새로 조수석 옆에 도착했다. 실험 쥐가 된 기분이다. 우산을 펼치자 조수석 문이 열리며 교수가 내렸다.

"어쩜, 시키지도 않았는데 이렇게 빠릿할까. 고마워."

갤러리 도착 20분 전부터 우산이 트렁크에 있는데 어쩐다 하며 언질을 줬을 뿐 시키지 않은 건 사실이기에 가만히 있었다.

"아끼는 옷이 다 젖었는데, 괜찮겠니?"

"괜찮습니다."

"가만히 보니 옷이 젖어 핑크에서 레드로 변한 게 더 마음에 드네. 그렇지 않니?"

"그렇습니다."

교수의 차를 내가 운전해 도착한 이곳은 어느 설치 미술 전시가 열리는 한 갤러리다. 설치 미술이란 키워드를 머리에 넣은 것만으로도 충분하다. 나는 필요하지 않은 정보는 머릿속에 넣지 않는다. 정보는 증발하겠지만 필요할 때 다시 채워 넣으면 그만이다. 어느 유명한 인물도 이 말을 했다는데 누군지 기억이 안난다. 유명하지 않아서 그런 건 아니다. 알 필요가 없기 때문에 흘러가게 놔둔 것이다.

"레이크텐스테이션 홈브로히."

교수가 길과 잔디의 경계에 놓인 허리 높이의 표지판을 보며 중얼거렸다.

"이름이 참 독특해. 그렇지 않니?"

"그렇습니다."

"너, 갤러리 이름이 무슨 뜻인지 아니?"

"모르겠습니다."

"아쉽네, 나도 몰라서 너에게 물어보려 했더니."

"아쉽습니다."

"그새 증발한 거니? 어째 증발 속도가 빨라진 거 같아. 머릿속 온도가 증가했나 봐."

"아니요, 애초에 제 그릇 안에 없었습니다."

"요새 연구를 너무 열심히 해서 그런 거 아니니?"

"모르겠습니다."

"이마에 손을 한번 대 봐도 될까?"

"안 됩니다."

"푸하하."

교수가 자신의 양 옆구리를 제 손으로 툭툭 치며 웃었다. 호탕한 여걸이다. 옆구리를 치는 건 버릇인데, 교수는 늘 자신의 옆구리를 자신 있어 했다. 물론 그 때문에 곤란한 적은 한 번도 없다. 단지 이상한 교수 밑의 대학원생으로 비쳐질까 몇 번 걱정을 했을 뿐이다.

내 이름은 한규현. 나이는 28세로 C대학 입자물리 연구실 석사 과정을 밟고 있다. 4학년 때 옛 선조들의 조언을 받들어 돌다리 두드리듯 처음으로 연구실의 문을 노크했다. 분명 그때 교수는 정상이었다. 음, 지금도 정상이긴 하다. 다만 이제는 대중의 것이 된 양자역학 속 단골 메뉴 슈뢰딩거의 고양이나 이중슬릿 실험처럼 교수의 상태는 '정상' 또는 '정상이 아님' 이 두 가지 상태 중 무작위로 정해진다.

교수의 이름은 김서연. 나이는 모른다. 증발했다. 미혼이라는 사실은 알고 있는데, 잊을 때마다 교수가 하소연을 하며 상기하게 한다. 오묘한 타이밍이다. 오는 길 차 안에서도 그 이야기를 했다. 오늘 갤러리에서 전시하는 작품의 작가 이야기를 하면서.

그 작가는 잘생겼다고 한다. 궁금하진 않았다. 이름은 서마오. 무려 본명이란다. 요즘 사람은 아닐 텐데 어떻게 그게 가능했냐 싶다. 나이는 비슷하며 자신과 마찬가지로 미혼인 데다 골초. 순간 교수가 무서웠으나 다행히 작가 본인이 어느 인터뷰에서 밝힌 사실이었다.

오늘 전시의 주제나 자세한 내용은 모른다. 첫 개관을 앞둔 갤러리의 첫 전시인데, 부담되게도 교수와 내가 첫 일반인 관람객일 확률이 높다. 미술의 미음도 모르는 내가 가도 되나 몇 번 스스로에게 묻다 포기했다. 내 판단에 자신이 있는 편이 딱히 아니다.

그런데 모순적이게도 나는 금방 날아가는 정보와 자신 없는 판단으로 몇 차례의 사건을 어쩌다 해결한 바 있다. 그것도 경찰이 해결해야 하는 사건, 더구나 살인 사건을 말이다. 구체적인 내용은 입자물리 대학원생인 나에게 필요하지 않기에 증발하게 내버려 두어 기억에 없다. 다만 교수가 술에 취할 때면 그간 있었던 사건의 내역 전부를 대신 읊긴 한다.

잠시 후면 볼 전시도 얼마 안 가 머릿속에서 증발할 걸 생각하니 갤러리 측 분들과 작가에게 미안해지지만 어쩔 수 없다.

주차장과 갤러리 건물은 멀리 떨어져 있다. 두 곳 사이를 잇는 길은 올곧은 직선 형태의 콘크리트로 포장되었다. 길이는 400m. 어떻게 아냐면 표지판에 '400m'라고 적혀 있어서다. 이 정도 거리면 갤러리 측에서 주차장의 소유권을 주장하기도 멋쩍겠다. 아, 이 부근 땅을 모조리 산 건가. 이 근방은 지도 앱으로 보면 회색보다 연두색과 초록색이 더 많다. 도시 근교인데 산속에 끼여 있는 모양새다. 주변은 온통 무릎까지 오는 높이의 풀밭이다.

어느 정도 가까워지니 갤러리 건물이 보였다. 외벽이 통유리로 된 입방체 형태인데 통유리 안에 무기질의 회색 직육면체 건물이 또 있다. 마치 투명한 젤리 안에 두부가 박혀 있는 모양새다. 좋아하는 것과 싫어하는 것이 같이 있다. 길 양옆은 잡초가 관리 안 된 채 무성하게 자라 있다. 빗방울이 풀잎에 후드득 하고 부딪히는 소리가 울려 퍼진다.

입구가 눈에 들어올 즈음 입구 옆에 피켓을 들고 서 있는 남자가 보였다. 풀이 자란 땅에 말뚝을 박아 현수막까지 달았다. 그는 챙이 큰 검은색 캡 모자에 검은 선글라스와 검은 마스크를 착용했다. 후줄근한 점퍼와 추리닝 차림이다. 온몸으로 비를 맞고 있었다. 얼굴을 보니 중년인 듯했다. 피켓과 현수막에는 같은 문구가 빨간색으로 적혀 있었다.

'이기적이고 독단적이며 위선적인 행태를 보여 온 작가 서마오의 파렴치하고 비윤리적인 이번 전시를 반대한다.'

남자는 나와 눈을 마주치곤 위협적인 태도로 나를 향해 걸어왔다. 무심결에 한 발짝 뒤로 물러섰다.

"당신들, 이번 전시 보러 왔나?"

목소리가 마치 개가 물기 직전 으르렁대는 듯했다. 옆을 보니 교수의 얼굴이 굳어 있었다. 겁을 먹은 모양이다. 어쩔 수 없이 내가 나서야겠다.

"저희는 초대받았습니다, 갤러리 관장님에게요. 그분께서 이분과 만나 뵙고 싶다고 하셨습니다."

"그런 비윤리적인 전시를 보려고 하는 건 아니겠지?"

"전시에 대한 내용은 아직 모릅니다."

"보면 안 돼."

"왜죠?"

"그 작가란 놈은 남의 죽음을, 남의 슬픔을 희화화하고 있다고. 화재로 열세 명이나 되는 사람이 죽은 그 참사를."

"그런가요?"

"그러니 들어가지 마."

"저희는 전시를 보러 들어가는 게 아니라 관장님을 만나 뵙기 위해 들어가는 겁니다. 그리고 설치 미술에 대한 평가는 사람마다 다 다른 걸로 아는데요. 그 생각은 당신 생각이며, 작가의 생각이 아닐 수 있죠. 게다가 저희 생각과도 다를 수 있고요."

"여튼 보면 안 돼."

그때 입구 안쪽에서 정장 차림의 중년 남자가 나왔다.

"성필아!"

지금까지 조용히 있던 교수가 소리를 질렀다. 방금 나온 남자의 이름인 듯하다. 마치 구원의 손길을 목격한 듯 목소리에 기쁨이 가득 차 있다. 성필이라 불린 남자는 익숙한 광경인 듯 차분하게 피켓을 든 남자에게 다가갔다.

"자꾸 이러시면 곤란합니다. 심정은 이해하겠으나 계속 이러면 업무 방해로 경찰에 신고할 수밖에 없어요. 아까 분명히 저와 약속하셨잖습니까. 들어가는 사람을 막아선 안 된다고요."

"나는 이 전시를 용납할 수 없어."

피켓을 든 남자의 어깨가 조금씩 떨렸다.

"용납 안 하는 건 자유입니다만, 더는 이런 짓을 하지 말기를 간곡히 부탁드립니다. 그리고 입구에 검은 우산을 비치했으니 그걸 쓰시죠. 감기 걸리실라."

남성이 갑자기 울기 시작했다. 그가 선글라스를 벗고 눈물을 훔쳤다. 눈가에 주름이 자글자글했다.

"들어와. 같이 온 분도 들어오시죠."

나는 우는 남자를 놔두고 교수와 함께 건물 안으로 들어갔다. 빗물이 유리 천장을 두들기는 소리가 간지럽게 들렸다. 내부에는 클래식 음악과 함께 라벤더향이 감돌았다. 실은 나도 아까 쫄렸는데 덕분에 마음이 진정되는 듯했다.

"너무 무서웠어. 저 사람 뭐야?"

"자세한 건 나중에. 아, 안녕하세요. 저는 이 갤러리 관장입니다. 먼 길 와 주셔서 감사합니다."

그가 나에게 악수를 요청해 얼떨결에 손을 잡았다.

"성필이와 나는 고등학교 동창이야. 오랜 시간 같이 연락을 하며 지낸 아주 친한 친구지. 이번에 처음으로 갤러리를 오픈했어."

"외관은 어때."

"훌륭한데? 돈 좀 썼겠어."

"그동안 모은 돈 다 썼지."

관장이 나를 쳐다보았다.

"갤러리를 만드는 건 제 오랜 꿈이었어요."

"축하드립니다. 돈이 많이 드셨겠어요. 주차장이 있는 곳까지 전부 땅을 사들이려면요."

"크하하."

관장이 호탕하게 웃었다. 말을 하고 나서야 조금 무례했나 하는 걱정이 들었으나 다행히 유쾌하게 받아들인 듯했다.

"주차장이 좀 멀죠? 콘셉트로 삼고 싶었어요. 관람객이 여기까지 걸어오면서 작품에 대한 상상의 나래를 펼쳤으면 하는 바람이 있죠. 이 부근 땅은 아주 오래전부터 제 소유였답니다."

"이 근처 땅값 많이 오르지 않았어? 주변이 한창 개발되잖아."

교수의 물음에 관장이 고개를 끄덕였다.

"그렇지. 그래서 가족들이 갤러리를 다른 데다 짓든지 아니면 포기하라고 죄다 말려서 힘들었어. 일단 저기 앉아서 쉴까."

관장이 가리킨 곳에는 작은 카페와 테이블이 있었다. 요새 미술관에는 카페도 있나 보다.

"뭐 마실래? 와인도 있는데."

"오, 그럼 나는 와인."

교수가 신이 난 듯 활짝 웃었다. 술을 참 좋아한다.

"교수님, 여기까지 와서 술은 좀 그런 것 같습니다."

"뭐 어때? 만약 좀 그렇다면 저기서 술을 팔지 않았겠지."

"서연이의 직속 제자라고?"

"맞습니다."

"고생이 많죠? 이 친구가 좀 엉뚱한 면이 있거든요."

역시 오랜 친구답게 교수를 정확히 파악하고 있다. 차마 아니라는 말은 할 수 없었다.

"술은 마셔도 돼요. 저는 자유로운 관람을 추구하거든요. 다만 작가의 요구에 따라 그 자유가 제법 제한되기도 하지만요. 학생도 와인을 드릴까요?"

"규현이는 소주 세 잔 마시면 토해."

교수가 깔깔대며 말했다. 이 또한 사실이라 어쩔 수 없다.

"보통 교수와 대학원생은 사이가 안 좋은데 보기가 좋네요."

아니다. 나와 교수는 사이가 안 좋다. 교수는 좋다고 생각하는 모양이지만. 언젠가 그 생각을 바로잡아야 하지만 매번 미뤄진다.

"그럼 저는 라떼 한 잔이면 됩니다."

관장은 카페 카운터로 가 뭐라고 말을 하더니 곧바로 되돌아왔다.

"그나저나 저 밖에 사람은 도대체 뭐야? 비인륜적인 전시는 또 뭐고?"

교수가 내 궁금증을 대신 물어 주어 조금 고마웠다. 관장은 주변의 테이블 위에 올려져 있던 팸플릿을 두 개 가져와 나와 교수에게 건넸다. 이번 전시회의 제목, 제목이 맞는지 모르겠지만, 여튼 이름은 「바람을 따라가지 말 것」이다.

"이름만 봤을 땐 비인륜적인 거 같지 않은데."

그렇다. 정확히 말하면 아무 느낌도 안 온다. 굵은 제목 밑에 깨알같이 적혀 있는 글자를 읽었다. '소개의 글'이라는 소제목이 붙어 있다. 다음과 같이 적혀 있다.

설치 미술 작가 서마오는 매우 솔직한 작가다. 남의 눈치를 보지 않고 자신이 하고 싶은 말을 작품으로 과감하게 표출한다. 그는 현실 사회에서 일어나는 다양한 사회상을 바라보면서 느끼는 감정을 고스란히 작품에 투영한다. 그는 주로 한국에서 벌어지는 각종 사건과 사고들, 특히 다수의 사상자가 발생한, 일반적으로 '참사'라고 부르는 것에 주목한다. 다소 민감한 소재지만 그는 여과 없이 그것을 작품으로 승화하는 시도를 해 왔다.

작가는 지금까지 '참사'로 불리는 여러 사건 사고를 작품으로 다루며 파격적인 작품 행보를 보였는데, 1999년 어느 수련원에서 발생한 대형 화재와 2014년 여객선 전복 사고 등 잘 알려진 사고는 물론, 누구도 모르는 소외된 사회적 약자들의 숨겨진 죽음까지 다룬다. 사고를 접하면서 본인이 받은 개인적 사회적 충격과 안전 불감증이 던져 주는 상처를 전시회를 통해 보여 주며 미술의 치유적 기능을 모색하고 있다.

특히 그의 작품은 사고 당시 부서지고 망가지고 그슬린 물건들, 그리고 희생당한 사람들의 유류품을 반드시 전시하는 걸로 유명한데, 그래야만 자신이 던지려는 메시지가 힘을 받는다는 그의 생각 때문이다.

매번 여러 의미로서의 파장을 일으키는 그는 이번 전시 「바람을 따라가지 말 것」에서 몇 년 전 어느 빌딩에서 일어난 화재 참사를 다룬다. 그곳에서 희생된 어린이, 청년, 성인들의 죽음과 유년 시절 자신의 집이 화재를 당한 경험을 접목시켜, 전시장에 비극적 상황을 연출한다. 희생자들의 얼굴을 3D 프린터로 제작하고, 그들의 생전 모습을 담은 비디오, 부모와 가족들의 음성을 통해 재앙을 추방하자는 메시지를 던진다. 그리고 희생당한 사람들의 유류품을 매달아 작품으로 승화한다.

그는 늘 '미술의 애도를 가능하게 해야 한다'고 외치며 다소 민감한 소재를 파격적으로 다룬다. 이번 전시를 통해 그가 지금까지 고집하는 작품 세계와 그의 미술관, 메시지를 들을 수 있다. 그는 '앞으로도 인간임을 부끄럽게 하는 사건 사고 현장은 놓치지 않고 작업에 반영, 예술과 사회에 관한 성찰과 물음을 던질 것'이라고 말했다.

으음. 밖에서 피켓을 들고 시위하던 사람의 말이 어느 정도 수긍이 갈 법도 하다. 파렴치하고 비윤리적인 것까진 모르겠지만 적어도 참사 희생자의 유족은 민감할 것이다. 가족의 죽음이 눈요기가 되는 것 아닌가. 그렇다면 시위남은 작가가 이번 전시에서 다루는 참사에서 희생된 사람 중 한 명의 유족일 테다.

　"저 밖에 있는 사람은 작가가 이번에 다루는 사고 희생자의 유족 중 한 명이야."

　"그런 거 같았어."

　"작가는 물론 그간 많은 조사와 유가족과 함께 지속적인 세미나를 가지며 작품을 준비했어. 한 명 한 명에게 자신의 작품을 설명하고 허락을 구했지. 작가가 이번 전시를 준비하며 가장 힘들었던 시기라고 하기도 했어. 하지만 예상하는 것처럼 누군가는 반대를 하게 되어 있지. 그중 가장 거센 반대를 하는 사람이 저 밖에 서 있는 분이고."

　"그런데 작가가 이번 전시로 다루는 사고는 어떤 거지? 화재 사고인가?"

　"4년 전, 어느 빌딩에서 화재가 났어. 10층짜리 건물이었는데 대부분은 비어 있고 8, 9, 10층만 사용 중이었어. 8층은 사무실 대여 공간이었는데 여행사, 무역, 디자인 업체, 제약, 교육 계열 등 여러 계열의 회사가 공간을 임대 중이었고 9, 10층은 어느 교회가 쓰고 있었어. 예배실, 사무실, 회원실 등등의 시설이 있었지. 이건 소문인데, 실은 거기가 사이비 종교 집단의 본거지라는 말이 있어. 화재 조사를 하는 과정에서 나온 말이라 아마 사실이겠지."

아아, 그 사고라면 나도 안다. 나와 관련 없는 정보라 진작에 증발했을 법도 하지만 이 사고는 상세히 기억한다. 희생자들에 대한 애도보다 사이비 종교를 향한 힐난이 더욱 거셌었다.

그럴 만도 한 게 빌딩의 소유주가 사이비 종교의 교주였는데, 회원 관리에만 열을 쏟았을 뿐 빌딩의 안전에는 등한시했다. 안전 정기 점검도 받지 않고, 비상계단에는 형광등도 고장 나고 비상구 유도등에 불도 안 들어오는 데다 천장의 화재 감지기와 스프링클러는 모두 먹통. 게다가 회원들을 감시한답시고 예배실 입구의 문을 삼중으로 잠가 두는 등 바깥 세상과의 철저한 차단 탓에 8층에서 시작한 화재의 여파가 10층의 예배실 턱 밑까지 도달하는 동안 그 누구도 사실을 몰랐다고 한다.

그날 8층의 사무실은 대부분 휴무였는데, 어느 무역 회사의 사무실에서 몇 명이 술자리를 가지면서 라면을 끓여 먹다 전기 포트 플러그를 꽂아 놓은 채 나갔고, 하필 플러그를 꽂은 콘센트가 누전이 되어 불꽃이 튀기며 화재가 시작됐다. 사무실의 벽과 복도는 그 유명한 샌드위치 패널. 유독 가스는 순식간에 위층으로 빠르게 번졌다. 플러그를 꽂아 놓은 채 나갔다는 이유로 직원을 욕하기엔 빌딩의 관리가 총체적 난국이었다.

그래도 열세 명이나 되는 사망자까진 나오지 않을 수도 있었는데, 비상계단의 방화문이 누군가에 의해 활짝 열려 있었던 것이다. 덕분에 유독 가스가 순식간에 10층을 가득 메웠고, 예배실에 있던 모든 사람은 화염을 보기도 전에 질식사했다. 예배실 안의 창문은 스테인드글라스로 막혀 있었고, 완강기는 없었다.

건물 책임자인 사이비 종교 관계자는 평소에 방화문은 닫아놓는다고 억울함을 호소했다. 예배실에 있던 희생자 중 누군가가 사고 당일 열어 둔 걸로 결론이 났다. 당시 사고에 대한 수사가 지나치게 빨리 매듭지어졌다는 의견이 팽배했다. 근처에서 국가적인 행사가 있었고, 거기에 연쇄 살인으로 추정되는 사건까지 더해져 경찰 인력이 모두 그곳으로 쏠려 있었다.

게다가 그 사이비 종교와 정치 사이의 카르텔 존재 가능성까지 더해져 수사 종결 후에도 말이 많았다. 사고 현장에 CCTV는 없었다. 몰래 술자리를 가진 사람들은 무죄. 덕분에 그들은 신상이 까발려지는 사태는 면했다. 사고 당시 교주는 필드에서 골프 채를 휘두르던 중이었다.

덧붙이면 내가 이 사고를 이토록 자세히 기억하는 이유는 교수가 자신의 블로그에 올릴 글을 대신 써 달라고 부탁해서 논문도 내팽개친 채 자세히 조사했기 때문이다.

"그런데 아까 전 피켓에는 작가가 '이기적이고 독단적이며 위선적인 행태'를 보여 왔다고 적혀 있었는데요."

관장이 카페로 가서 주문한 음료를 들고 자리로 왔다. 그가 뒤를 돌아 전시장 안쪽을 보고는 소리를 죽여 말했다.

"그게, 지금까지 전시들이 좀 문제의 여지가 있었어요. 파격적이라고 포장하기엔 아슬아슬하거나 선을 넘은 적도 있었죠. 예전에 무연고자의 죽음을 소재로 한 전시회를 열었는데, 작품에 그들의 시신 일부와 유골을 그대로 전시해서 꽤나 큰 논란이 됐거든요. 덕분에 개인전을 연 갤러리는 장기 휴관. 작가가 무연고자를 살해한 게 아니냐는 말에 경찰 조사까지 이뤄졌죠. 도대체 시신 일부와 유골을 어떻게 얻었는지 누구나 궁금해할 법하잖아요.

또 다른 전시회에선 고독사를 다루었는데, 전에 그렇게 홍역을 치르고도 비슷한 전시를 했고 거기에 피해자들의 개인 정보 이슈까지 더해지며 작가 생명의 위기를 맞기도 했지만 '예술은 자유로워야 한다'는 주장 하나로 간신히 버텼죠. 아, 그래. 외국의 연쇄 살인범의 범행을 재현한 적도 있었지. 시신을 훼손하는 디테일까지 모두 꾸며 냈죠. 이 경우는 다행히 실제 인간의 몸뚱어리가 아니라 마네킹이나 조각, 인형 같은 거긴 했지만 이 역시 비난을 피할 순 없었죠. 물론 그 전시는 나름 미적 감각이 꽤 돋보이긴 했지만. 여튼 지금까지의 행적에 비하면 이번 전시는 그래도 양반이죠.

근데 작가가 마냥 생각이 없는 건 아닌 게, 방금 말한 무연고자의 장례식 비용을 본인이 전부 댔어요. 납골당 안치 비용까지 대고 꾸준히 들렀죠. 고독사의 경우도 마찬가지였어요. 가족이 없는 경우는, 그게 대부분이지만, 마찬가지로 장례식을 전부 책임졌죠. 오랫동안 소식이 끊겼던 가족이 있는 경우에는 가족까지 챙겨 줬어요. 그래서 사람들의 비난 여론을 최소화했죠. 도의적으로 책임을 졌어요. 그밖에도 각종 사고를 테마로 전시회를 열 때는 모두 사고 피해자에게 금전적 지원뿐만 아니라 정신적으로도 의지가 되어 주려 했죠. 논란이 있을 때마다 꽤 오랜 기간 동안 자숙도 가졌고요."

"정말이지 알 수 없는 인간이군요. 그런데 용케도 전시를 허락하셨네요."

"저 역시 미술계에 몸을 담은 사람이니까요. 물론 쉽지 않은 결정이었어요. 격렬히 반대하는 유족도 있고. 하지만 나름대로 의미가 있다고 생각했어요."

"그 작가분을 한번 만나 보고 싶은데. 그렇지 않니, 규현아?"

갑작스런 교수의 물음에 빨대로 라떼를 빨다 화들짝 놀랐다.

"저는 잘 모르겠습니다."

얼떨결에 그렇게 말은 했지만 한번 얼굴을 보고 싶긴 하다. 교수가 그토록 잘생겼다고 침이 마르게 칭찬한 얼굴을 보고 싶기도 하고, 그토록 복잡한 인간을 탐구해 보고 싶기도 하다.

"서마오 작가님은 지금 영혼의 방에서 작업을 하고 계셔."

"영혼의 방?"

"갤러리 제일 안쪽 전시관인데, 이번 개인전에서 가장 공들인 작품들이 전시되어 있는 공간이야. 화재 참사로 희생당한 분들의 유품을 공예용 철사 끝에 달린 갈고리에 걸어 두었어. 화재 현장에서 발견된 검게 그을린 물품을 달아 현실감을 더했지. 사고 후 작가가 유족에게 애걸복걸 부탁해 겨우 얻었어. 아니면 현장에서 발견되진 않았지만 희생자가 평소에 자주 쓰던 물품이라든지."

이 작가 고집이 엄청나다. 무척이나 리얼리즘을 추구한다. 확실히 파격적이다.

"그런데 오늘이 임시 개관인데, 아직 작업을 하시나요?"

"아, 작가님이 잠시 시간을 달라고 하셔서요. 작품 보수가 필요하다고 하셨어요. 상세한 내용은 잘 모르겠습니다. 아마 큐레이터분께서 아실 겁니다."

교수가 물었다.

"언제쯤 영혼의 방에 들어갈 수 있어?"

"그건 잘 모르겠는데. 작가님이 작업하는 중에는 누구도 방해해선 안 돼. 본인이 직접 나올 때까지 들어가지도 못해. 작가 본인이 안에서 문을 잠그니까. 아마 수현 씨는 어느 정도 알지 않을까. 작품에 대해선 작가 다음으로 수현 씨가 가장 잘 파악을 하고 있으니까."

"수현 씨?"

"큐레이터야. 지금은 아마 유족분들과 작품 관련 이야기를 하고 있을 텐데. 언제 끝날지는 모르겠네."

"유족이라 하면 밖에서 피켓을 들고 시위하시는 분 말인가요?"

"아뇨, 그분은 결단코 갤러리 안에 한 발짝도 들이지 않겠다고 말하셨어요. 강경한 반대파시죠. 이런 말 하면 좀 그렇지만, 싸움닭 같으시죠. 오늘 오전 8시에 개관을 했는데, 곧바로 작가님과 다투시고, 저에게도 시비를 걸고, 수현 씨, 그리고 같이 온 다른 유족분들과도 다투시고."

"다른 유족분들도 왔나 보네. 왠지 안 올 거 같았는데."

"밖에서 시위하는 분 말고 세 분이 더 오셨어. 네 말대로 다들 전시에 호의적인 건 아니야. 한 분은 전시에 기꺼이 응해 주셨고, 다른 한 분은 전시를 계속 반대하셨지. 밖에 계신 분처럼 극심한 반대까지 하진 않았지만. 나머지 한 분은 뭐랄까, 중립이라고 할까. 딱히 전시에 반대는 안 하시지만 그렇다고 전시를 반기지도 않는?"

"전시를 반길 수는 없을 거 같은데요. 기꺼이 응해 주신 분은 전시를 반겼나요?"

내 말에 관장이 씩 웃었다. 아차. 조금 무례했나.

"하하, 그렇네요. 말이 좀 이상했어요. 아무리 기꺼이 응해 줘도 반길 순 없죠. 찬성하신 분은 이번 전시를 통해 우리 사회가 안전 불감증에 주목하고 더 이상 이런 참사가 일어나지 않기를 바라는 좋은 취지에서 응해 주셨어요. 마음속으로는 슬퍼하셨을 겁니다. 이번 전시가 가능했던 데는 그분의 역할이 아주 컸어요. 그분은 저와 함께 다른 유족들을 설득하셨죠. 작가님도 저도 모두 감사한 마음을 가지고 있습니다. 모두 성공하진 않았지만."

"그럼 피켓을 든 분의 가족인 돌아가신 분의 유품은 전시를 하지 않은 건가?"

"그렇지. 대신 유리로 만들어진 직육면체 상자 안에 촛불을 넣어 매달았어."

"희생자의 넋을 달래는 건가."

"작가분 말로는 희생자의 영혼의 일부가 그 안에 담겨 있을 거라는데."

침을 꿀꺽 삼켰다. 영혼을 담았다니, 무당이라도 부른 건가. 왠지 그 작가라면 그 안에 영혼이 정말로 담겨 있다는 데에 자신의 전 재산을 걸 수도 있을 거 같다. 게다가 담을 거면 다 담지 왜 일부란 말인가. 그리고 어떻게 일부임을 확신할 수 있는 것인가.

관장이 내 표정을 보고 또다시 웃었다.

"하하, 혹시 겁을 먹으신 건가요?"

"아니, 그게."

"우리 규현이가 마음이 좀 여리긴 하지. 하하."

"관장님께선 작가분의 그 말을 믿으시나요?"

"확실히 물리학도답게 의심을 하시네요. 이건 믿음의 영역이

아닙니다. 작가가 내 작품 의도가 이러이러하다고 말한다고 그걸 그대로 믿을 순 없죠. 작가가 작품에 대해 어떠한 코멘트는 할 수 있습니다. 받아들이는 건 각자 마음대로죠."

"그럼 관장님은 받아들이시나요?"

"하하, 끈질긴 학생이네요. 아, 나쁘다는 건 아닙니다. 글쎄요, 한번 생각을 해 봐야죠. 실은 전부터 계속 생각을 하고 있습니다. 아직 답은 정해지지 않았지만, 이런 생각을 하는 과정이 바로 현대 미술을 즐기는 과정인 거죠. 규현 씨는 현대 미술을 즐기나요?"

"아니요, 아예 접하지 않습니다."

"크하핫, 정말 하나의 가식도 없으시군요. 그럼 오늘 저희 갤러리에서 처음 접하게 되는 건가요? 영광입니다."

어떻게 말해야 할까. 그럴 마음은 하나도 없다. 난 그저 교수가 가자고 해서 왔을 뿐이다. 생각해 보니 그저 운전기사 역할을 맡았을 뿐이다. 이걸 이제야 눈치채다니.

"관장님께서 교수님에게 볼일이 있다고 들었습니다. 저는 그저 교수님을 보좌하러 여기에 왔을 뿐입니다."

"하하, 규현이도 참. 분명히 여기 오는 길에 오늘 전시가 기대된다고 했잖니."

교수가 나를 보고 찰나의 순간 정색을 했다가 웃었다.

"그랬나요. 교수님께서 작가가 잘생겼다고 계속 말한 건 기억이 납니다."

"그게 무슨 소리니."

"크하하, 교수와 대학원생이 이렇게 허물없는 사이인 건 처음 봐. 보기 좋은데. 작가님께서 꽃중년이긴 하지. 실은 다른 설치 미술 작가분의 개인전을 기획 중이야. 한 반년 후에. 그 작가분 께서 물리학에 관심이 많으신데, 물리학에서 나오는 양자역학과 설치 미술을 접목한 작품을 선보일 거라고 하셔서 너한테 자문 을 좀 구하려고. 아, 규현 씨도 잘 부탁해요. 보답으로 제가 오늘 저녁에 식사를 대접해 드리죠."

말도 안 되는 소리. 저녁까지 여기 있으란 말이 아닌가.

"오마카세 가는 거야?"

교수는 아주 신이 나서 방방 뛸 기세다.

"생각해 볼게. 여튼 전시회 이야기는 나중에 하고, 일단 한번 쭉 둘러보지 그래?"

"그럴까. 규현아, 같이 가 보자."

"저는 여기서 좀 쉬겠습니다."

"규현 씨, 그러지 말고. 볼 만한 가치가 충분히 있는 작품입니다."

아, 귀찮다. 현대 미술을 볼 바에야 논문을 보겠다. 물론 둘 다 달갑지 않지만, 논문 보는 일은 반드시 해야 하니까. 다만 관장 이 알려 준 지금까지의 작가의 행보는 궁금하긴 하다.

"혹시 작가의 지금까지의 작품 활동이나 행보를 정리해 놓은 글은 없나요?"

"아쉽게도 그런 건 없습니다. 규현 씨는 작품보다 작가에게 더 관심이 가는 모양이네요. 하긴, 작가님이 많이 특이하시죠. 그건 저녁 식사 때 작가님께 직접 물어보시면 어떨까요. 작가님이 좀 과시적이고 자기 자랑을 많이 하거든요. 묻지 않은 것까지 술술 답하실 겁니다. 다만 작가님의 말을 이해하려면 이번 전시회를 둘러보는 게 도움이 될 겁니다. 서마오 작가님께서는 뚝심 하나는 대단하시고 작품에서 느껴지는 기조가 한결같이 올곧거든요."

두 사람이 벌떡 자리에서 일어난 탓에 어쩔 수 없이 끌려가듯 따라나섰다. 벌써부터 피곤하다. 효율적으로 움직이는 게 내 신조 중 하나이거늘.

"작품 설명서는 없나요?"

"규현아, 말이 왜 그리 저렴하니."

"하하, 아까 말씀드렸지만 현대 미술은 본인이 느끼는 게 중요합니다. 정답이 없어요. 그리고 작가님께서 대중에게 작품에 대한 설명을 하지 말라고 부탁하기도 하셨고요. 아, 참고로 사진도 찍으시면 안 됩니다."

"왜?"

"작가님이 요청했어. 지나친 촬영은 공간을 지치게 한다고 하셨거든."

우와, 공간이 지치다니. 정말 시적인 표현이 아닐 수 없다. 솔직히 말하면 웃기다. 공간이 지친다는 게 뭔가. 양자역학에서 나오는 관찰자 효과인가. 예술가 특유의 허세인가.

"도저히 납득이 안 된다는 표정이네요, 규현 씨."

"그렇습니다. 공간이 지친다는 게 뭔가요? 역시 그것도 스스로 생각해 보는 것에서 의미가 있나요?"

"현대 미술을 싫어하시는군요."

"가깝습니다."

"그런데 맞습니다. 스스로 생각해 보는 거죠. 저도 그래서 공간이 지친다는 게 뭔지 작가님께 묻지 않았습니다."

"그냥 자신의 작품이 사진 찍히기 싫다는 말을 있어 보이게 한 거 아닐까요?"

"규현 씨는 가식 없이 말을 하는 게 장점이군요. 다만 그게 단점이 될 수도 있다는 점을 인지한다면 좋겠어요."

"저는 딱히 그게 장점인지 단점인지도 인지 안 합니다."

"크하하."

관장은 호탕하게 웃고는 더 이상 말을 걸지 않고 앞만 보며 걸었다. 교수는 건물 내부의 벽과 천장 그리고 바닥을 고개를 획획 돌려 가며 살펴보는 중이었다. 내 눈에는 벽과 천장은 흰색에 바닥은 회색 돌로 보일 뿐이다.

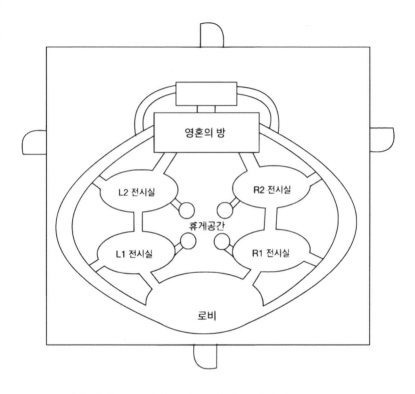

관장이 나와 교수에게 종이 한 장씩을 건넸다.

"이건 갤러리 내부 지도야."

"구조가 독특하네."

교수의 말처럼 독특한 구조다. 총 여섯 개의 공간이 있는데, 남북으로 서 있는 길쭉한 육각형의 맨 아래쪽이 로비고, 꼭짓점마다 전시실이 있다. 도형의 변은 통로에 해당한다. 로비에서 양 갈래로 통로가 나뉘는데, 왼쪽 길로 가서 처음 마주하는 전시실은 L1, 그곳에서 북쪽으로 똑바로 가서 나오는 전시실은 L2라는 이름이 붙어 있다. 로비에서 오른쪽으로 가도 똑같은 형태로 전시실이 두 곳 있는데 이름은 R1, R2. 아마 left와 right라는 단어의 첫 글자를 땄을 것이다. L2와 R2 각각에서 역시 위쪽으로 향해 있는 통로로 가면 네모 모양의 또 다른 전시실이 나오는데, 여기가 '영혼의 방'이라고 불리는 곳이다. 양쪽 가장자리에 전시실을 둘러싸듯 길이 나 있는데 여긴 직원용 통로라고 한다.

우리는 먼저 L1 전시장으로 걸어갔다. 통로를 지나니 원뿔처럼 가운데로 솟은 높은 천장과 원기둥 모양의 공간이 눈에 들어왔다.

"어때?"

'답은 정해져 있으니 너는 대답만 하면 돼.'라는 느낌이 난다.

"근사하네."

"벽은 합판에 테라코 드라이비트로 마감했고, 바닥은 미장한 뒤에 갈아 냈어."

무슨 소린지 전혀 알 수 없다. 내 눈에는 벽은 흰색에 바닥은 짙은 회색으로 보이는 게 전부다.

"여기는 회화를 전시하는 공간이야."

아무리 현대 미술에 관심이 없다지만 회화가 무엇인진 안다. 흰색 벽에는 일정한 간격으로 그림이 걸려 있다. 하나같이 알몸의 사람이 붓을 뭉개서 그린 것처럼 일그러져 있다. 연령과 성별은 남녀노소로 다양하다. 그림 속 인물은 각각이 위치한 장소는 다르지만 하나같이 괴로워하는 몸짓을 보이고 있다. 표정은 뭉개져 명확히 드러나지 않았다. 전신의 피부가 군데군데 빨간색에 보라색으로 뒤덮여 있어 살색이 더 적어 보였다.

그림을 응시하던 교수가 미간을 살짝 찌푸렸다.

"마치 화상을 입은 사람 같네."

"정확해. 저기 나오는 사람들은 전부 화마에 휩쓸려 고통 속에서 비명을 지르는 중이야."

"그 화재 참사의 희생자를 그린 건가요?"

만약 그렇다면 그 작가는 욕을 먹어도 할 말이 없다. 이미 어느 정도 말수가 꽤 줄어들 거 같긴 하지만.

"작가의 말에 의하면 그건 아닌 것 같습니다. 화재로 죽는 사람들이 얼마나 괴로운지 느낄 수 있었으면 좋겠다고 말하긴 했죠. 물론 속내는 모르지만요."

문득 어떤 생각이 들었다.

"영혼의 방에는 희생자들의 실제 유품을 전시했다고 하셨잖아요. 그럼 이 그림도 실제 희생자를 그린 게 아닐까요."

"규현아, 무서운 소리 하지 마."

"학생의 말이 맞는지 어떻게 확인할까요? 작가님은 답을 피하실 텐데요."

"저 그림 속에 나오는 사람의 신체 사이즈와 실제 희생자의 신체 사이즈를 비교하거나 또는 체형을 분석하면 어느 정도 누구인지 한정을 할 수 있지 않을까요."

내 말이 끝나니 갑자기 침묵에 휩싸였다. 두 사람 모두 눈을 휘둥그레 뜨며 나를 노려보았다. 뭔가 굉장히 무서운 것을 볼 때 짓는 표정이다.

"놀라운데요, 규현 씨. 소름 돋았어요. 작가님을 보는 것 같아요."

음. 칭찬인지 욕인지 헷갈리지만 중요하진 않으니 그냥 생각하기를 단념하자.

"우와."

갑자기 교수가 박수를 쳤다. 불길하다.

"역시, 명탐정다워."

아니, 갑자기 그 얘기가 왜 나오는 거야.

"명탐정? 규현 씨 말이야?"

"얘가 이래 봬도 머리가 좋거든. 지금까지 여러 사건을 해결했어."

"사건이라고 하면, 잃어버린 고양이 찾기?"

"그런 시시한 게 아니야. 살인 사건이라고. 경찰도 해결 못 한 사건을 해결한 명탐정이야. 셜록 홈즈 알지?"

"뭐라고? 그게 현실에서 가능한 이야기였어? 일반인이 살인 사건을 조사한다는 게?"

"예전에 우연히 산속 별장에서 일어난 살인 사건을 규현이가 해결한 뒤로 경찰 눈에 들었어. 나와 친한 형사가 한 명 있거든. 그 형사가 우리 규현이를 매우 마음에 들어 해서 그 이후로 곤란한 사건이 일어날 때마다 자문을 구하고, 규현이는 멋지게 해결하지."

"우와, 대단한데. 나 이런 사람 처음 봐."

곤란하다. 교수의 말에서 고쳐야 할 점이 한두 가지가 아니다. '이래 봬도'라는 단어는 딱히 지적할 마음은 없다. 문제는 '형사가 우리 규현이를 매우 마음에 들어 한다.'는 부분. 자꾸 '우리 규현이'라고 하는 건 둘째 치고, 내가 사건 현장이나 경찰서에 갈 때마다 형사가 나를 째려보는 눈빛이 연쇄 살인범을 쫓을 때의 그것 같아 움찔거린다.

그런데도 그 형사와 자꾸만 얼굴을 마주하는 건 전적으로 교수 탓이다. 교수가 자꾸만 사건 현장으로 나를 호출하는 것이다. 정말 명탐정이 있다면 평범한, 아니 평범하지 않지만 어쨌든 일개 입자물리 교수가 왜 사건 현장에 그토록 자주 있단 말인가. 생각해 보면 자주는 아니다. 1년에 두 번 정도. 여튼 나는 교수 때문에 강제로, 억지로 사건 현장에 끌려간다. 그곳에서 탈출할 수 있는 가장 좋은 방법은 어서 사건을 해결하는 것, 그뿐이다. 그러나 이 생각을 전부 말하는 게 너무 귀찮으므로 그냥 가만히 있기로 하자.

"활약상을 보고 싶은데 아쉽네. 우리 갤러리에서 살인 사건이 일어날 거 같진 않으니까."

그때였다. 북쪽으로 난 통로 쪽에서 여성의 비명 소리가 울려

퍼졌다.

"뭐야?"

교수가 어깨를 움츠리며 떨리는 목소리로 외쳤다.

"진짜 살인 사건이 일어난 거야?"

"어디죠?"

관장은 내 말에 대답도 하지 않고 전속력으로 앞으로 달려 나갔다. 나와 교수는 잠시 서로를 쳐다보다 곧바로 관장의 뒤를 따랐다. 관장은 L2 전시실을 그대로 지나쳐 계속 직진했다. 영혼의 방이 있는 방향이다. 뒤따라가자 곧 눈앞에 곳곳이 얼룩처럼 검게 그을린 크림색 철문이 나왔다. 관장이 안으로 들어가기 전에 문은 이미 조금 열려 있었다.

안으로 들어가자 갑자기 매캐한 냄새가 났다. 다른 전시실과 달리 이 공간은 벽과 바닥이 모두 검은색이었다. 아니, 자세히 보니 원래는 흰색이지만 검은 그을음이 가득했다. 마치 화재가 난 공간처럼. 그런가. 일부러 그을음을 묻혀 화재 현장처럼 꾸민 것이다. 매캐한 냄새도 연출이리라. 무대 중앙에는 천장에서 내려온 철사 같은 소재에 여러 잡동사니가 갈고리에 매달려 있다. 잡동사니들은 하나같이 검게 그을려 있다. 역시 불에 탄 모습을 구현한 듯하다. 신발, 구두, 가방, 우산, 통기타, 물병, 자세히 보니…… 틀니도 있다. 전부 불에 그을려 검게 변해 있다. 실제 화재 현장에서 가져와 그런 건지, 작가가 일부러 불에 태운 건지 모르겠다.

그중 모두의 눈길을 끄는 게 있다.

손목이다.

손목이 매달려 있다. 사람의 절단된 손목이다. 불에 그을리진 않았는데 마치 진짜 사람 손목 같다. 다른 물품과 이질감이 들어 이상하지만, 굉장히 잘 만들었다. 왼손이다. 조형물인가.

"소…… 손목이."

옆을 돌아보니 젊은 여성 한 명과 아저씨 한 명이 새파랗게 질린 얼굴로 매달린 것을 바라보고 있다. 두 명의 아주머니는 등을 돌렸다.

"규현아, 가만히 있어!"

나는 매달린 손목 조형물에 손을 갖다 댔다. 순간 소름이 끼쳤다.

"씨발!"

끔찍한 감촉에 그만 욕을 하며 뒤로 물러서고 말았다. 저건 조형물 따위가 아니다. 굉장히 잘 만든 것도 아니다.

저건 진짜 사람의 잘린 손목이다.

대체 무슨 일이.

"저…… 저 손은."

관장이 말을 더듬었다.

"저건 진짜 사람의 손이에요."

"으악!"

교수는 새된 목소리로 비명을 질렀다. 비명 타이밍이 좀 늦은 거 같지만.

"저 손은. 저 손은. 저 손은."

관장은 고장 난 인형처럼 같은 말을 중얼거렸다.

"저 손은요? 뭐죠? 저건 진짜 사람의 손이에요."

내 말에 관장은 입을 벌린 채 나를 멍하니 바라보았다.

"저건…… 서마오 작가님의 손목이야."


경찰이 도착한 후 우리는 로비에 있는 카페 앞 테이블에 멍하니 앉아 있었다. 한참 동안 아무 말이 없었다. 교수는 불안한 듯 미어캣처럼 주위를 둘러보았다. 관장은 앞머리를 쓸어 올리며 오만상을 찡그렸다. 드러난 이마에 땀이 송골 맺혀 있었다.

"설마…… 정말로 살인 사건이 일어날 줄은."

젊은 여성은 검은색 블라우스 위에 흰색 카디건을 걸쳤다. 눈을 비비고 있는 걸로 봐서 아직도 울고 있는 듯했다. 아마 수현이라는 이름의 큐레이터일 것이다. 큐레이터는 뭘 하는 사람일까.

아주머니 두 명과 아저씨 한 명은 정신없이 휴대폰을 두드리고 있다. '영혼의 방' 전시에서 모티브가 된 화재 참사 희생자의 유족으로 보인다. 아마 이 소식을 지인이나 다른 유족에게 전하고 있는지도 모른다.

"내가 괜히 그런 말을 해서 살인 사건이 일어난 거야."

교수가 기도하는 자세로 테이블 위에 고개를 떨궜다.

"교수님, 그럴 리가 없잖아요."

"누가 작가를 죽인 거지?"

휴대폰을 두드리던 아저씨가 우리 모두를 둘러보며 물었다.

"그거 꼴좋네."

누군가가 내 등 뒤에서 외쳐 뒤를 돌아보니 피켓을 든 남자가 어느새 로비 안으로 들어와 있었다.

"꼴좋아. 이런 악랄한 전시를 하니 벌을 받은 거지."

그는 나와 교수를 노려봤다.

"너희들도 벌 받을 거야."

관장이 벌떡 일어섰다.

"말씀 좀 가려서 해 주시죠, 성덕이 아버님."

"뭐야?"

"그리고 갤러리 안으로 들어오지 않겠다고 약속하셨잖아요."

"저 밖에 경찰이 들어가라고 했어."

남자는 피켓을 들지 않은 손으로 밖을 가리켰다.

"우린 이제 어떻게 되는 거지."

교수가 손톱을 만지작거리며 중얼거렸다.

"어떻게 되긴요, 한 10분 정도 경찰과 이야기를 한 뒤 집으로 돌아가게 되겠죠."

"너는 지금 이 사태가 무섭지도 않니? 사람이 죽었는데?"

"무서운 건 모르겠네요. 그리고 아직 사람이 죽었다고 단정 짓기엔 일러요."

"어이, 학생. 손목 못 봤어? 그리고 아까 분명히 학생, '씨발'이라고 욕을 하지 않았던가?"

'성덕이 아버님'이라 불린 남자가 고함을 지름과 동시에 뒤에서 누군가 다가왔다. 돌아보니 덩치 큰 남성이 경찰수첩을 우리에게 들이밀었다.

"송정기 형사입니다. 지금부터 한 분씩 차례대로 얘기를 좀 듣겠습니다."

도중에 형사와 눈이 마주쳤다.

"어, 너는?"

"정기야!"

갑자기 교수가 벌떡 일어나 형사에게 달려들었다.

"어떻게 된 거야? 누가 작가를 죽인 거야?"

"네가 여기 왜 있어. 게다가."

형사는 나를 보며 씩 웃었다. 소름이 돋았다.

"두뇌 회전이 빠른 네 연구실 대학원생도 있네. 사건은 해결되었다고 봐야겠어."

"서연아, 너 저 형사랑 아는 사이야?"

관장이 눈을 휘둥그레 뜨며 형사를 가리켰다.

"친구야. 규현이가 사건을 해결할 때마다 수사를 맡았던 형사인데. 어쩜 이런 우연이 다 있어."

교수의 말에 동의한다. 어쩜 이런 우연이 다 있나. 오늘은 집에 일찍 들어가긴 글렀다. 아, 아까 전에 관장이 저녁 식사를 하자고 했을 때부터 진작에 그르긴 했다만, 지금부터는 굉장히 피곤해질 것 같은 불길한 예감이 든다. 형사가 내 어깨에 손을 얹었다.

"그럼 이번에도 잘 부탁해, 규현 학생."

전시실 쪽으로 걸어가던 형사가 이쪽을 돌아보았다.

"학생, 왜 안 와?"

으악. 귀찮게 됐다.

"민간인은 사건 현장에 들어가면 안 되지 않나요?"

"학생, 연기할 시간 없어. 빨리 와. 서연아, 네 제자 좀 빌려 간다."

"규현아, 파이팅!"

교수는 나를 향해 주먹을 불끈 쥐며 응원의 메시지를 보냈다. 하, 어쩔 수 없다. 나는 경찰에게 끌려가는 현행범처럼 형사에게 다가갔다. 이 형사의 이름은 송정기. 덩치가 산만 하고 인상도 괴팍해 웬만한 범죄자들은 한 수 접고 갈 만한 풍채다. 싸움 실력도 상당하다. 나와는 꽤 먼 거리에 놓인 사람이다. 나는 최대한 느린 속도로 형사 뒤를 따랐다.

"학생, 먼저 궁금한 걸 물어봐."

"어떻게 이곳에 오게 되셨나요."

"그런 거 말고."

"그럼 없습니다."

"아쉽네. 사건이 해결되기 전까지 너는 내 옆에서 못 벗어나."

"그건 보통 용의자에게 하는 말 아니에요, 형사님?"

"그렇기도 하지. 여튼, 이제 궁금한 게 생겼겠지?"

궁금하진 않지만 물어보고 싶은 건 있다.

"서마오 작가는 정말 죽었나요?"

형사가 씩 웃었다.

"이 근방을 뒤지는 중이야. 아직 흔적은 못 찾았어. 너는 어떻게 생각해? 범인이 피해자의 손목을 잘라 철사에 걸어 놓고, 몸뚱이는 밧줄로 꽁꽁 묶어 트렁크에 싣고 도주했다. 이런 시나리오일까?"

"물론 아니겠죠."

"오, 왜지?"

"그럴 만한 마땅한 합리적인 이유가 생각이 안 나는걸요."

피해자의 손목을 자른 것, 작품의 일부인 철사에 매단 것, 몸뚱이는 납치한 것. 말이 안 되는 것 세 개가 모였다.

"손목은 어떻게 자른 거죠?"

"단두대야."

"단두대는 어디서 구한 걸까요."

"응? 못 봤나? 현장에 있었잖아."

어느새 영혼의 방 입구 철문 앞에 다다랐다. 안은 아까 전 손목을 발견했을 때보다 훨씬 밝았다. 조명이란 조명은 죄다 켜 놨다. 형사로 추정되는 몇 명의 사람들이 나를 흘겼다. 민간인이 사건 현장에 들어왔건만 그들은 나에게 아무런 경고도 하지 않는다. 내가 누군지 안다는 소리다. 슬픈 사실이다.

형사가 전시장 구석을 가리켰다. 거기엔 정말로 단두대가 있었다. 그 옛날 프랑스에서 루이 몇 세를 처형할 때 쓰던 그것과 비슷하게 생겼다. 실물로 보는 건 처음이다. 실물인가, 조형물인가. 목을 넣는 구멍과 손목을 넣는 구멍, 누울 수 있는 널빤지가 있다. 진짜 단두대인가.

"진짜 단두대야."

온몸의 털이 쭈뼛 섰다. 내 마음속을 읽었나.

"칼날에 피가 묻어 있어. 바닥에도 좀 흘렸고. 아마 피해자의 피겠지. 곧바로 감식을 맡겼으니 잠시 후 알게 돼."

바닥에는 크고 작은 원 모양의 핏자국이 점점이 박혀 있다. 단두대 바로 아래쪽에는 단두대의 몸체인 나무판자를 따라 피가 유리창의 빗방울처럼 흐른 자국이 있다. 바닥엔 약간의 피가 고여 있다. 비교적 원형을 유지하는 핏자국이 있는 반면 타원형의 핏자국도 보인다.

"정황상 여기서 손목을 자른 것 같아."

"이상한데요. 제가 작가였다면 범인의 말을 따르며 순순히 널

빤지에 누워 손목을 넣고 칼이 떨어지길 기다리진 않았을 텐데요. 설마 작가가 그걸 원한 것도 아닐 테고요."

"그런데 그게 맞는 거 같아."

"무슨 뜻이죠?"

형사가 한 손으로 전시장 구석을 가리켰다. 그곳엔 원형 나무 테이블이 있었다. 위에는 아마도 도금을 했을 금색의 십자가와 흰색 그릇 그리고 빨간색 천과 처음 보는 은색 주화가 놓여 있었다.

"저 테이블 위에서 피가 묻은 흔적이 발견됐어."

"테이블 위에 손목을 올려놓은 건가요. 그런데 결국엔 철사에 매달렸잖아요."

"그러게 말이다."

"테이블 위의 피가 정말 작가의 피인가요? 애초에 손목도 정말 작가의 것인가요?"

"손목은 작가의 것이 맞아. 지문을 대조했어. 테이블 위의 피는 아마 작가의 것일 것 같은데, 곧 감식 결과가 나올 거야."

"우와, 일 처리가 빠르군요."

"자기 스스로 손목을 자르는 미친놈이라면 아마 마약 정도는 하지 않았을까."

"그런데 정말 자기 스스로 손목을 자른 거예요?"

"이걸 읽어 봐."

형사가 종이 한 장을 건넸다. 펼쳐 보니 맨 위에 떡하니 '유서'
라고 큼지막하게 적혀 있었다. 볼펜으로 직접 쓴 듯했다.


유 서


13인의아해가무섭다고한다

길은막다른골목이적당하게되어버렸다

죄를품고뜨거운침상에서자다 내꿈에나는크림의사각형문을열고엎지른검
은잉크를흘려보낸다

내꿈에서나는극형을받았다

원의내부원의내부원의내부원의내부사각형의내부

시계문자반에XII에내리워진일개의침수된황혼

카나리아의내부의인사

카나리아의내부

내부

내부의인사

카나리아

내부

카나리아가도망가는내부의검은기다란극형


예상했던 것보단 훨씬 짧은 분량이다. 그러나.

"대체 이건 무슨 말이죠? 암호 같기도 한데요."

"모르나? 이상의 시잖아.「오감도」와「건축무한육면각체」를 섞었는데."

아, 그 이상한 시. 얼마 전에 한국과 미국의 어느 물리학 박사 두 명이「건축무한육면각체」라는 시를 기하학을 기반으로 해석했다는 기사가 나왔다. 교수가 나에게 강제로 읽으라 해서 기억이 난다. 삼차원 각을 적분하면 육면각이 얻어지는데, 차원상에서 한 점에서 만나는 여섯 개의 면이 이루는 각이라고 봤단다. 사차원 도형의 각이라는 얘기다. 대체 뭔 소린지. 그리고 그게 왜 유서에 적혀 있는 건지.

"이거 작가가 직접 쓴 건 맞나요?"

"필적 감정 결과 확인됐어. 작가가 자신의 오른손으로 직접 썼다고 확인이 끝났지."

"원래 경찰이 일 처리가 이렇게 빨랐나요?"

"이슈몰이가 되면 경찰 내부에서도 신경이 쓰이거든. 유명한 문제적 작가, 개인전에서 손목이 잘리다. 손목은 작품의 일부가 되었어. 얼마나 물어뜯길까. 최대한 빨리 마무리 지어야지."

"궁금한 게 있는데요."

"이제 궁금한 게 생긴 모양이네. 기분이 좋아. 뭐지?"

"어차피 매달 거면 테이블 위에 손목을 왜 올려 뒀을까요. 그리고 한 손으로 손목을 저기 매달기는 꽤나 힘들어 보이는데요."

"음, 그러게 말이다."

"두 번째 질문의 답은 금방 나오네요."

"자문자답이냐."

"다른 사람이 매단 거죠."

"누가?"

"글쎄요, 그건 형사님께서 조사하셔야죠. 저는 이만 가 보겠습니다. 자살이면 제가 필요 없잖아요."

"아니지. 아직 자살로 확정할 수는 없어. 그리고 작가의 유서도 무슨 말인지 알아내야 하고, 작가가 어디로 사라졌는지도 알아내야 해. 그러니 너는 못 가."

하. 예상은 했지만 역시 실패다. 어쩔 수 없다.

"유서에는 딱히 별말이 안 적혀 있네요. 아니, 뭐가 잔뜩 적혀 있긴 하지만요. 그런데 유서가 있다는 건 애초에 작가가 손목을 자를 의지가 있었다고 봐야겠죠? 그럼 단두대랑 테이블은 손목을 자른 후 진열하는 용도로 여기에 있는 건가요?"

"큐레이터한테 이쪽으로 오라고 해."

형사가 주변에서 부지런히 움직이는 누군가에게 지시를 내렸다.

"큐레이터는 뭘 하는 사람이죠?"

"학생, 그것도 몰라? 큐레이터는 말이지, 우선 관람객한테 작품을 설명하지. 이 작품은 작가가 어떤 의도로 만든 것이다, 그런 거 말이야. 거기에 그치지 않고 해외 작품인 경우에는 통관

등 수입 절차와 작품 설치, 관리, 전시회 기획까지 거의 모든 걸 도맡는다고 해도 과언이 아니야. 작품의 배치와 관람객의 동선도 신경 쓰지."

"잘 아시네요."

"예전에 맡은 사건에 큐레이터가 엮여 있어서 조사를 했어."

잠시 후 영혼의 방에 큐레이터가 도착했다. 아까와 달리 이제 어느 정도 진정이 된 듯한 모습이다.

"우선 저기서 이야기하시죠."

영혼의 방 북쪽 검은 벽에 문이 나 있다. 그 안으로 들어가니 작은 공간이 나왔다. 영혼의 방과 달리 천장과 벽이 하얗다. 우리는 파이프 의자에 앉았다. 나와 형사가 나란히 앉았고, 큐레이터는 테이블을 사이에 두고 우리를 마주 본 모양새였다.

"한수현 씨, 몇 가지 여쭙겠습니다. 저 단두대는 왜 여기 있는 거죠? 어떤 의미인가요?"

큐레이터의 목소리는 관람객을 대하는 것처럼 차분했다. 아무 일이 없었다고 여기는 듯했다.

"이번 전시는 화재 참사를 다루면서 사회에 안전 불감증에 대한 메시지를 던지는 것을 주목적으로 하고 있어요. 특히 이곳 영혼의 방은 더욱 강렬한 메시지를 담고 있죠. 저 단두대는 현대인에게 주는 심상적 처벌이라는 주제를 가졌어요. 방화라는 범죄를 저지른 자는 시대를 거슬러 올라가면 극형이 내려졌죠. 저기 보이는 희생자의 유품이 매달린 작품을 본 후 단두대를 본다면 관람객이 혼란스러워할 텐데, 그 효과를 노린 거예요.”

“큐레이터님, 그건 작가님께서 설명한 건가요? 큐레이터님의 자의적 해석인가요?”

“작가님이 말하셨죠.”

“그럼 저 테이블은 뭔가요?”

나는 원형 나무 테이블을 손으로 가리켰다.

“저 테이블은 화재 당시 예배당 현장에서 살아남은 테이블이에요. 최고급 자재를 사용하여 화염에서도 살아남았어요. 신도들은 평소 저 테이블 위에 헌금을 했어요. 테이블 위에는 금으로 만든 십자가가 있었어요. 십자가의 가호를 받은 테이블이죠. 모두가 죽음에 둘러싸여 있던 상황에 예수님은 저 테이블에 계셨기 때문에 테이블이 화염에서 무사했다……고 신도들이 주장했어요.”

즉, 그 사이비 종교의 신도들이 믿는 예수는 신도가 죽든 말든 자기 몸만 지켰다는 소리다.

“금이요? 순금입니까?”

“그거까진 잘 모르겠어요.”

“큐레이터님, 이 유서에 무슨 의미가 담겨 있는지 아시나요?”

큐레이터는 잠시 말없이 유서를 읽었다.

“이상의 시라는 것밖에 모르겠어요.”

"작가님은 왜 유서에 이상의 시를 적었을까요?"

"학생, 이건 정확히 말하면 이상의 시가 아니야. 시의 문장을 일부 변형했어."

"아, 그러시군요."

"작가님이 왜 이상의 시를 인용했는지는 잘 모르겠어요."

"작가님은 평소에 이상에 관심이 있었나요?"

"학생, 그건 예전에 작가 본인이 인터뷰로 밝혔어."

"그렇다면 손목은 누가 왜 매달았는지 짐작이 가세요?"

"그것도 잘."

"큐레이터면 사전에 작가와 작업에 관해 충분한 이야기를 하지 않나?"

"그렇습니다만, 작가님은 손목에 대해선 아무런 얘기도 하지 않으셔서요."

"그럼 작가 혼자서 단두대랑 테이블을 손목을 자른 뒤 놔둘 목적으로 작품에 넣고 큐레이터에게는 적당히 둘러댄 겁니까?"

"저도 잘 모르겠어요. 혼란스러워요."

"뭐 그건 경찰이 지금 작가의 작업실을 이 잡듯 뒤지고 있으니 곧 알게 될 겁니다. 작업 노트 같은 것 하나쯤은 있겠죠. 일단 처음 손목을 발견했을 때 얘기를 좀 들어 봅시다."

"그건 아까 경찰에게 다 말했어요."

"그렇습니까. 여기서 한 번 더 말해 보세요. 먼저 오늘 손목을 발견하기 전까지 경위를 알려 주시죠."

"저는 유족분들 세 명과 R2 전시실에서 작품에 관한 이야기를 하고 있었어요."

"몇 시부터 계셨습니까?"

"오전 11시를 조금 넘었을 때부터였어요. R2 전시실에 있던 「죽기 직전의 생명들」이란 작품 이야기를 했는데, 불타 죽은 새들의 사체에다 직접 털실로 짠 옷을 입혀 벽에 붙여 놓은 작품이에요."

무척이나 해괴한 작품이다.

"불타 죽은 새들의 사체는 어떻게 구했죠?"

"그게……."

내 물음에 큐레이터가 말을 망설였다.

"저는 잘 모릅니다. 작가님이 구해 오셨어요."

"작가님과 같이 작업을 하는 과정이 순탄치 않았겠네요."

"처음엔 그렇게 느끼기도 했지만 갈수록 편해졌어요. 작가님의 작품 세계를 이해하면서부터 작업이 수월해졌죠."

"어떻게 작가님과 함께 이번 전시 작업을 하게 되었나요?"

"여러 작가분들을 만나다가 알게 되었어요."

"전부터 작가님을 알고 계셨죠?"

"네. 비록 여러 의미가 있지만, 미술계에서 유명한 분이시니까요."

"하던 얘기나 합시다. 서마오 씨는 언제부터 영혼의 방에 들어

박혔나요?"

"그건 잘 모르겠어요."

"큐레이터가 그것도 모릅니까."

"작가님이 저보다 먼저 갤러리에 도착하셨으니까요. 관장님께서 그러시더군요. 작가님이 「작은것들」 작품에 보수가 필요하다고 하셨대요. 정확히 12시에 끝낼 거라고."

"작은것들?"

"희생자들의 유품을 매단 작품의 이름이에요."

"필요하다는 보수는?"

"그것도 몰라요."

"아는 게 없군. 그럼 서마오 씨를, 아니 서마오 씨의 손목을 발견한 시각은?"

"12시 20분이었어요. 저는 유족분들과 R2 전시실에 딸린 휴게 공간에 있었는데, 작가님께서 안 나오자 유족분 한 분이 화를 내면서 무작정 영혼의 방으로 가시더라고요. 그러고는 비명을 지르셔서."

"한수현 씨는 그 전까지 계속 다른 사람들과 같이 있었나요?"

"네, 계속 같이 있었어요. 12시 직전에 작가님을 확인하러 영혼의 방 문 앞까지 가긴 했지만 문이 잠겨 있어서 금방 되돌아왔어요. 그리고 또다시 기다리다가 10분 후에 화장실을 가긴 했지만요."

"화장실을 갔다 오는 데에 얼마나 걸렸죠?"

"3분도 안 됐어요. 이제 가 봐도 되나요?"

"좋습니다. 일단은 가 봐도 됩니다. 또 뵙죠."

큐레이터는 형사의 마지막 말을 무시하며 방에서 나갔다.

"같이 있던 유족도 불러와."

형사의 지시가 내려지고 얼마 안 있어 유족 세 명이 영혼의 방에 도착했다.

"저희는 아까 경찰에게 다 말했는데요."

유족은 얼굴이 길쭉한 아주머니 한 명, 얼굴이 통통한 아주머니 한 명, 그리고 해골 같은 인상의 아저씨, 이렇게 총 세 명이다.

"길게 안 여쭙겠습니다. 혹시 큐레이터라고 하는 사람이 자리를 비운 적이 있나요?"

"있었지?"

통통한 아주머니가 모두에게 동의를 구하는 듯 물었다.

"있었어, 두 번."

"두 번이요?"

"정확히 몇 분에 자리를 몇 분 동안 비웠는지 알고 계십니까?"

"그건 내가 잘 알아, 성질이 나 가지고."

길쭉이 아주머니가 갑자기 화를 냈다. 손목을 처음 발견하고 비명을 지른 사람인 듯했다.

"11시 55분에 그 아가씨가 작가가 작업 다 끝났는지 확인하러 영혼의 방에 갔다가 바로 왔어."

"얼마나 자리를 비웠습니까?"

"금방 왔어. 한 30초 걸렸으려나. 그러고 나서 12시가 넘을 때까지 작가를 기다리는데 12시 10분이 되어도 나올 생각을 안 하는 거야. 먼저 가 봐야 하는 거 아니냐고 내가 말했는데 그 아가씨가 작가가 아직 작업 중이니 조금만 기다려 달라고 했어. 문이 잠겨 있었대. 그러고는 한 10분 정도 지났나, 아가씨가 화장실에 간다고 하면서 나갔어."

"돌아오는 데에 몇 분이 걸렸죠?"

"정확히 5분. 휴대폰으로 시각을 계속 보고 있었거든. 작가가 늦어지니까 짜증이 나 가지고 시간에 민감했어. 오후에 일이 있어서 빨리 가 봐야 했거든. 아가씨가 돌아온 뒤에 도저히 참을 수 없어 아가씨 말을 무시하고 영혼의 방에 가 봤더니."

"그때 문이 열려 있었나요?"

"열려 있었어."

"혹시 실례가 안 된다면 예전에 사이비 종교 예배당에서 있었던 화재 사고에 대해 여쭤봐도 될까요?"

"사이비 종교라니!"

내 질문에 갑자기 통통이 아주머니가 자리에서 벌떡 일어섰다. 파이프 의자가 뒤로 넘어가며 커다란 소리를 냈다.

"우리 아들은 독실한 신자였다고!"

"사이비 종교의 독실한 신자였군요. 자리에 앉으세요."

형사가 목소리를 깔고 말하자 아주머니는 곧바로 자리에 앉았다.

"여러분들은 사고 후 현장 감식 결과를 들으셨죠? 혹시 당시 사고에 관해 뉴스나 기사를 통해 알려진 정보 외에 알려지지 않은 다른 얘기를 알고 계신가요?"

내 말에 아주머니 두 분은 한참을 생각하다 갑자기 울음을 터트렸다. 아저씨는 다행히 무덤덤한 모습이었다.

"아버님은 혹시 아시는 게 있으신가요?"

"알려진 게 다야."

"한 번만 더 생각해 보세요."

"학생은 경찰도 아닌데 왜 그런 걸 묻는 거지? 왜 자꾸 아픈 상처를 건드리는 거야? 여기 두 사람 우는 거 안 보여? 하긴, 가족이 죽는 걸 경험해 봤어야지."

"기억나지 않긴 하죠. 다섯 살에 어머니가 돌아가셨으니까요."

"학생, 그건 왜 묻는 거야?"

"「작은것들」이란 작품에 매단 건 피해자의 유품이잖아요. 그런데 누군가는 저기에 작가의 손목을 매달았어요. 즉, 그는 작가의 손목이 피해자의 유품이라고 생각하거나, 사람들이 그렇게 생각해 줬으면 하는 마음이 있을 수 있었던 거죠. 당연한 소리지만 손목을 매다는 시점에서 작가는 한 손뿐이었습니다. 매다는 작업을 할 수 없었겠죠."

"최성길 씨, 그렇다고 하는데 생각나는 거 없으십니까."

"없어. 없다고. 흠, 생각해 보니 옥상 문이 열려 있었다고 했어. 화재 후에 건물 안전 점검을 하다 알게 됐다더라고. 10층 비상계단의 방화문만 열려 있지 않았어도 옥상으로 탈출하면 전부 다 살 수 있었는데."

"원래는 그럼 닫혀 있나요?"

"잠겨 있어. 8층의 무역 회사 직원들도 그렇게 증언했어. 건물 주인 목사가 항상 잠그라고 했대. 거기 무역 회사가 옥상 출입문 열쇠를 가지고 있었는데 옥상 갈 일이 없어서 쓰지도 않고 책상 서랍에 처박아 놓고 있었다고."

"형사님, 그 무역 회사 직원에게도 좀 물어볼 수 있을까요? 당시 언론에 알려지지 않은 정보를 알고 있는지요. 손목을 매단 이유와 사고는 관련이 있는 게 분명해요. 당시엔 여러 복합적인 상황이 겹쳐서 수사가 제대로 이뤄지지 못했어요. 사고에 대해 알아보다 보면 이번 사건에 대한 단서도 잡을 수 있을 거 같아요."

"학생이 부탁하면 그래야지."

형사가 지시를 내린 직후 누군가 헐레벌떡 우리가 있는 방 안으로 들어와 종이 몇 장을 건넸다.

"형사님, 여러 가지 조사 결과가 나왔습니다. 흥미로운 점이 많아요."

경찰로 보이는 남자는 나에게도 종이를 건넸다.

"같은 걸 복사했습니다."

배려가 눈물 나게 고마웠다. 천천히 읽기 시작했다. 먼저 테이블 위에 묻어 있던 피와 단두대에 있던 피는 전부 작가의 피가 맞다. 그리고.

"아스피린?"

"네, 서마오 씨의 혈액에서 상당한 양의 아스피린이 검출됐습니다. 검출된 다른 성분을 생각했을 때 심장약을 복용했던 걸로 보입니다."

"얼마나 많은 거지?"

"정상적인 병원에서 정상적인 처방을 한다면 절대 있을 수 없을 만큼 높은 농도입니다."

"그럼 작가가 비정상적인 병원에 가서 비정상적인 처방을 한 건 아닌가?"

"그래서 조사해 봤는데요. 서마오 씨는 몇 년간 한 병원에서 진료를 받다 3주 전부터 진료를 받지 않고 약도 처방받지 않았습니다."

"그런데 왜 높은 농도의 아스피린이 검출된 거지?"

"그건 잘 모르겠습니다."

"작가님은 심장병을 앓고 있었나요? 어느 정도로 위중했나요?"

"약을 3주 정도 끊을 시에 당장에 죽진 않지만 유의미할 정도로 위험률이 올라간다는 의사의 소견이 있었습니다."

"그럼 약을 왜 끊은 거지? 약을 끊은 동안 서마오는 별다른 증상을 보이지 않았나? 그리고 왜 높은 농도의 아스피린이 검출된 거지?"

"별다른 증상은 보이지 않았다고 합니다."

보고서를 계속 읽어 내려가다 눈에 띄는 문장을 발견했다.

"형사님, 이 부분 좀 읽어 보세요."

"뭐지? 음, '서마오 씨는 한수현 씨와 연인 관계를 유지했던 걸로 추측된다.' 응? 이게 정말인가?"

"서마오 씨 휴대폰을 분석한 결과 한수현 씨와의 상당한 통화 내역과 문자 내역을 확인했습니다. 작업에 대한 내용뿐만 아니라 연인이 주고받을 만한 대화도요. 오히려 그게 더 많았습니다. 아, 그리고 관장 최성필 씨 말인데요. 아내가 4년 전 화재 사고로 사망했다고 합니다. 최성필 씨가 같은 처지인 다른 유족들을 설득해서 전시를 하게 된 겁니다."

그랬다니. 쉽지 않은 결정이었을 텐데 놀랍다. 관장 또한 미술계에 몸을 담았기에 그런 결정을 할 수 있었던 건가.

형사는 곧바로 큐레이터를 소환했다.

"한수현 씨, 작가와 연인 관계였다는 건 왜 숨긴 거죠?"

큐레이터가 잠시 침묵을 지키다 입을 열었다.

"묻지 않으셨잖아요."

"연인 관계라면 더 은밀한 얘기도 하셨겠군요."

"무슨 얘기를 말씀하시는 거죠?"

"작가가 손목을 왜 잘랐는지 같은 거 말이죠."

"손목에 대한 얘기는 못 들은 걸요."

큐레이터의 말에 옆에 서 있던 경찰로 보이는 남자가 고개를 저었다.

"큐레이터님, 몇 가지 여쭤봐도 될까요?"

"그러세요."

"작가님이 심장병을 앓고 있었다는 걸 몰랐다고는 하지 않으시겠죠?"

"네, 맞아요."

"왜 3주 전부터 단약을 하셨는지에 대해 알고 계신가요?"

"작품 활동에 방해가 된다고 했어요."

"심장약에 어떤 부작용이 있나요?"

"저는 의사가 아니라 잘 몰라요."

"어때?"

형사가 옆에 서 있던 남자에게 물었다.

"모든 약은 부작용이 있기 마련입니다. 다만 의사는 서마오 씨가 부작용을 호소한 적은 없다고 증언했습니다."

"큐레이터님."

나는 말을 마친 후에도 꽤 오랫동안 큐레이터를 노려봤다.

"왜 그러시죠?"

"솔직히 말씀해 주세요. 손목을 매단 건 큐레이터님이죠?"

"제가요?"

"큐레이터님은 유족분과 함께 R2 전시실에 있었을 때 두 번 자리를 비우셨잖아요. 처음엔 고작 30초 동안 자리를 비우셨는데, 그때 영혼의 방에 문이 열려 있어서 안을 들여다봤다가 잘린 손목이 테이블 위에 놓인 걸 봤어요. 우선 서둘러 돌아온 뒤, 화장실을 가는 척하면서 직원용 통로를 통해 영혼의 방으로 뛰어가 손목을 매달았어요."

"마치 본 것처럼 말씀하시네요."

"제가 L1 전시실에서 처음 비명 소리를 듣고 뛰어갔을 때, 관장님이 영혼의 방 안에 들어가기 전부터 문은 열려 있었어요. 영혼의 방으로 들어가는 출입문은 직원용 통로를 제외하면 두 곳입니다. 길쭉이 아주머니는 R2에서 영혼의 방으로 연결되는 문이 열려 있었다고 했어요. 설마 그 아주머니가 L2로 연결되는 문까지 열었진 않았겠죠. 그 문은 작가가 안에서 연 겁니다. 작가는 자리를 떠났어요. 유서를 남겼으니 스스로 자리를 떠난 거죠. 바닥에 피가 흐르지 않게 조심하며 자신이 어디로 갔는지 누구도 알지 못하게 하려 했어요. 자신의, 아마 그럴 확률이 높지만, 시체가 발견되길 원하지 않았던 겁니다. 하지만 그가 안에서 문을 열었다는 건, 누군가 자신의 손목을 발견하는 건 바랐던 겁니다. 손목은 분명 의미가 있어요. 작품으로서요. 당신은 큐레이터고, 작가의 작품에 대해선 작가 다음으로 누구보다 잘 알죠. 작가는 한 손이었기 때문에 손목을 매달 수 없었어요. 마지막 작품의 완성을 당신이 한 게 아닌가요?"

"증거가 있나요?"

"증거야 지금부터 찾으면 되지 않을까요. 그리고 제가 법을 잘아는 건 아니지만 다른 사람, 자신이 자른 손목을 다른 사람이 그저 매달기만 한 건 아무런 죄가 되지 않을 거 같은데요. 그렇죠, 형사님?"

"시체 손괴죄나 훼손죄라고 보기엔 애매하지."

그때 또 다른 남자가 방 안으로 튀어 들어왔다.

"당시 무역 회사 직원의 증언을 들었습니다. 새로운 정보를 확보했어요."

그 남자는 형사에게 종이 뭉치를 건넸고, 형사는 그대로 그걸 나에게 전달했다.

"안 읽으셔도 돼요?"

"나는 애초에 그 화재 사건과 지금의 사건이 크게 관련 있다고 생각 안 하거든."

첫 장부터 읽기 시작했다. 유족 중 한 명인 아저씨의 말도 적혀 있었다. 한 장을 넘기니 언론에서 내보내지 않은 새로운 정보도 보였다. 사고가 일어나던 그날 같이 술을 마시던 사람 한 명이 담배를 피우고 싶다고 했다. 그래서 그 사람에게 옥상 열쇠를 빌려줬다고 한다. 그런데 이건 지금까지 경찰을 포함한 그 누구에게도 밝히지 않은 내용이라고 한다. 애초에 경찰이 묻지 않았기 때문이기도 했다. 당시 여러 어지러운 주변 상황 때문에 수사가 제대로 이루어지지 않은 탓이다.

조금 더 읽어 내려가자 머리가 한 대 얻어맞은 듯 얼얼해졌다.

"형사님, 이거 보세요."

"뭐지?"

"최초로 누전이 일어나기 전 무역 회사에서 술을 마시고 있던 사람들 중에는 서마오 작가도 있었어요. 그리고 서마오 작가에게 옥상 열쇠를 빌려줬다고 되어 있어요. 서마오 작가가 담배를 피우러 옥상에 간 거예요."

"그랬구만. 그게 손목을 매단 거랑 무슨 연관이지?"

"형사님, 아까 전에 작가님이 남긴 유서가 이상의 시와 완전히 똑같진 않다고 하셨죠?"

"조금 변형을 했던데."

나는 휴대폰을 꺼내 구글에서 이상의 시를 검색했다. 유서와 비교하니 과연 조금씩 다르다. 무언가가 머릿속을 스쳐 지나갔다. 무언가를 하나 더 검색했다. 음…… 이건.

"이건 또 뭐지?"

생각에 잠기던 사이 형사는 종이 몇 장을 더 들춰 본 모양이다.

"오호, 흥미로운 사실이 적혀 있는데. 당시 피해자 중 가족이

나 지인이 마땅히 없던 사람이 한 명 있는데, 보강 조사를 하는 과정에서 그 사람에 대해서도 알아봤다더군. 그런데 그때 그 사람과 바로 여기 있는 한수현 씨가 연인 관계였다고. 한수현 씨, 왜 얘기 안 하신 거죠?"

"그거야 묻지 않았잖아요."

"형사님, 이 주변은 온통 산이죠?"

"갑자기 왜?"

"혹시 동굴이 있을까요?"

"갑자기 동굴은 왜?"

"거기에 작가님이 있을지도 몰라요. 시체로 있을 확률이 좀 더 높지만요. 빨리 동굴을 찾으라고 해요. 다른 곳 말고요. 동굴이 있는지 최대한 빨리 수색하세요. 빨리요."

잠시 후 경찰의 인력이 동굴 찾기에 총동원되고, 풀숲이 우거져 입구가 상당 부분 가려진 동굴이 발견되었다는 소식이 들려왔다. 그 안에는 서마오 작가의 시체가 있었다. 오른손으로 잘린 왼쪽 팔목을 붙잡고 있었다. 갤러리에서 동굴까지 이르는 풀밭 위에는 핏자국이 하나도 없었다고 한다.

"학생, 어떻게 알게 된 거지?"

"유서 때문이에요."

"유서가 뭘 뜻한 건지 알게 된 건가?"

"사실 처음에 어떤 생각을 하긴 했어요. 예를 들면 첫 줄, 13인의 아해에서 13인은 당시 화재 사고로 죽은 사람의 숫자와 같죠. 그들이 죽은 예배당은 막다른 골목이었어요. 세 번째 줄의 의미는 몰랐는데, 아까 전에 전해 들은 무역 회사 직원의 증언을 통해 알게 됐어요. 작가님은 그때 담배를 피우러 옥상에 갔어요. 옥상까지 운행하는 엘리베이터는 없겠죠. 그럼 작가님은 8층에서 10층까진 엘리베이터를 타고 간 뒤, 10층에서 비상계단으로 옥상에 갔던 겁니다."

"그게 어쨌단 거지?"

"담배를 다 피우고 8층으로 돌아올 때 작가님은 비상계단의 문을 제대로 닫지 않은 거예요."

형사가 잠시 말을 멈추었다.

"그 행동 때문에 연기가 10층에 가득 들어차 죽었단 건가. 그래서 작가는 죄책감 때문에 자살을 택했단 건가? 근데 손목은 왜 자른 거지? 그리고 한수현 씨는 왜 손목을 매단 거지?"

"천천히 설명하죠. 유서의 세 번째 줄에 '나는 크림의 사각형 문을 열고 엎지른 검은 잉크를 흘려보낸다.'라고 되어 있어요. 저는 처음에 크림의 사각형 문이 영혼의 방으로 이어지는 크림색 철문인 줄 알았어요. 근데 그게 아니에요. 유서에서 말하는 크림의 사각형 문은 바로 자신이 열어 두었던 비상계단의 방화문을 말하는 거였어요. 검은 잉크는 유독 가스를 포함한 연기죠.

작가님은 오랫동안 죄책감에 시달렸다고 생각합니다.

유서의 다른 부분도 해석을 해 볼까요. 다섯 번째 줄에서 원의 내부는 네 번 반복돼요. 원은 바로 이 갤러리의 원형 전시실 네 곳을 의미합니다. 사각형은 영혼의 방이고요. XII는 12를 의미하죠. 작가님이 12시에 작업이 끝날 거라고 말했잖아요. 그런데 작품 보수라는 게 끝나는 시간이 정확히 정해질 수 있을까요. 분량이 정해진 것도 아니고요. 'XII에 내리워진 일개의 침수된 황혼'은 12시에 손목을 자른다는 의미였습니다."

"카나리아는?"

"카나리아는 새예요. 카나리아와 내부라는 단어가 반복해서 적혀 있고, 마지막 줄에는 카나리아가 도망가는 내부의 검은 기다란 극형이라 적혀 있어요. 저도 카나리아에 대해선 아까 전에 검색해서 처음 알았는데, 새 중에서 공기에 가장 예민하다고 하네요. 카나리아가 절대 살 수 없는 곳이 있다고 하는데, 그게 바로 동굴이에요. 그래서 작가님이 동굴로 갔다고 생각했어요."

"호오, 놀라운데."

"큐레이터님, 제 말이 맞나요?"

큐레이터는 입을 꾹 다문 채 아무 말도 하지 않았다.

"학생, 의문이 좀 남아 있는데, 아스피린은 어떻게 된 거지?"

"아스피린은 지혈을 방해하는 작용을 해요."

"그런 건가. 자살을 원활히……. 아니, 잠깐만. 작가는 3주 전부터 아스피린을 끊었잖아."

"형사님, 뭐 하나만 조사해 주세요."

◎

이틀 후, 나와 교수는 학교 근처 카페에 앉아 있었다. 딱히 원해서 같이 있던 건 아니다. 비는 단 한 번도 그치지 않고 지금도 내리고 있다.

"성필이가 그랬다니 믿을 수 없어."

교수가 김이 피어나는 커피 잔을 내려다보며 중얼거렸다.

서마오 작가는 자살을 하려 했다. 일단 알려진 것은 그렇다. 지혈을 방해하는 아스피린을 과다 투여하면 확실히 자살하는 데에는 도움이 될지도 모른다. 어감이 많이 이상하긴 하지만 사실이다. 하지만 작가는 전시 3주 전부터 심장약을 처방받지 않았다. 모순이다.

명확한 건 누군가가 작가의 몸속에 아스피린을 투여했다는 사실이다. 그는 작가가 손목을 잘랐을 때 지혈이 되지 않기를 바랐다. 악의가 담겨 있는 것이다. 그 말인즉슨, 그는 작가가 손목을 자를 거란 걸 알고 있던 사람이다. 후보는 얼마 없다. 한 명은 큐레이터. 그날 큐레이터는 곧바로 자백을 했다. 작가가 마지막에 손목을 자르려고 하는 계획을 알고 있었다고 한다. 자살방조죄로 보기엔 애매했다. 그러나 이 잡듯 조사를 해도 큐레이터는 아스피린을 구매한 적이 없었다. 아스피린을 일반 루트가 아닌 해외 직구를 통해 대량으로 구매한 사람은 따로 있었다. 바로 갤러리 관장이었다. 형사에게 작가 주변 인물 중 아스피린을 대량으로 구매한 사람이 있는지 조사해 달라 부탁했고, 얼마 지나지 않아 관장이 지목됐다.

관장은 아내를 화재로 잃었다. 그는 작가가 방화문을 열었다는 사실을 처음엔 알지 못했다. 그리고 큐레이터에게 작가가 마지막에 손목을 자르는 퍼포먼스를 펼칠 거라는 얘기를 들었다. 관장은 당연히 그런 미친 짓을 하는 이유가 궁금했다. 작가가 원래 미친놈이긴 하지만 아무리 그래도 말도 안 되는 이유라도 어떤 이유 하나쯤은 부여할 테니까.

관장은 전시 준비 초기에 큐레이터에게 전달받은 작품 초기 스케치를 보고 철사에 매다는 여러 물품 중 열쇠 하나가 포함되었음을 알게 된다. 그 열쇠는 화재가 난 빌딩의 옥상 출입문을 여는 열쇠였다. 그걸 작가가 가지고 있었다는 사실도. 「작은것들」 작품 설치 전 준비 과정에서 열쇠를 실제로 목격했다고 한다. 관장은 어렵지 않게 작가가 방화문을 열었다는 사실을 유추해 냈다. 그리고 큐레이터에게 작가가 손목을 자르는 쇼를 펼칠 거라는 사실도 들었다. 그렇다. 그건 그냥 쇼였다. 작가는 죽을 생각이 없었다.

하지만 관장의 생각은 달랐다. 그는 작가가 죽기를 바랐다. 그래서 지혈이 안 되도록 몰래 음료에 아스피린을 타서 꾸준히 작가에게 건넸다. 관장은 작가가 심장병 때문에 아스피린을 지속적으로 복용했다는 사실은 알았으나 3주 전부터 약을 끊었다는 것까진 알지 못했다. 음료로 아스피린을 과다 투여해도 경찰은 그가 평소 복용하던 심장약을 의심할 거라 생각했다.

참고로 실은 관장이 교수를 초대한 게 아니라 교수가 건너건너 관장의 갤러리 개관과 서마오 작가 전시 소식을 듣고 다짜고짜 가겠다고 선언했다고 한다. 관장은 교수의 방문을 거절하고 싶었으나 수상히 보일까 봐 그러지 않았다. 덧붙여 교수와 그렇게 친한 사이는 아니라는 말도.

관장은 무슨 처벌을 받게 될까. 무슨 죄를 저지른 걸까. 애매하다. 하지만 애매한 점은 아직 남아 있다.

카페의 현관문에 달린 종이 울리며 누군가가 들어왔다. 큐레이터 한수현이었다. 그녀는 곧장 우리가 앉은 자리로 다가왔다.

"와 주셔서 감사합니다."

"뭘요. 밥을 사 주신다니 와야죠."

"그 후 경찰에서는 별말이 없던가요."

"네, 다행히요. 제가 손목을 매단 건 별다른 죄가 아니라고 하네요."

교수가 말을 꺼냈다.

"손목은 왜 매다신 건가요."

"작가님은 계속 죄책감을 가지고 있었어요. 자신이 열세 명을 죽였다는 죄책감이었던 것 같아요. 당연히 저는 그 사실을 몰랐어요. 작가님은 매우 괴로워하셨어요. 자신이 피해자에게 사과해야 한다는 말만 계속해서 반복하셨어요. 처음 손목을 자르겠다고 하셨을 때는 당연히 반대했죠. 아시겠지만 저는 작가님과 사랑하고 있었어요. 하지만 사랑했기에 결국엔 그분의 뜻을 따르게 된 거 같아요. 작가님은 신에게 자신의 손목을 바침으로써 죄를 용서받고 싶었던 것 같아요. 그 죄가 뭔진 몰랐어요. 작가님은 점점 미쳐 가기 시작했어요. 저와 같이 밤을 보낼 때마다 단 한 번도 악몽을 꾸지 않은 적이 없었죠. 하지만 저에게 모든 걸 고백하진 않으셨어요. 언젠가 말씀해 주실 거라 생각했지만요. 작가님은 손목을 테이블에 올려 두어 신에게 자신의 손목을 바침으로써 속죄를 구한 걸 거예요. 손목을 매단 건 저의 돌발 행동이었어요. 저는 그동안 작가님이 괴로워하는 모습을 너무나 많이 봐 왔거든요. 사랑하는 사람이 그토록 힘들어하는 모습을 보며 저는 작가님도 피해자라는 생각이 들었어요. 그래서 그만. 작가님이 손목을 자르는 데에서 끝나는 게 아니라 자살까지 하려는 결심이었던 걸 알았다면 말렸을 거예요."

"아닙니다."

내가 끼어들자 큐레이터가 입을 다물고 나를 노려봤다.

"규현아, 무슨 말이니?"

"교수님에게는 큐레이터분에게 위로도 할 겸 식사 자리를 마련하자고 했지만 제가 큐레이터님을 뵙자고 한 건 그것 때문이 아니에요. 위로니 식사는 그냥 미끼죠. 특히 위로는 할 필요가 전혀 없어요."

큐레이터의 얼굴이 굳어졌다.

"규현아, 왜 갑자기 실례되는 소리를 하는 거니?"

"작가님은 자살을 할 생각이 추호도 없었어요. 그러니까 3주 전부터 심장약을 끊었죠. 지혈을 해야 하니까요. 그런데 관장님 때문에 방해를 받아 버렸죠."

"그런데 유서까지 쓰고 동굴에 틀어박혔잖니? 거기서 죽음을 받아들이려 한 건 아닐까? 그리고 아스피린이 몸에 안 들어온다고 손목을 자른 후 아무 처치를 안 해도 멀쩡한 건 아니잖아. 게다가 작가는 외부에 도움을 요청하지도 않았어."

"그렇죠. 왜냐면 누가 도와주러 올 예정이었기 때문이에요."

나는 큐레이터의 얼굴을 보았다.

"한수현 씨, 당신이요."

"무슨 말씀을 하시는 거죠?"

큐레이터가 격양된 목소리로 외쳤다.

"사실 저는 처음부터 이상하다고 생각했습니다."

"무엇을 말이니?"

"작가가 자른 손목은 왼손이었어요. 처음 손목을 발견했을 때 알았죠. 그런데 제가 형사님에게 유서가 정말 작가가 쓴 게 맞냐고 물었을 때 형사님은 이렇게 말했죠. 작가가 오른손으로 쓴 게 맞다고. 작가는 오른손잡이예요. 정말 작가가 손목을 바침으로써 속죄를 원했다면, 오른손을 자르는 게 이치에 맞지 않을까요? 오른손으로 방화문을 열었을 테니 말이죠. 잘못을 한 건 오른손이잖아요. 그런데 작가님은 왼손을 잘랐어요. 그야 오른손을 자르면 앞으로 생활에 크게 불편함을 초래할 테니까요."

"제가 작가님을 구하러 갈 예정이었다고요?"

"네. 하지만 그러지 않았죠. 한수현 씨는 작가님이 죽기를 바랐으니까요. 관장님을 이용했죠. 당신의 말을 순순히 믿은 작가는 동굴 속에서 당신을 기다리다 과다 출혈로 죽었어요. 그는 휴대폰을 손에 쥔 채 발견됐어요. 어디엔가 전화를 하려던 거죠. 바로 당신에게요. 와야 하는 사람이 오지 않으니까 뒤늦게라도 부르려다 의식을 잃은 거죠. 풀밭에 피를 흘리지 않게 조심할 정도로 진심이었는데. 불쌍한 사람."

"말이 심하시네요. 가 보겠어요."

"한수현 씨, 조금만 들어 보세요. 저는 당신의 죄를 까발리려고 하는 게 아니에요. 당신이 지은 죄가 뭔지 애매하니까요. 이번에 일어난 일련의 사건은 참 신기하죠. 관장님도 그렇고 작가도 그래요."

"규현아, 더 자세히 설명해 봐."

"저는 한수현 씨가 작업에 들어가기 전 작가와 콘택트를 하는 과정에서 서마오 작가님을 택한 이유가 궁금했습니다. 서마오 작가는 전부터 여러 의미로 유명했어요. 한수현 씨가 작가와 협업을 하고 싶었다면 진작에 할 수 있었겠죠. 작가는 자숙을 자주 가졌어요. 시간이 남았겠죠. 그런데 그때는 관심이 없다가 마침 작가가 화재를 소재로 한 전시를 계획하고 있다는 얘기를 듣고 작가에게 접근한 겁니다. 한수현 씨가 피해자와 아주 가까웠다는 사실은 아무도 몰랐어요. 위장 접근을 했겠죠."

"작가님이 화재 사고를 다룬다는 말을 듣고 협업을 제시한 건 사실이에요. 하지만 위장 접근이라뇨. 그리고 저는 작가님과 연인 관계였다고요."

"그것도 위장입니다. 당신은 작가를 교묘하게 꼬셔서 연인 관계를 형성한 뒤 작가님에게 가스라이팅을 가한 겁니다."

"가스라이팅이라니?"

"손목을 자르는 건 작가의 생각이 아니라 한수현 씨 당신의 제안이었겠죠."

"무슨 소리를 하시는 거예요! 어느 미친놈이 손목을 자르란다고 그걸 자르겠어요?"

"우선, 고인에게 실례되는 말이지만 서마오 작가님은 충분히 미친 분이셨습니다. 제 생각은 이렇습니다. 작가님은 한수현 씨가 화재로 소중한 사람을 잃었다는 사실을 몰랐어요. 반면 한수현 씨는 작가가 방화문을 열었다는 사실을 알았겠죠. 작업실을 방문했다가 옥상 출입문의 열쇠를 봤을 겁니다. 「작은것들」이라는 작품에 매달 물품 후보 중 하나로요.

그 열쇠는 본인에게 있어 떳떳한 물품이 절대 아니지만, 작가는 그 때문에 열쇠를 처분할 수 없었을 겁니다. 그러나 열쇠를 작품에 포함하는 결정을 내리기도 어려웠겠죠. 작가는 철저히 계산적이에요. 자신이 지금까지 저지른 기행과 비교하면 이번 건은 너무 큽니다. 당신은 작가에게 쇼맨십을 제안했습니다. 열쇠는 매달지 말고요. 열쇠를 매달면 작가가 감정이 없는 인간이라고 비쳐지겠죠. 작가가 자신의 죄를 고뇌했다고 보여지는 게 목적이라며 작가를 설득했을 겁니다.

관장님은 큐레이터에게 전달받은 작품 초기 스케치를 보고 철사에 매다는 여러 물품 중 열쇠 하나가 포함되었음을 알았다고 했어요. 작품 초기 스케치야 당연히 작가가 만들었다고 관장님은 생각했겠지만, 사실 그건 큐레이터님이 손을 댄 겁니다. 몰래 열쇠를 추가했겠죠. 설치 전에 그 열쇠를 빼돌려 관장이 목격할 수 있도록 손을 썼습니다. 관장님은 보자마자 눈치를 챌 테고요. 그리고 한수현 씨 당신은 작가가 손목을 자른 후 동굴에 처박혀 있을 거란 걸 관장에게 알려 줬습니다. 작품의 일환이라고 하면서요. 그래서 관장님은 그런 계획을 세운 겁니다."

"증거, 증거 있어요?"

"가설이 없다면 무엇을 조사해야 할지 모르지만 가설이 나왔으니 증거를 찾는 거야 어렵지 않죠. 당신이 유서에 대해 잘 모르겠다고 한 게 포인트입니다. 원래 당신이 작가와 약속한 '연기'의 시나리오는 이랬을 겁니다. 당신이 그 유서를 보고, 작가가 동굴에 있을 거라고 추측을 하는 거죠. 사전에 간접적으로나마 언질을 들었다고 변명하면 당신의 추리력에 의문을 표하는 사람은 없을 겁니다. 그래서 동굴로 찾아가 작가를 기적적으로 구조하는 겁니다.

작가는 죄책감에 자살을 하려 한 사람으로 매스컴에 비칩니다. 모든 것이 쇼였어요. 당신은 작가에게 교묘하게 이런 인식을 심어 줬겠죠. 손목을 자르고 자살하는 연기를 함으로써 얻을 수 있는 이점이요. 작품의 완벽성, 자살 퍼포먼스로 자신의 신체 그리고 유서 심지어 그 동굴까지 작품이 된 셈이니 그의 작품은 어디에서도 찾아볼 수 없는 입체감을 얻게 됩니다.

엄청난 명성을 얻겠죠. 어차피 자신이 응급 처치를 하러 동굴에 달려갈 테니 죽을 걱정은 하지 마라, 비록 한쪽 손은 잃겠지만 당신이 작가로서 얻을 게 훨씬 많을 것이다, 뭐 이런 말로요. 이 사실이 알려지면 네티즌들도 난리가 나겠죠. 직접적인 화재의 원인은 작가가 아니라고 옹호를 하면서 작가가 저런 방식으로까지 죄를 뉘우치고 자살을 하려 했다니 놀라워하며 이미지를 더욱 높이게 되는 겁니다. 이 모든 것은 당신이 기적적으로 작가를 구출한 뒤 작가가 직접 밝힐 예정이었겠죠. 아니, 그렇게 작가와 얘기를 한 겁니다.

작가가 자신이 주로 쓰는, 그리고 방화문을 열었을 때 썼을 오른손이 아닌 왼손을 자른 점, 동굴까지 가는 길에 핏자국이 남지 않도록 조심한 점과 처음엔 아무에게도 도움을 요청하지 않았다는 점, 그리고 휴대 전화를 쥔 채 죽었다는 점으로 이 모든 건 연기였다는 사실을 알 수 있어요. 이게 연기였다면 당신 또한 일련의 계획을 알고 있었다는 말이 되며, 그런데도 유서에 대해 모른다고 증언한 데다 작가가 어디 있는지 말하지도 않고 작가를 찾으려는 의지를 한 톨도 보이지 않은 게 그 증거입니다."

큐레이터의 꽉 쥔 두 손이 떨렸다.

"규현아, 이해가 안 되는 게 있어. 한수현 씨는 그럼 작가를 엄청 미워했다는 거잖아. 그런데 손목을 왜 매단 거지?"

"한수현 씨가 작가에게 거짓으로 말한 계획에 의하면 손목을 매다는 것 또한 연기 중 일부였습니다. 그렇게 되면 당신 또한 작가와 함께 화제의 인물로 오르게 되죠. 그 이유와 별반 다르지 않을 겁니다. 실제로 작가가 죽어 버렸다는 것만 다르죠. 제가 아니더라도 누군가는 암호를 해석할 테고, 작가가 방화문을 열었다는 사실에 도달할 겁니다. 당신은 작가의 작품을 재해석하며 끝까지 완성하려 한 인물로 남게 되는……."

"그만해 주세요."

큐레이터의 목소리가 갑자기 차분해졌다.

"물적 증거는 여전히 없잖아요."

"제 생각을 형사님에게 전한다면 경찰은 반드시 물적 증거를 찾게 되어 있습니다. 당신이 관장을 이용해 작가를 죽음으로 몰고 가려고 했다는 사실을요."

아까 전에 김이 피어오르던 커피 잔은 이미 식어 있었다.

"경찰에 말하실 건가요?"

"아니요."

내 말에 큐레이터의 눈이 커졌다. 교수도 깜짝 놀라며 나를 바라보았다.

"규현아."

"먼저 이 모든 걸 설명하는 게 너무 귀찮습니다. 지금도 매우 힘들어요. 탈진 직전입니다. 그리고, 저는 웬만한 복수는 응원하는 편입니다. 마지막으로 왠지 한수현 씨는 작가를 사랑한 게 맞긴 하다는 생각이 들어서요. 그게 아니라면 손목을 매다는 건 알바가 아니니까요. 뭐, 교수님이 경찰에게 말하는 건 막을 수 없겠지만요."

자리에서 일어나 가방을 등에 멨다.

"그럼 저는 먼저 가 보겠습니다. 방금도 말했지만, 정말 지쳐서요."

카페 밖으로 나왔다. 비는 아직도 내리고 있다. 이놈의 비는 언제 그치려나. 너무 지쳐서 12시간 정도는 잘 수 있을 것 같다. 자고 나면 그치겠지.

자취방으로 향하는 버스에 올라탔다.

냥탐정 사건 파일 - 천사의 심장

# 황세연

26세에 스포츠서울 신춘문예에 『염화나트륨』이 당선되며 작가 활동을 시작했다. 출판사 편집장 등 몇 가지 직업을 거친 후 다시 소설 쓰기에 전념하고 있다. 교보문고 스토리 공모전 대상, 한국추리문학상 신예상, 한국추리문학상 황금펜상, 한국추리문학상 대상 등을 수상했다. 근래 장편 추리소설 『내가 죽인 남자가 돌아왔다』, 미스터리 해양소설 『삼각파도 속으로』를 출간했고, 본격추리소설 「내가 죽인 남자」, 공포추리소설 「흉가」, SF추리소설 「고난도 살인」 등의 장르 혼합형 단편 추리소설을 발표했다. 평론가 백휴는 계간 미스터리 20년 특집(2022년 봄호) 「황세연론」에서 황세연을 변증법적 추리소설의 대가라고 정의했다.

가장 좋아하는 명탐정은 일본 드라마 「트릭」의 주인공 야마다 나오코.

가난하지만 발랄한 아마추어 마술사로, 그녀는 과학자라 할 수 있는 남자 주인공과 억지로 얽혀서 일본 각지를 여행하며 범죄자들의 속임수를 간파하고 사건을 해결한다. 야마다 나오코는 매화마다 드라마 앞부분에서 마술을 보여 주고 나중에 그 마술의 트릭을 알려 준다. 「트릭」은 마술 트릭을 많이 알고 있는 마술사가 추리물의 트릭을 간파한다는 설정이 재미있다.

나는 「트릭」을 한국국가정보원 추리 퀴즈 집필 당시 보았는데, 마술과 추리물의 트릭이 그리 다르지 않다는 생각을 했다.

다만, 추리물의 트릭은 창작과 사용 시 마술 트릭보다 한 가지를 더 고려해야 한다. 마술은 트릭을 공개할 필요가 없지만, 추리물은 반드시 트릭을 공개해야 한다. 추리물 트릭은 볼 때도 호기심을 자아내야 하지만 트릭이 공개되었을 때 황당하다거나 시시한 느낌이 들어서는 절대 안 된다. 트릭을 공개하지 않은 마술은 트릭 재사용이 가능하지만 추리물 트릭은 재사용할 수 없다.

**프롤로그**

밀실 살인이었다.

젊은 남자는 아파트 현관에 엎어져 죽어 있었다. 사인은 빗장뼈 위쪽 목 앞부분의 절창이었다. 날카로운 흉기가 기도와 경동맥을 잘랐다. 현관 천장에까지 튄 비산혈은 잘린 오른쪽 경동맥에서 뿜어져 나왔다. 흉기는 남자의 시체 옆에 떨어져 있던 커터칼로 추정되었다.

시체 발견 당시 남자의 머리에 걸려 10cm 정도 열려 있던 현관문의 안쪽 손잡이에 피 묻은 손바닥 자국이 찍혀 있었다. 죽은 남자의 왼손 자국이었다.

피투성이 체육복을 입은 남자는 맨발이었다. 슬리퍼나 신발을 신고 있지 않은 걸로 보아 방문객을 맞으려고 현관문을 열었던 것이 아니라 실내의 누군가를 피해 급히 도망가다가 현관에서 칼에 목을 베여 사망한 것 같았다. 검시의는 피가 마른 정도와 시체 상태를 보고 남자의 사망 시간을 하루 전인 일요일 저녁으로 추정했다.

이 사건이 괴이한 건, 현장이 밀실이라는 점이었다. 아파트 곳곳의 CCTV, 공동 현관과 엘리베이터의 CCTV, 초인종을 누르면 방문자의 영상이 녹화되는 월패드 등 그 어디에도 범인의 모습이 찍혀 있지 않았다. 잠겨 있던 창문에도 침입 흔적이 없었고, 현관 앞 복도도 핏자국 하나 없이 깨끗했다.

**월요일**

야옹! 나는 고양이 탐정 셜록 홈순이다.

나는 4년쯤 전에 뺑소니차에 치인 뒤 정신을 잃고 도롯가에 쓰러져 있다가 지나가던 이은비에게 발견되었다. 그때부터 나는 이은비와 같이 살고 있다.

내 기억의 시작도 그때부터다. 나는 이은비와 살기 이전의 일을 조금도 기억하지 못한다. 나는 이은비에게 구조될 때 이미 인간의 말을 알아듣고 글을 읽을 수 있는 능력이 있었는데, 내가 누구에게 인간의 말과 글 읽는 법을 배웠는지, 어떤 미친 인간이

나에게 쥐 잡는 법은 안 가르치고 인간의 말과 글을 가르쳤는지 미스터리다.

집사 이은비는 나보다 스무 살쯤 많은 스물네 살이다. 9급 공무원이 인생 최대 목표인 여자 인간인데, 공무원 시험에서 이미 두 번 떨어졌다.

강원도 속초에서 태어나 자란 이 프로는 현재 대한민국 경기도 고양시에서 자취하고 있고, 서울 은평구 변두리에 있는 최순석 탐정 사무소에서 아르바이트해 근근이 먹고살고 있다. 친구들과 최순석 탐정은 이은비를 '이 프로'라는 별명으로 부른다. 그래서 나도 이은비를 이 프로라고 부른다.

이은비는 이 프로라는 별명이 공무원 시험에서 2점 차로 두 번 떨어졌기 때문에 붙여졌다고 생각하는 거 같은데, 내가 볼 때는 늘 뭔가가 2% 부족해서 붙여진 별명이 아닌가 싶다. 이 프로는 머리도 2%, 외모도 2%, 학별도 2%, 인맥도 2%, 뭐든 다 2% 부족하다. 다만 오지랖은 200% 남아돈다.


이 프로는 나를 늘 천과 망사로 된 고양이 이동 가방에 넣어 전기 스쿠터 발판에 태우고 최순석 탐정 사무소로 출근한다. 내 콧속으로 수컷 인간들의 오줌에서 풍기는 지린내와 호르몬 냄새가 흘러 들어오면 이 프로의 스쿠터가 목적지에 도착한 것이다.

스쿠터를 술집 '주유소' 옆의 건물과 건물 사이 좁은 공간에 주차한 이 프로가 고양이 가방을 내려 들고 주유소 옆의 계단 출입구로 들어가려다가 발길을 멈췄다. 이 프로가 몸을 옆으로 돌리자 내 눈에도 사무실 건물 앞에 세워져 있는 최순석 탐정의 구형 그랜저가 보였다. 최순석 탐정은 이리 일찍 출근하는 아침형 인간이 아니었다.

자동차로 다가간 이 프로가 고양이 가방을 창문에 대 그늘을 만들어 차 안을 들여다봤다. 차 뒷자리에 누군가가 몸을 웅크린 채 누워 자고 있었다. 45세의 남자 인간, 최순석 탐정이었다.

이 프로가 잠시 망설이다가 뒷좌석 문손잡이를 당겼다. 문이 열렸다. 코 고는 소리가 났다. 이 프로는 최 탐정이 살아 있으니 됐다는 듯 차 문을 조심스럽게 닫았다. 하지만 반대쪽 창문이 조금 열려 있어 문이 세게 닫혔다. 쿵!

놀라서 화들짝 잠에서 깬 최순석 탐정이 고개를 번쩍 쳐들고 창밖을 살폈다.

"입 돌아가요! 집에 들어가서 주무세요!"

이 프로가 자동차에 대고 크게 소리치자 최 탐정은 귀찮게 하지 말고 그냥 가라는 듯이 오른손을 들어 아무렇게나 흔들고 나서 다시 드러누웠다. 새벽까지 술을 마시고 차에서 잔 모양이었다.

최 탐정은 예전에는 사무실 근처에서 새벽까지 술을 마시면 한국추리소설가협회 사무실 소파에 누워 잠을 자곤 했다. 그러다 오전 10시쯤 출근하는 한추협의 아르바이트생 주영란과 부랑자 같은 몰골로 몇 번 마주치고 나서는 잠자리를 자동차로 바꿨다.

술집 주유소 옆의 계단을 따라 2층으로 올라가면 유리문이 하나 나온다. 문 오른쪽에는 '한국추리소설가협회'라고 쓰인 스테인리스 간판이, 왼쪽에는 '최순석 탐정 사무소'라고 쓰인 플라스틱 간판이 붙어 있다.

계단을 올라간 이 프로가 비밀번호를 누르고 사무실 출입문을 열자마자 막걸리 냄새가 진동했다. 이틀 전에 최순석 탐정이 항아리에 막걸리를 담가 책상 밑에 놓아두었는데 발효가 시작된 것이다.

"아, 술은 집에서 담가 쳐드시지 왜 늘 사무실에서……."

이 프로가 사무실의 왼쪽 통로로 들어가며 투덜댔다.

20평 정도 되는 사무실의 가운데를 1.5m 높이의 칸막이로 분리해서 한국추리소설가협회가 오른쪽 공간을, 최순석 탐정 사무소가 왼쪽 공간을 쓰고 있다.

한추협은 10여 평의 좁은 공간에 여러 개의 책상과 소파, 대형 책장 등이 빽빽하게 들어차 있는 반면, 최순석 탐정 사무소는 가구가 거의 없다. 동쪽 창문 앞에 이 프로의 책상, 남쪽 창문 앞에 최순석 탐정의 책상이 놓여 있고 가운데쯤에 원형 테이블 하나와 철제 의자가 네 개 놓여 있을 뿐이다. 살림살이는 중간 크기 냉장고 한 대와 컵 몇 개뿐이다.

"아씨, 또……!"

탐정 사무소로 들어서며 눈앞에 펼쳐진 광경을 본 이 프로가 미간을 찡그렸다. 최 탐정의 짓이었다. 잔소리를 듣기는 싫었는지 테이블 위만큼은 깨끗이 치워 놓았으나 테이블 주변은 엉망진창이었다. 테이블에 기대 놓은 가득 찬 쓰레기봉투 옆에 찌그러진 맥주 캔과 페트병, 족발 포장지와 뼈다귀, 초장이 묻은 종이컵, 비닐봉지, 나무젓가락 등이 아무렇게나 쌓여 있었다. 맥주를 쏟았는지 테이블 밑은 커다란 개가 오줌이라도 싸 놓은 것처럼 누런 액체가 흥건했다.

늘 그렇듯, 알코올 중독자인 최 탐정은 어젯밤에도 술집에서 1차, 2차를 마신 뒤 술과 안주를 잔뜩 사 들고 비틀거리며 사무실로 돌아와 3차를 했을 것이다.

"아이 씨! 날씨도 더운데 짜증 나게……."

이 프로는 쿵쿵 발소리를 내며 탐정 사무소와 한추협 사무실의 창문을 모조리 열어젖힌 뒤 냉장고로 다가갔다. 늘 그렇듯, 냉장고 안에는 최 탐정이 먹다 남겨 둔 캔 맥주가 몇 개 들어 있었다. 이 프로는 캔 맥주 하나를 따서 선 채로 벌컥벌컥 들이켠 뒤 대청소를 시작했다.

나는 이 프로의 청소가 끝난 뒤에야 고양이 이동 가방에서 나갈 수 있었다. 뽀글거리는 소리를 듣고 호기심이 생긴 나는 최 탐정의 책상 밑으로 가서 막걸리 항아리에 코를 대고 킁킁 냄새를 맡았다. 재채기가 나올 거 같은 지독한 냄새였다. 나는 최 탐정의 푹신한 의자 위로 올라가 한숨 자려던 계획을 바꿔 이 프로의 책상 밑으로 가 자리를 잡았다. 인간들의 발밑에 있을 때는 꼬리가 밟히거나 옆구리를 차이지 않도록 조심해야 한다.

이 프로가 나를 데리고 사무실에 출근하는 이유는 세 가지다.

우리 집에는 1년쯤 전에 이 프로가 길거리에서 주워 온 성질머리 더러운 '파니'라는 이름의 불도그 한 마리가 있는데 집에 나와 파니만 있으면 늘 전쟁이 벌어진다. 한 달쯤 전의 전쟁에서는 이 프로가 애지중지하던 노트북이 책상 위에서 떨어져 두 동강 났다. 외출했다가 돌아온 이 프로는 분리되어 망가진 노트북 본체와 모니터를 나와 파니의 코앞에 번갈아 들이대며 한참 동안 난리를 쳤다. 빗자루로 죄 없는 방바닥을 탁탁 때려 대기도 했다.

두 번째 이유는, 이 프로는 귀신을 무서워한다. 이 사무실은 1년쯤 전에 두 명의 인간이 살해되는 끔찍한 살인 사건이 일어난 장소다. 너무나 유명한 사건이어서 입주하려는 인간이 없었는데 끔찍한 범죄로 먹고사는 인간들 모임인 한국추리소설가협회와 가난한 탐정인 최순석이 사무실을 반씩 나누어 쓰기로 하고 헐값으로 입주했다.

이 프로는 사무실에 혼자 있을 때면 과거 여기서 살해된 인간들을 의식하는 것 같다. 이 프로는 고양이가 귀신을 느낄 수 있고 쫓을 수도 있다고 믿는 모양인데, 오해다. 우리 고양이들은 후각과 청각이 발달해서 인간들이 전혀 못 맡는 냄새를 맡거나 인간들이 전혀 못 듣는 음역의 고음이나 저음을 듣고 반응하기도 하는데, 그걸 초자연적인 존재에 반응하는 걸로 오해한 게 아닌가 싶다. 나는 귀신을 감지하기는커녕 인간 귀신 같은 것에는 아예 관심조차 없다. 고양이인 내가 고양이 귀신이나 쥐 귀신이라면 몰라도 인간 귀신에 민감할 이유가 무엇이겠는가?

세 번째는 이유는, 내가 명탐정이기 때문이다. 사무실에 가끔 잃어버린 고양이나 개를 찾아 달라는 의뢰인들이 찾아오는데, 그럴 때는 내 역할이 매우 중요하다. 아이큐 70에 타고난 추적 본능, 경찰견도 울고 갈 후각과 청각, 은평구 최고의 도둑고양이 인맥을 가진 나는 발정 나서 집 나간 개나 고양이쯤은 오줌 냄새만으로도 금방 찾아낼 수 있다. 최순석 탐정 사무소의 진짜 명탐정은 최순석이나 이 프로가 아니라 바로 나, 셜록 홈순 님이라고, 이참에 강조해 두고 싶다.

오전 10시 30분쯤 사무실 출입문이 조심스럽게 열렸다. 선글라스를 낀 45세 정도의 늘씬한 여자가 긴장한 표정으로 사무실 안으로 들어서서 실내를 살폈다. 사무실 안에 인간은 이 프로와 야간 대학에 다니며 한추협에서 아르바이트하는 26세의 늦깎이 대학생 주영란뿐이었다.

"어떻게 오셨어요?"

출입문 옆에 책상이 있는 주영란이 컴퓨터 모니터의 성인 웹툰을 재빨리 한글 문서로 바꾸며 물었다.

"저, 조사 의뢰할 것이 있어서 탐정님을 좀 뵈려고……."

"아, 이쪽으로 오시죠!"

이 프로가 반가운 표정으로 자리에서 벌떡 일어나 쪼르르 달려갔다.

"최순석 탐정님은……?"

방문객은 사무실 규모가 작고 직원이 많지 않아 실망한 눈치였다.

"우리 소장님을 아세요?"

"아뇨, 탐정 사무소 이름이 최순석이라서……."

"곧 출근하실 거예요. 어젯밤 잠복 수사 때문인지 출근이 좀 늦네요."

의뢰인을 테이블로 안내한 이 프로가 휴대 전화로 최 탐정에게 전화를 걸었다. 개보다도 청력이 좋은 내 귀에 이 프로의 휴대 전화에서 나는 발신음이 열 번쯤 들려왔다. 발신음이 끊기며 최 탐정이 입에 모래를 가득 물고 있는 듯한 목소리로 전화를 받았다.

[왜?]

"아직도 차에 계세요? 의뢰인 오셨어요."

[아, 그런 건, 이 프로가 나보다 잘 처리하면서 왜……?]

"소장님을 찾으셔서요."

[에이 참……. 알았어. 올라갈게.]

전화가 끊어졌다.

"곧 오신답니다. 다 왔답니다."

"아가씨도 탐정이세요?"

"예? 예."

"탐정은 자격증이 있어야 하죠?"

"예. 저는 한국추리소설가협회 부설 탐정 센터에서 교육받고 시험 봐서 자격증을 땄어요."

"사무실에서 무슨 냄새가 나네요?"

여자가 인상을 찡그렸다. 발효 중인 막걸리 냄새를 맡은 거 같았다. 여자는 냄새의 원인을 찾으려는 듯 사무실을 둘러보다가 사무실 구석에 엎드려 있는 나를 선글라스 낀 눈으로 노려봤다. 나를 냄새의 원인으로 생각하는 거 같았다.

이런, 된장! 억울하다, 야옹!

하지만 여자가 내 울음소리의 의미를 알아들었을 리 없었다. 내가 무슨 말을 하든 내 목소리가 인간들의 귀에 엇비슷한 고양이 울음소리, '야옹'으로 들린다는 건 인간 세상에 끼어 살고 있는 나로서는 참 답답하고 불행한 일이 아닐 수 없다.

"고양이 똥 냄새인가요?"

"아뇨. 어제 현장에서 증거물을 수집해 왔는데 냄새가 좀 나네요."

"혹시 동물 사체나 시체의 일부……?"

"아니, 그런 건 아니고요. 누룩 냄새예요. 우리가 조사 중인 사건 하나가 밀주 제조와 관련이 있어서요."

잠시 뒤, 구겨진 옷을 입은 최순석 탐정이 손가락빗으로 헝클어진 머리를 빗어 넘기며 사무실 안으로 들어왔다. 통화 중이었다.

"그놈이 중국 삼합회 실세야. 그놈이 바로 중국 핵잠수함 기술과 러시아 탄도 미사일 기술을 빼내서 북한에 넘겨준 놈이라니까. 우리가 놈을 추적하고 있는 걸 알면 삼합회 조직원들이 가만있지 않을 거야. 아, 손님 오셨네. 좀 이따가 보안 전화로 다시 전화할게. 항상 무기 휴대하고 다니고, 3인 1조로 움직여. 그래, 수고!"

전화를 끊은 최 탐정이 의뢰인을 향해 고개를 꾸벅 숙였다.

"안녕하십니까!"

"안녕하세요."

"밤새 잠복하느라 한숨도 못 주무셨을 텐데 집으로 가시지 않고 왜 왔어요?"

이 프로가 최 탐정의 헝클어진 머리와 구겨진 옷차림을 변명하려고 양념을 쳤다.

"상황이 급한데 어떻게 쉬어. 무슨 일로 오셨죠?"

최 탐정이 의뢰인 앞의 의자에 앉으며 물었다.

"그게요, 말씀드리기 좀 곤란한데……."

"괜찮습니다. 여기 오시는 분들은 다들 말하기 껄끄러운 일로 옵니다. 이 프로, 커피라도 한 잔 타 드려!"

"아, 괜찮아요. 그런데 아가씨가 프로세요?"

이 프로를 쳐다보는 의뢰인의 선글라스 속 눈빛이 바뀌었다.

"예?"

"프로면 업계 최고의 전문가 아닌가요?"

"아, 그게……."

이 프로가 머뭇거리자 눈치를 보던 최순석 탐정이 재빨리 끼어들었다.

"예, 맞습니다! 이 업계도 최고 실력자들을 프로라고 부릅니다."

"나이도 많지 않으신 것 같은데, 대단하네요."

의뢰인이 이 프로를 방금 알파고와 네 번째 바둑을 둬서 불계승으로 이긴 이세돌 프로 쳐다보듯 쳐다봤다.

"자, 이제 무엇 때문에 오셨는지 말씀해 보시죠?"

최 탐정은 바쁘다는 듯이 벽시계를 올려다봤다.

"그게, 그러니까, 제가 오래전부터 몽유병 증상이 좀 있었는데, 요즘 부쩍 심해졌어요."

의뢰인이 최 탐정과 이 프로의 표정을 살피고 나서 다시 말을 이었다.

"몽유병이면 병원을 가지 왜 탐정 사무소를 찾아왔는지 궁금하실 텐데요. 근래 일어난 일을 말씀드려 보면, 보름쯤 전에는 아침에 일어났더니 제 것이 아닌 빨간색 미니스커트를 입고 있었는데 속에 팬티를 안 입었고, 일주일쯤 전에는 아침에 보니 누군가가 사용한 듯한 콘돔과 일회용 면도기가 핸드백 속에 들어 있었고, 3일쯤 전에는 거리를 걸어가는데 목과 팔에 문신을 한 근육질의 낯선 여자가 다가와 제 엉덩이를 툭 치며 윙크하는 게 아니겠어요. 심지어 어제는 제 가슴에 누군가의 손톱자국이 나 있고, 속옷에 제 피가 아닌 누군가의 피가 잔뜩 묻어 있었어요. 제가 밤에 무슨 해괴한 짓을 벌이고 다니는 거 같은데, 기억을 못 하니 너무 무서워요."

"저희가 무슨 일을 해 주길 바라시죠?"

최 탐정이 부드러운 목소리로 물었다.

"밤에 제가 무슨 짓을 하는지, 저를 좀 관찰해 주셨으면 해서요."

"혹시 밤에 뭘 하는지 추측하시는 건 있습니까?"

"아뇨."

"혼자 사십니까?"

"예. 그런데 그런 걸 구체적으로 이야기해야 하나요?"

"아뇨, 말하고 싶지 않은 건 말하지 않으셔도 됩니다."

최 탐정이 잠시 생각하는 표정을 짓다가 다시 입을 열었다.

"이렇게 하면 어떨까요? 먼저 댁에 CCTV를 설치하여 자다가 깨서 어떤 행동을 하는지 관찰하고, 집 밖으로 나가면 그때부터 우리 직원들이 추적하여 관찰하는 거로요. 어떠세요?"

"좋아요. 그런데 담당은 어떤 분이……?"

"어떤 탐정을 원하세요? 여성분?"

"최 탐정님이 맡아 주셨으면 좋겠는데요."

"저는 지금 하는 일이 바쁜데……."

"비용을 좀 더 드릴게요."

"아, 좋습니다."

다음은 이 프로 차례였다. 이 프로가 의뢰인에게 계약 내용과 비용에 관해 설명했다.

"저희는 처음에는 계약금에 해당하는 착수금만 받고, 이후 조사 인원과 투입 장비에 따른 실조사비용, 조사가 완료되면 약간의 성공 보수금을 받고 있습니다……."

계약서를 쓰고 난 의뢰인과 최순석 탐정이 사무실을 나가자마자 한추협의 주영란이 이 프로에게 쪼르르 달려왔다.

"이야! 이게 얼마 만에 들어온 일거리냐? 너 이번 달에는 월급 걱정 안 해도 되겠다."

"호호, 그러게요."

"그런데 너네 최 소장님은 술이 아직 덜 깬 거냐? 뻥이 왜 그 모양이냐? 뭐, 삼합회? 삼합회가 도대체 뭐냐?"

"삼합회요? 호호, 우리 소장님이 삼합회 따거인 거 모르셨어요? 삼류 탐정들이 한 달에 한 번씩 모여서 홍어와 삼겹살 먹는,

영양가 하나 없는 그런 술 모임 있어요."

"오호, 그래! 나도 삼합 좋아하는데, 언제 한번 따라가야겠다."

두 여자는 커피를 마시며 점심때까지 쉬지 않고 수다를 떨어 댔다. 나는 지금까지 그 어떤 동물도 이 두 인간처럼 쉬지 않고 지저귀거나 울어 대는 걸 본 적이 없다.

점심시간이 막 끝나 갈 무렵이었다. 내 귀에 누군가가 2층 계단으로 올라오는 소리가 들렸다. 머뭇거리는 듯한 발걸음 소리, 탐정 사무소를 찾아오는 의뢰인이 틀림없었다.

잠시 뒤 출입문이 열렸다. 고양이인 내가 봐도 인기 연예인처럼 잘생긴 서른 살 정도의 양복 입은 남자가 안으로 들어섰다. 남자가 신은 갈색의 명품 구두는 파리가 앉으면 미끄러지지 않을까 싶게 반짝거렸다. 남자는 출입문 앞에 서서 오전의 의뢰인처럼 사무실 안을 살폈다.

"어떻게 오셨죠?"

"의뢰할 일이 있어서요."

"안녕하세요! 이쪽으로 오시죠."

다시 이 프로가 쪼르르 달려가 의뢰인을 탐정 사무소 테이블로 안내했다.

"녹차와 원두커피가 있는데 어떤 걸로 드시겠어요?"

주영란이 가세해 탐정 사무소 직원인 양 행세했다. 탐정 사무소 직원이 많아 보이게 하려는 수작이었다.

"커피 주세요."

"언니, 나도 커피 한 잔! 어떤 일을 도와드릴까요?"

"제가 스토킹을 당하고 있는데, 스토커가 누군지 알고 싶어서요."

"스토킹은 범죄인데, 경찰에 신고는 해 보셨어요?"

"아뇨. 신고한다고 경찰이 바로 수사할 거 같지도 않지만, 상대가 누군지 알아야 신고할지 말지 판단할 수 있을 거 같아요."

"그렇겠군요. 어떤 스토킹 피해를 보셨나요?"

"누군가가 저의 일거수일투족을 일일이 지켜보고 감시하는 거 같습니다. 제가 아침에 눈을 떠서 잠들 때까지, 어디를 가고 누구를 만나는지 일일이 지켜보고 감시하는 거 같아요. 또 제 블로그나 페이스북은 물론 제가 친구들 페이스북에 남기는 댓글들까지도 모조리 찾아 읽는 것 같아요."

"그렇게 생각하시는 근거는 뭐죠?"

잠시 망설이던 남자가 주머니에서 접힌 A4 용지를 꺼내 테이블 위에 펼쳐 놓았다.

"어제, 우리 집 우편함에 들어 있었어요. 한 달쯤 전에도 이런 협박장이 우편함에 들어 있었는데 그건 버려서 없고, 두 번째 협박장이에요."

호기심이 생긴 나는 조용히 이 프로의 책상 위로 올라가 테이블 위의 A4 용지를 건너다봤다.

당장 그만두지 않으면 죽는다.

우리는 너를 늘 지켜보고 있다.


잉크젯 프린터로 인쇄한 글씨였다.

"무엇을 당장 그만두라는 건지는 아세요?"

"아뇨, 모르겠어요. 직장, 아니 직업을 그만두라는 건지, 뭘 그만두라는 건지……, 뭘 노리고 이런 협박을 하는 건지, 아무리 생각해 봐도 모르겠어요."

"짐작이 전혀 안 되세요?"

"예, 전혀……."

"돈도 요구하지 않고요?"

"예."

"첫 번째 협박장도 같은 내용이었나요?"

"예."

"혹시 협박장이 장난이거나 잘못 배달된 게 아닐까요?"

"누가 이런 장난을……? 장난은 아닐 겁니다."

남자는 그동안 사건이 더 있었는데 숨기는 거 같기도 했다.

"저희가 어떤 식으로 도와드리면 될까요?"

"이 협박장을 쓴 사람인지 조직인지가 저를 늘 감시하고 있다니, 제 주변을 감시하면 저를 감시하는 자가 누구인지 알 수 있지 않겠어요?"

이 프로가 밖으로 나가 잠깐 최순석 탐정과 통화한 뒤 다시 들어와 계약서를 꺼냈다.

"성함하고 주민 등록 번호가 어떻게 되시죠?"

"저, 그게, 계약서는 작성하고 싶지 않은데요."

"계약서를 작성하지 않으셨다가 나중에 문제라도 생기면……?"

"그냥 이런저런 일을 하겠다, 비용은 얼마가 필요하다, 정도의 간이 약정서나 하나 써 주시면 됩니다."

"알겠습니다. 그래도 계약금은 내셔야 합니다."

"현금으로 내면 할인됩니까?"

"죄송합니다. 저희는 세금을 탈루하지 않습니다. 비용은 현금이든 카드든 똑같습니다."

남자가 주머니에서 5만 원짜리 현금 뭉치를 꺼내 대충 세어서 20장을 이 프로에게 건넸다.

"현금 영수증 끊어 드리죠."

"아니, 괜찮습니다."

"10만 원 이상 현금 거래는 현금 영수증 발급 의무가 있어요."

"저는 이 거래를 비밀로 하고 싶습니다. 간이 영수증이면 충분합니다."

탐정 사무소에 오는 고객 대부분은 자신의 의뢰 내용이나 비밀이 유출될까 봐 걱정한다. 이 의뢰인도 그런 거 같았다.

"예, 알겠습니다. 참고로, 저희는 고객 정보와 조사 과정에서 알게 된 내용을 철저히 비밀에 부치고 있습니다. 거래가 끝나면 세금 처리 등을 위한 기본 정보를 제외하고 모든 문서와 정보를 즉시 파쇄하고 삭제합니다."

남자는 주민 등록 번호는 물론 이름도 말하지 않고 휴대 전화 번호와 집 주소, 일하는 곳만을 알려 줬다. 남자는 연신내역 인근에서 약국을 운영하는 약사였다. 그의 약국은 최순석 탐정 사무소에서 이 프로의 전기 스쿠터로 8분 정도 거리였다.

이 프로는 의뢰인을 먼저 돌려보낸 뒤 한추협의 주영란에게 탐정 사무소를 맡기고 나를 데리고 사무실을 나섰다.

이 프로는 남자 의뢰인의 약국에는 들르지 않고 그 주변만을 살펴보고 나서 맞은편 건물 2층의 카페 창가에 자리를 잡았다. 이 프로는 테이블에 9급 공무원 시험 기출 문제집을 펼쳐 놓고 의뢰인의 약국을 감시하기 시작했다. 시간과의 지겨운 싸움이 시작된 것이다.

오후 내내 약국 안에 머물렀던 남자 의뢰인은 저녁 7시에 약국 문을 닫았다. 나를 안은 이 프로가 퇴근하는 남자를 멀리서 뒤따랐다. 남자는 15분쯤 걸어서 지은 지 15년쯤 된 북한산스타힐 아파트 단지로 들어갔다. 남자의 집은 104동 304호였다.

남자가 집으로 들어가고 나자 이 프로가 남자에게 문자를 보냈다.

최순석 탐정 사무소입니다. 밤에 외출할 일이 있으면 미리 알려 주세요.

이 프로는 의뢰인이 사는 아파트 단지를 돌아다니며 지형지물을 익힌 뒤 8시쯤 퇴근했다.

## 금요일

평소와 달리 데이트하러 외출한 듯한 발랄한 옷차림의 이 프로와 늘 숙취에 시달리는 부랑자 같은 몰골의 최순석 탐정이 번갈아 가며 남자 의뢰인의 약국을 5일이나 감시했지만 스토커로 보이는 인물은 지금까지 단 한 번도 모습을 드러내지 않았다. 다만, 밤늦은 시간까지 24시간 의뢰인을 감시하는 건 시간 낭비인지라 밤에 외출할 때는 연락해 달라고 했는데 의뢰인은 한 번도 연락하지 않았다.

"느낌이 좋지 않아. 저번 망상 환자 때와 비슷해. 이번에도 망상 환자면 골치 아픈데……."

최 탐정은 며칠간의 조사에서 아무것도 나오지 않자 뭔가 이상하다고 생각하는 것 같았다.

망상 환자나 조현병 환자도 종종 탐정 사무소를 찾아오곤 했다. 외계인이나 북한 간첩에게 감시당하고 있다는 둥 증상이 명료한 경우에는 의뢰 거절이 쉬웠지만 조사 전까지는 사실인지 망상인지 알 수 없는 경우가 문제였다.

두 달쯤 전에 찾아온 40대 여자는 맞은편 아파트의 여자가 밤이나 아침에 베란다 빨래걸이에 빨간 팬티를 널면 그날은 틀림없이 남편이 야근을 한다며 그 여자와 남편의 불륜 증거를 잡아 달라는 의뢰를 했는데, 조사해 보니 남편과 맞은편 아파트의 여자는 안면조차 없었다. 중증 망상 환자인 의뢰인은 조사 결과를 믿지 않았고, 탐정이 증거를 잡지 못했다는 이유로 성공 보수금은커녕 조사 실비조차도 지급하지 않았다.

스토커에 대한 단서를 찾지 못했지만, 주말이 되었으니 남자 의뢰인에게 상황을 보고해야 했다. 이 프로가 의뢰인에게 연락하자 저녁 7시에 약국 앞의 카페로 오라고 했다. 그 카페는 이 프로가 의뢰인을 감시하느라 자주 들락거리는 곳이었다.

약국 주변을 배회하던 이 프로는 6시 50분쯤 약국이 내려다보이는 카페 창가 자리에 자리를 잡고 의뢰인에게 도착했다는 문자를 보냈다. 곧바로 남자가 약국 문을 닫았다. 남자는 약국 앞에 서서 스토커라도 찾는지 잠깐 주변을 살피다가 2차선 도로를 재빨리 무단 횡단하여 카페로 올라왔다.

"어떻게 되어 가고 있습니까?"

"5일 동안 열심히 조사했는데 아직 단서를 찾지 못했어요. 죄송합니다."

하지만 남자는 실망한 표정 대신 얼굴에 미소를 띠었다.

"그리 쉬운 일이면 제가 스스로 해결했겠죠. 카페에 들어왔으니 뭔가 마셔야 할 텐데……. 저는 이런 데서 커피나 차를 마시면 돈 아깝다는 생각이 들더라고요.”

메뉴판을 살펴보던 남자가 포도주와 나초를 시켰다.

“심장과 혈관에는 적포도주가 좋다고 하더라고요. 포도주 한잔 괜찮죠?”

남자는 심장이 안 좋은 모양이었다. 잠시 뒤 종업원이 붉은 포도주와 나초, 크리스털 잔 두 개를 가져왔다.

“큰 병이네요, 작은 병인 줄 알았는데…….”

남자는 두 개의 크리스털 잔에 포도주를 3분의 1쯤 채웠다. 잔이 커서 꽤 많은 양이었다. 남자가 잔 하나를 이 프로 앞에 가져다 놓았다.

“자, 건배!”

남자가 잔을 들어 보이자 이 프로도 잔을 들어 답하고 한 모금 마셨다. 이 프로는 항상 잘생긴 남자에게 약했다.

이 프로, 정신 차려라, 야옹!

하지만 이 프로는 내 경고를 무시하고 남자를 향해 실실 웃었다.

“맛있네요.”

“아직 저녁 식사 안 하셨죠? 제가 혼자 밥 먹어야 할 상황인데, 이거 마시고 나가서 저랑 같이 식사하실래요?”

“제가 밤에 야근이 있어서 시간이 얼마 없는데…….”

이 프로는 저녁 9시부터 새벽 1시까지 최순석 탐정의 자동차 안에서 감시 카메라와 무선으로 연결된 노트북을 들여다보며 몽유병에 걸린 여자 의뢰인을 감시해야 했다.

"식사하는 데 얼마나 걸린다고요. 요 앞에 등심 스테이크를 잘하는 집이 있습니다."

우와, 등심 스테이크! 나도 한 점 주겠지, 야옹!

하지만 나는 곧 유혹을 물리치고 앞발로 이 프로의 허벅지를 긁었다. 인간 수컷의 유혹에 넘어가지 말라는 경고였다.

"홈순이 오줌 마렵구나?"

"홈순이요?"

"예, 얘 이름이 셜록 홈순이에요."

"셜록 홈즈 아니고 셜록 홈순?"

"암고양이라서요."

내가 다시 이 프로의 허벅지를 발톱으로 긁자 이 프로가 나를 화장실로 데려갔다.

오줌 마려워서 그랬던 게 아니라고, 야옹! 말이 안 통하니 답답해 죽겠네, 야옹!

우리가 화장실에서 나오자 남자가 3층에 있는 남자 화장실에 가기 위해 출입문 밖으로 나갔다. 남자가 자리를 비우자 줄곧 내숭 떨던 이 프로가 포도주를 마시려고 잔을 들어 입으로 가져갔다. 바로 그때 테이블 옆으로 지나가던 누군가가 이 프로의 팔을 툭 쳤다.

"앗!"

이 프로의 잔에서 붉은 포도주가 내 얼굴로 쏟아졌다.

야옹!

깜짝 놀란 나는 이 프로의 허벅지 위에서 급히 바닥으로 뛰어내려 몸과 머리를 흔들어 물기를 털었다. 붉은 포도주가 사방으로 튀었다.

"아, 미안해요!"

이 프로의 팔을 쳐서 포도주를 쏟게 만든 인간은 50대 중반의 깡마른 여자였다. 여자가 들고 있던 가방에서 급히 손수건을 꺼내 이 프로의 흰색 바지를 닦아 댔다.

"정말 미안해요."

하지만 여자의 목소리에는 미안한 냄새가 전혀 담겨 있지 않았다. 오히려 희열 같은 게 느껴졌다. 청력이 인간들보다 월등히 뛰어난 나는 인간들의 목소리로 인간들의 건강 상태나 심리 상태를 파악하는 능력 역시 뛰어나다.

이 프로의 흰색 바지를 대충 닦고 난 여자가 옆 테이블의 티슈를 한 움큼 빼 들고 내게 다가왔다. 하지만 경계심이 생긴 나는 여자의 손길을 피해 재빨리 옆 테이블 밑으로 들어가서 포도주가 잔뜩 묻은 털을 혀로 핥아 댔다.

앗! 퉤! 퉤! 시고 떫고……. 이게 도대체 무슨 맛이야? 이렇게 맛없는 걸 인간들은 왜 돈을 내고 사 마시는 걸까? 차라리 개 오줌을 마시는 게 낫겠다.

털을 몇 번 핥지도 않았는데 갑자기 머리가 핑 돌았다. 아, 취한다!

내가 앓는 소리를 내자 이 프로가 나를 데리고 여자 화장실로 들어가 세수시키고 티슈에 물을 묻혀서 내 털을 닦아 줬다. 이어서 이 프로는 물티슈로 붉은 포도주가 묻은 자기 흰색 바지를 닦아 댔다. 하지만 바지는 닦으면 닦을수록 더 보기가 안 좋아졌다. 붉은 오줌이라도 싼 것처럼 보였다.

나와 이 프로가 화장실에서 나왔을 때, 중년 여자는 사라지고 없었다.

"옷이 왜 그래요?"

자리로 돌아와 앉아 있던 남자 의뢰인이 이 프로의 바지를 보고 놀랐다.

"포도주를 엎질렀어요."

"홈순이가 그런 모양이군요?"

내가 그런 게 아니야! 억울하다, 야옹!

"옷을 버려서 집에 가야겠어요."

"약국 가서 드라이기로 말릴까요?"

"아니에요. 말린다고 될 거 같지 않아요. 오늘은 옷 갈아입고 와서 야근도 해야 해요. 죄송해요."

언짢은 표정을 짓고 있던 이 프로는 남자에게 어색한 미소를 지어 보이고는 카페를 나와 골목 한쪽에 세워 뒀던 스쿠터에 올랐다. 이 프로는 옷을 버린 것보다도 남자와 식사를 못 하게 되어 기분이 상한 것 같았다.

이 프로가 스쿠터를 타고 집으로 가는 사이 나는 고양이 이동 가방 안에서 정신을 잃었다.

**토요일**

이 프로는 바람난 암말처럼 엉덩이가 탱탱해 보이는 몸에 꼭 끼는 청바지를 입고 오후 1시에 남자 의뢰인의 약국 앞으로 출근했다. 어제저녁 이목을 끌었던 2층 카페에는 가지 않았다.

길과 빵집에서 6시간을 보내는 것은 꽤 지루한 일이다. 나는 고양이 이동 가방과 이 프로의 품에만 있는 것이 지루해, 이 프로의 품을 벗어나 주변 골목을 어슬렁거렸다. 이 프로는 내가 차에 치이거나 길을 잃을까 봐 걱정되는지 내가 멀리 가지 못하도록 계속 "홈순아! 홈순아!" 하고 내 이름을 불러 댔다.

이 프로는 나와 4년을 같이 살았으면서 아직도 나를 잘 모른다. 나를 보통 고양이라고 생각하는 거 같다. 한국말은 물론 영어도 몇 마디 알아듣고, 세상에서 쥐를 제일 무서워하는 고양이가 어찌 보통 고양이란 말인가? 이 프로는 지금까지 나 이외에는 다른 고양이랑 살아 본 적이 없어서 내가 얼마나 뛰어난 고양이인지 모르는 것 같다.

저녁 6시. 드디어 남자 의뢰인이 다른 날보다 1시간쯤 일찍 약국 문을 닫고 퇴근했다. 남자 의뢰인은 다른 때와 달리 집으로 가지 않고 지하철역으로 향했다. 약속이 있는 거 같았다.

교대 시간이 된 이 프로가 의뢰인을 멀찍이 뒤따라가며 최순석 탐정에게 전화하니 의뢰인이 어딘가에 자리를 잡으면 연락하라고 했다.

합정역에서 내린 의뢰인은 인근의 어느 일식집으로 들어갔다. 창가에 앉아 있던 친구로 보이는 남자가 반갑게 맞았다. 곧이어 이 프로 정도 나이의 여자 한 명이 식당으로 들어가 두 인간에게 인사하고 자리를 잡았다. 친구가 의뢰인에게 여자를 소개하는 자리 같았다.

식당 안의 상황을 파악한 이 프로는 실망한 표정을 지었다.

너무 상심하지 마라, 야옹!

이 프로가 최순석 탐정에게 전화해 위치를 알렸다. 최 탐정은 바로 출발해서 30분쯤 뒤 교대해 주겠다고 했다. 이 프로는 나를 안은 채 일식집 앞을 왔다 갔다 하다가 다리가 아픈지 옆 가게 앞의 나무 벤치에 가서 앉았다.

최 탐정은 40분쯤 지나서 이 프로에게 거의 다 왔다고 카톡을 보냈다.

"아이고, 오긴 뭘 다 와. 출발이나 했는지 모르겠네?"

이 프로가 투덜거리는 바로 그 순간이었다. 내 콧속으로 뇌리에 각인된 어떤 냄새가 파고들어 왔다. 어제 카페에서 내게 포도주를 쏟은 여자에게서 나던 샴푸 냄새와 향수 냄새였다. 주변을 살펴보니 방금 우리 앞을 지나간 검은 옷을 입은 말라깽이 여자의 몸에서 나는 냄새였다. 어제 그 여자가 틀림없었다.

어제 그 여자다, 야옹! 야옹!

하지만 이 프로는 여자가 아닌 나를 쳐다봤다.

"왜 그래?"

여자는 파란불이 들어온 건널목을 곧장 건너가 도로 건너편 빵집의 입간판 뒤에 서서 남자 의뢰인이 앉아 있는 가게를 살폈다.

야옹! 야옹!

내가 도로 건너편을 보고 계속 울어 대자 이 프로가 이상하다는 표정으로 도로 건너편을 살폈다.

"어? 어제 그 여자잖아?"

드디어 이 프로가 여자를 발견했다.

맞다! 어제 그 여자다, 야옹!

"수상한데?"

잠시 뒤, 가게에서 웃고 떠들며 저녁을 먹고 난 남자 의뢰인 일행이 자리에서 일어났다. 세 인간은 같이 가게 밖으로 나왔는데, 두 남녀를 소개해 준 남자가 먼저 자리를 떴다. 이 프로는 최탐정에게 연락해서 자리 이동을 알렸다.

의뢰인과 여자가 걷기 시작했으나 이 프로는 의뢰인을 따라가지 않고 도로 건너편의 여자를 계속 살폈다. 건널목에 파란불이 들어오자 50대 여자가 다시 재빨리 도로를 건너와 의뢰인 일행을 뒤따라갔다.

의뢰인과 여자가 복권방을 발견하고 웃으며 안으로 들어갔다. 두 인간을 미행하던 50대 여자가 복권방 안을 힐끔 쳐다보며 복권방 앞을 그대로 지나쳤다. 하지만 여자는 계속 걸어가지 않고 주변을 두리번거리다가 옆쪽 좁은 골목 안으로 들어갔다. 골목에 몸을 숨기고 두 남녀가 복권방에서 나오길 기다리려는 거 같았다.

10분쯤 지나서 복권방에서 나온 남자 의뢰인과 여자가 길가로 나가자 예약 택시 한 대가 와서 앞에 멈춰 섰다. 두 남녀가 택시에 오르는 것을 보고 중년 여자가 급히 찻길로 달려갔다. 여자가 찻길가에 서서 손을 흔들며 급히 택시를 잡으려 했으나 빈 택시는 보이지 않았다. 의뢰인과 여자가 탄 택시가 멀리 사라지고 나자 택시 잡는 걸 그만둔 중년 여자는 빠른 걸음으로 지하철역으로 걸어갔다. 이 프로와 내가 여자를 미행했다.

중년 여자는 홍대입구역에서 내려 의뢰인이 갔을 만한 술집을 찾는지 술집 몇 곳을 기웃거리다가 다시 지하철을 타고 연신내역으로 갔다. 연신내역에서 타기 전에 연락했던 최순석 탐정이 우리를 기다리고 있었다. 한 인간이 계속 미행하면 들킬 염려가 있으므로 최 탐정이 바통 터치했다. 여자가 마을버스를 타자 최 탐정도 마을버스에 올랐다.

20분쯤 뒤 최 탐정에게서 북한산스타힐 아파트로 오라는 문자가 왔다. 퇴근하라는 문자가 아닌 걸 보면 뭔가 알아낸 거 같았다. 이 프로와 내가 의뢰인의 약국 근처에 세워 뒀던 스쿠터를 타고 북한산스타힐 아파트 단지로 가니 최 탐정이 기다리고 있었다.

"어떻게 되었어요?"

"저 아파트, 103동 404호야."

"뭐가요? 의뢰인의 집은 104동 304호잖아요?"

"그 여자 스토커의 집 말이야. 의뢰인 바로 앞 동에 살고 있어. 거실 창문은 의뢰인의 집과 반대쪽이지만 뒤쪽 창문을 통해 살피면 의뢰인의 집이 훤히 들여다보일 거야."

"정말요? 와! 진짜 집요한 스토커네요! 스토커 짓을 하려고 일부러 앞 동으로 이사 온 거죠?"

"그건 나도 모르지. 남자에게 빠져서 이사까지 온 건지, 아니면 뒷집을 들여다보다가 남자에게 빠져서 스토커가 된 것인지는……."

"이름은 알아냈어요?"

"우편함을 살펴봤는데 우편물이 없더라고."

"남편이나 자식은 있을까요?"

"남편 있는 여자가 아들뻘 되는 남자를 따라다니며 스토킹하겠어?"

"그럴 수도 있죠. 남편 있는 아줌마들도 아이돌 광팬 많잖아요."

"그거하고 이게 같냐?"

"뭐가 달라요? 잘생긴 남자를 좋아하는 마음이야 같은 거죠. 심한 정도가 다를 뿐……."

"그게 바로 다른 거야. 정도의 차이……. 나는 오늘 밤에도 야근해야 해서 내일 늦게 출근할 거야. 이 여자는 이 프로가 좀 맡아 줘."

"내일은 일요일인데요?"

"탐정에게 휴일이 어디 있어. 일거리가 있을 때는 일하고 없을 때는 쉬는 거지. 대신 나중에 대체 휴가 이틀 더 써."

"저, 다음 주 토요일이 시험이라고요."

"그럼 주중에 휴가 쓰면 되잖아."


**일요일**

오전 8시. 이 프로는 9급 공무원 기출 문제집이 든 가방을 등에 메고 나와 함께 집을 나섰다. 스쿠터로 우리 집에서 북한산 스타힐 아파트까지 20분 정도 걸렸다. 이 프로는 나를 안은 채 103동 공동 현관 앞에서 서성거렸다.

이 프로가 나를 안고 있을 때의 장점은 무슨 일을 하든 아무도 경계하지 않는다는 점이다. 나처럼 예쁘고 귀여운 고양이를 안고 있는 여자가 무슨 범죄를 저지르리라 생각하는 인간은 없을 것이다.

양복을 입은 남자 한 명이 공동 현관 밖으로 나오자 나를 안은 이 프로가 재빨리 공동 현관문을 통과해 안으로 들어갔다. 이 프로는 404호 우편함부터 살폈다. 텅 비어 있었다. 밤에 우편물이 왔을 리 없었다.

이 프로는 엘리베이터를 타지 않고 계단으로 올라가 404호 출입문 앞으로 갔다. 문 앞에 배달 상자가 하나 놓여 있었다. 새벽에 채소 등을 배달해 주는 신선식품 상자였다. 아쉽게도 상자에는 주소만 쓰여 있을 뿐 이름은 없었다.

이 프로가 배달 상자를 살피고 있을 때 내 귀에 404호에서 인기척이 들렸다. 내가 발로 이 프로의 가슴을 긁자 이 프로가 동작을 멈추고 귀에 신경을 집중했다. 현관 안에서 중문이 열리는 소리에 이어 신발 신는 소리가 났다. 그제야 무슨 소리를 들은 이 프로가 재빨리 비상계단으로 몸을 숨겼다.

곧장 현관문이 열리며 쓰레기봉투가 모습을 드러냈다. 현관문이 닫히는 소리가 나고 운동화를 신은 발소리가 엘리베이터 앞에서 멈췄다. 순간 쓰레기 냄새와 함께 내게 포도주를 쏟았던 중년 여자의 샴푸 냄새와 향수 냄새가 났다.

이 프로는 발소리를 죽이며 사냥감에 접근하는 고양이처럼 살금살금 계단을 내려갔다. 나와 이 프로가 1층 계단참에 도착했을 때, 재활용품과 쓰레기봉투를 든 중년 여자가 엘리베이터에서 내렸다.

중년 여자는 아파트 밖으로 나가 아파트 뒤쪽에 있는 재활용품 수거장으로 갔다. 일요일이 이 아파트 단지의 재활용품 배출일인 거 같았다. 아침이라서인지 배출된 재활용품은 많지 않았다.

종이 상자는 테이프 제거 후 접어서 배출해 주세요.

페트병은 라벨 제거 후 찌그러트려서 배출해 주세요.

부피가 큰 비닐 에어 캡, 에어 팩, 에어쿠션은 칼로 잘라 공기를 빼 주세요.

여자는 재활용품 수거장의 안내문대로, 수거장에 걸려 있는 칼로 페트병 라벨과 종이 상자의 테이프를 꼼꼼히 제거했다.

재활용품을 분리 배출하고 난 여자는 옆에 놔뒀던 쓰레기봉투를 다시 집어 들었다. 하지만 쓰레기장이 아닌 104동으로 갔다. 104동 공동 현관 출입문 밖에서 출입문 안쪽과 주변을 살핀 여자는 제집 들어가듯 능숙하게 공동 현관 비밀번호를 누르고 안으로 들어가 주머니에서 꺼낸 하얀 뭔가를 우편함 하나에 재빨리 집어넣고 밖으로 나왔다.

놀이터 미끄럼틀 뒤에 숨어서 휴대 전화를 꺼내 사진 찍을 준비를 하고 있던 이 프로는 여자가 공동 현관을 나서는 순간 얼굴을 클로즈업해 연속으로 사진을 찍었다. 찰칵! 찰칵! 찰칵!

아파트 앞으로 나온 여자는 발길을 멈추고 몸을 돌려 아파트 우편함 쪽을 다시 살펴본 뒤 고개를 들어 104동 304호 베란다를 올려다봤다. 이 프로와 나도 104동 304호 베란다로 시선을 옮겼다. 창문 가리개의 열린 정도가 어젯밤과 똑같았다. 인기척은 느껴지지 않았다.

여자는 아파트 단지 구석에 있는 쓰레기장으로 가서 쓰레기 트레일러에 들고 온 쓰레기봉투를 던져 넣었다.

"셜록 홈순! 넌 여기서 잠깐만 기다려!"

갑자기 이 프로가 뒷주머니에서 휴대 전화를 꺼내 전원 버튼을 눌러 꺼 가며 자신의 스쿠터로 달려가 헬멧과 검은 선글라스를 착용하고 103동 입구로 들어가려는 스토커에게 달려가 말을 걸었다.

"저 죄송한데, 제 전화로 전화 한 번만 걸어 주실 수 있을까요? 휴대 전화를 잃어버렸는데, 이 근처 같거든요."

이 프로가 여자에게 전화번호를 말하자 여자가 전화를 걸었다. 하지만 어디서도 전화벨 소리는 들리지 않았다.

"전화기가 꺼져 있다는데요."

"아, 그래요. 감사합니다."

여자가 103동으로 들어가자 이 프로는 헬멧을 벗어 들고 쓰레기장으로 달려갔다. 나도 이 프로를 뒤따라 뛰어갔다. 쓰레기 트레일러 앞에 도착한 이 프로는 쓰레기 트레일러를 들여다보며 난감한 표정을 지었다.

내가 나설 차례였다. 나는 펄쩍 뛰어올라 단번에 쓰레기봉투들이 4분의 3쯤 차 있는 트레일러 안으로 들어갔다. 쓰레기봉투 생김새가 같아서 겉만 보고는 수많은 쓰레기봉투 중에 어떤 것이 여자가 버리고 간 것인지 알 수 없었다. 쓰레기봉투 위를 누비며 킁킁 냄새를 맡아 보니 쓰레기봉투 하나에서 조금 전 103동 404호 앞에서 맡았던 냄새가 풍겼다. 나는 그 쓰레기봉투를 앞발로 긁으며 이 프로를 향해 야옹거렸다.

"그 여자가 버린 쓰레기봉투가 그거야?"

그래, 틀림없다, 야옹!

내가 알려 준 쓰레기봉투를 꺼내 스쿠터로 가져가 발판 위에 실은 이 프로는 헬멧과 선글라스를 오토바이에 걸어 놓고 다시 104동 입구로 갔다. 103동 스토커가 104동 304호 의뢰인의 우체통에 집어넣은 게 무엇인지 확인해야 했다.

다시 공동 현관 앞에서 나를 안은 채 서성거리다가 안에서 누가 나오자 재빨리 안으로 들어간 이 프로는 304호 우편함을 살폈다. 안에 뭔가가 들어 있었다. 이 프로가 우편함 안으로 손을 넣어 우편물 몇 개를 꺼냈다. 우편물들 사이에 A4 용지를 두 번 접은 종이가 끼어 있었다. 주변을 한번 둘러본 이 프로가 종이를 펼치자 프린트한 글씨가 나타났다.

마지막 경고다.

당장 그만두지 않으면 일요일에 죽는다.


협박문이었다.

이 프로가 꺼 놨던 휴대 전화를 켜서 협박문을 사진 찍었다.

이 프로는 다른 우편물들도 하나씩 살폈다.

"최현빈……."

우편물의 수신인 이름이 모두 최현빈인 거로 봐서 의뢰인 이름이 최현빈인 것 같았다. 이 프로가 우편물과 경고장을 다시 우편함에 넣으려는데 공동 현관문이 열리며 머리가 헝클어진 남자가 안으로 들어왔다. 의뢰인이었다. 외박한 거 같았다.

"안녕하세요……!"

"여기서 뭐 하세요?"

이 프로의 손에 우편물들이 들려 있는 걸 본 최현빈이 빠르게 다가와 우편물과 협박장을 가로챘다. 최현빈이 협박장을 펼쳐서 들여다봤다. 표정이 창백해졌다.

"좀 전에 어떤 여자가 넣고 갔어요. 경찰에 신고해야 하지 않겠어요?"

"그건 제가 알아서 할게요."

"왜 일요일에 죽이겠다는 건지 짐작되는 거 있으세요?"

"전혀요……. 이거 넣고 간 여자 얼굴 봤어요?"

이 프로가 휴대 전화 화면을 켜서 조금 전에 찍은 스토커 사진을 보여 줬다. 광학 줌 기능이 있는 휴대 전화로 찍은 사진이었지만 너무 멀리서 찍어 사진이 흐릿했다.

"이 여자인데, 아는 사람인가요?"

"모르는 사람인데요."

"한 번도 본 적 없으세요?"

"글쎄……? 기억에 없어요. 스토커 중 한 명이겠죠?"

"그럴 가능성이 커요. 막 모습을 드러냈으니 좀 더 조사해서 누군지 알려 드리죠. 다음 일요일이 되기 전에……."

"이건 제가 가져가죠."

최현빈은 우편물과 협박장을 들고 엘리베이터로 걸어갔다. 외박해서 피곤한 거 같았다.

104동 공동 현관을 나온 이 프로는 재활용품 분리수거장으로 갔다. 나는 또 코를 킁킁거려서 여자 스토커가 배출한 택배 상자를 이 프로에게 알려 줬다. 택배 상자에 주소 라벨이 붙어 있었으나 이름은 앞의 두 글자만 찍혀 있었다.


우혜*


이 프로는 고양이 이동 가방 앞에 쓰레기봉투를 싣고 스쿠터를 몰아서 최순석 탐정 사무소로 향했다. 후각이 민감한 나는 쓰레기 냄새 때문에 멀미가 날 지경이었다. 거리가 가까워서 그나마 다행이었다.

막걸리 냄새가 진동하는 탐정 사무실과 한추협 사무실은 일요일이라서 텅 비어 있었다. 어젯밤 야근한다고 했던 최순석 탐정은 오후에나 출근할 것이다.

이 프로는 사무실 바닥에 깔 뭔가를 찾다가 마땅한 게 없자 쓰레기봉투를 그대로 바닥에 쏟았다. 역한 냄새와 함께 갖은 쓰레기가 쏟아져 나왔다. 이 프로는 쓰레기들을 손으로 헤집어 세 번 찢어서 버린 고지서 한 조각을 찾아내 들여다보다가 놀랍다는 표정으로 나를 쳐다봤다.

"이야, 맞아! 정말 103동 404호 쓰레기야! 잘했어, 셜록 홈순! 넌 정말 천재 고양이다!"

그래, 뒤늦게라도 인정해 주니 고맙다, 야옹!

이 프로는 쓰레기들을 하나씩 집어서 살핀 뒤 다시 쓰레기봉투에 담았다. 이 프로는 찢어서 버린 고지서와 영수증, 우편물들은 따로 모아 놨다가 직소 퍼즐 맞추듯 맞췄다.

"이건 뭐지?"

갈기갈기 찢어진 몇 장의 A4 용지를 대충 붙여 보던 이 프로가 고개를 갸웃거렸다. 찢긴 종이에는 어떤 복잡한 화학식이 여러 개 쓰여 있었다. 스토커는 화학 관련 전문가이거나 지식이 많은 인간 같았다.

화장실에서 손을 씻고 온 이 프로는 엉성하게 맞춰 놓은 화학식을 휴대 전화 카메라로 찍고 나서 휴대 전화의 녹음기 앱을 켜서 녹음을 시작했다.

"우편물 수신인 이름 우혜연. 라면은 한 번에 한 봉지씩만 끓여 먹었음. 음식물 포장도 대부분 1인분이거나 소포장임. 동거인은 없고 여자 혼자 생활하는 거 같음. 전기 사용량은 전기 스쿠터가 있는 나와 비슷함. 물 사용량은 나보다 조금 더 많음. 평일에도 집에 머무르며 텔레비전이나 컴퓨터를 쓰고 화장실을 사용하고 있는 거 같음. 사용한 생리대가 몇 개 있음. 폐경기가 되었는지 생리 양은 많지 않음. 나이는 쉰두세 살쯤으로 추정됨. 어떤 복잡한 화학식을 쓴 종이 몇 장이 갈기갈기 찢어져 있음."

녹음을 끝낸 이 프로는 쓰레기봉투를 묶어서 출입문 쪽에 놔두고 화장실로 들어가 다시 손을 씻고 나왔다.

"아 참! 셜록 홈순, 목욕해야지!"

그 말에 깜짝 놀란 나는 최순석 탐정의 책상 밑으로 재빨리 들어가 숨었다.

"야, 나와! 쓰레기통에서 뛰어다녔잖아! 목욕 안 하면 안 데리고 다닌다!"

나는 매우, 몹시, 너무 억울했다. 쓰레기통 속으로 뛰어 들어가 큰 공을 세웠는데 결과는 맛있는 육포가 아니라 강제 목욕이라니……

결국 나는 화장실로 끌려 들어가 세숫대야에 앉아 비누 거품을 뒤집어쓸 수밖에 없었다. 물을 싫어하는 우리 고양이들에게 이런 강제 목욕은 모욕이나 마찬가지였다.

수염조차 깎지 않고 모자를 눌러쓴 채 오후 1시쯤 출근한 최순석 탐정은 이 프로를 보자마자 배고프다며 밥을 사겠다고 했다. 최 탐정은 이 프로에게 메뉴도 물어보지 않고 직접 중국집에 전화해 짬뽕과 탕수육을 시키고 고량주와 이과두주를 각각 한 병씩 시켰다. 이 주정뱅이는 배가 고팠던 게 아니라 술이 고팠던 거였다.

이 프로는 최 탐정이 사무실에서 혼자, 또는 한추협 작가들과 술 마시는 걸 싫어해서 갖은 잔소리를 늘어놓곤 하는데, 밥을 먹으면서 반주로 마시는 술은 좀 너그러운 편이었고, 자기에게 밥을 사면 더 관대해졌다.

이 프로에게 오전에 있었던 이야기를 듣고도 최순석 탐정은 느긋하게 술만 마셔 댔다. 탕수육 속에서 돼지고기를 꺼내 내게 던져 주며 배달시킨 술을 다 마신 최 탐정은 책상 속에 숨겨 놓았던 싸구려 양주까지 꺼내 마셨다.

반면, 이 프로는 식사를 재빨리 끝내고 나서 컴퓨터 앞에 앉아 쓰레기봉투를 뒤져 알아낸 '우혜연'이라는 이름과 우혜연에게 직접 수작을 부려 알아낸 전화번호를 구글과 네이버에서 검색했다.

"어? 우혜연! 찾았다!"

이 프로의 외침을 들은 나는 이 프로의 허벅지 위로 껑충 뛰어 올라가서 모니터를 들여다봤다. 모니터에 스토커 우혜연의 사진이 떠 있었다. 기사 제목은 '한국과학대 우혜연 교수, 네이처지 표지 논문 선정'이었다. 우혜연 교수팀이 어떤 신호 전달 물질을 연구하여 논문을 발표했는데 그 논문이 네이처지의 표지 논문으로 선정되었다는 기사였다.

"우혜연, 나이 53세. 우리나라 화학계 쪽에서는 꽤 유명한 사람인가 봐요. 그런데 이상하네요. 이 여자는 현재 학교가 있는 대전에 있지 않고 서울에서 생활하고 있잖아요? 5년 전 기사인데, 현재는 교수를 그만뒀거나 휴직 중인 거 같아요. 미국에서 유학도 했네요."

"한국과학대 교수면 상당히 잘나가던 사람일 텐데, 도대체 뭣때문에 아들 같은 남자를 스토킹하며 죽이느니 마느니 그러는 거지?"

최 탐정은 여전히 술을 마시며 아침에 본 드라마 이야기하듯 건성으로 말했다.

이 프로는 우혜연의 이름과 전화번호로 페이스북도 찾아냈다. 하지만 페이스북에는 오래전에 올린 거로 보이는 사진만 달랑 있을 뿐 프로필이나 게시글은 없었다. 우혜연의 페이스북과 연결되어 있는 친구들은 59명으로 그리 많지 않은 편이었다.

이 프로는 우혜연의 페이스북 친구들을 일일이 살폈다. 곧 이 프로는 한 명의 페이스북에서 우혜연이 남긴 글을 찾아냈다. 은요일이라는 여자의 페이스북이었다. 우혜연은 근래 몇 년 동안 1년에 두 번씩 주기적으로 은요일의 페이스북에 댓글을 남겼다. 5월 2일에는 생일 축하한다는 글과 추억에 대한 글들을 남겼고, 6월 15일에는 슬픔과 그리움에 관한 글들을 남겼다.

내용으로 봐서 은요일은 우혜연의 딸인 거 같았다. 은요일은 4년 전 3월 15일까지는 자신의 페이스북에 학교생활 등을 소재로 글을 올렸는데 3월 15일 이후로는 올린 글이 없었다.

"소장님! 스토커 우혜연에게 은요일이라는 고등학교 2학년 딸이 있었는데, 4년 전 3월 15일 전후로 어떤 사고를 당했고, 6월 15일에 사망한 모양인데요. 사망한 날짜가 일요일이네요. 의뢰인이 우혜연 씨 딸의 사망과 관련이 있는지 조사해 볼 필요가 있겠는데요."


**월요일**

오후에 출근한 최순석 탐정이 우혜연의 고등학교 동창들과 대학 동창들, 그녀가 근무했던 대학의 과거 동료와 조교 등을 통해 알아낸 사실들을 이 프로에게 이야기했다.

최 탐정은 정보를 얻기 위한 거짓말은 나쁜 거짓말이 아니라고 늘 주장하는데, 탐문할 때 보면 실제로 누구에게는 동창이라고 거짓말했고, 누구에게는 오래전에 헤어진 친척이라거나 어려서 헤어진 배다른 형제라고 거짓말하기도 했다.

우혜연은 충북 청주에서 태어나 고등학교까지 다녔는데 어려서부터 집안이 부유한 편이었다. 서울에서 명문대를 졸업한 뒤 미국 유학을 갔다 왔다. 변호사와 결혼해서 딸을 한 명 낳았는데 남편은 10년쯤 전에 병으로 사망했다. 그녀의 딸 은요일은 고등학교 2학년 때 하굣길에 트럭에 치여 뇌사 상태에 빠졌다가 사망했다. 나나 이 프로의 예상과 달리, 은요일의 교통사고는 최현빈하고는 상관없었다. 트럭 운전사가 졸다가 낸 사고였다.

당시 대전의 한국과학대학교 화학과 교수였던 우혜연은 딸이 교통사고를 당해 뇌사 상태에 빠지자 직장을 그만두고 서울로 올라와 병원에서 살며 딸의 곁을 잠시도 떠나지 않았다. 딸이 소생할 가망이 없는 뇌사 상태라는 걸 그녀가 인정하는 데는 뇌사판정 후에도 약 2개월이 더 걸렸다. 우혜연은 딸의 몸 일부라도 계속 살아가길 바라는 마음으로 딸의 심장과 신장, 폐, 안구 등의 장기를 기증했다. 은요일의 장기는 여섯 인간에게 이식되어 여섯 인간에게 새 삶을 줬다.

이후 우혜연은 재산 대부분을 보육원 등에 기증하고 작은 아파트에서 혼자 살았는데 약 2년 정도를 거의 집 밖으로 나오지 않았다. 기적이 일어날 수 있을지도 모르는데 딸의 호흡기를 제거하게 하여 딸을 죽였다는 자책감에 시달렸던 것 같았다. 우혜연은 시간이 흐를수록 급성 파킨슨병에 걸린 여자처럼 성격이 괴팍하게 변해 갔고, 건강도 나빠져서 폐인이 되어 갔다. 친구들은 물론 형제자매나 친척들과도 연락을 끊고 살았다.

그렇게 점점 시체가 되어 가던 우혜연은 2년 전 어느 날 갑자기 삶의 태도가 변했다. 마치 사랑에 빠진 여자 같았다. 운동을 시작했고, 성당에 다니기 시작했다. 건강이 어느 정도 회복되자 봉사 활동과 재능 기부를 하며 하루하루를 열심히 살려고 노력했다. 기존 집을 팔고 지금 사는 전셋집, 북한산스타힐 아파트로 이사 온 것은 약 1년 전이었다.


퇴근 시간 직전, 우혜연이 집을 나섰다는 최순석 탐정의 연락을 받은 이 프로는 나와 함께 전기 스쿠터를 타고 우혜연의 아파트 단지로 달려갔다. 최 탐정은 우혜연이 방금 마을버스를 탔다며 스쿠터를 타고 미행하라고 지시했다.

이 프로는 스쿠터를 타고 막 출발한 마을버스를 뒤쫓았다. 하지만 신호에 걸리는 바람에 버스를 따라잡기까지는 시간이 꽤 걸렸다. 연신내역에 거의 다 가서 마을버스를 따라잡았다. 다행히 우혜연은 중간에 내리지 않고 연신내역 인근 버스 정류장에서 내렸다.

이 프로는 얼굴까지 가리는 헬멧을 쓴 채 스쿠터를 길가로 천천히 몰아서 우혜연을 미행했다. 예상대로 우혜연의 목적지는 최현빈의 약국이었다.

약국 인근에 도착한 우혜연이 약국을 감시하기 시작한 지 채 10분도 지나지 않아 가운을 벗은 최현빈이 약국 문을 닫았다. 우혜연은 그동안 오래도록 스토커 짓을 해서 최현빈의 행동 패턴을 잘 알고 있는 거 같았다.

약국에서 나온 최현빈은 집으로 가지 않고 연신내 지하철역으로 향했다. 우혜연이 최현빈의 뒤를 미행했고, 스쿠터를 길가에 세워 둔 이 프로가 고양이 이동 가방을 든 채 우혜연을 미행했다.

합정역에서 내린 최현빈은 어느 술집으로 들어가 마당 구석의 테이블로 다가갔다. 그 테이블에는 스무 살이 갓 넘었을 여자가 앉아 있었다. 최현빈이 환하게 웃으며 손을 들어 인사했으나 여자는 반가워하는 기색이 없었다. 아니, 경계하는 듯한 표정이었다.

최현빈을 미행하던 우혜연은 최현빈이 있는 술집 마당이 잘 내려다보일 것 같은 2층 커피숍으로 올라갔다. 주변을 살피던 이 프로는 50m쯤 떨어져 있는 편의점으로 가서 캔 맥주 하나를 사 들고 나와 앞의 빈 테이블에 자리를 잡았다. 그곳에서는 우혜연이 들어간 2층 커피숍 상황은 알 수 없었지만 술집 마당에 있는 최현빈은 살펴볼 수 있었다. 우혜연이 최현빈을 감시 중이니 최현빈만 놓치지 않으면 우혜연을 놓칠 염려는 없었다.

최현빈은 양주와 맥주를 시켜서 폭탄주를 만들어 첫 잔을 앞의 여자에게 건넨 뒤 자기도 폭탄주를 만들어 잔을 단숨에 비웠다. 최현빈은 술을 꽤 빠르게 마시며 잔을 들어 앞의 대학교 1, 2

학년쯤 되어 보이는 여자에게 계속 술을 권했다.

여자는 처음에는 술잔에 손도 대지 않다가 최현빈이 계속 술을 권하자 술 한 잔을 단숨에 마셨다. 최현빈이 다시 폭탄주 한 잔을 만들어 건넸다. 이번에도 여자는 술잔을 단숨에 비웠다. 하지만 여자는 안주는 먹지 않았다. 거리가 멀어서 표정은 보이지 않았지만 화가 단단히 난 듯한 행동이었다.

최현빈은 더는 여자에게 술을 권하지 않고 자리에서 일어났다. 하지만 최현빈이 술값을 계산하고 나오는데도 여자가 그대로 앉아 있자 그는 무슨 말을 하며 손에 든 휴대 전화를 흔들어 보였다. 여자가 주변을 한번 둘러보고 나서 자리에서 일어났다. 여자의 몸이 휘청했다. 최현빈이 재빨리 여자의 팔을 잡아 부축했다.

술집에서 나온 최현빈과 여자는 지하철역 쪽으로 걸어갔다. 2층 커피숍에 있던 우혜연도 곧바로 뛰어나와 두 인간을 뒤따라갔다.

최현빈과 여자가 찻길가에 잠시 서 있자 택시가 다가왔다. 술집에서 휴대 전화 앱으로 콜택시를 불러 놓은 것 같았다. 두 인간이 택시에 타려는 걸 본 우혜연이 재빨리 택시 뒤쪽으로 뛰어가서 손을 흔들어 택시를 잡으려고 했다. 하지만 도로에 빈 택시는 보이지 않았다.

최현빈이 멈춘 택시의 뒷문을 열고 부축하고 있던 여자에게 타라는 신호를 보냈으나 여자는 그대로 서 있었다. 망설이는 것처럼 보였다.

"기사님 기다리잖아요. 빨리 타요!"

최현빈이 인상을 쓰며 여자의 팔을 택시 안으로 끌어당겼다. 여자는 마지못해 택시에 올랐고, 최현빈이 여자를 안으로 밀어 넣다시피 하며 뒤따라 탔다. 택시는 곧바로 출발했다.

최현빈과 여자가 탄 택시가 출발하자 우혜연은 꽤 당황하는 거 같았다. 택시를 잡으려고 도로를 향해 빠르게 손을 흔들어 대다 말고 급히 휴대 전화를 꺼내 어딘가로 전화를 걸었다.

"저기, 납치 신고하려고요. 서른 살쯤 먹은 남자가 스무 살쯤 먹은 여자를 칼로 협박해서 강제로 택시에 태웠어요. 납치가 분명해요. 노란색 택시고요, 택시 번호는 서울 84에 거 874, 그리고 끝자리가 3이거나 8인 거 같아요. 합정역에서 양화대교 쪽으로 갔어요. 급해요. 빨리요, 빨리!"

통화하던 우혜연은 앞쪽 길가에 경승용차 한 대가 멈추고 길가에서 차를 기다리던 젊은 여자가 차에 타려고 앞문을 열자 그 승용차로 달려가 뒷문을 열고 올라타며 외쳤다.

"제발 도와주세요! 제 딸이 납치되었어요. 저기 앞의 노란색 택시를 따라가 주세요."

우혜연이 차 문을 닫자 승용차가 곧바로 출발했다. 우혜연의 거짓말이 먹힌 것 같았다. 이 프로도 도롯가에 서서 택시를 잡기 위해 연신 손을 흔들었다. 하지만 빈 택시의 붉은 불빛은 도로 어디에도 보이지 않았다.

5분쯤 지나서 경찰차 한 대가 사이렌을 울리며 버스 전용 차선을 빠르게 달려 지나갔다. 다시 1분도 지나지 않아 다른 경찰차 두 대가 같은 방향으로 빠르게 달려갔다. 우혜연의 허위 신고를 받고 인근 지구대나 치안 센터에서 긴급 출동한 경찰차들 같았다.

미행에 실패한 이 프로는 지하철역으로 걸어가며 최순석 탐정에게 전화를 걸어 상황을 보고했다.

"분명 납치 상황은 아니었거든요. 근데 칼을 들고 협박해서 납치했다고 112에 신고했어요. 최현빈 씨와 여자가 탄 택시를 놓치지 않으려고 흥분해서 아무 차에나 올라타는 게, 정말 미친 여자 같더라니까요. 그렇게까지 행동하는 이유가 뭘까요? 최현빈 씨가 여자하고 있는 것에 극도의 질투와 분노를 느끼고 데이트를 방해하려는 수작인 걸까요? 아, 그러고 보니, 얼마 전에 제가 최현빈 씨에게 상황을 보고하려고 약국 앞 카페에서 최현빈 씨를 만났을 때도 어디선가 갑자기 나타난 그 스토커가 제가 든 포도주 잔을 손으로 쳐서 붉은 포도주를 엎어 제 옷이 엉망이 된 적이 있어요. 저와 최현빈 씨가 데이트하는 걸로 착각하고 그런 짓을 벌였던 거 같아요. 혹시 마포서에 아는 경찰 없어요? 뒤쫓아 간 경찰차가 분명 택시를 따라잡았을 거 같은데, 그 이후 상황이 어찌 되었는지 궁금해서요. 우혜연 씨의 미친 듯한 행동을 보니 최현빈 씨가 걱정되는데, 아무래도 가서 최현빈 씨가 무사히 귀가하는지 살펴보고 퇴근해야 할 거 같아요. 연신내역 근처 길가에 세워 둔 스쿠터도 가져와야 하고요. 예. 예. 조심할게요."

1시간쯤 뒤, 최현빈은 예상보다 빨리 아파트로 돌아왔다. 최현빈은 기분이 좋지 않은지 발걸음과 표정이 무거웠다.

우혜연은 최현빈을 곧장 뒤따라오지 않고 10분쯤 뒤에 아파트로 돌아왔다. 우혜연의 표정도 최현빈처럼 어두웠다.

## 화요일

이 프로는 북한산스타힐 아파트로 곧장 출근해서 나를 놀이터에 풀어 놓고 103동 404호 우혜연을 감시하기 시작했다.

내가 미끄럼틀의 계단을 오르내리며 놀고 있는데 어디선가 나타난 근육질의 아메리칸쇼트헤어 수고양이 한 마리가 내 근처를 맴돌기 시작했다. 잘생긴 고양이긴 했지만 나는 별 관심이 없었다. 나는 토종 고양이가 아닌 서양 고양이들에게는 별 매력을 못 느끼는 편이다.

내가 관심을 주지 않고 피하자 그 고양이는 미끄럼틀 위로 올라가 날아가는 참새 떼를 향해 공중으로 펄쩍 점프했다. 내 관심을 끌려는 수작이었다. 하지만 나는 쥐나 참새 같은 것에는 별 관심이 없다. 한마디로 나는 인간들의 관심사에 관심이 있을 뿐

고양이들의 관심사에는 별 흥미가 없었다.

어쩌면 내가 차에 치였던 그때, 내 몸에 존재하던 고양이 영혼과 찻길로 뛰어든 고양이를 피하려다 교통사고를 낸 뒤 정신을 잃고 병원으로 실려 간 인간의 영혼이 서로 맞바뀐 게 아닌가 싶기도 하다. 그렇다면 세상 어딘가에는 고양이 영혼을 가진, 쥐나 참새 잡는 걸 좋아하고 글도 읽을 줄 모르는 인간이 존재할지도 모른다.

나는 놀이터 모래밭에서 조금 더 놀다가 지루해서 이 프로가 몸을 숨기고 있는 등나무 그늘 밑의 나무 의자 위에서 낮잠을 잤다.

11시쯤 최순석 탐정이 이 프로에게 전화해서 어젯밤 우혜연이 112에 허위 신고한 사건의 결말이 어찌 되었는지 이야기했다. 경찰 인맥을 통해 알아본 모양이었다.

어젯밤 우혜연으로부터 납치 신고를 받은 경찰은 제일 가까운 곳에 있던 경찰차에 출동 지령을 내렸다. 출동한 경찰관들은 CCTV 통합 관제 센터의 지원으로 어렵지 않게 신고된 택시를 찾아내 정차시킬 수 있었다.

그런데 신고자의 말과 달리 남자 승객은 흉기를 소지하지 않았고 여자 승객도 납치된 게 아니라고 말했다. 그래도 경찰은 두 남녀를 분리하여 따로따로 진술을 들을 필요가 있다고 판단하고 두 인간을 지구대로 데려가 신분을 확인하고 추가 진술을 들은 뒤 범죄 혐의가 없다고 결론 내렸다.

경찰이 신고자에게 전화하여 상황을 이야기하니 신고자는 자신이 휴대 전화나 뭔가를 칼로 잘못 본 모양이라고 변명했다. 사건은 그것으로 종결되었다. 이후 최현빈은 곧장 여자와 헤어져 집으로 돌아온 것 같았다.

어젯밤 우혜연은 거짓 전화 한 통으로 원하는 바를 이뤘다.

오전 11시 30분쯤 택배차가 왔다가 간 뒤 우혜연이 103동에서 나와 104동으로 들어갔다. 잠시 뒤 우혜연은 크기가 이삿짐 포장 상자만큼이나 큰, 하지만 무겁지는 않아 보이는 택배 상자를 들고 104동을 나와 다시 103동으로 들어갔다. 최현빈의 택배를 훔쳐 집으로 가져간 게 분명했다.

오후 5시쯤 우혜연은 오전에 훔친 택배 상자를 들고 집을 나와 104동으로 가서 최현빈의 아파트 출입문 앞에 놔두고 나왔다.

이 프로가 최순석 탐정에게 전화해 상황을 보고했다.

"택배 상자 안에 위험한 뭔가가 들어 있을 수도 있으니 최현빈 씨에게 알려야겠죠?"

[그래, 당연히 그래야지! 아니, 이참에, 지금까지 알아낸 것들을 모두 최현빈 씨에게 알려 주고 우린 그만 손 떼자고. 그럼 경찰에 신고하든지……, 스스로 무슨 안전 조치를 취하겠지. 내가 조사 보고서 들고 최현빈 씨 찾아가 면담하고 마무리할 테니, 이 프로는 그만 퇴근해. 고생 많았어.]

"예, 알겠습니다. 아, 내일하고 모레 이틀, 휴가 좀 쓸게요. 말씀드렸듯이 이번 토요일이 공무원 시험일인데 시험 공부를 못 해서……."

[좋을 대로 해. 그럼, 금요일에 보자고.]

하지만 이 프로는 그대로 퇴근하지 않았다. 아파트 앞의 중국집에 가서 자장면 한 그릇을 먹고 다시 아파트로 돌아와 최현빈의 집 앞으로 가서 택배 상자를 살폈다. 택배 상자 밑쪽의 밀봉 테이프를 뜯어냈다가 다시 붙인 흔적이 있었다. 일부러 살펴보지 않으면 눈에 띄지 않을 정도로 감쪽같았다.

6시 30분쯤 이 프로에게 최순석 탐정이 보낸 문자가 왔다.

최현빈 씨에게 택배에 대한 경고 및 보고 완료. 사건 종결. 수고 많았음.

최현빈은 6시 50분쯤 아파트 단지로 들어와 104동으로 들어갔다. 다른 때보다 30분 정도 빠른 퇴근이었다.

"그래! 애도 아니고, 나보다 나이도 많고 학별도 좋은 사람인데, 알아서 잘하겠지. 셜록 홈슨, 우리도 그만 집으로 가자!"

나를 고양이 이동 가방에 넣은 이 프로가 헬멧을 쓰고 있을 때 104동에서 최현빈이 나오는 것이 보였다. 손에 커다란 택배 상자를 들고 있었다.

최현빈이다, 야옹!

내 울음소리에 이 프로가 104동 쪽을 쳐다봤다.

"어? 저걸 왜 지금 밖으로 가지고 나오는 거지?"

최현빈은 104동 앞에서 스토커 우혜연의 집 쪽을 한번 힐끔 쳐다보고 나서 택배 상자를 들고 아파트 입구의 경비실로 갔다. 이 프로도 스쿠터를 끌고 경비실 쪽으로 다가갔다.

최현빈이 문이 활짝 열려 있는 경비실 안으로 들어가 택배 상자를 바닥에 내려놓고 경비원에게 말을 걸었다. 나는 이 프로의 오토바이에 실린 고양이 이동 가방 안에 있었지만 청력이 좋아서 두 인간의 대화를 또렷이 들을 수 있었다.

"아저씨, 가위나 칼 좀 빌려주세요."

경비원이 책상 서랍을 여는 소리가 들렸다.

"아, 급하다. 화장실 좀 갔다 올 테니, 그 칼로 이 테이프 좀 잘라 주세요."

최현빈이 칼로 테이프를 자르는 시늉을 하고 나서 경비실 옆의 화장실로 뛰어 들어갔다.

경비원이 커터 칼로 상자에 붙은 테이프를 자르려고 하자 오토바이 핸들을 잡고 있던 이 프로가 급히 오토바이 받침대를 받치며 소리쳤다.

"잠깐만요!"

하지만 이 프로가 오토바이를 받치고 나서 경비실 안으로 뛰어 들어갔을 때는 이미 테이프를 자른 경비원이 상자를 열고 있었다.

"잠깐……."

소리치던 이 프로가 택배 상자에 시선을 고정한 채 말꼬리를 잘랐다. 밖에서 지켜보는 내 눈에는 보이지 않았지만, 택배 상자 안에 위험한 물건이 들어 있지는 않은 거 같았다.

"어디 배달 왔어요?"

경비원이 동작을 멈추고 이 프로를 쳐다봤다. 이 프로가 얼굴까지 덮이는 오토바이 헬멧을 쓰고 있어 배달원으로 착각한 거 같았다.

"아, 104동이 어디죠?"

"아, 저기, 104동이라고 크게 쓰여 있잖아요."

"예, 감사합니다."

이 프로가 경비실을 나오자마자 최현빈이 화장실에서 나왔다. 그는 열려 있는 택배 상자를 잠시 살피다가 상자 안에서 작은 베개같이 생긴 비닐 에어 팩 몇 개를 끄집어낸 뒤 안에 든 녹색 상자를 조심스럽게 꺼내 이리저리 살폈다. 녹색 상자에는 '360 3D', 'VR', '8K' 등의 글씨가 쓰여 있었다. 외국의 인터넷 쇼핑에서 성능 좋은 VR 카메라를 구매한 것 같았다.

녹색 상자의 좌우는 물론 밑쪽까지 꼼꼼히 살피고 난 최현빈은 홀로그램 봉인을 뜯고 상자를 열었다. 잘생긴 최현빈의 얼굴이 환하게 밝아졌다. 오래 기다려서 원하는 물건을 손에 넣은 것 같았다.

최현빈은 녹색 상자 안을 다시 꼼꼼히 살피다가 안에서 스티로폼 포장재에 둘러싸인, 카메라 렌즈가 여러 개 있는 성인 남자 주먹 크기의 동그란 VR 카메라와 설명서 등을 꺼냈다. 더욱 환한 표정을 지으며 VR 카메라를 이리저리 살핀 최현빈은 다시 스티로폼 포장재에 카메라를 넣어 녹색 상자에 넣고, 녹색 상자를 택배 상자에 넣고, 그 위에 택배 상자에서 꺼내 놨던 에어 팩들을 덮었다.

커다란 택배 상자를 들고 경비실을 나온 최현빈은 오토바이 헬멧을 쓰고 서 있는 이 프로를 알아보지 못하고 스쿠터 앞을 곧장 지나쳐 104동을 향해 걸어갔다. 이 프로는 최현빈이 104동 안으로 사라질 때까지 가만히 지켜보다가 스쿠터에 올라탔다.

"스토커 사건 종결! 자, 우리도 집으로 가자."


**금요일**

나와 이 프로는 이틀 휴가를 보내고 나서 금요일 아침에 최순석 탐정 사무소로 출근했다.

오전 10시 30분쯤 이 프로의 휴대 전화 벨이 울렸다. 지방 공무원 기출 문제집을 펴 놓고 공부하던 이 프로가 휴대 전화 액정에 뜬 모르는 전화번호를 보고 고개를 갸웃거리다가 전화를 받았다.

전화를 건 인간은 홍성준 경사라는 형사였다. 홍 형사는 이 프로에게 다짜고짜 우혜연과 어떤 사이냐고 물었다. 이 프로는 꽤 당황하는 거 같았지만, 처음 들어 본 이름이라며 모르는 사람이라고 시치미를 떼었다. 상대가 누구든 업무상 알게 된 비밀을 함부로 누설하면 안 된다. 그러자 형사는 이 프로에게 경찰서로 출두하라고 협박하듯 말했다. 이 프로는 바빠서 갈 시간이 없다는 핑계를 댔다.

[그럼 제가 찾아가죠. 언제 어디로 가면 됩니까?]

"오실 거면, 일과 시간에 사무실로 오세요. 핸드폰 지도에서 최순석 탐정 사무소 검색하면 나와요."

[예? 최순석 탐정 사무소라고요?]

형사의 목소리에 놀라움이 묻어났다. 아니, 당황한 것 같았다.

"왜 그러세요?"

[아, 아닙니다. 최순석 탐정님, 지금 사무실에 계신가요?]

"아뇨, 11시쯤 출근하실 거예요."

[그럼 11시 조금 넘어서 찾아뵙겠습니다.]

11시 30분쯤 마흔 살쯤 되어 보이는 조폭같이 생긴 형사가 비타민 음료 상자를 들고 조심스럽게 사무실 안으로 들어왔다.

"안녕하십니까, 형님!"

최순석을 본 홍 형사가 조폭처럼 허리를 크게 숙여 인사했다.

"어? 홍 형사! 우리 이 프로, 아니, 이은비 탐정에게 전화 건 형사가 너였냐?"

최 탐정이 자리에서 일어나 홍 형사를 반갑게 맞았다.

"예, 사건 때문에요."

"사건? 일단 이쪽으로 앉지."

최 탐정이 홍 형사를 테이블 의자에 앉혔다.

"후배들은 잘 있지?"

"예."

최순석 탐정은 과거 경찰이었다. 최 탐정은 술에 취했을 때조차도 무슨 일로 경찰을 그만둔 것인지 떠벌린 적이 없는데, 내 추측으로는 무슨 큰 사고를 치고 그 책임을 지려고 스스로 그만둔 것 같았다.

최 탐정과 홍 형사는 과거 친하게 지내던 동료였는데 최 탐정이 경찰을 그만둔 뒤로는 한 번도 만나지 않은 것 같았다. 뭔가 껄끄러운 이유가 있을 것이다.

"오랜만에 만났는데 예전처럼 낮술이나 한잔할까?"

최 탐정이 벽시계를 올려다보며 홍 형사에게 물었다.

"아, 아닙니다. 요즘은 근무 시간에 술 마시다 걸리면 큰일 나요."

"그럼, 여기서 이거나 한잔하자고. 점심시간은 근무 시간이 아니잖아."

최순석 탐정이 책상 밑에 놔뒀던, 술 냄새가 진동하는 20l 정도 크기의 술독을 끌어냈다.

"고향에서 어머니가 보내준 쌀로 막걸리를 담갔는데 잘 익었어."

홍 형사가 두 손을 흔들어 대는데도 최순석 탐정은 항아리를 테이블 위에 올려놓고 냉장고 위에서 머그잔 두 개를 가져왔다.

"아, 냄새 좋다!"

항아리 뚜껑을 연 최 탐정은 머그잔 하나로 조심스럽게 위쪽에 고인 맑은 술을 펐다.

"우리 이 프로……. 아! 이은비 탐정에게 볼일이란 게 뭔가?"

"지난주 금요일에 우혜연이라는 여자분이 이은비 씨에게 전화를 건 기록이 있어서요. 우혜연 씨가 무슨 일로 왜 전화를 걸었는지 궁금해서요."

"우혜연? 우혜연 씨가 누군데?"

술이 가득 든 잔을 홍 형사 앞에 내려놓은 최순석 탐정이 시치미를 떼며, 대답하라는 듯이 이 프로를 쳐다봤다.

"아, 그게, 며칠 전에 제가 전화기를 잃어버려서 찾으려고 지나가는 어떤 여자분에게 전화 좀 걸어 달라고 부탁한 적이 있는데, 그 사람이 형사님이 말씀하시는 우혜연이라는 분이 아닌가 싶어요."

"정말 우혜연 씨가 모르는 분입니까?"

홍 형사가 이 프로를 노려보듯 쳐다봤다.

"그, 그날 처음 봤어요."

거짓말을 하는 이 프로의 목소리가 약간 떨렸다.

"자, 마셔 봐!"

최순석 탐정이 재빨리 끼어들어 두 인간의 대화를 중단시켰다.

"그런데, 우혜연 씨가 우리 이 탐정에게 전화 한 번 한 게 뭐 그리 중요한 일이라고 이렇게 직접 찾아온 건가? 우혜연 씨가 무슨 범죄라도 저질렀나?"

"어제 우혜연 씨가 죽었습니다."

"예에?"

이 프로의 목소리가 튀었다. 꽤 놀란 것 같았다.

"혹시 살인 사건인가?"

최순석 탐정도 무척 놀랐을 텐데, 모르는 인간 이야기하듯 차분히 말했다.

"그런 건 아닙니다만…… 여러 가지 의문점이 있어서요."

"어떻게 죽었는데……?"

"집에서 자동차로 1시간 거리인 경기도 양주시 현촌 저수지에서 익사체로 발견되었습니다."

"자살? 타살? 아니면 사고사?"

"그걸 알아내려고 수사 중입니다. 부검은 오늘 오후에 한다고 합니다."

"어떻게 된 사건인지 자세히 좀 이야기해 봐."

"그게 그러니까, 시체를 발견한 사람은 낚시꾼이었습니다……."

초보 낚시꾼 김도종은 새벽 5시쯤 현촌 저주지에 도착했다. 입구에서 승용차를 멈추고 검은 호수를 살펴보니 낚시꾼들이 켜 놓은 조명 서너 개가 드문드문 반짝거렸다. 김도종은 불빛이 전혀 없는 동쪽 지역으로 차를 몰아 가 길가에 주차했다. 현촌 저수지 동쪽은 서풍에 떠밀려 온 쓰레기가 많아 낚시꾼들이 거의 찾지 않는 곳이었다.

손전등으로 호수를 비추며 낚시터를 물색하던 김도종의 눈에 뭔가 수상한 게 들어왔다. 물가에서 30m 정도 떨어진, 수초 지대가 끝나는 지점에 각종 쓰레기가 떠 있었는데 그 쓰레기들 사이에 인간 모양의 뭔가가 농사용 검은 비닐에 휘감겨 있었다. 손전등을 비추며 몇 분 동안 살펴보았지만, 물에 잠겨 있어 그게 무엇인지 알아볼 수 없었다.

인근에 자리를 잡고 낚시하던 김도종은 해가 뜨자 다시 돌아와 그 검은 물체를 살폈다. 검은 비닐 사이로 인간의 옷 같은 게 보였다. 김도종은 아침 6시 10분에 현촌 저수지 물속에 인간 시체 같은 게 떠 있다고 경찰에 신고했다.

경찰관들과 119 구급대 대원들이 출동해 수심 1.5m 정도의 물속에서 잡초 방지용 검은 비닐을 몸에 감고 있는 50대 중반쯤의 여자를 건져 냈다. 구조대원들이 심폐 소생술을 했지만 소용없었다. 이미 죽은 지 몇 시간 지난 것 같았다.

익사한 시체는 대부분 물밑으로 가라앉았다가 부패하며 물 위로 떠오르는데, 이 익사체는 몸에 감긴 비닐에 공기가 갇혀 있어서 시체가 물 밑으로 가라앉지 않고 물 위에 떠 있었던 것 같았다.

죽은 여자가 입고 있는 바지 주머니에 지갑과 휴대 전화기가 들어 있었고, 지갑 속에 운전면허증이 있었다. 사망자의 이름은 우혜연이었다.

시체를 검시한 검시의는 죽은 우혜연의 사망 원인을 익사로 추정했다. 몸에 외상과 시반이 없고, 코와 입에 덩어리진 거품이 있고, 기도 안에 점액성 거품이 있고, 폐가 팽창해 있고, 폐와 위에 물이 가득 차 있고, 죽은 우혜연이 몸에 감긴 농업용 검은 폐비닐을 두 손으로 꽉 움켜쥐고 있었다는 게 그 이유였다.

우혜연의 사망 시간은 직장 온도, 각막 혼탁 정도, 손과 발의 표모피 생성 정도 등으로 볼 때 새벽 2~3시쯤으로 추정된다고 했다. 사망 시간이 새벽 3시쯤이라는 걸 뒷받침하는 다른 증거들도 있었다. 우혜연의 바지 뒷주머니에 들어 있던 휴대 전화는 새벽 3시 10분에 기지국과 신호가 끊겼고, 손목에 차고 있던 건전지로 움직이는 오래된 패션 시계는 바늘이 3시 11분에서 멈춰 있었다.

우혜연의 자가용 블랙박스를 조사해 보니 그녀가 차를 운전해서 아파트를 나간 시간은 그 전날인 수요일 오후 1시 51분이었다. 그녀는 아파트 입구의 꽃집 앞에 잠깐 차를 세우고 꽃 한 다발을 샀다.

현촌 저수지에 도착해서 호숫가 입구 쪽의 길가에 차를 세웠을 때가 오후 2시 50분쯤이었다. 꽃다발을 들고 차에서 내린 우혜연은 호숫가의 산책로를 걸어갔다. 자동차는 우혜연이 시체로 발견될 때까지 같은 곳에 그대로 세워져 있었다.

오후 3시쯤 저수지 관리인이 우혜연을 목격했다. 관리인이 낚시하러 온 인간들에게 요금을 걷으려고 방문객들을 주시하며 돌아다니고 있는데 치마를 입은 중년 여자가 꽃다발을 든 채 등산로를 따라 산으로 올라가서 이상하게 생각했고, 여자가 산에서 내려오는 것은 보지 못했다고 했다.


"조사해 보니, 우혜연 씨 딸인 은요일 양이 4년 전 6월 15일에 사망했습니다. 우혜연 씨는 죽은 딸의 장기를 기증한 뒤 시신을 화장해서 뼛가루를 현촌 저수지가 내려다보이는 산 중턱의 양지바른 곳에 뿌렸답니다. 그래서 그저께인 6월 15일에 우혜연 씨가 꽃다발을 들고 현촌 저수지 옆의 산을 찾았던 거 같습니다."

"유서는 없었나?"

술 한 잔을 다 마신 최 탐정이 항아리에서 새로 막걸리를 뜨며 홍 형사에게 물었다.

"못 찾았습니다."

"신발은?"

"신발 두 짝은 호수에서 따로따로 발견했고, 물이 들어가 고장 난 휴대 전화와 지갑은 주머니 안에 들어 있었습니다."

"사고사 정황은? 실족하여 물에 빠졌을 가능성 말이야."

"우혜연 씨는 수영을 아주 잘하지도 않았지만, 실족으로 빠진 물가에서 못 나와 익사할 정도로 수영을 못하지도 않았답니다. 몸에 휘감겨 있던 농사용 비닐을 꽉 움켜쥐고 죽어 있었던 걸로 보아 몸에 감긴 비닐이 헤엄치는 데 방해가 되었을 가능성도 있긴 합니다만……."

"타살 가능성은?"

"현재는 없습니다. 수상한 용의자가 한 명 있었는데, 알리바이가 입증되었습니다."

"수상한 용의자? 그게 누군데?"

"최현빈이라고, 서른 살의 약사입니다."

"용의점이 뭔데?"

최 탐정은 최현빈 역시 모르는 척했다.

"현촌 저수지 입구의 CCTV를 확인해 보니, 테슬라 한 대가 우혜연 씨의 차를 뒤따라오는 모습이 찍혀 있었고, 운전자는 같은 북한산스타힐 아파트에 사는 남자였습니다. 마치 미행하듯, 서울에서 비슷한 시간에 출발한 두 사람의 차가 수십 미터 거리를 두고 도로를 달렸습니다. 수상하죠? 그래서 그 남자를 조사했는데, 그 사람의 차는 우혜연 씨 사망 추정 시간 훨씬 전인 전날

밤 10시쯤 현촌 저수지를 떠나 11시쯤 아파트 주차장으로 돌아
왔습니다. 집으로 들어간 남자는 아침까지 집 밖으로 나오지 않
았습니다."

"거기에는 왜 갔다던가?"

"며칠 전에 우연히, 4년 전 자신에게 심장을 기증해서 새 삶을
살게 해 준 천사가 누군지 알게 되었답니다. 교통사고로 뇌사에
이른 우혜연 씨의 딸 은요일의 심장이 최현빈 씨에게 기증된 모
양입니다. 그저께가 그 여자분이 죽은 날이고 자신이 새 심장을
얻은 날이어서, 오후에 약국 문을 닫고 감사를 표하기 위해 그
여자분의 뼛가루가 뿌려진 장소를 찾아간 거라고 했습니다."

"뇌사한 우혜연 씨 딸 은요일의 심장이 최현빈 씨에게 이식되
었다고?"

"예. 우혜연 씨가 딸 은요일의 장기를 기증한 덕에 자신이 새
삶을 살게 되었다고 하더라고요."

"혹시 현촌 저수지에서 우혜연 씨를 만났다던가?"

"아뇨. 꽃을 든 중년 여자를 봤냐고 물어봤는데, 보지 못했다
고 했습니다."

"그런데 어떻게 두 대의 차가 나란히 달린 거라고 하던가?"

"우연히 그랬을 거라고 했습니다. 지방은 도로가 편도인 경우
가 많아 앞의 차가 느려도 추월하기가 쉽지 않으니, 한동안 앞차
를 따라 달려서 생긴 오해일 거라고 했습니다."

"꽃다발을 든 우혜연 씨를 미행한 게 아니라면, 은요일의 뼛가루가 뿌려진 곳이 현촌 저수지 인근이라는 건 어떻게 알게 되었다고 하던가?"

"자신에게 심장을 준 사람이 은요일이라는 걸 알게 되자 그녀가 누군지 궁금해서 은요일의 블로그, 페이스북을 뒤져 봤다는데, 은요일의 지인 페이스북에 은요일 장례식에 다녀온 이야기가 있었답니다. 그걸 보고 알게 되었다고 했습니다. 최현빈은 우혜연 씨의 죽음을 자살로 생각하는 거 같았습니다. 딸에 대한 그리움 때문에 딸의 사망일에 딸의 유골이 뿌려진 장소에 와서 자살하여, 딸을 따라간 거 같다며 안타까워했습니다."

"최현빈은 밤 10시까지 그곳에서 뭘 했다던가?"

"은요일의 뼛가루가 뿌려진 곳을 막연히 알고 있어서 이곳일까, 저곳일까, 산속을 돌아다니며 살펴보다가 날이 어두워지자 호숫가로 내려와 어슬렁거리다가 돌아왔다고 했습니다."

"최현빈의 자동차 블랙박스는 살펴봤나?"

"아뇨. 일주일쯤 전에 메모리카드가 망가져서 버리고 새 걸 인터넷으로 주문했는데 배송이 늦어지고 있다고 하더라고요. 하지만 우혜연 씨가 죽던 시각에 최현빈 씨가 집에 있었다는 걸 아파트 CCTV로 확인했으니 신경 쓸 일은 아닌 듯합니다. 뭔가 의심스러운 부분이 있습니까?"

"아니, 아니, 그런 건 아니고……. 우혜연 씨의 오후 3시 이후

행적은?"

"없습니다. 3시 이후로는 호숫가 CCTV에 찍히지도 않았고, 저녁을 먹으려고 인근 식당에 들르지도 않았습니다."

"오후 3시부터 새벽 3시까지면 꽤 긴 시간인데……. 새벽 3시쯤에 익사해서 아침 6시께 시체가 발견되었다는 거지?"

"맞습니다. 현재까지 타살 정황이나 우혜연 씨를 죽였을 만한 용의자는 없습니다. 부검 결과가 익사로 나오면 사건도 바로 종결되지 않을까 싶습니다. 자살로 말이죠."

"그렇겠군. 부검 결과 나오면 내게도 좀 알려 줘. 궁금해서 그래."

"알겠습니다."

홍성준 형사가 돌아가고 난 뒤 이 프로와 최순석 탐정은 각자 말없이 생각에 잠겼다. 두 인간 모두 심경이 복잡한 것 같았다.

한참 만에, 혼자 술을 마시던 최 탐정이 이 프로에게 말을 걸었다.

"한잔 안 할 텐가?"

"그럴까요."

이 프로가 잔소리 대신 잔 하나를 들고 와서 최 탐정 옆에 앉았다. 최 탐정이 항아리에서 막걸리를 떠 이 프로에게 건넸다.

"설마 최현빈 씨가 우혜연 씨를 죽인 건 아니겠죠? 우리가 넘겨준 정보를 이용해……."

이 프로는 아까부터 그 질문을 하고 싶었던 거 같았다.

"아니라잖아. 알리바이가 확실하다잖아. 우혜연 씨는 새벽 3시쯤에 물에 빠져 죽었는데 최현빈은 그 전날 밤에 집으로 돌아와서 집 밖으로 나오지 않았다잖아. 게다가 자기에게 새 생명을 준 생명의 은인을, 평생 감사는 못 할망정 왜 죽이겠어?"

"그렇긴 한데, 우혜연 씨가 딸의 심장을 가진 아들 같은 최현빈을 스토킹하며 죽이겠다고 협박하고 있었잖아요. 기분이 찜찜해요. 내가 뭔가, 우혜연 씨의 죽음에 관여한 거 같은 느낌……."

"아는 사람이 갑자기 죽으면 누구나 다 그런 생각이 들기 마련이야."

오후 5시쯤, 이 프로와 내가 다른 때보다 일찍 퇴근하려는데 최순석 탐정의 휴대 전화 벨이 울렸다. 전화를 건 인간은 홍성준 형사였다.

[형님, 우혜연 씨 부검이 막 끝났답니다.]

"결과는?"

[공식적인 결과는 혈액 검사, 조직 검사, 약물 검사 등의 정밀 검사를 거쳐야 하니 한 달쯤 뒤에나 나온다는데, 구두 소견은 익사랍니다.]

"익사?"

[예.]

"그럼 수사는?"

[아직 공식적인 부검 결과가 나온 건 아니지만, 1차 소견이 익

사라니 자살로 보고 손을 떼려는 분위기입니다.]

**토요일**

이 프로는 아침에 일찍 잠에서 깼지만 침대에 그대로 누워 몸을 뒤척여 댔다. 국가 지방직 공무원 시험일인데도 그러고 있었다.

이 프로, 정신 차려라, 야옹!

이 프로는 시험 시간을 30분쯤 남겨 놓고 눈곱만 떼고 가방을 챙겨서 스쿠터를 타고 집을 나갔다가 점심때쯤 돌아왔다. 그사이 나와 파니는 집 안을 난장판으로 만들어 놓았다. 그 꼴을 보고도 이 프로는 우리를 야단치지 않고 외출복을 입은 그대로 침대에 털썩 누웠다.

시험을 망쳤나?

파니가 이 프로와 놀고 싶은지 침대로 뛰어 올라가 이 프로의 얼굴을 핥아 댔다. 이 프로가 귀찮다는 듯이 이불을 끌어다 얼굴을 덮었다. 그러자 성질 더러운 파니가 이 프로의 몸 위로 올라가 미친 듯이 날뛰었다. 이 프로가 갑자기 침대에서 벌떡 일어났다. 화난 듯한 표정이었다. 하지만 이 프로는 파니를 혼내지 않고 침대에서 내려와 나와 파니에게 사료를 줬다.

이 프로는 침대에 걸터앉아 한동안 멍하니 있다가 휴대 전화를 집어서 지도 앱을 열고 들여다봤다.

"50km면 왕복 100km인데, 충전 없이 갔다 올 수 있을까?"

이 프로는 마치 내게 묻듯 중얼거렸다.

오토바이 주인인 너도 모르는데 내가 그걸 어떻게 알겠냐, 야옹!

정부 보조금을 받아서 구매한 이 프로의 전기 스쿠터는 1회 완충으로 최대 120km까지 달릴 수 있었지만 이론적인 수치일 뿐 기온이나 주행 여건에 따라 큰 차이가 났다.

"자! 모두 같이 여행 가자!"

주황색 재킷을 입고 아끼는 흰색 헬멧과 갈색 편광 선글라스를 착용한 이 프로는 자신의 2층 방 창문에서 1층 주차장으로 전선을 늘여 충전 중인 스쿠터에 나와 파니를 태웠다. 고양이 이동 가방에 든 나는 발판에 태웠고, 파니는 철망으로 된 가방에 넣어 뒤쪽 짐받이에 태웠다.

이 프로의 전기 스쿠터는 금방 도시를 벗어나 비닐하우스와 창고, 음식점들이 즐비한 동네를 달렸다. 해가 떠 있는 방향과 그림자로 봐서 스쿠터는 북쪽, 또는 북서쪽으로 달리는 것 같았다. 이 프로는 전기 스쿠터를 시속 4~50km 정도로 천천히 몰았는데, 아마도 연비를 최대로 끌어올리기 위해 그러는 것 같았다.

곧 구불구불한 시멘트 길을 조심스럽게 달리던 스쿠터가 멈췄다. 졸다가 깨서 주위를 둘러보니 호숫가였다. 이 프로는 파니에게는 목줄을 채웠고, 내 목에는 은색 방울을 달아서 길가에 내려놓았다.

"자, 산책하자!"

파니가 신나서 도로를 따라 먼저 달려 나갔다. 하지만 금방 목줄이 팽팽해지며 몸이 뒤로 잡아채졌다. 파니는 목줄 때문에 제 맘대로 달릴 수가 없자 이 프로 주변에서 날뛰었다. 나는 미친 파니를 피해 이 프로와 적당히 거리를 두고 이 프로를 따라갔다.

이 프로는 호수를 살피며 호숫가를 걷다가 잠깐씩 발길을 멈추고 휴대 전화의 위성 지도를 들여다보길 반복했다. 이 프로는 CCTV 카메라가 있는 전봇대 밑에서 CCTV를 한참 올려다보기도 했다.

이 프로가 산길로 올라가려고 하는데 내 눈에 길가 나무 그늘 밑에 세워져 있는 눈에 익은 자동차 한 대가 들어왔다. 최순석 탐정의 자가용이었다.

최순석의 똥차다, 야옹! 야옹!

내가 차 주변을 맴돌며 야옹거리는데도 이 프로는 내 행동의 의미를 눈치채지 못했다. 어쩔 수 없었다. 나는 몸을 날려 자동차 보닛 위로 뛰어 올라갔다. 엔진의 열기에 발바닥이 매우 뜨거울 것이라 예상한 나는 보닛에서 다시 재빨리 지붕 위로 몸을 날렸는데, 보닛에 열기가 전혀 없었다. 나무 그늘 밑에 자동차를 세워 둔 지 꽤 된 것 같았다.

나는 이 프로의 관심을 끌기 위해 그랜저 지붕에서 펄쩍펄쩍 뛰었다. 내 목에서 방울 소리가 요란하게 났다.

"야, 셜록 홈순! 남의 차에서 그러면 안 돼! 어? 최 소장님 자동차잖아?"

그때 산 쪽 오솔길에서 최순석 탐정이 모습을 드러냈다. 최순석 탐정과 안면이 있는 파니가 최순석 탐정에게 달려가려고 목줄을 잡아채며 미친 듯이 날뛰었다.

"아니, 이 프로! 여기 웬일이야? 시험은 잘 봤어?"

"그럭저럭요……. 소장님은요?"

"우혜연 씨 사망 사건, 한번 살펴보려고 왔어. 개운치 않은 게 있어서 말이야."

"뭐가요?"

"얼마 전에 최현빈이 고소당한 사건이 있더라고. 무혐의로 처리되긴 했지만……."

"뭐 때문에 고소당했는데요?"

"어떤 여자가 아파트에서 투신자살했는데, 얼마 뒤 죽은 여자의 가족들이 최현빈을 고소했어. 여자의 죽음에 최현빈이 책임이 있다는 거지. 여자의 카카오톡에 최현빈이 찍어서 보낸 여자의 나체 사진이 있었대. 가족들은 최현빈이 여자를 나체 사진으로 협박해서 벗어나지 못하게 하고 계속 성 착취했다고 주장했나 봐. 그 일로 여자의 우울증이 심해져서 자살하게 됐다는 거지. 하지만 경찰은 최현빈이 죽은 여자가 과거 자신의 애인이었다고 주장하는 데다 나체 사진 한 장 이외에는 협박이나 강제로 성관계를 했다는 증거가 없어서 무혐의 처리한 모양이야."

"강제로 찍은 나체 사진이었나요?"

"글쎄? 가족들은 몰래 찍은 거로 생각하고, 경찰은 그렇지 않다고 판단하지 않았을까 싶어. 사진 속 인물이 죽고 없는데 사진 한 장을 보고 언제 어디서 어떻게 찍은 사진인지 판단하기는 쉽지 않지."

"그 일이 이 일과 상관이 있나요?"

"직접적인 상관이야 없지. 그런데 똥을 누고 밑을 안 닦은 것처럼 뭔가 찜찜한 여운이 남아서……."

"에이! 비유도 꼭……. 언제 오셨어요?"

"오전 11시쯤. 돌아가려던 참인데, 이 프로가 왔으니 같이 좀 더 둘러보자고."

"뭐 좀 알아내셨어요?"

최 탐정이 바지 뒷주머니에서 휴대 전화를 꺼내 화면에 지도를 띄웠다.

"우혜연 씨의 차가 세워져 있던 곳은 여기, 우혜연 씨의 딸인 은요일의 유골이 뿌려진 곳이 산 저 위쪽, 지도에서는 여기고, 우혜연 씨의 시신이 발견된 곳은 호수 저쪽, 지도에서는 여기야. 그리고 CCTV는 여기, 여기, 여기에 있어. 우혜연 씨가 호수 입구에서 시신이 발견된 호숫가로 갔다면 여기, 또는 여기에 있는 CCTV에 찍혔어야 하는데, CCTV를 확인해 봤는데 안 찍혔더라고."

"그래요? 정말 이상하네요? 어떤 이유로 CCTV를 일부러 피해 가려고 해도 저쪽은 등산로가 없고, 저쪽은 절벽이어서 쉽지 않을 거 같은데요. 혹시 이쪽 어딘가에서 배를 타고 간 게 아닐까요?"

"그날 밤 호수 위를 지나간 배는 없었어. 내가 호수를 비추는 CCTV를 이미 확인해 봤어."

"그렇다면 이쯤 어딘가에서 익사한 뒤 물의 흐름을 타고 떠내려갔거나 바람에 떠밀려 간 건가요?"

"그게 미스터리야. 이쪽 어딘가에서 시체가 발견된 저쪽까지는 거리가 500m쯤 될 듯한데 어떻게……?"

이 프로와 최 탐정은 나와 파니를 데리고 시체가 발견된 호숫가를 향해 걸어갔다. 반쯤 갔을 때 낚시꾼이 보이자 최 탐정이 낚시꾼에게 다가가 말을 걸었다.

"고기 좀 잡힙니까?"

"입질이 뜸하네요."

최 탐정이 낚시꾼 뒤에 서서 잠시 낚시질하는 것을 지켜봤다.

"물의 흐름은 좀 어떻습니까?"

"물의 흐름이라니요?"

"바다에서는 조류가 셀 때는 추까지 떠내려가서 낚시질하기가 어렵던데, 호수에서는 늘 이렇게 찌가 가만히 서 있나요?"

"고여 있는 물에 무슨 큰 흐름이 있겠습니까? 호수 낚시는 물의 흐름보다는 강수량이나 바람의 영향이 큽니다."

"요즘 바람은 많이 부나요?"

"바람이야 불 때도 있고 안 불 때도 있죠."

두 인간의 뒤에서 대화를 듣고 있던 이 프로는 재빨리 휴대 전화를 꺼내 풍향과 풍속을 한눈에 볼 수 있는 앱을 띄웠다.

"우혜연 씨가 죽던 날 밤에는 약한 남서풍이 불었네요. 저쪽, 우리가 온 쪽에서 시체가 발견된 저쪽으로 바람이 불었겠는데요. 그렇다면 시체가 바람에 떠밀려 갔을 가능성이 커요. 저쪽 어딘가에서 익사한 뒤 바람에 떠밀려 가 저쪽에서 발견된 거죠."

"글쎄? 물에 잠겨 있는 시체가 바람의 영향을 받아 몇 시간 만에 500m를 떠밀려 갈 수 있었을까? 강풍이었다면 물결 영향이라도 받았겠지만, 물결이 잔잔한 미풍에?"

"바람 이외에는 달리 설명할 방법이 없잖아요?"

"그렇긴 한데……."

"혹시 누군가의 자동차로 이동한 건 아닐까요? 차 속에 있으면 CCTV에 안 찍히잖아요."

"어떤 차? 최현빈 씨 차? 아냐. 최현빈 씨도 그날 저쪽으로는 간 적이 없어. 호수 중간에 있는 저 두 대의 CCTV에 최현빈 씨도, 차도 안 찍혔어."

우혜연의 시체가 발견된 곳은 경찰이 노란색 테이프로 출입 금지선을 쳐 놓아서 금방 눈에 띄었다.

"아휴! 대청소 한번 해야겠네요. 쓰레기가 엄청나네요. 저런 썩지 않는 플라스틱들은 수십 년, 수백 년 동안 물 위를 떠돌기도 한다던데요."

이 프로가 투덜거리는 것을 듣던 최 탐정이 갑자기 주머니에서 휴대 전화를 꺼내 화면을 켰다.

"왜 그래요?"

최 탐정이 화면의 이미지 파일을 확대했다.

"물 위에 떠 있는 이 허연 거, 스티로폼이지?"

수초 지대가 끝나는 부분에 직사각형 모양의 스티로폼 두 장이 10m 정도 간격을 두고 수초에 걸려 있었다.

"그런 거 같네요. 집 지을 때 벽 속에 단열재로 넣는 그런 스티로폼 같은데요. 그런데 이 사진은 뭐예요?"

"홍 형사가 보내 준 현장 사진이야. 사건 당일 여기서 찍은 사진."

최 탐정이 사진 속 스티로폼을 찾으려는 듯이 주변을 둘러봤다. 하지만 잔 부스러기들 이외에 커다란 스티로폼은 보이지 않았다.

"안 보이는데요. 매우 가벼운 물체니 바람에 어딘가로 떠밀려 갔거나 날아간 거 같은데요. 스티로폼은 왜요?"

"따라와!"

최 탐정은 우리를 데리고 호숫가에 있는 어느 카페로 갔다. 카페 안으로 들어가려던 최 탐정이 마당에 있는 CCTV를 손가락으로 가리켰다. 그 CCTV는 카페 마당과 호수를 향해 있었다.

"안녕하세요! 저 또 왔습니다. 아까 그 CCTV 한 번만 더 볼 수 있을까요?"

"잃어버린 물건을 찾으신다니 보여는 드리는데, 아까 말씀드렸듯이 영상 촬영이나 복사는 안 됩니다. 법이 그래서 그래요. 손님들의 영상이 유출되면 저희가 곤란해져요."

이 프로는 파니의 목줄을 카페 입구 기둥에 묶어 놓고 나를 안은 채 카페 안으로 들어갔다. 우리를 컴퓨터 앞으로 안내한 카페 주인이 저장 장치에서 동영상 폴더 하나를 열었다.

"여기, 날짜와 시간별로 영상이 저장되어 있으니 살펴보세요."

주인이 자리를 뜨자 최 탐정이 마우스를 쥐고 우혜연이 죽던 날 밤에 녹화된 영상 파일들을 열어 고속으로 재생시켰다. 그러다 어느 순간 화면을 정지했다.

"바로 이거야!"

최 탐정이 검은 호수를 확대했다.

"여기 허연 거, 뭔가 물에 떠 있지?"

"그런 거 같네요. 이게 뭐죠?"

"스티로폼 같지 않아?"

다시 영상을 뒤로 돌린 최 탐정이 화면을 정지시켰다.

"지금은 아무것도 안 보이지? 잠시 뒤 나타날 거야."

최 탐정이 영상을 다시 고속으로 재생시켰다. 그러자 허연 것이 화면 왼쪽에 나타났다. 그 허연 것은 물에 떠내려가듯 천천히 화면 우측으로 이동해서 카메라 시야 밖으로 사라졌다.

최 탐정은 그 허연 것을 자세히 보기 위해 영상을 확대하기도 하고 느리게 재생하기도 했다. 하지만 밤인 데다 너무 멀리 있는 물체여서 화질이 흐려 허연 점으로만 보일 뿐이었다.

"잘 봐, 스티로폼 위에 검은 뭔가가 있는 것 같지 않아?"

"글쎄요?"

최 탐정은 주인의 동의를 받지 않고 화면을 휴대 전화 동영상으로 촬영했다.

카페를 빠져나온 우리 일행은 최 탐정을 따라 카페 CCTV 녹화 영상에서 스티로폼이 흘러온 방향으로 걸어갔다.

"저기, 저기 있어요!"

이 프로가 가리킨 곳에 배수로와 절개지를 보수하는 공사장이 있었고 한쪽에 폐자재로 보이는 합판과 거푸집으로 쓴 듯한 스티로폼들이 쌓여 있었다. 또 옆에 흙이 묻은 농사용 검은 폐비닐 뭉치도 몇 개 있었다. 토사가 흘러내리지 않도록 공사장의 절개지 어딘가에 깔았던 폐비닐 같았다. 토요일이라서 공사를 쉬는지 인부들은 없었다.

"그래, 바로 이거야! 여기서 우혜연 씨가 몸에 이 폐비닐을 감은 채 스티로폼을 타고 저쪽으로 흘러간 거야."

"시체가요?"

"스티로폼에 시체를 태웠다면 사망 시간이 맞지 않지."

"그럼 산 사람이요?"

"그래, 우혜연 씨는 스티로폼을 타고 호수 위를 떠돌 때는 살아 있었어."

"스스로 그렇게 스티로폼을 타지는 않았을 테고, 살아 있는 사람을 누군가가 스티로폼에 태웠다면 가만히 있었을까요? 하다 못 해 소리라도 질렀겠죠."

"맞아. 범인은 정신을 잃은 우혜연 씨를 스티로폼 위에 눕히고 사람이 아닌 쓰레기로 보이도록 몸 위에 검은 폐비닐을 덮어, 아니, 쓰레기로 보이면서 정신을 차렸을 때 헤엄치는 데 방해되도록 몸에 폐비닐을 칭칭 감아서 호수에 띄웠을 거야. 그런 상태로 시간이 흘러간 뒤 우혜연 씨가 익사하게 되면 범인에게 그 시간만큼의 알리바이가 생기는 거니까. 그런데 범인이 미처 계산하지 못한 게 있었어. 바람 말이야! 범인이 호숫가에 있을 때는 바람이 전혀 불지 않았는데 나중에 바람이 분 것일 수도 있지만, 하여튼 범인의 계획에 없던 일이 벌어진 거지. 우혜연 씨를 태운 스티로폼이 저수지 서쪽에 머물러 있다가 우혜연 씨가 익사했어야 우혜연 씨의 죽음이 자연스러운 자살로 보이고, 또 사람들 왕래가 잦은 곳에서 익사해야 아침에 시체도 빨리 발견될 텐데, 물에 떠 있는 스티로폼이 약한 바람을 타고 천천히 저수지 반대쪽인 동쪽으로 흘러간 거지. 수초 지대가 없었다면 스티로폼이 얕은 물가에 도착해 우혜연 씨가 익사하지 않았을 수도 있었는데, 범인으로서는 운 좋게도 스티로폼이 수초에 걸려 진행이 멈춘 거지. 그렇게, 밤 10시부터 새벽 3시까지 5시간이 흐른 뒤 스티로폼 위에서 정신을 차린 우혜연 씨가 몸을 뒤틀었거나 상체를 일으키는 순간 스티로폼의 균형이 깨져 우혜연 씨가 물에 빠진 거야. 우혜연 씨는 정신은 들었지만 신체 기능과 머리 기능이 온전히 돌아온 상태가 아닌 데다 몸에 폐비닐까지 칭칭 감겨 있어서 근처에 떠 있는 스티로폼을 다시 잡지 못하고 몸의 폐비닐을 풀어내느라 허우적거리다가 익사했을 거야. 익사 후 3시간쯤 지나서 시체로 발견된 거고."

"말씀대로라면 자살이 아니라 타살이군요. 그렇다면 범인은……?"

"그래. 우혜연 씨를 원하는 만큼 잠재우거나 정신을 잃게 할 수 있는 사람, 그런 약이나 주사제를 구할 수 있는 사람이 범인이야."

"하지만 심증에 정황 증거뿐, 직접적인 증거는 단 하나도 없잖아요?"

"그래, 증거는 없어."

"그러고 보니 오늘이 토요일이네요."

"토요일?"

"우혜연 씨가 최현빈 씨에게 보낸 협박장에 '그만두지 않으면 일요일에 죽는다.'라고 쓰여 있었잖아요? 내일이 일요일이잖아요."

"그렇군. 4년 전 은요일이 사망한 날이자 은요일의 심장이 최현빈에게 기증된 6월 15일이 일요일이지. 우혜연 씨가 최현빈에게 계속 나쁜 짓을 하면 일요일에 죽이겠다고 한 것은 최현빈만이 알아볼 수 있는 메시지로, 딸의 심장을 달고 계속 나쁜 짓을 하면 너를 죽여서 딸의 심장을 회수하겠다는 강력한 메시지였을 거야. 그런데 우혜연 씨가 죽었으니 이제 최현빈은 죽을 걱정은 하지 않아도 되겠군."

말을 하던 최 탐정이 무슨 생각이 난 듯 갑자기 주머니에서 휴대 전화를 꺼내 전화를 걸었다.

"어이, 조 형사! 부탁할 게 있는데…… 며칠 전에 내가 어떻게 처리되었는지 알아봐 달라고 했던 사건, 지난 월요일 저녁에 합정역 인근에서 어떤 남자가 어떤 여자를 칼로 위협해 택시에 태웠다는 신고가 들어와서 경찰차가 출동해 택시를 추적해서 붙잡아 조사한 사건 말이야. 그때 남자와 같이 있었던 여자가 누군지 좀 알아봐 줘. 두 사람을 조사한 지구대나 관할 경찰서에 진술서가 보관되어 있을 거야. 그래. 어려운 일이니 내가 이렇게 부탁하는 거 아닌가. 조만간 술 한잔하자고."

전화를 끊은 최순석 탐정은 우리를 데리고 CCTV 영상을 확인했던 호숫가 카페로 다시 갔다. 좀 이른 시간이었지만 저녁을 먹기 위해서였다.

최 탐정과 이 프로가 호수가 보이는 전망 좋은 테라스에서 칼질하는 동안 나와 파니는 그들 옆에서 매일 먹던 지겨운 사료를 으드득으드득 씹어 대야 했다.

사료를 재빨리 먹어 치운 파니가 멀뚱멀뚱 쳐다보자 이 프로가 칼질하며 먹던 고기 한 조각씩을 나와 파니의 사료 그릇에 넣어 줘서 두 인간이 무얼 먹는지 맛은 볼 수 있었는데, 미국산 쇠고기 스테이크가 이 프로의 가죽 구두 씹었을 때처럼 질기고 맛이 없어서 다소 위로가 되었다.

이른 저녁을 먹고 난 이 프로는 나와 파니를 전기 스쿠터가 아닌 최 탐정의 자동차에 태웠다. 최 탐정의 자동차는 최순석 탐정 사무소로 향했다.

사무실에 도착한 최 탐정은 나와 파니를 이동 가방에서 꺼내 놓고 다시 밖으로 나갔다. 사무실에 나와 파니만 남게 되자 또 파니가 내게 시비를 걸어 왔다. 나는 발톱으로 파니의 코를 한 번 할퀴고 나서 테이블 위로 재빨리 뛰어 올라갔다. 파니는 분한지 테이블 위로 올라오려고 팔짝팔짝 뛰다가 제풀에 지쳤다.

2시간쯤 지난 저녁 8시쯤 최 탐정이 먼저 사무실로 돌아오고 곧이어 이 프로가 들어왔다.

"오는 데 꽤 오래 걸렸네?"

"연신내에 갔었어요. 우혜연 씨가 죽던 날 최현빈 씨는 오후에 약국 문을 닫고 저수지로 향했다고 경찰에 진술했는데, 약국 주변 사람들에게 물어보니 그날은 아침부터 줄곧 약국 문을 열지 않았다고 하더라고요."

"예상했던 바야. 오전부터 우혜연 씨를 감시하고 미행했겠지."

**일요일**

오전 10시쯤, 이 프로의 휴대 전화 벨이 울렸다. 하지만 이 프로는 전화를 받고 싶지 않은지 자면서 옆으로 밀쳐 냈던 홑이불을 끌어다 얼굴을 덮었다.

나는 재빨리 침대로 올라가 옆의 협탁에서 시끄럽게 울어 대는 이 프로의 휴대 전화를 들여다봤다. 전화를 건 인간은 최순석 탐정이었다.

최 소장이다, 전화 받아라, 야옹! 술주정뱅이가 이렇게 일찍 전화를 건 거 보면 중요한 전화인 거 같다, 야옹! 야옹!

나는 이 프로의 얼굴을 덮고 있는 홑이불을 발톱으로 움켜쥐고 끌어 내렸다.

"아이, 참!"

이 프로는 짜증을 내며 손을 옆으로 뻗어 더듬더듬 협탁 위의 휴대 전화를 집어서 홑이불 속으로 가져갔다.

"여보세요?"

[아직 한밤중인 거야?]

"술 마시다 술값 떨어졌어요?"

[아, 무슨 소리야? 지금 오전 10시가 넘었어. 우혜연 씨가 최현빈을 납치범으로 허위 신고했던 그날, 최현빈하고 같이 있었던 여자가 누군지 알아냈어. 이름은 박하은이야.]

어찌 된 일인지 최 탐정의 목소리에는 숙취가 전혀 없었다.

"그런데요?"

[만나러 가야지.]

"같이 가자고요?"

[아니, 나는 빠지고 이 프로 혼자 가는 게 좋을 거 같아.]

"예? 왜요?"

[어제 이야기했듯이, 말하기 껄끄러운 은밀한 이야기를 물어봐야 할 거 아냐. 무슨 말인지 알지?]

"예."

[그런 자리에 나이도 많고 남자인 내가 같이 가면 상대가 심리적으로 위축되어 쉽게 입을 열지 않을 수도 있어. 이 프로는 같은 여자이고 나이도 몇 살 차이 안 나니, 혼자 가서 물어보는 게 좋을 거 같아.]

"아이, 저도 그런 일은 싫단 말이에요."

[그래도 어쩌겠어. 진실은 늘 진창 속에 숨어 있는데, 탐정이 진창에 손을 안 담그고 어떻게 진실을 끄집어내겠어.]

"예, 알았어요. 연락처 문자로 찍어 주세요."

전화를 끊고 나자 바로 문자가 왔다. 이 프로는 침대에 그대로 누워서 최 탐정이 보낸 문자를 한참 들여다봤다. 뭔가 생각할 게 많은 것 같았다.

아, 배고프다, 야옹! 이 프로, 그만 일어나라, 야옹!

내 말을 알아들은 것처럼 이 프로가 갑자기 상체를 벌떡 일으켰다. 하지만 이 프로는 우리에게 사료를 주지 않고 최 탐정이 보내 준 전화번호로 전화를 걸었다.

상대는 전화벨이 다섯 번쯤 울리고 나서 전화를 받았다.

"안녕하세요, 저는 최순석 탐정 사무소의 이은비 탐정입니다. 저희가 맡은 사건 때문에 박하은 씨에게 급히 물어볼 게 있는데, 집 근처로 갈 테니 잠깐 시간 좀 내주실 수 있으세요?"

[물어볼 게 뭔데요?]

"최현빈 씨 아시죠? 최현빈 씨가 어떤 협박 사건에 휘말렸거든요. 전화로 말씀드리기는 그렇고, 자세한 말씀은 뵙고 드렸으면 합니다."

[혀, 협박 사건요? 무슨……?]

여자의 목소리가 미세하게 떨렸다.

"만나서 말씀드리겠습니다. 언제 어디서 뵙는 게 좋을까요?"

여자는 아무 말도 하지 않았다.

"아, 우리 만남은 당분간 최현빈 씨에게 비밀로 해 주세요. 계속 비밀로 할지 말지는 제 이야기를 들어 본 뒤 결정하시고요."

[알겠어요. 만나야 한다면, 바로 뵙죠. 영등포로 오세요.]

이 프로는 나를 스쿠터에 태우고 곧장 영등포역 쪽으로 달려갔다. 동네 뒷골목의 작은 커피숍으로 들어가자 구석에 20대 초반의 여자가 앉아 있었다. 전에 멀리서 봤을 때는 예쁜 줄 몰랐는데 꽤 미인이었다. 나이보다 앳되어 보이는 여자는 피부에서 맑은 광이 났다.

"안녕하세요, 박하은 씨죠?"

"예."

이 프로가 명함을 꺼내 내밀었다.

"최순석 탐정 사무소의 이은비입니다. 나와 주셔서 고마워요."

반갑다, 야옹!

"고양이를 좋아하시나 봐요?"

여자가 나를 보며 물었다.

"얘는 셜록 홈순이에요. 집에 개 한 마리가 더 있는데, 얘들끼리만 놔두면 싸우고 난리 나서 늘 데리고 다녀요."

종업원이 주문받으러 오자 두 인간 모두 아메리카노를 시켰다.

"하실 말씀이 뭔가요?"

"단도직입적으로 이야기할게요. 최현빈 씨와 사귀는 사인가요?"

"예? 그게……."

목소리에 망설임 같은 게 있었다.

"애인 아닌가요?"

"애인이라기보다는……."

"만난 지 얼마나 되었죠?"

"한, 한 달쯤요."

"막 사귀기 시작했나 보네요. 만난 횟수는요?"

"그런 걸 왜 물어보시죠?"

"너무 사적인 질문인가요? 저번 월요일에 합정역 인근에서 최현빈 씨와 택시를 타고 가다가 납치 신고가 들어와 지구대에 갔다 오셨죠?"

"예. 하지만 그건 오인 신고였어요."

"알고 있어요. 그날 택시 타고 어디를 가시던 참이었죠?"

"그런 것도 대답해야 하나요?"

"질문이 이상하다는 생각이 드시겠지만, 사실대로 대답해 주세요. 혹시 호텔에 가던 중이었나요?"

"왜 그런 걸 물어보시죠? 혹시 최현빈 씨 좋아하세요?"

박하은은 앞의 여자가 자신을 불러낸 이유를 의심하는 것 같았다.

"절대 제 개인적인 일로 만나자고 한 게 아니에요. 그때, 납치 신고를 한 여자분이 최현빈 씨와 아는 사람이었어요. 그분의 허위 신고 목적이 박하은 씨와 최현빈 씨가 호텔 가는 것을 방해하려는 것이 아니었나 싶어요."

"왜요?"

"그 이유를 알고 싶어서 뵙자고 한 거예요."

"그럼, 그 여자분을 만나 물어보면 되는 거 아닌가요?"

"사망하셨어요."

"예에? 어쩌다가요?"

"저수지에서 익사했는데, 지금 그걸 조사 중이에요."

여자의 표정이 창백해졌다.

"그 여자분은 왜 박하은 씨와 최현빈 씨가 호텔에 가는 걸 막으려고 했던 걸까요?"

"글쎄요? 그 여자가 최현빈 씨를 짝사랑이라도 했나요?"

"그 여자분은 50대입니다."

"나이가 어머니뻘이네요. 그런 분이 왜……?"

"최현빈 씨와 몇 번 만났죠?"

"두, 두 번요."

"같이 잠을 잤나요?"

"그것도 말해야 하나요?"

"만난 첫날 잤죠?"

"예. 제가 술을 좀 과하게 마셨어요. 그래서……."

"얼마나 마셨죠?"

이 프로는 여자가 생각할 틈을 주지 않고 심문하듯 질문해 댔다.

"글쎄요……? 많이는 마신 것 같지는 않은데, 기억이 잘……."

"술자리에서 정신을 잃었군요? 깨어 보니 낯선 장소였고, 옆에 알몸의 최현빈 씨가 있었죠?"

"그, 그래요. 비슷해요."

"혹시 최현빈 씨가 나체 사진을 찍었나요?"

"예? 나체 사진요?"

여자는 크게 말하고 나서 주변을 둘러봤다.

"찍었죠? 보여 줬죠?"

여자가 갑자기 두 손으로 얼굴을 가렸다. 그런 일이 있었던 모양이었다. 그 일로 스트레스를 많이 받았던 거 같았다.

이 프로는 여자가 진정할 때까지 기다렸다가 낮고 부드러운 목소리로 질문했다.

"왜 신고 안 했죠?"

"강제로 당한 거면 신고했을 텐데, 어떻게 된 상황인지 알 수가 없었어요. 그 사람은 내가 술에 만취해 있었지만 스스로 여관으로 걸어왔다고 말했어요. 또 정신을 차린 아침에 내게 달콤한 말을 속삭이며 잘해 줬어요. 학벌 좋고 잘생긴 남자가 곧 결혼하자며 나를 애인처럼 대하니 마음이 흔들렸어요."

"그랬군요. 그 뒤에도 계속 그랬나요?"

"아뇨, 그 이후로는 한 번도 연락이 없었어요. 그러다가 그날 저녁 갑자기 연락이 온 거예요."

"왜 연락한 거였죠?"

"악마였어요. 갑자기 만나자고 해서 싫다고 했더니 내 섹스 동영상을 찍어 보관하고 있다고 하더라고요. 사실인지 거짓말인지 일단 만나서 알아봐야 할 거 같았어요. 만나 보니 예측 불가능한 사이코패스였어요. 순순히 말을 듣지 않으면 예상치 못한 돌출 행동을 할 것처럼 여겨졌어요. 기분이 상하면 내 동영상을 인터넷이나 내가 아는 사람들에게 유포하고도 남을 사람이었어요. 그를 따라가면 맨정신에 다시 강간당할 것 같았지만 따라나서지 않을 수 없었어요. 그런데, 고맙게도 누군가가 경찰에 납치 신고를 했던 거예요. 아까 말씀하시는 거 보니 다른 협박 사건이 더 있는 듯한데, 저처럼 당한 여자가 더 있나요?"

"예. 자살한 어떤 여자분의 가족들이 그렇게 주장하고 있어요."

"자살했다고요? 악마 같은 새끼!"

박하은의 예쁜 입에서 욕이 튀어나오는 순간, 복잡하게 얽혀 있던 내 머릿속의 미스터리가 일시에 풀렸다.


커피숍에서 최현빈의 피해자로부터 중요한 이야기를 들은 나와 이 프로는 스쿠터를 타고 탐정 사무소로 갔다. 최순석 탐정이 캔 맥주를 마시며 우리를 기다리고 있었다. 이 프로가 박하은에게 들은 이야기를 최순석 탐정에게 전했다.

"그렇게 된 거였군."

"그렇게 된 거라니요?"

"2021년 12월, 장기 등 이식에 관한 법률을 일부 개정한 '장기기증사랑 인연맺기법'이 국회를 통과하기 전까지는 장기 기증자와 수혜자가 철저한 비밀이었지. 서로 편지 한 통 주고받을 수 없었어. 세상에서 가장 소중하고 예쁜 딸이 교통사고로 뇌사 상태에 빠지자 우혜연 씨는 이 세상에 딸의 장기라도 살아 있기를 바라는 심정으로 딸의 장기를 기증하고 나서 점점 폐인이 되어 갔던 것 같아. 그러던 어느 날 우혜연 씨는 우연히 딸의 심장을 이식받은 사람이 누군지 알게 된 거지. 딸의 심장을 이식받아 새 생명을 얻은 사람은 젊고 잘생긴 약사 최현빈이었지. 그 사실을 안 순간 그녀는 딸이 살아 돌아오기라도 한 것처럼 하늘에 감사하며 울음을 터뜨렸겠지. 그때부터 우혜연 씨에게 최현빈은 죽은 딸 같은 존재였을 거야. 우혜연 씨는 딸이 보고 싶을 때마다 최현빈의 약국을 찾아가 멀리서나마 얼굴을 보곤 했겠지. 그러다 점점 더 최현빈에게 집착하는 스토커가 된 거지. 최현빈의 집과 약국을 기웃거렸고, 최현빈이 누굴 만나는지 살피고 페이스북이나 블로그 등도 꼼꼼히 들여다봤겠지. 그러다 이사할 일이 생기자 최현빈을 더 쉽게, 더 자주 보기 위해 거처를 서울로 옮기기로 하고 최현빈의 앞 동에 전셋집까지 얻어 이사했을 테고."

"그런데도 최현빈이 눈치 못 챘다고요?"

"거리를 뒀겠지. 관찰은 하되 접촉하지는 않는다는 규칙을 스스로 만들어 실행했겠지. 그러다가 술집에서 최현빈과 술을 마신 여자들이 최현빈의 등에 업혀 나오는 걸 종종 보게 되었고, 이상하다는 생각이 들자 결국 술집 안으로 들어가 최현빈이 여자들의 술에 약을 타는 걸 보게 되었겠지."

"경찰에 신고했으면 쉽게 해결되었을 텐데 왜 경찰에 신고하지 않고 직접 죽이겠다고 협박을……."

"최현빈을 진짜로 죽일 생각은 없었을 거야. 최현빈의 범죄를 목격하고 배신감을 느낀 그 순간 우혜연은 경찰에 신고하는 것도 고려했을 테지만 그러면 사랑하는 딸의 심장을 교도소에 보내는 결과가 되잖아. 그래서 범죄를 그만두게 하려고 최현빈을 협박하기 시작한 거지. 최현빈에게 누군가가 강간당할 위기에 놓이면 경찰에 거짓 신고하는 방법 등으로 방해하기도 하고."

"그러니까, 전에 카페에서 우혜연 씨가 제 포도주 잔을 손으로 쳐서 제 바지를 엉망으로 만들었던 것도 결국 저를 구하기 위해 그랬던 거군요."

"그렇지. 이후 최현빈은 우리 탐정 사무소를 통해 우혜연의 정체를 알게 되었고, 그걸 단서로 그녀가 자기에게 심장을 기증한 여자의 어머니라는 걸 알고는 심경이 복잡했겠지. 하지만 범죄를 그만둘 생각은 조금도 없었어. 여자들을 약물로 강간하고 동영상을 찍는 일을 계속하려면 우혜연 씨를 죽일 수밖에 없다는 결론을 내렸겠지. 우혜연 씨가 자신을 뒤따라 다니며 일거수일투족을 감시하고 방해하는 것도 정말 화나는 일인데, 마음을 바꿔 경찰에 신고하기라도 하면 인생 종 치는 거니까."

"우혜연 씨는 사랑하는 딸의 심장을 가진 최현빈이가 더는 범죄를 저지르지 못하게 하려 했는데, 그 의도와 다르게 최현빈은 결국 생명의 은인을 죽인 살인자가 된 거군요."

"그렇지."

"정말 못된 인간이네요. 경찰에 연락하시죠."

"글쎄……."

"예? 글쎄……라뇨? 그냥 둘 수는 없잖아요?"

"그래, 그냥 둘 수는 없지."

말은 그렇게 했지만 최 탐정은 여전히 망설이는 것 같았다. 경찰에 신고하면 직업 윤리를 어기는 것이 된다. 탐정은 어떤 경우에도 업무상 알아낸 비밀을 누설하면 안 된다. 최 탐정이 냉장고에서 캔 맥주 두 개를 꺼내 와 하나를 이 프로에게 내밀었다.

"최현빈 씨에게 자수를 권하는 건 어떨까?"

"예에? 안 돼요! 자수하는 대신 우리를 죽이려 들면 어떻게 해요? 사무실 입구에 휘발유 뿌리고 불이라도 지르면……. 우혜연 씨도, 신고하는 대신 범죄를 멈추게 하려고 노력하다가 살해된 거잖아요. 그냥 경찰에 신고해요."

최순석 탐정은 새로 딴 맥주를 천천히 다 마시고 나서 휴대 전화를 집어 들었다. 잠시 뒤 홍성준 형사가 전화를 받았다.

## 월요일

최순석 탐정이 오전 9시에 멀쩡한 정신으로 출근한 것을 나는 처음 봤다. 출근하자마자 최순석 탐정은 구형 그랜저에 나와 이 프로를 태우고 현촌 저수지로 향했다.

현촌 저수지에 도착하니 경찰 승합차 한 대가 길가에 세워져 있었다. 경찰차 뒤에 차를 세운 우리는 우혜연 씨의 시체가 발견된 저수지 동쪽으로 걸어갔다. 시체가 발견된 호숫가에 홍성준 형사를 비롯해 남녀 네 명이 서서 이야기를 나누고 있었다.

"빨리 왔네?"

최 탐정이 홍 형사에게 다가가며 인사했다.

"오셨습니까. 저희도 방금 왔습니다."

홍 형사가 같이 온 형사들에게 우리를 소개했다.

"이분은 예전에 나와 같이 광역 수사대에서 일했던 최순석 탐정님이고, 이쪽은 이 프로 탐정, 얘는 셜록 홈순."

소개가 끝나자 최 탐정이 마치 수사팀장이 된 것처럼 형사들에게 할 일을 지시했다.

"저쪽 공사장에 가 보셨을 텐데, 우리가 찾아야 할 스티로폼은 공사장에 쌓여 있는 것과 같은 스티로폼입니다. 크기는 가로 1m, 세로 1.5m, 두께 3cm입니다. 우혜연 씨의 시신이 발견되던 날 찍은 사진을 보면 저기 수초 지대 끝에 스티로폼 두 장이 10m 정도 간격으로 걸려 있었는데, 며칠 뒤 우리가 이곳에 왔을 때는 사라지고 없었습니다. 나중에 범인이 와서 수거해 가지 않았다면 바람에 떠밀려 가 이 호수 어딘가에 있을 겁니다. 세 명씩 두 팀으로 나눠서, 한 팀은 호숫가를 따라 동쪽으로 걸어가며 수색하고 한 팀은 서쪽으로 걸어가며 수색하는 게 어떨까 싶습니다."

야, 최 탐정! 나는 왜 빼냐? 나까지 하면 여섯 명이 아니라 일곱 명이다, 야옹!

하지만 인간들은 그 누구도 내 외침에 귀 기울이지 않았다.

우리 탐정팀에 홍 형사가 합류해 호수를 시계 방향으로 돌며 수색하고, 나머지 형사들이 시계 반대 방향으로 돌며 수색하기로 했다. 수색이 시작되자 나는 이 프로의 품에서 벗어나 앞서 나갔다.

"야, 셜록 홈순! 펄에는 들어가지 마!"

하지만 나는 경찰견처럼 코를 킁킁거리며 펄과 수풀 사이를 수달처럼 빠르게 왔다 갔다 했다.

10분쯤 그렇게 펄에 발자국을 찍어 대며 종종걸음으로 돌아다니고 있는데 물가와 맞닿아 있는 개흙 속에 박혀 있는 스티로폼이 눈에 들어왔다. 낚시꾼이 펄에 스티로폼을 깔고 앉아서 낚시한 흔적이 있었다. 낚시꾼이 흙이 묻은 발로 스티로폼을 밟아 대서 눈에 잘 띄지 않아 나 아니었으면 인간들은 그냥 지나쳤을 가능성이 컸다. 펄에 박혀 있는 스티로폼으로 달려가 킁킁 냄새를 맡아 보았다.

그래! 바로 이 냄새다, 야옹!

익숙한 냄새가 났다. 아주 미세하지만 죽은 우혜연의 몸에서 났던 향수 냄새와 샴푸 냄새가 스티로폼에서 났다.

야옹! 야옹! 우혜연의 냄새가 난다, 야옹!

"야, 셜록 홈슨! 그만 이리 나와!"

이 프로가 불러 대는데도 내가 물가에서 움직이지 않고 울어 대자 결국 이 프로가 인상을 쓰며 펄로 들어왔다.

"어? 여기 스티로폼이 있어요!"

이 프로의 외침에 최 탐정과 홍 형사도 조심스럽게 펄로 들어 왔다.

스티로폼에서 우혜연의 냄새가 난다고, 야옹!

"이 프로, 셜록 홈슨이 뭐라고 하는 거냐?"

발로 스티로폼을 긁어 대며 야옹거리는 내 행동이 평소와 다 르다고 생각했는지 최 탐정이 이 프로에게 물었다.

"글쎄요? 똥 마려운가?"

결국 나는 스티로폼에 코를 대고 킁킁 냄새 맡는 시늉을 과장 되게 해 보였다.

"스티로폼에서 무슨 냄새가 나는 거 같은데요. 계속 냄새를 맡 는 게, 익숙한 냄새거나 향수 냄새같이 좋은 냄새가 나는 거 같 은데요."

"수거해서 국과수에 보내야겠어요. 모든 접촉은 흔적을 남긴 다고, 범인이 이 스티로폼에 우혜연 씨를 태웠다면 범인의 옷이 나 우혜연 씨의 옷에서 떨어진 미세한 섬유 같은 게 붙어 있을지 모르니까요. 좀 도와주세요."

홍 형사가 주머니에서 실리콘 장갑 두 켤레를 꺼내 한 켤레를 최 탐정에게 건네고 한 켤레는 자신이 꼈다. 두 인간이 펄에 박힌 스티로폼을 들어 올리자 밑에 한 장이 더 있었다. 스티로폼이 맞닿아 있던 부분은 펄이 덜 묻어서 비교적 깨끗했다.

## 화요일

월요일에 수사를 보강하고 심문 계획을 세우고 난 형사들은 화요일 오전에 최현빈을 경찰서로 소환했다.

홍성준 형사가 최현빈의 조사 상황을 거의 실시간으로 최순석 탐정에게 알려 줬다. 나는 최 탐정이 누군가와 통화할 때마다 옆에 착 달라붙어서 통화 내용을 빠짐없이 엿들었다.

형사들은 최현빈에게 그가 여러 여자를 약물로 강간하고 그 사실을 우혜연 씨에게 들키자 그것을 은폐하기 위해 우혜연 씨를 살해하지 않았느냐고 추궁했으나 그는 약물 강간 사실 자체를 부인했다. 자신은 지금까지 그 누구에게도 약을 탄 술이나 음료를 먹인 적이 없고, 상대 몰래 나체 사진을 찍거나 섹스 동영상을 촬영하지도 않았고, 그걸로 누군가를 협박한 사실도 없다고 주장했다. 그는 사귀던 여자의 나체 사진을 한 번 찍은 적이 있긴 하지만 그건 상대의 동의가 있었다고 했다. 자기에게 강간당한 인간이 있다면 데려오라고 큰소리쳤다.

홍성준 형사를 비롯한 경찰관들은 현촌 저수지의 카페 CCTV에 찍힌 스티로폼 영상을 최현빈에게 보여 주며 공사장 스티로폼을 이용해서 만든 그의 알리바이를 깨려고 노력했다. 하지만 그는 자백은커녕 공사장 쪽으로는 가지도 않았다고 딱 잡아떼었다. 그리고 그는 자신은 우혜연을 죽일 이유가 전혀 없다, 자신에게 심장을 준 은인인데 그런 은인을 왜 죽였겠느냐고 형사들에게 반문했다.

경찰은 반박하지 못했다. 확보한 증인이나 증거가 없었다. 이 프로에게 약물에 당한 것 같다고 말했고 섹스 동영상 협박 때문에 추가로 강간당할 뻔했었다고 이야기한 박하은조차도 경찰에 증언하는 것은 꺼렸다. 경찰에 증언하고 나면 법원까지 가서 피해 사실을 증언해야 한다는 심리적 압박감이 있는 것 같았다. 또, 최선을 다해 증언했는데 최현빈이 교도소에 안 가고 풀려나면 보복당할까 봐 두려워하는 거 같았다.

경찰은 박하은을 설득하고 있었지만 그녀가 증언한다고 해도 다른 피해자의 추가 증언이나 증거를 확보하지 못하면 기소조차 어려웠다. 오래전에 복용한 약물이 지금까지 몸속에 남아 있을 리 없었고, 일부 약물은 체모 검사로는 검출이 어려웠다.

최현빈은 우혜연의 죽음을 자살이라고 주장했다.

"그 여자가 보낸 협박문의 '죽는다'는 저를 '죽이겠다'라는 뜻이 아니고 자기가 죽겠다는 뜻이었습니다. 그래서 결국 그 협박문대로 자살한 겁니다. 딸의 심장을 이식한 젊은 남자에게 빠져서 오래도록 스토킹하다가 그 남자가 젊고 예쁜 여자들을 만나고 다니자 병적인 질투심에, '다른 여자 만나는 걸 당장 중단하지 않으면 너는 곧 내가 죽는 꼴을 보게 될 것이다.'라고 협박하다가 딸의 사망일에 찾았던 저수지에 뛰어들어 자살한 거라고요. 딸이 있는 천국으로 가고 싶어 그랬는지, 자신의 인생이 혐오스러워서 충동적으로 그랬는지는 모르지만, 자살한 게 틀림없습니다. 저는 절대 범인이 아니니 괜히 고생하지 마시고, 타살이라고 생각하신다면 다른 용의자를 찾아보세요."

이제 수사팀의 유일한 희망은 국과수 부검 결과였다. 익사한 우혜연의 신체에서 마취약 성분이 검출된다면 타살이 분명했고, 그 마취약의 출처를 추적하면 최현빈을 검거할 수 있었다.

### 수요일

퇴근 직전 최순석 탐정의 휴대 전화 벨이 울렸다. 전화를 건 인간은 홍성준 형사였다.

"뭐? 우혜연 씨의 몸에서 아무것도 안 나왔다고? 수면제나 마취제, GHB 같은 거 아무것도 안 나왔어?"

최 탐정이 인상을 쓰며 전화기에 대고 큰 소리를 냈다.

[예, 저도 실망이 큽니다. 게다가 우리가 검찰에 신청한 최현빈의 구속 영장과 휴대폰 압수 수색 영장까지 증거가 부족하다는 이유로 반려되었습니다. 자세한 이야기는 직접 찾아뵙고 말씀드리겠습니다.]

홍성준 형사는 저녁 7시쯤 방문했다. 손에 시장바구니를 들고 있었는데, 안에 고량주와 막걸리, 맥주가 여러 병 들어 있었다. 최 탐정이 중국집에 전화해 탕수육, 팔보채 등의 안주와 저녁 식사를 주문했다.

"형님도 술 한잔하시죠?"

최 탐정이 한추협 사무실에 대고 외치자 기다렸다는 듯이 술 좋아하는 한추협 사무국장 이수광이 건너왔다.

"잡지 마감 때문에 바쁜데……."

곧이어, 이 프로와 공짜 좋아하는 주영란까지 술자리에 합석했다. 홍성준 형사는 목마른 사람처럼 맥주 한 컵을 벌컥벌컥 들이켜고 나서 우혜연의 부검 결과를 이야기했다.

"수사팀에서 졸라 댄 때문인지 국과수에서 예정보다 일찍 우혜연의 부검 결과를 통보해 주긴 했는데, 통보 내용은 기대하던 게 아니었습니다. 우혜연의 신체에서 어떤 마취제 성분도 검출되지 않았습니다. 다만, 익사한 우혜연의 몸에 감겨 있던 농사용 폐비닐은 호숫가 공사장에 뭉쳐 있던 폐비닐과 같은 것이었습니다. 상표와 생산 일자가 같았고, 폐비닐에 묻어 있던 흙의 성분도 같은 걸로 나왔습니다."

"그 폐비닐이 공사장에서 저수지 동쪽까지 흘러가 허우적거리던 우혜연 씨의 몸에 우연히 휘감겼다고 보기는 어려울 거 같은데?"

"제 생각도 그렇습니다만, 시체에서 수면제나 마취제 성분이 전혀 검출되지 않았으니……. 이제, 저수지에서 수거해 국과수에 넘긴 스티로폼에서 최현빈의 지문이나 피부 세포 같은 게 검출되는 것이 우리 형사들의 유일한 희망입니다. 에효!"

하지만 홍 형사는 가능성이 거의 없다는 듯 고개를 옆으로 흔들고 나서 한숨을 쉬며 술잔을 집어 들었다.

"그 스티로폼 분석 결과는 언제쯤 나옵니까?"

추리소설가 이수광이 홍 형사에게 물었다.

"빨리 해 주겠다고는 했는데, 그래도 1~2주는 걸릴 겁니다."

"이 사건을 형님은 어떻게 생각하십니까?"

최 탐정이 이수광에게 물었다.

"최현빈이 우혜연 씨를 죽인 게 확실하다면, 베카론같이 빨리 분해되어 증거가 사라지는 약물을 썼을 수도 있고, 국과수 검사 항목에 없는 새로운 약물을 썼을 수도 있겠지. 세상에 완벽한 게 없듯 국과수 검사라고 해서 완벽한 건 아니니까."

"아, 기분도 꿀꿀한데, 우리 술 다 마시고 나서 노래방 가요? 최 탐정님 노래 들어 보고 싶어요."

술에 취한 주영란이 실실 웃기 시작하자 나는 얼른 이 프로의 책상 밑으로 기어들어 갔다. 주영란은 술에 취하면 나를 잡고 코와 입에 사정없이 입술 도장을 찍어 댔다.

"에이, 강간 살인범 하나 못 잡아넣는 더러운 세상!"

## 월요일

평온하고 무기력한 일주일이 흘러갔다. 지방 공무원 시험이 끝난 이 프로는 사무실에서 새로운 일거리가 들어오길 기다리며 추리소설을 읽었고, 최 탐정은 점심 때쯤 술이 덜 깬 표정으로 출근해서 컴퓨터 게임이나 하다가 퇴근 무렵이 되면 이곳저곳에 전화를 걸거나 카톡을 보내 같이 술 마실 인간을 물색했다.

몽유병이 심각하다는 여자 의뢰인 건은 여전히 조사가 답보 상태였다. 처음에는 최 탐정이 밤마다 열심히 감시했지만 의뢰인은 한 번도 이상한 행동을 하지 않았다. 밤에 집 밖으로 나오기는커녕 방 밖으로 나오지조차 않았다. 지친 최 탐정은, 여자의 집 앞에서 잠복하며 대기하는 일은 그만두고 집 안에 설치해 둔 관찰 카메라만 하루에 한 번씩 살펴보고 있었다.

"어이, 최 소장! 목도 컬컬하고 기분도 꿀꿀한데, 술이나 한잔할까?"

"아, 좋습니다! 허허허."

그럼 그렇지! 월요일이었다. 알코올 중독자인 최순석 탐정과 한추협 사무국장 이수광은 가족들 눈치 보느라 주말에 못 마신 술을 월요일 저녁에 몰아 마시는 듯했다. 월요일은 늘 술판이었다.

이게 술집이지 탐정 사무소냐? 차라리 이름을 탐정 주유소로 바꿔라, 야옹!

이수광 사무국장이 단골 중국집에 전화를 걸어 탕수육과 짬

뽕 안주를 주문했고, 주영란이 슈퍼마켓으로 쪼르르 달려가 술을 사 왔다. 주영란은 골목 입구의 트럭에서 파는, 한 마리에 6천 원 하는 장작 구이 치킨을 사 오는 것도 잊지 않았다.

나는 알코올 중독 고양이가 아님에도 월요일 저녁이 좋았다. 맛있는 오징어나 장작 구이 치킨을 얻어먹을 수 있기 때문이다. 다만, 술에 취한 주영란이 술 냄새 풀풀 풍기는 입으로 내게 뽀뽀하러 달려드는 건 질색이었다.

저녁 7시쯤 홍성준 형사까지 캔 맥주를 사 들고 와 술자리에 합류했다. 볼일이 있어 근처에 왔다가 들렀다고 했다.

한추협 사무실에서 1차를 마시고 난 인간들은 2차로 1층에 있는 술집 '주유소'로 몰려갔다. 이 프로는 나를 사무실에 놔두고 가려고 했지만 나는 재빨리 주영란에게 매달렸다. 주영란의 뽀뽀 세례가 싫어도 따라가려면 어쩔 수 없었다. 주영란이 나를 안아 들고 1층 술집으로 향했다.

술에 취한 홍 형사가 경찰의 수사 상황을 이야기했다. 예상대로였다. 형사들은 최현빈의 알리바이를 깰 수 있는 증거들을 찾지 못했고, 또 우여곡절 끝에 영장을 발부받아 최현빈의 휴대 전화 통화 목록을 조회해 그동안 만난 여자들에게 일일이 연락했지만, 그 누구도 최현빈에게 약물 강간을 당했다고 말하는 인간은 없었다. 최현빈 이야기를 꺼내면 대부분 서둘러 전화를 끊으려고만 할 뿐이었다.

"현재 상황으로 봐서는 최현빈을 잡아넣는 게 어려울 것 같아요."

"우울한 이야기군."

"우혜연 씨가 타살이 아닌, 자살일 가능성은 없나요?"

주영란이 내게 쥐포를 먹이며 홍 형사에게 물었다.

"자살 가능성?"

최 탐정이 호기심을 보였다.

"예. 현장 상황은 자살이 아닌 거 같지만, 제가 보기에 자살 동기는 충분한 거 같은데요. 딸을 잃고 어떤 희망이나 즐거움도 없이 시체처럼 살아가던 우혜연 씨는 딸의 심장으로 살아가는 젊고 잘생긴 남자를 알게 되면서 다시 삶의 에너지를 얻었죠. 그런데 그 남자가 못된 놈인 걸 알게 되었을 때의 심정이 어땠을까요? 삶의 에너지가 다시 곤두박질치지 않았을까요? 부질없는 희망과 미련을 다 내려놓고 보고 싶은 딸의 곁으로 가고 싶지 않았겠어요?"

"그래, 그렇게 생각하면 자살 동기는 충분해. 하지만 그럼 딸의 심장은? 딸의 심장으로 살아가며 나쁜 짓을 하는 남자는? 딸의 심장으로 사는 남자가 딸 같은 여자들을 괴롭히고 심지어 자살까지 하게 만들었는데, 그대로 놔두고 혼자 죽는다는 건 너무 무책임한 행동 아닌가? 최현빈의 피해자들뿐만 아니라 딸에게도 죄책감이 들 텐데? 우혜연 씨가 그리 무책임한 사람은 아닌 거 같던데?"

"그 말씀도 일리가 있네요. 저 같아도 자살하기 전에, 그 못된 놈을 죽여서 딸의 심장을 회수하고 자살했을 거 같긴 해요."

"그래, 나라도 그랬을 거야. 놈을 죽이지 못한다면 경찰에 신고라도 해서 딸의 심장이 다시는 나쁜 짓에 쓰이지 못하게 하고 죽었을 거야. 그래서 내가 우혜연 씨의 죽음을 자살로 보지 않는 거야. 반드시 마무리해야 할 일이 남아 있는데 그 일을 그대로 놔두고 자살했을 거 같지가 않거든. 딸을 사랑하는 마음이 크면 클수록 딸의 심장을 그대로 방치하고 죽지는 않았을 거 같아."

술에 취한 최 탐정이 목소리를 높였다.

"하지만 세상일이란 게 꼭 그렇게 논리적으로만 돌아가지는 않지. 그럼 몇천 원 때문에 사람 죽이는 놈도 없어야지."

이수광이 고개를 옆으로 흔들며 반박했다.

"우혜연 씨가 자살한 거라면 최현빈의 주장처럼 우혜연 씨의 협박문 '죽는다'는 죽이겠다는 뜻이 아니라 자신이 죽겠다는 뜻이었을 수도 있었겠군요."

이 프로가 혼잣말처럼 중얼거렸다.

"이 프로도 자살일 가능성이 있다고 생각하는 건가?"

최 탐정이 물었다.

"영란 언니의 말을 듣고 보니, 우혜연 씨는 딸의 심장을 가진 사람의 비행을 부모의 심정으로 지켜보며 이러지도 저러지도 못하고 있다가 그를 죽이는 대신 자신이 죽어서 최현빈에게는 충격을 줘 각성하게 하고 자신은 정신적 고통에서 벗어나 영원한 평화를 얻고 싶었던 것일 수도 있다는 생각이 들어요. 하지만 역시 하나의 가능성일 뿐이죠. 죽은 자는 말을 못 하니, 협박장에 쓰인 '죽는다'의 뜻이 무슨 의미였는지는 영원히 미스터리로 남게 되었군요."

"놈은 앞으로도 계속 그런 짓을 할까요?"

주영란이 홍 형사에게 물었다.

"약물 강간 말이죠? 예, 할 겁니다. 당분간은 경찰을 의식해 조심하겠지만 반드시 다시 할 겁니다. 경험을 바탕으로 더욱 교묘하게 하다가 점점 대담해지겠죠. 그게 연쇄 강간범들의 특징이죠."

"그럼 경찰이 최현빈을 계속 감시해야겠군요?"

"무혐의로 결정 나면 공식적인 수사는 그걸로 끝입니다. 형사들이 개인적으로 감시하는 것은 몰라도……."

"최현빈은 요즘 어떻게 지내요? 최 소장님하고 내가 자기 범죄를 경찰에 고발했다고 벼르고 있는 거 아닌지 모르겠네."

이 프로가 걱정된다는 듯이 말했다.

"아까 오다가 약국을 살펴봤는데 문이 닫혀 있더라고. 잠수 탄 게 아닌가 싶어. 휴대 전화로 전화해 봤는데 받지 않더라고."

"설마 해외로 도피한 건 아니겠죠?"

주영란이 물었다.

"그렇지는 않을 겁니다. 녀석은 그 정도로 머리가 나쁜 놈이 아닙니다. 녀석은 우리가 어떤 증거도 확보하지 못했다는 걸 잘 알고 있을 겁니다."

"그런데 왜 잠수를 타요?"

"경찰서에 드나들며 조사받다 보니 피곤해서 며칠 쉬려는 거겠죠."

"집에 안 가 봤죠?"

이 프로가 눈을 동그랗게 뜨고 홍 형사에게 물었다.

"오늘은 안 가 봤지."

"왜 그래?"

최순석 탐정이 술을 마시려던 동작을 멈추고 이 프로의 심상치 않은 표정을 살폈다.

"소장님이 아까 그러셨잖아요. 딸의 심장을 달고서 딸 같은 여자들에게 나쁜 짓을 일삼는 최현빈을 그대로 놔두고 우혜연 씨가 자살했을 리 없다……."

"그랬지. 근데 그게 뭐?"

"우혜연 씨의 자살 조건이 최현빈 씨의 죽음이라면, 자살하기 전에 최현빈 씨를 죽이면 되는 거잖아요? 우혜연 씨가 자살하기 전에 최현빈 씨를 죽였을 수도 있는 거잖아요?"

"에이, 그건 말이 안 되지. 우혜연 씨가 죽은 게 열흘 전인데, 죽은 우혜연 씨가 어떻게 최현빈을 살해해?"

"공범이 있을 수도 있고……. 뭔가가 자꾸 마음에 걸려요. 확인해 봐야겠어요. 이수광 작가님, 휴대 전화 좀 빌려주세요."

이 프로는 자기 전화를 사용하지 않고 이수광에게 전화를 빌려서 최현빈에게 전화를 걸었다. 하지만 신호음만 갈 뿐 전화를 받지 않았다.

"역시 전화를 안 받네요. 아는 사람 전화도 안 받고 모르는 사람 전화도 안 받고……. 저 좀 나갔다 올게요."

"어딜 가려고?"

"최현빈 씨가 죽었는지 살았는지 확인하려고요. 집에 가 봐야겠어요."

"에이, 열흘 전에 죽은 사람이 어떻게 산 사람을 죽여? 괜히 힘 빼지 말고 술이나 마셔. 자, 건배!"

주영란이 이 프로를 향해 건배를 외쳤다.

"술은 갔다 와서 마실게요. 마을버스 타면 10여 분밖에 안 걸리니 금방 갔다 올게요."

"야! 흉악범 집에 여자 혼자 가서 어쩌려고 그래? 그렇지 않아도 벼르고 있을 거라며?"

주영란의 경고에도 이 프로는 그대로 자리에서 일어났다.

"야! 나랑 같이 가자."

최순석 탐정이 따라 일어났다.

"술값은 내가 갔다 와서 낼 테니 안주 더 시키고, 마시고들 있어요. 아무도 가면 안 돼!"

최순석 탐정과 이 프로가 열려 있는 출입문을 나서자 나도 재빨리 주영란의 품을 벗어나 두 사람을 따라나섰다. 가게 앞쪽 길가에 빈 택시가 서 있었다.

"택시 타고 가자."

최 탐정이 택시 앞자리에 타려고 앞문을 열었고 이 프로가 뒷문을 열었다. 그 순간 나는 재빨리 뒷자리에 올라탔다.

"어? 셜록 홈순! 너도 갈 거야?"

당연하지! 내가 가야 뛰어난 청각과 후각으로 집 안에 최현빈이 있는지 없는지 알아낼 수 있지 않겠냐, 야옹!

"북한산스타힐 아파트요."

택시 안에서 최 탐정이 최현빈에게 전화를 걸었다. 역시 받지 않았다. 아파트 단지 안으로 들어간 택시가 104동 앞에서 멈췄다. 택시비는 기본요금밖에 나오지 않았다.

"온 곳으로 다시 돌아가야 하는데, 갈 때는 요금을 두 배로 드릴 테니 잠시 기다려 주시겠어요? 여기, 보증금 만 원 드리죠."

최 탐정은 술을 마시면 인심이 후해졌다. 최 탐정과 이 프로는 택시를 대기시켜 놓고 아파트 앞에 서서 104동 304호 창문을 살폈다. 거실에 불이 켜져 있었다.

"집에 있는 모양인데 왜 전화를 안 받지? 일부러 전화를 피하는 건가?"

104동 공동 현관으로 가서 304호를 입력하고 호출 버튼을 눌렀다. 하지만 호출음이 끊길 때까지 대답이 없었다.

공동 현관 안에서 인간 한 명이 나오자 나를 안은 이 프로가 재빨리 안으로 들어갔다. 최 탐정도 뒤따라 들어왔다. 엘리베이터를 타고 3층으로 올라갔다. 엘리베이터가 멈추고 문이 열렸다.

어? 이게 무슨 냄새지? 이상한 냄새가 난다, 야옹!

공기 중에 피비린내가 가득했다.

코피 날 때, 그런 냄새다, 야옹!

하지만 전에 와 본 적이 있는 이 프로는 내 경고를 무시하고 엘리베이터에서 내려 곧장 오른쪽 모퉁이를 돌아 304호 현관문 앞으로 다가갔다. 현관문이 10cm쯤 열려 있었다.

"어? 현관문이 열려 있는데요."

"잠깐!"

이 프로가 문손잡이를 잡으려고 하자 최 탐정이 급히 외쳤다. 최 탐정이 이 프로 앞으로 나가 문틈으로 현관 안을 살폈다.

"이런 젠장!"

최 탐정이 급히 주머니에서 휴지를 꺼내 출입문 모서리에 대고 천천히 밀어 문을 열었다. 천천히 열리던 문이 갑자기 확 밀려나며 문틈으로 뭔가가 툭 삐져나왔다. 피투성이 머리였다.

"엄마야!"

이 프로가 뒤로 한발 물러나며 비명을 질렀다.

움직임을 멈췄던 최 탐정이 다시 문 모서리를 밀어서 문을 활짝 열었다. 피가 흥건한 현관 안에 체육복을 입은 피투성이 남자가 엎어져 있었다. 남자는 피투성이여서 얼굴을 알아보기 어려웠으나 체형이나 머리 스타일 등으로 볼 때 최현빈 같았다.

"이런 젠장! 119하고 경찰에 연락해!"

이 프로가 손을 덜덜 떨며 119에 전화하는 사이 휴지로 피 묻은 현관문 받침대를 내려 문을 고정한 최 탐정은 피투성이 남자가 죽었는지 살았는지 확인하려고 엎어져 있는 남자의 목 옆쪽으로 허리를 굽히고 경동맥으로 손을 가져갔다. 하지만 최 탐정은 곧바로 손을 거둬들였다. 목에 대나무 잎 모양의 쩍 벌어진 상처가 있었다. 현관을 검붉게 물들인 피는 남자 목의 절창에서 뿜어져 나온 것 같았다. 비산혈이 현관 천장에까지 튀었다. 남자는 왼손에 피 묻은 종이 빨대 하나를 움켜쥐고 있었고, 그 옆에 날이 반쯤 나온 커터 칼 하나가 떨어져 있었다.

최순석 탐정은 주머니에서 휴대 전화를 꺼내 피가 흥건한 현장을 사진과 동영상으로 촬영했다. 최 탐정은 현관 밖에 서서 거실 등 보이는 모든 공간과 물건을 촬영했다. 피의 검붉은 색깔과 굳어 있는 상태로 보아 최현빈은 죽은 지 꽤 시간이 지난 거 같았다.

"죽은 지 하루쯤 지난 것 같아. 거실에 불이 켜져 있는 걸 보면 저녁때나 밤에 죽은 거 같군."

형사 시절 살인 사건 현장을 누볐던 최순석 탐정이 시체를 살피며 말했다.

"우, 우혜연 씨가 협박장에 일요일에 죽이겠다고 했는데, 어, 어제가 일요일이었어요."

나를 안은 채 뒤에서 지켜보던 이 프로가 떨리는 목소리로 말했다.

"그렇군. 일요일에 죽었군."

"공범의 짓일까요? 협박장에 우리라고 쓰여 있었잖아요?"

"공범? 글쎄……. 최현빈은 방문자에게 현관문을 열어 줬다가 살해당한 것 같아. 최현빈이 문을 여는 순간 범인이 커터 칼로 목을 그었거나 현관에 서서 말다툼하다가……. 아니, 저 커터 칼은 범인이 가져온 것이 아니고 최현빈이 가지고 있던 것일 가능성이 커."

최 탐정이 현관 안쪽을 손가락으로 가리켰다.

"죽기 직전 재활용품을 배출하려고 정리하고 있었던 거 같아."

최 탐정이 손가락으로 가리킨 거실 입구에 라벨을 떼어내고 찌그러트린 투명 페트병과 폐종이 등이 든 재활용품 바구니가 놓여 있었고, 그 옆에 3D 카메라가 들어 있었던 택배 상자가 놓여 있었다. 택배 상자 안에는 공기가 가득 든 에어 팩과 에어 팩을 잘라 공기를 빼낸 비닐이 뒤섞여 있었다.

현장 상황으로 보아 최현빈은 죽기 직전 택배 상자 속의 에어 팩들을 잘라 공기를 빼내는 작업을 하고 있었던 거 같았다. 에어 팩을 잘라 공기를 빼내려면 칼이나 가위가 있어야 하는데 시체 주변에는 현관에 떨어져 있는 피 묻은 커터 칼 이외에 다른 칼이나 가위는 보이지 않았다.

"이 아파트의 재활용품 배출일은 일요일, 바로 어제였어요. 그런데 왼손에 쥔 저건 뭐죠? 볼펜인가요?"

이 프로의 질문에 최 탐정이 대답 대신 현관 입구에 놓여 있는 재활용품 바구니를 가리켰다. 폐종이들 위에 피가 묻지 않은 온전한 형태의 종이 빨대 몇 개가 흩어져 있었다. 건더기가 있는 과일주스 등을 먹을 때 쓰는 굵은 빨대였다.

"최현빈은 어제, 재활용품을 배출하려고 정리하다가 누군가가 방문해서 출입문을 열었고 그 직후 살해된 것 같아."

"맞아요. 이 아파트 재활용품 수집장에 페트병이나 에어 팩 등은 공기를 빼 부피를 줄여서 배출하라는 안내문이 붙어 있었어요."

"아! 아닌 거 같은데?"

최 탐정이 현관문 안쪽 문손잡이를 살피며 말했다.

"뭐가요?"

최 탐정이 살피고 있는 문손잡이에 피 묻은 손자국이 찍혀 있었다.

"현관문 안쪽 손잡이에 핏자국이 있고 맨발이야! 누가 와서 출입문을 연 뒤 살해된 게 아니라 칼에 베인 뒤 피를 흘리며 도망가려고 급히 출입문을 열었거나, 칼에 베인 뒤 급히 현관문을 닫으려고 했던 것 같아."

"그것도 이상해요. 범인이 현관문 밖에 있었다면 신발을 신지 않은 채 당한 게 이상하고, 범인이 안에 있어서 도망가려 했다면 범인이 나중에 피가 흥건한 현관을 통과해 도망갔을 테니 피 묻은 발자국이 현관 밖에 있어야 하는데, 없어요. 범인이 발자국을 지울 여유가 있었다면 조금 열려 있던 출입문도 닫았을 텐데……?"

"그래, 현장 상황이 부자연스러워."

그때 엘리베이터에서 119 구급대원들이 내렸다. 119 구급대원들은 남자가 죽은 것만을 확인하고는 아무 조처도 하지 않고 뒤이어 도착한 지구대 경찰관들에게 현장을 인계했다.

지구대 경찰관들에 이어 인근 경찰서의 당직 형사들이 도착했다. 당직 형사들 중 두 명은 최 탐정과 아는 사이였다. 그들은 최 탐정을 아직도 '최 경위님'이라고 불렀다. 술을 마시다가 최 탐정의 연락을 받은 홍성준 형사도 현장으로 달려왔다. 퇴근하여 집에서 쉬던 은평경찰서 형사과장과 강력팀 형사들도 연이어 달려왔다.

"공동 현관하고 엘리베이터, 월패드, 주차장 등 CCTV부터 확보해!"

계급이 높아 보이는 사복 차림의 경찰관이 형사들에게 지시했다.

**화요일**

아침 일찍 출근한 최순석 탐정은 홍성준 형사에게 수시로 전화를 걸었다.

최현빈의 시신은 아직 부검 전이었지만, 시체를 검안한 검시의 역시 최현빈의 사망 시간을 시체 발견 하루 전인 일요일 저녁으로 추정했다.

최현빈의 목에는 가운데에서 오른쪽으로 그어진 8cm 길이의 절창이 한 개 있었다. 커터 칼로 추정되는 날카로운 흉기가 깊이 파고들지는 않았으나 기도 일부와 오른쪽 경동맥을 잘랐다.

오후 5시. 최 탐정이 누군가에게 전화 거는 걸 본 나는 어슬렁어슬렁 최 탐정 옆으로 이동했다. 통화를 엿들으려는 수작이었다. 이상하게도 나는 이 사건이 나와 관련이 있는 사건이기라도 한 것처럼 신경이 쓰였다. 고양이인 내가 인간의 죽음에 관심이 많다니 이상한 일이었다. 신호가 일곱 번 가고 나서 상대가 전화를 받았다.

[예, 형님.]

내 예상대로 최 탐정의 전화기에서 홍성준 형사의 목소리가 흘러나왔다.

"CCTV 분석 결과 나왔나?"

[어젯밤부터 지금까지 저를 비롯해 수많은 형사들이 모니터를 들여다보고 있는데, 이상합니다.]

"뭐가 이상해?"

[일주일 전부터 시체가 발견될 때까지 최현빈 씨 집에 드나든 사람은 죽은 최현빈이 유일합니다. 초인종을 누르면 카메라가 켜지는 월패드에도 방문객 흔적이 없고, 엘리베이터 CCTV, 공동 현관 CCTV 등에도 수상한 사람이 찍히지 않았습니다. 창문으로 침입한 흔적도 없고요. 공동 현관 CCTV에 찍히지 않고 304호에 접근할 수 있는 사람은 아파트 같은 동에 사는 사람들뿐인데, 104동 모든 집을 조사했지만 아직 용의자를 찾지 못했습니다. 현재로선 그야말로 밀실에서 살해된 밀실 살인 사건입니다.]

"정말 묘한 사건이군. 범인이 아파트 내부인이 아니라면 분명 공동 현관 CCTV에 드나드는 모습이 찍혔을 텐데? 택배 기사나 음식 배달원들은 조사해 봤나? 드나들어도 의심받지 않는 사람들 말야."

[당연히 조사했는데, 수상한 사람은 없었습니다. 배달원들은 공동 현관 CCTV 앞을 지나면 바로 엘리베이터를 타기 마련이고, 음식이나 물건을 배달한 뒤에도 바로 엘리베이터를 타고 내려가 공동 현관 CCTV 앞을 지나니 동선 파악이 쉽습니다.]

"죽은 사람은 있는데 죽인 사람이 없다? 그럼 나머지 가능성은 자살인데?"

[자살요? 에이, 그건 말이 안 됩니다. 자살을 현관에 서서 그런 식으로 했다는 게 말이 됩니까? 시체를 수없이 검안한 검시의도 그렇게 자살한 사람은 못 봤다고 하더라고요.]

"모든 가능성을 생각해 보자는 거야. 부검은 아직 안 끝났나?"

[퇴근 시간 다 됐으니 곧 끝날 겁니다.]

"퇴근하지 않고 기다리고 있을 테니, 부검 참관한 형사들 돌아오면 1차 소견이 어떻게 나왔는지 내게도 좀 알려 줘."

[예, 알겠습니다.]

통화를 끝낸 최 탐정은 홍 형사에게 들은 이야기를 이 프로에게 전했다.

"정말 밀실 살인 사건이네요. 범인이 귀신은 아닐 텐데……."

"그래서 형사들도 머리가 아픈 모양이야."

"최현빈과 같은 아파트, 같은 동에 사는 누군가가 계단을 이용해 304호로 접근해서 초인종 카메라에 찍히지 않으려고 현관문을 두드려서 문을 열게 한 뒤 커터 칼로 최현빈의 목을 획 긋고 계단을 통해 자기 집으로 달아난 게 아닐까요?"

하지만 이 프로는 바로 고개를 옆으로 흔들었다.

"아! 말이 안 되네. 최현빈 씨의 목을 그은 칼이 범인이 가져온 게 아니라 최현빈 씨가 가지고 있던 커터 칼이었을 확률이 높다는데, 현관 밖에서 어떻게 칼을 순식간에 뺏어서 목을? 문을 두드려서 열게 하고 칼 좀 빌려달라고 한 뒤 칼을 받아 목을 쓱……? 그것도 이상한데. 누군가가 문을 두드렸다면 최현빈 씨는 슬리퍼라도 끌고 나가 문을 열어 줬을 텐데 죽을 때 맨발이었으니 그것도 상황에 안 맞고……. 범인이 집 안까지 들어갔어야 말이 되는데, 의심받지 않고 집 안까지 들어갈 수 있는 사람이라면 누굴까요? 혹시 같은 아파트에 성폭행당한 여자가 사는 게 아닐까요?"

"형사들이 조사하고 있으니 그런 사람이 있다면 곧 드러나겠지. 우리 저녁이나 먹을까?"

"5시 반밖에 안 되었는데요? 아! 술이 드시고 싶은 거군요?"

"그래, 한잔하자고. 싫으면, 나는 술 마실 테니 이 프로는 밥이나 먹어. 집에 가 봤자 혼자 밥 먹어야 하잖아?"

"좋아요! 저도 부검 결과 듣고 퇴근할래요. 영란 언니! 최 소장님 술 마실 거라는데, 같이 한잔 안 할래?"

이 프로가 한추협 사무실 쪽으로 크게 외치자 주영란이 쪼르르 달려왔다.

"최 소장님, 저도 끼면 안 돼요?"

"영란 씨야 언제든 환영이지. 하지만 취해서 또 음치인 내게 노래방 가자고 떼쓰면 곤란해. 나는 노래 없는 세상, 범죄 없는 세상에 살고 싶다고."

"예, 헤헤."

저녁 7시께 최순석 탐정의 휴대 전화 벨이 울렸다. 나를 비롯해 모두가 기다리던 전화였다.

"그래, 홍 형사!"

[국과수 갔던 형사들 돌아왔어요. 사망 원인은 목의 경동맥 절단으로 인한 과다 출혈인데, 이상한 게 있는데요.]

"뭔데?"

[독가스 중독 소견이 있다는데요?]

"독가스? 어떤 독가스?"

[정확히 알려면 정밀 분석을 해야 하니 한 달 후에나 결과를 알 수 있다는데, 사린 가스가 아닐까 추정하더랍니다.]

"사린 가스? 도쿄 지하철 테러에 사용되었던 그 사린 가스?"

[예, 맞습니다. 하지만 정밀 분석 전이라 독가스 중독인지 아닌지조차도 확실한 건 아닙니다.]

"그래, 알았어. 고마워!"

"독가스 중독이라니, 그게 무슨 말이에요?"

최 탐정이 전화를 끊자마자 이 프로가 바짝 긴장한 표정으로 물었다.

"최현빈의 직접적인 사망 원인은 경동맥 절단으로 인한 과다 출혈이 맞지만, 독가스에 중독된 소견이 있대. 사린 가스 중독 소견이라던데."

"살인 가스요?"

"살인 가스가 아니고 사린 가스."

이 프로가 급히 자신의 책상에서 휴대 전화를 가져다가 저장된 사진들을 검색했다. 곧 이 프로가 사진 한 장을 최 탐정에게 보여 줬다.

"이 화학식요, 이거⋯⋯."

이 프로의 휴대 전화 화면에는 우혜연의 쓰레기봉투를 뒤져서 찍은 사진이 떠 있었다. 우혜연이 종이에 낙서하듯 휘갈겨 쓰고 나서 갈기갈기 찢어 쓰레기봉투에 버린 화학식들 일부를 이 프로가 찾아내서 대충 맞춰 놓고 찍은 사진이었다.

"이게 뭔데?"

"설명은 나중에 들으시고, 빨리 홍성준 형사님에게 전화해서 전화 바꿔 줘요. 빨리요!"

최 탐정이 뒷주머니에서 휴대 전화를 꺼내 전화를 걸었다. 곧 홍 형사가 전화를 받았다.

"잠깐만! 우리 이 프로 탐정이 급한 일로 통화하고 싶대."

이 프로가 전화기를 낚아챘다.

"저기, 죽은 최현빈 씨 아파트 거실에 있던 빈 택배 상자, 그거 어떻게 했어요?"

[과학수사팀이 수거해 갔을걸.]

"뭘 하려고요?"

[그거야, 지문 채취도 해야 하고⋯⋯.]

"그럼 빨리 과학수사팀에 연락해서 그거 함부로 건드리지 말라고 하세요. 택배 상자 속 에어 팩에 공기 대신 독가스가 채워져 있을 확률이 높아요."

[뭐야?]

"부검한 최현빈 씨 시체에서 독가스 중독 소견이 나왔다면서요. 최현빈이 집 안 어디서 그런 독가스에 노출되었는지 확인 안 되었죠? 그렇다면, 화학과 교수였던 죽은 우혜연 씨가 자기 집으로 가져갔다가 몇 시간 만에 돌려놓은 그 커다란 택배 상자 속 에어 팩에 공기가 아닌 독가스가 채워져 있을 확률이 높아요. 최현빈 씨가 죽기 직전, 재활용품을 분리 배출하려고 커터 칼로 에어 팩을 터트리고 있었잖아요."

[아, 알았어!]

전화가 끊겼다. 이 프로가 휴대 전화를 귀에서 떼자마자 최 탐정이 손뼉을 쳤다.

"아! 드디어 범인을 알았다. 그렇게 된 사건이었군!"

나와 인간들의 시선이 최 탐정에게 쏠렸다.

"빨대! 최현빈이 손에 쥐고 있던 빨대! 그게 바로 결정적인 단서였어."

"빨대가 단서라고요?"

"최현빈은 스스로 목을 그은 거야!"

"최현빈이가 자살했다고요?"

"아니지. 자살은 아니지. 타살이지."

최 탐정은 이야기하기 전에 막걸리 한 사발을 천천히 들이켰다.

"크, 시원하다! 술은 역시 막걸리가 최고야."

"뜸 들이지 말고 빨리 말해 봐요. 범인이 누구냐고요?"

"당연히 우혜연 씨지. 최현빈은 우혜연 씨가 죽인다고 했던 일요일에 살해되었잖아."

"열흘 전에 죽은 우혜연 씨가 최현빈 씨의 목을 칼로 그었다고요?"

"아니, 칼로 목을 그은 건 최현빈이야. 우혜연 씨는 딸의 심장을 달고 나쁜 짓을 일삼는 최현빈을 독가스로 죽이려고 커다란 택배 상자 속의 에어 팩 여러 개에 독가스를 가득 채워 놨어. 어쩌면 원래 들어 있던 뽁뽁이 에어 캡을 꺼내고 독가스가 든 부피가 큰 에어 팩들로 바꿔 놨을 수도 있고. 하여튼 우혜연 씨의 원래 계획대로라면 최현빈은 그 전주 일요일에 에어 팩 속의 독가스를 마시고 죽었어야 했는데, 그 주에는 최현빈이 경찰서에 불려 다니는 등 피곤해서 그랬는지 재활용품 분리 배출을 하지 않았지. 그 바람에 한 주가 더 지나서 죽은 거지. 재활용품들을 분리 배출하려고 에어 팩을 칼로 잘라 부피를 줄이다가 독가스를 마신 최현빈은 곧 숨을 쉴 수 없는 극심한 고통을 느꼈을 테고, 집 안에 에어 팩에서 나온 독가스가 가득하다 판단했을 거야 그래서 급히 밖으로 도망가려 현관으로 뛰어가다가 숨을 쉬지 못하는 고통을 참지 못하고 현관 거울 앞에서 칼로 자기 목을 그은 것이 아닐까 싶어."

"숨을 쉬지 못하는 고통 때문에 칼로 자기 목을 그었다고요?"

"아니, 단순히 고통 때문에 그런 게 아니라 기도를 확보해서 질식을 막아야겠다는 생각으로 비상시의 의사들처럼 기도 절개를 시도했을 거야. 최현빈은 의학 지식이 있는 약사잖아. 독가스를 들이마시고 숨을 쉬지 못하는 극심한 고통을 기도가 막혔기 때문이라고 생각했을 수도 있어. 기도를 확보하기 위해 손에 들고 있던 커터 칼로 목 가운데에 구멍을 내려고 했는데, 정신이 혼미하고 몸이 말을 듣지 않다 보니 실수로 칼을 옆으로 더 그어서 경동맥이 잘린 게 아닐까 싶어. 그래서 죽을 때 손에 굵은 빨대를 쥐고 있었던 거야. 의학 드라마를 보면 의사들이 기도가 막힌 사람을 응급처치할 때 목 앞에 구멍을 내고 빨대 같은 관을 꽂아 숨을 쉬게 하잖아."

"맞아요! 제가 본 어떤 드라마에서는 길에서 의사가 응급환자 목에 볼펜대를 꽂아 살리기도 했어요."

그럴듯한 추리였다. 나는 꼬리를 흔들어 최 탐정에게 경의를 표했다.

"사건 전후로 최현빈의 집에 드나든 사람이 없다면 그렇게밖에는 설명할 수 없겠네요. 홍 형사님에게 다시 전화 거시죠."

이 프로가 고개를 끄떡이며 말했다.

"그럴 필요 없어. 며칠 더 조사해서, 사건 당시 최현빈의 집이 완전히 밀실이었다는 것이 확인되면 형사들도 비슷한 결론을 낼 거야. 내가 말하지 않아도 말야."

"최현빈이 우혜연 씨에게 살해됨으로써 우혜연 씨가 남긴 협박문 '죽는다'의 뜻이 무엇이었는지, 영원히 풀리지 않을 것 같았던 미스터리도 단번에 풀렸네요."

"그렇군. '죽는다'는 역시 '죽이겠다'라는 의미였어."

"그럼, 딸의 유골이 뿌려진 산 밑 저수지에 빠져 죽은 우혜연 씨의 죽음은 자살이었던 걸까요?"

"그건 아무도 모르지. 우혜연 씨가 죽기 전에 최현빈을 죽일 덫, 즉 딸의 심장을 회수할 장치를 만들어 놨으니 그녀가 죽으려 했다면 세상에 어떤 미련도 없이 죽을 수 있었겠지만, 그렇다고 최현빈에게 살해되었을 확률을 배제할 수는 없지. 자살한 거라면 시체가 왜 저수지 반대쪽에서 발견되었는지도 설명되지 않고. 최현빈이 죽었으니 우혜연 씨의 죽음이야말로 영원히 미스터리로 남게 되었군. 어떻게 된 사건이든, 두 사람 다 죽었으니 끝난 일이야."

"에휴! 그토록 사랑하던 딸의 심장을 자기 손으로 멈추게 할 수밖에 없었던 어머니의 마음을 생각하니 가슴이 너무 아파요."

주영란이 한숨을 쉬며 말했다.

"그래, 천사의 심장이 악마가 아닌 다른 천사에게 기증되었더라면 얼마나 좋았을까……."

"그러게요. 너무나 마음이 아프네요."

이 프로는 명복을 비는 것처럼 고개를 숙였다. 그때 최순석 탐정의 휴대 전화 벨이 울렸다. 최 탐정이 주머니에서 휴대 전화를 꺼내 발신자를 살펴보고 조용한 데서 통화하기 위해 한추협 사무실 쪽으로 갔다.

"어, 홍 형사!"

주영란 옆에서 안주를 받아먹고 있던 나는 최 탐정의 입에서 '홍 형사'라는 말이 나오자마자 최 탐정을 뒤따라갔다.

[죽은 최현빈 씨의 거실에서 수거한 택배 상자 속의 에어 팩에 독가스가 들어 있을 거라는 이야기는 과학수사팀에 전달했습니다.]

"수고했어! 근무 끝났으면 이리로 넘어오지? 우리, 술 마시고 있는데."

[아닙니다. 최현빈 살인 사건 수사하느라 정신없어요. 새로운 게 나와서 전화한 겁니다.]

"뭔데?"

[살인 사건이 난 최현빈의 집을 땀방울 하나, 눈썹 한 올 놓치지 않으려고 정밀 수색하다가 꼭꼭 숨겨 놓은 마이크로SD 카드 하나를 찾아냈는데, 최현빈이 망가져서 버렸다고 했던 자동차 블랙박스 메모리 카드였습니다.]

"망가지지 않았지?"

[예. 망가진 게 아니고 일부분이 지워져 있었습니다. 최현빈

이 메모리 카드를 불에 태운다든지 하여 완전히 없애지 않고 일부를 지우고 숨겨 놓은 걸 보면, 경찰이 어떤 확실한 살인 증거를 찾아낸다든지 하면 블랙박스 영상을 조작해 자기에게 유리한 증거로 삼으려고 그런 게 아닌가 싶습니다. 하여튼, 단순히 지운 거라 금방 복원했다는데, 거기 다 찍혀 있었습니다. 최현빈의 차가 우혜연 씨 차를 현촌 저수지까지 뒤따라가는 장면은 물론, 최현빈이 우혜연 씨를 살해하는 장면까지도요.]

"살인 장면이 찍혀 있다고?"

[그렇다고 볼 수 있습니다. 그날 달도 없고 너무 어두워서 무슨 증거라도 남길까 봐 그랬는지, 호숫가 범죄 현장으로 자기 자가용을 끌고 가서 흐릿한 미등을 켜 놓고 그 불빛 속에서 범죄를 저질렀습니다. 형님 추리대로, 공사장에서 스티로폼을 가져와 물에 띄운 뒤 정신을 잃고 축 늘어져 있는 우혜연 씨의 몸에 '멀칭 비닐'이라고 부르는 얇고 긴 폐비닐을 칭칭 감아 스티로폼 위에 뉘어 놓고, 그 스티로폼을 호수 안쪽으로 미는 장면이 고스란히 찍혀 있었습니다.]

"하! 역시 그렇게 된 거였군."

[또, 꼭꼭 숨겨 놓은 외장 하드에서 정신을 잃은 여자들의 나체 사진과 섹스 동영상도 무더기로 나왔습니다. 입체 VR 동영상까지 있었습니다. 그동안 놈에게 당한 여자들을 찍은 거 말입니다.]

"VR 기기로 찍은 동영상도 있었다고?"

[예.]

"그래. 수고하고, 시간 날 때 우리 사무실에 들러 자세히 좀 이야기해 줘. 나도 내 추리를 몇 가지 더 이야기할 게 있어……."

"예, 알겠습니다. 적당히 마시고, 즐거운 시간 되십쇼!"

전화를 끊은 최 탐정이 자리로 돌아가 술자리의 인간들에게 홍성준 형사에게 들은 이야기를 전했다.

"죽음의 택배 상자 속에 들어 있던 고가의 그 VR 카메라 용도가 그거였어. 최현빈이 앞으로 강간할 여자들의 섹스 동영상을 입체 동영상으로 더욱 생생하게 찍으려고 거금을 투자했던 거지. 어쩌면, 우혜연 씨는 최현빈의 범죄를 멈추게 하려고 살해하겠다는 협박은 했지만 진짜 살해할 의도는 없었는데, 그 택배 상자의 내용물을 확인하는 순간 최현빈을 살해하기로 결심했는지도 몰라……. 딸의 심장을 가진 남자가 제발 그만 범죄를 멈추길 바라며 협박까지 했는데, 그 와중에도 섹스 동영상을 찍으려고 입체 동영상 카메라를 구매한 걸 확인하는 순간 이놈은 절대 범죄를 멈출 놈이 아니다, 라는 생각이 들어 좌절하며 그 택배 상자 속에 딸의 심장을 회수할 죽음의 덫을 설치했는지도……."

인간들의 얼굴이 모두 우울한 표정으로 변했다. 묵념이라도 하는 듯 한동안 침묵이 흘렀다. 이 프로는 손등으로 눈물까지 훔쳤다. 주영란이 이 프로의 잔에 술을 따라 주며 푸념했다.

"나는 우혜연 씨의 죽음이 차라리 자살이길 바랐는데……. 천사의 심장이 정말 악마에게 기증되었던 거네."

다시 잠시 침묵이 흐르다가 마감 작업을 마치고 뒤늦게 합류한 이수광 작가가 입을 열었다.

"우리, 무거운 이야기는 그만하고 인상 좀 펴자. 어이 최 소장, 건배사나 한마디 해 봐."

"아이, 죽은 사람 이야기하면서 어떻게 건배해요. 최현빈은 몰라도 우혜연 씨는……. 그냥 마시죠."

"그래, 그럼 그냥 마시자!"

네 인간은 각자의 잔을 입으로 가져갔다.

"크! 그나저나 나는 왜 이렇게 날마다 술인지 모르겠네. 술값도 많이 들고, 시간 낭비도 많고, 인제 술을 그만 마시는 방법을 연구해야겠어."

최 탐정이 테이블 위에 빈 잔을 내려놓으며 한탄하듯 말했다.

"소장님이 술을 끊는다고요? 에이, 똥개가 똥을 끊고 김정은이가 탈북하는 게 빠를 거 같은데요."

주영란이 무거운 표정을 바꾸지 않고 농담했다.

"아니, 술을 끊는 게 아니고, 술 안 마시는 법을 연구하겠다는 거야."

"그게 그거 아닌가요?"

"아니, 다르지. 사람 배 속에서도 살아서 번식하는 슈퍼 효모균을 배양해 보겠다는 거야. 그럼 밥이나 빵, 설탕이든 단 음료를 먹으면 배 속에서 효모가 그 음식들을 모두 알코올로 바꿔 주니 얼마나 좋겠어. 술을 안 마시고도 늘 취해서 살 수 있으니 말야."

"에이, 그건 축복이 아니라 재앙이죠. 그런 슈퍼 효모에 인류가 감염되면 인류 멸망해요. 효모가 사람 배 속에서 증식하고 활동하면 모든 사람이, 심지어 아이들까지도 늘 취해서 살게 될 텐데 그게 재앙 아니면 뭐겠어요? 좀비 바이러스보다도 더 치명적일 거 같은데요."

"그럴까? 아 참! 아까 이 프로가 잠깐 자리 비운 사이, 집 나간 고양이 찾아 달라는 의뢰가 들어왔어. 이 프로, 내일 셜록 홈순 데리고 의뢰인 집으로 가서 조사해 봐."

오! 드디어 이 셜록 홈순이 활약할 기회가 왔군, 야옹!

"그런데 의뢰인이 좀 덜떨어진 사람 같더라고. 집 나간 자기 고양이 아이큐가 140이라던데, 말이 돼? 고양이가 나보다도 아이큐가 높다는 게 말이 되냐고?"

"소장님 아이큐가 얼만데요?"

주영란이 물었다.

"중학교 때 딱 한 번 재 봤는데, 89 나왔어."

"예에? 아이큐가 그것밖에 안 돼요?"

"문제지 뒤쪽에도 문제가 있다는 걸 모르고 앞쪽, 반만 풀어서 그래."

"예에? 그럼 뒤에 있는 문제들까지 다 풀었으면 아이큐가 180

정도 된다는 거예요? 그 정도면 아인슈타인급인데요?"

"아냐! 시험지 뒤에 문제가 더 있다는 걸 시험 보는 내내 몰랐는데 그게 천재겠냐? 안 그래, 이 프로?"

"천재들도 모든 분야에 천재인 사람은 없어요. 아인슈타인도 기억력이 좋지 않아 건망증이 심했다고 하던데요. 제가 볼 때 소장님 아이큐는 한 110 정도……? 제가 120 정도 되니까요. 호호호."

"그래, 머리 좋은 이 프로, 우리 2차 갈까?"

"사신다면 한잔 마셔 드리죠, 헤헤. 언니도 갈 거죠?"

"당연하지. 셜록 홈순도 데려가도 되죠?"

"아, 그래야지. 우리 탐정 사무소 최고의 명탐정인데."

"셜록 홈순, 같이 가 줄 거지?"

주영란이 또 내게 뽀뽀할 것처럼 자세를 취하며 물었다.

당연히 같이 가야지, 야옹!

"어? 너 방금 내 질문에 대답한 거야? 호호호, 고양이도 나이가 백 살쯤 되면 구미호처럼 사람으로 변신하고 그럴 수 있나? 그럴 수 있냐, 셜록 홈순?"

고양이가 어떻게 백 살을 사냐? 말도 안 되는 소리 하지 마라, 야옹!

"봤죠? 얘가 또 내 질문에 대답했어요."

"에이, 무슨 질문을 해도 다 야옹인데 그게 대답이야? 안 그래, 셜록 홈순?"

나는 이수광의 질문에는 대답하지 않고 고개를 옆으로 돌렸다.

"호호, 작가님하고는 대화하기 싫은가 봐요. 셜록 홈순은 나이가 몇 살이지? 아직 백 살 안 먹었지?"

"우리 셜록 홈순 나이는, 4년 전 3월 15일, 차에 치였는지 길가에 정신을 잃고 쓰러져 있는 걸 데려왔을 때가 생후 6개월쯤 되어 보였으니 네다섯 살쯤 되지 않았을까 싶은데요."

"뭐? 4년 전 3월 15일에 교통사고를 당했다고?"

최 탐정이 놀랍다는 표정을 지었다.

"왜요? 혹시……? 4년 전에 홈순이를 차로 친 뺑소니범이 바로 최 소장님이었어요?"

"야! 내가 그럴 사람이냐? 나는 날마다 성경책 베고 자는 사람이야."

"호호호, 그런데 3월 15일이라는 말을 듣고 왜 그리 놀라셨어요?"

"우혜연 씨의 딸 은요일이 교통사고를 당했던 날이 바로 4년 전 3월 15일이잖아."

"어, 정말! 같은 날 사고를 당했네요. 이 프로, 홈순이 어디서 데려왔어?"

"대전 시내 어디였는데요. 제가 대전에 살 때……."

"우혜연 씨 딸도 대전 어디서 교통사고를 당한 뒤 나중에 서울대학병원으로 옮긴 거 같던데?"

최 탐정이 신기하다는 듯이 말했다.

"혹시 은요일과 홈순이가 같은 장소에서 같은 차에 치였던 거 아냐? 혹시 셜록 홈순이 은요일이 키우던 고양이 아니었을까?"

주영란이 나를 쳐다보며 말했다.

"설마? 그랬으면 셜록 홈순이 우혜연 씨를 알아봤겠지. 우혜연 씨가 셜록 홈순을 알아보든가……."

"그때는 셜록 홈순이 너무 어렸었잖아."

"에이, 그만!"

최 탐정이 끼어들어 사람들의 말을 끊었다.

"그러다 은요일의 영혼이 같이 사고를 당한 셜록 홈순에게 빙의되었다는 말까지 나오겠네. 쓸데없는 이야기들은 그만하고, 우리 2차 가서 쓸데 있는 얘기 좀 해 봅시다. 이 프로, 2차 어디로 갈까?"

"요 앞에, 소장님 단골집 가서 막걸리 한잔하시죠. 홈순아, 이번 안주는 닭똥집이다. 맛있겠지, 야옹?"

그래, 안주는 닭똥집이 최고다, 야옹!

조선식 온실 수수께끼

## 조동신

2010년 단편 「칼송곳」으로 제12회 여수 해양문학상 소설 부문에서 대상을 수상했으며, 2012년 제1회 아라홍련 단편소설 공모에서 가작, 2017년 제2회 테이스티 문학상 공모에서 우수상, 2017년 제3회 부산 음식 이야기 공모전에서 동상, 2018년 제4회 사하구 모래톱 문학상에서 최우수상, 2019년 제주 신화콘텐츠 공모에서 우수상, 2019년 추리작가협회 황금펜상을 수상한 바 있다.

발표한 작품으로 장편 『까마귀 우는 밤에』, 『내시귀』, 『금화도감』, 『필론의 7』, 『세 개의 칼날』, 『아귀도』, 『수사반장』, 『칼송곳』, 인문서 『초중학생을 위한 동양화 읽는 법』, 『청소년을 위한 서양화 읽는 법』 등이 있다.

가장 좋아하는 명탐정은 작가 엘러리 퀸 작품 속의 엘리리 퀸.

치밀한 논리를 바탕으로 범인을 특정해 나가는 과정과 페어플레이 정신 등이 돋보이는 이 시리즈 전권을 소장하고픈, 한 사람의 독자이기도 하다.

"거기 서!"

강 형사는 최선을 다해 달렸지만, 그가 쫓던 사람은 마치 토끼처럼 오르막길로 도망갔다. 나무가 빽빽이 들어차 있는 곳으로 쫓아가니 아무도 보이지 않았다.

"이거, 어디야?"

그는 핸드폰 손전등으로 발자국을 비추며 따라갔다. 아이젠을 신지 않았다는 점이 후회되었지만, 여기 와서 돌아갈 수도 없었다. 쫓아올 때는 몰랐는데, 걸음을 늦추니 찬바람이 그의 몸을 에워싸는 것 같았다. 강 형사는 옷깃을 여미고 손전등 불빛을 비췄다. 하지만 가면 갈수록 보이는 것은 빽빽한 나무뿐이었다.

"어디로 갔지?"

순간, 그가 따라가던 발자국이 뚝 끊기고 말았다. 주변을 서둘러 살펴보았으나 자신의 발자국만 보일 뿐이었다.

"하늘로 솟았나?"

그는 자신도 모르게 하늘을 보았지만, 나무에 쌓인 눈이 반사하는 빛 때문에 오히려 눈앞만 어지러워졌다.

"오호라!"

순간, 강 형사는 자신이 쫓던 사람이 무슨 수를 썼는지 알아차릴 수 있었다. 사냥개에게 쫓기던 토끼가 갑자기 높은 곳으로 뛰어 올라가서 발자국을 끊기게 하는 방법이었다.

"내가 사냥개인 줄 알아?"

강 형사는 근처에 있던 높은 바위를 넘어서 숲 안쪽으로 들어갔다. 그런데 갑자기 빽빽하던 나무들이 없어졌다.

"헉!"

순간, 가파른 절벽이 눈에 들어왔다. 조금만 더 갔으면 굴러떨어질 뻔했다. 그는 일단 전화를 걸기로 했다.

"네, 서장님! 여긴 범행 현장 뒷산입니다. 긴급 지원을 요청합니다! 용의자로 보이는 자가 지금 도주했습니다!"

그때였다. 강 형사는 누군가 다가오고 있음을 느꼈다.

"억!"

그가 뒤를 돌아보려는 순간, 뭔가가 그의 뒤통수를 강타했고,

곧 그의 몸이 절벽 쪽으로 기울어짐과 동시에 붕 떴다. 강 형사는 순간, 가파른 절벽에서 얼른 멀리 떨어지지 않았던 자신을 원망했다.

◎

"헉!"

강 형사는 눈을 떴다. 동시에 다리에 통증이 느껴졌다. 정신적인 문제인 걸까, 그 꿈을 꾸면 늘 다리에 통증과 함께 그날의 그 싸늘했던 느낌이 왔다. 요즘처럼 더운 날씨에도 말이다. 얼굴을 들자 첫눈에 곰이 떠오를 정도로 덩치도 크고 거칠어 보이는 사람이 서 있었다.

"강 형사님, 아니, 카운터에서 주무세요?"

"아, 깜빡 졸았나 보네. 지금 온 거야?"

"네, 오늘 우리가 첫 손님인가 보네요."

김재욱이 말했다. 그와 함께 온 이들은 이 카페의 단골로, 이 근처 대학의 보드게임 동아리인 클루스(CLUES)의 멤버들이다. 그날도 늘 그렇듯 네 사람이 와 있었다.

"어젯밤에 술이 좀 과하셨나 봐요? 아직도 냄새나네요."

재욱이 씩 웃으며 병을 하나 내밀었다. 숙취 해소제였다.

"뭘 이런 거까지. 아무튼, 고마워."

카운터에서 졸다니, 아내가 봤다면 얼마나 바가지를 긁어 댔을까. 아직 그녀가 출근하지 않아서 다행이었다.

"그런데 형사님, 이게 뭔가요? 케이크 조각인가요?"

김재욱이 카운터에 있는 종이에 그려진 그림을 보며 물었다. 그것은 강 형사가 아까 졸기 전에 무심코 그려 본 것이었다.

"케이크 조각? 지금 보니 그렇게 보이는 거 같네. 주문은 뭐할래?"

"네, 쓰러진 조각 케이크처럼 보여요. 아, 저는 라떼요."

김재욱이 말했다.

"저는 아메리카노요."

"저는 핫초코요."

"저도 아메리카노, 아이스로요. 휴, 더워. 벌써 이렇게 덥네요."

재욱을 비롯해 국문과 3학년인 문소현, 농학과 2학년인 한기석, 영문과 1학년인 임해미까지, 네 사람은 앉아서 주문을 했다. 강 형사는 그들을 잘 알고 있었기에 그들이 무슨 게임을 할지도 알고 있었다.

'휴, 대체 내가 어쩌다가 그때의 꿈을 꿨지?'

강 형사는 전날 밤 과음하긴 했다. 후배 형사를 오랜만에 만난 탓이었다. 경찰에 있을 때는 정말 세상 범죄자들을 모두 잡아넣어 버리겠다는 생각으로 힘든 줄 모르고 열심히 뛰어다녔는데, 어떻게 하다 보니 이렇게 대학가에서 카페 운영을 하게 되었고,

이제는 학생들을 보며 그 젊음과 활달함을 부러워하고 있다. 어느새 경찰 때보다 평화롭게 살게 된 지금에 익숙해진 걸까. 이렇게 된 결정적 계기는 그의 인생을 바꾼 그 사건이었다. 그때 그렇게 되지만 않았어도 아직 경찰에 있었을 텐데. 과욕을 부린 탓일까.

강 형사의 시선이 자신의 눈앞에 있는 대학생들에게 갔다. 그가 뭔가 떠올랐다는 표정으로 그들을 불렀다.

"학생들."

"네?"

네 사람이 동시에 그를 보았다. 강 형사가 일어나 그들의 자리로 갔다.

"내가 학생들한테 문제를 하나 내고 싶은데 말이야. 내가 왜 이 카페를 운영하게 되었는지 알아? 알아맞힌 학생에게는 일주일간 음료 무료 제공."

"친척한테서 이 가게를 물려받아서 그랬다고 하셨잖아요?"

재욱이 말했다.

"그 말도 맞지만, 내가 경찰을 그만두고 이 일을 하게 된 건 사고로 다리를 다치게 된 사건 때문이야."

"저런!"

"내가 내고 싶은 문제는 바로 그 사건과 관련된 거야. 그때, 하지도 않은 경찰 비리 사건에 연루되어 지방에 있는 경찰서로 좌천되었는데, 집사람은 잠깐 서울에 있으라고 하고 나 혼자 거기서 방을 얻어 살았지. 거기 내려가고 얼마 있다가 관내에서 문제의 살인 사건이 발생했어."

네 사람은 흥미진진한 눈으로 그를 보았다. 강 형사가 이야기를 시작했다.

"사건에 대해 얘기하기 전에 질문, 학생들은 조선 전통 온실에 관해서 알고 있어?"

"조선 전통 온실이요?"

"응, 조선 시대, 그러니까 15세기에 우리나라에 온실이 있었어."

"어머, 진짜요?"

클루스 멤버들은 거의 동시에 눈을 크게 뜨며 물었다. 강 형사는 조금 전에 자신이 그린 케이크 조각같이 생긴 그림을 보여 주며 이야기를 시작했다.

강 형사는 가끔, 이들에게 자신이 현역으로 뛰고 있었을 때 겪었던 사건 이야기를 해 주곤 했다. 그 때문에 학생들은 이 카페의 단골이 되었고, 그를 '강 형사님'이라고 부르게 되었다.

◎

신고를 받은 강 형사는 곧 1팀과 함께 현장으로 출동했다. 산속 별장 지대는 산길을 따라 집이 한두 채씩 드문드문 있었는데,

그중 한 곳에서 사람이 죽었다고 신고가 들어왔다.

비리 문제로 인한 윗선과의 마찰 때문에 좌천된 강 형사는 이번 사건을 반드시 해결하여 서울 본청으로 돌아가고 싶은 마음에 액셀을 세게 밟으며 현장으로 향했다.

경찰차에서 내리자 차가운 기운이 금세 몸속까지 밀려들어 왔다. 그의 눈에 맨 처음 들어온 것은 살인 현장이었다. 황토 벽돌로 된 그 건물은 별장 남동쪽에 지어진 별채로서, 자세히 보니 지붕 한쪽만 처마가 땅에 닿을 정도로 긴 집이었고 그 긴 지붕이 남쪽을 향하고 있어서, 재욱이 언급한 대로 정말 쓰러진 조각 케이크처럼 보였다. 그 건물 동남쪽에는 벽돌로 만든 긴 탑 같은 게 솟아 있었다.

"현장을 봅시다……. 아, 발자국 조심하고!"

전날 밤까지 내린 눈이 두껍게 쌓인 현장에는 여러 사람의 발자국이 찍혀 있었고, 감식반원들은 그 사진을 찍느라 분주했다. 하지만 추위 때문에 발자국이 쉽게 없어질 것 같지는 않았다.

강 형사는 사건 현장인 그 건물 안으로 들어가 보았다. 그 자리에는 시신이 있었다. 사망자는 나이가 꽤 든 여성이었는데 등에 독침 같은 것이 두 개 꽂혀 있었다.

"아니, 요즘 세상에 독침으로 사람을 죽이다니……."

강 형사가 말했다. 타살인지 자살인지, 그도 아니면 사고인지는 의심할 여지도 없었다. 자신의 등을 찔러서 자살하는 사람은 없으니까. 사망자, 아니 피해자는 독침을 맞고 고통에 몸부림친 듯 방바닥이 꽤 어지럽게 널려 있었고, 포도주 병과 함께 치즈 안주 등이 보였다. 술잔은 하나뿐이었는데 깨져 있었다. 여기서 혼자 술을 마시다가 당한 게 분명했다. 눈에 띄는 점이 있다면 시신 주변에 알 수 없는 휴지 조각이 널려 있다는 것이었다. 방에는 담요가 깔려 있었고, 와인용 소형 냉장고까지 있었다. 한눈에 보아도 피해자의 부유함을 짐작할 수 있었다.

"피해자 신원은?"

"이름은 최세진, 나이는 60세입니다. 최근 부친상을 당해 이 별장을 상속받았다고 합니다."

"별장에는 혼자 있었나?"

"아닙니다."

전날 밤, 그 별장에 있던 사람은 피해자의 딸인 공진희, 조카인 황영식, 사촌 동생인 최자인이었다.

"시체 발견자는 누구지?"

"김진록이라고 합니다."

"김진록?"

"어젯밤에 여기 왔다가 피해자랑 크게 싸우고 그냥 나가 버렸답니다. 눈도 심하게 오는데 말이죠."

"다들 이곳에 모이라고 해."

"네."

잠시 후, 사람들이 모이자 강 형사가 말했다.

"김진록 씨가 어느 분이시죠?"

한쪽에 쭈뼛거리며 서 있던, 보통 몸집에 30대 초반 정도로 보이는 남자가 앞으로 나왔다. 그가 김진록이었다.

"뭐 하시는 분이죠?"

"저는 꽃집을 하고 있습니다."

"피해자랑은 어떤 관계시죠?"

"예비 사위…… 아니, 사실 저를 반대했으니까 예비 사위는 아니고, 딸의 남자 친구라고 하는 게 맞겠죠."

"꽃집을 하신다면, 독을 구하기도 쉽겠군요?"

강 형사는 의심의 눈초리를 보냈다. 꽃집을 한다면 제초제나 살충제 등을 구하기 쉬울 것이고, 그 농도를 조정한다면 독을 만들어 낼 수도 있을 것이다.

"저, 저를 의심하시나요? 제가 왜 그분을 죽입니까?"

"어떻게 하다가 시신을 발견하셨습니까? 왜 여기 아침에 다시 와서 이 건물에 먼저 오셨죠?"

"이 온실 굴뚝에 연기가 나서 와 봤습니다."

그 남자는 그곳이 온실이라고 했다. 그가 본 건 온실 동남쪽에 붙은 벽돌 굴뚝이었다.

"최 여사님 늦잠은 유명한데 그런 이른 시간에 연기가 나는 게 이상했거든요. 혹시나 해서 본 겁니다. 그래서 열어 보니까 장모……, 아니 최 여사님이……."

"그렇군요. 어젯밤에는 뭐 하셨나요?"

"최 여사님이 저를 내쫓아 버리시는 바람에 시내에 있는 여관에서 잤습니다. 그 전에 밤늦게까지 술을 좀 먹었습니다. 그 여관 근처에 있는 실내 포장마차에서요."

"그런데 왜 이른 아침에 여기로 오셨습니까?"

"그만 핸드폰을 여기에 두고 가서요. 눈이 좀 심하게 와서 밤에 여기 다시 오긴 그랬어요. 그래서 포장마차 주인 전화를 빌려서 제 핸드폰에 걸었습니다. 그때가 밤 10시 반 정도였을 거예요."

"그걸 누가 받았죠?"

"제가요. 어디서 핸드폰이 울려서 받아 보니 저분이었어요."

황영식이 말했다. 그는 피해자의 조카였다.

"눈도 심하게 오고 술을 마셔서 찾으러 오는 건 무리라고 하더군요. 그래서 그냥 전화기를 진희 누나한테 줘 버렸어요."

강 형사는 다른 사람들을 보며 물었다.

"왜 최세진 씨 혼자 이 온실에 있었던 거죠?"

"솔직히 말씀드리면, 어제 우리 모두 언니랑 싸웠거든요."

최세진의 사촌 동생인 최자인이 말했다.

"그래서 언니분이 혼자, 여기서 와인을 드시고 계셨군요?"

"네, 우리도 화가 났지만 눈이 많이 와서 그냥 여기서 자게 됐어요."

"무슨 일로 싸웠죠?"

"세진이 언니는 늘 독선적이었어요. 큰아버지 돌아가시니까 이 별장도 자기가 갖고……, 저 온실도 마음대로 고치고요."

"여기가 온실이라고요?"

강 형사는 아까부터 궁금했던 점을 물었다. 김진록이 대답했다.

"원래 온실이었죠. 돌아가신 사장님……, 그러니까 최 여사의 아버님이, 여기에 조선 전통 온실을 복원하셨습니다."

"조선 전통이요? 그게 뭡니까?"

"세종 때 전순의라는 의원이 『산가요록(山家要錄)』이라는 책을 냈는데, 거기에 겨울에 채소를 기르는 법, 꽃을 기르는 법이 적혀 있지요. 왕실 행사에 꽃을 많이 썼기 때문에 그걸 기르려고 한 거죠. 귤나무까지 길렀다고 합니다."

강 형사는 약간 호기심 어린 표정을 지었다.

"보시다시피, 형사님이 지금 계신 곳은 구들장 위입니다. 구들장 위에 흙을 깔고 거기에 식물을 기르는 겁니다. 그리고 남향으로 된 지붕을 길게 만들어서 한지로 만든 살창으로 덮은 거죠. 한지에는 피마자유나 들기름을 발라서 햇볕 투과도를 높였습니다. 지금은 떼어 버렸지만 원래는 벽에도 다 한지로 도배해서 햇볕이 더 많이 반사되도록 했습니다."

"지금은 햇볕이 들지 않는데요?"

"밤에는 살창 위에 거적을 덮어서 보온을 하니까요. 어젯밤에도 그렇게 한 것 같습니다."

"조선 시대 온실이라, 흥미롭군요."

조선 때 이 정도로 높은 수준의 온실을 만들었다니 놀라웠다. 비록 지금은 살인 현장이 되었지만.

"이 구멍도 뭔가에 쓰이는 겁니까?"

강 형사는 시체 앞에 있는 네모난 구멍을 가리키며 말했다. 그 구멍은 사람의 눈높이 정도 위치에 있었다.

"수증기를 공급하는 구멍입니다. 이 온실에는 방이 둘인데 하나는 식물 기르는 방, 다른 하나는 일종의 보일러실이라 할 수 있는 불 때는 방입니다. 아궁이에 불을 때서 열기를 구들장으로 보내 데우면서 동시에 가마솥에 물을 끓입니다. 나무로 만든 솥뚜껑에는 네모난 구멍이 뚫려 있는데, 그 구멍은 이 목제 관이랑 연결되어 있죠. 관은 잠망경 모양으로 이것을 통해 식물 기르는 방으로 수증기가 공급됩니다. 온실은 하루에 두 번은 불을 때야 합니다."

강 형사는 그 '보일러실'로 가 보았다. 안에 있던 땔감은 다 타고 재만 남아 있었다. 김진록은 온실 굴뚝에서 나는 연기를 보고 들어왔다고 했다. 손을 대 보니 아직 뜨거웠다. 불 피울 장작과 불쏘시개, 토치도 그 방에서 금방 찾을 수 있었다.

"전날 밤에 불을 피우고 자다가 변을 당한 모양이네. 그런데 지금은 온실로 쓰지 않나요? 안에 식물이 없는데."

강 형사가 묻자 최자인이 말했다.

"큰아버지가 돌아가시자, 언니가 온실을 없애고 자기 전용 황토 찜질방으로 바꿔 버렸어요. 벽에 바른 한지도 다 떼고, 흙도 치우고 말이죠. 숯이랑 황토에는 원적외선이다 미네랄이다, 그런 게 많아서 몸에 좋다나요?"

"황토 찜질방? 그럴듯하군요."

강 형사가 잠시 생각하고 있는데 감식반원 한 명이 말했다.

"반장님, 시체 밑에 독침이 하나 더 있습니다!"

"그래?"

"한 개는 빗맞았나 봅니다! 범인이 세 발을 쐈군요! 피해자가 몸부림치다가 깔았나 봅니다."

독침을 보니, 꼭 드라이버라는 생각이 들 정도로 촉 부분이 길어 보였으며 끝은 마름모꼴이었다.

"아니, 이런 걸 어디서 구하지?"

◎

"물론, 전처럼 이 이야기 속 사람들 이름은 전부 가명인 거 알지?"

강 형사가 씩 웃으며 말했다.

"물론이죠. 그런 것도 다 개인 정보니까요."

"그래, 그런데 여기서 제일 큰 문제가 따로 있었어. 그 온실 문은 잠겨 있지 않았는데, 우리가 신고받고 출동했을 때 현장에는 발견자, 즉 김진록 씨의 발자국 말고는 없었어. 피해자의 사망 추정 시각은 거의 눈이 그친 다음이었어. 즉, 누가 거기 들어가서 범행을 저질렀다면, 반드시 주변에 그의 발자국이 있어야 하는 거지."

강 형사는 아까 무심코 그렸던, 그 조선 전통 온실 그림을 기억나는 대로 되도록 자세히 그려 보이며 말했다.

"아까 말했던 대로 그 전통 온실은 겨울밤에는 추위를 막기 위해 거적을 덮었는데 그날도 그랬어. 그날 밤 눈이 많이 내렸으니까, 그 눈을 건드리지 않고 거적이나 살창을 들어내기란 불가능했지."

"그러면……?"

긴 머리를 쓸어 넘기던 소현이 말했다.

"그래, 밀실 살인이었어."

밀실 살인이라는 말에, 클루스 멤버들의 눈이 다들 반짝거렸다.

"그렇다면, 그 살창을 살짝 열고 독침을 쏘거나 하는 건 불가능했다는 말이군요? 살창이나 문에 자물쇠는 있었나요?"

재욱이 물었다.

"자물쇠는 없었지만, 그 눈 때문에 밀실이 된 거야."

"눈이 몇 시까지 내렸는데요? 피해자가 죽은 다음에 그 위에 눈이 쌓였을 수도 있잖아요."

이번에는 기석이 물었다. 그는 농학과 학생이라고 하기에는 얼굴이 꽤 하얀 편이었다.

"사망 시각은 11시경인데 눈도 그 무렵에 그쳤다고 해. 범인의 발자국도 없었다는 얘기지."

"그날 일기 예보는 어땠나요?"

가만히 듣던 해미가 입을 열었다. 그녀는 동아리의 막내답게, 아직 청소년티가 가시지 않았다.

"갑자기 일기 예보는 왜?"

"눈 올 때를 노려 범행을 계획했을 수도 있으니까요."

"하하하, 예리하군. 그날 일기 예보에 따르면 눈이 밤새 온다고 했어. 그런데 일찍 그친 셈이지. 물론 피해자는 눈 올 때 들어가서 발자국은 없었어."

"그 독화살은 어디서 났어요? 그런 걸 쉽게 구할 수는 없었을 텐데요."

이번에는 소현이 물었다.

"나도 그것 때문에 사실 좀 골치가 아팠는데, 그 따님……, 피해자의 딸이 증언해 줬어. 자기 외할아버지, 즉 피해자의 아버지는 골동품 수집을 취미로 삼고 있었는데, 남미 아마존에서 현지 사람들이 쓰는 독화살을 몰래 가져왔다고 해. 그 사건이 일어나기 1년쯤 전에."

"독약을 오래 방치해 두면 독성도 사라지지 않나요?"

해미가 예쁜 얼굴을 찌푸리며 말했다.

"사실 원예를 하는 사람이라면 투구꽃 같은 것을 구할 수 있으니까 거기서 독을 뽑아서 썼을 거라 생각했거든. 그런데 부검 결과 그 화살이 흉기가 맞았어. 그 독 이름이 바트라코톡신이더군. 우리나라에서 그걸 구하기란 거의 불가능에 가까워."

"바트라……, 뭐요?"

기석이 고개를 갸우뚱하며 물었다.

"바트라코톡신, 독화살개구리의 독이야. 종류에 따라 다르지만, 어떤 개구리는 만지기만 해도 죽을 수 있다고 할 정도지. 자연에서 가장 강한 독 중 하나인데, 소금 두 알 정도 양으로도 사람을 죽일 수 있고, 해독제도 없어."

화학과 학생인 재욱은 외우기라도 한 듯 술술 설명했다.

"독침으로 사람을 죽이려면 주사기 같은 것으로 주입해야지 그냥 찌르는 것만으로는 부족하겠네. 찌르려면 독화살개구리 독 정도는 돼야 할 거야."

"거기에 그 독화살이 있다는 사실을 아는 사람은 몇 명이나 됐나요?"

해미가 물었다.

"거기 있던 사람들은 다 알고 있었어. 하지만 실제로 독이 발려져 있는 건 아무도 몰랐다고 했지. 당연히 그 말을 그대로 믿지는 않았어. 독화살과 같이 있던 바람총까지 없어졌다는 걸 알게 됐거든."

강 형사는 당시의 이야기를 계속했다.

◎

잠시 후, 강 형사는 소식을 듣고 찾아온 백선욱이라는 사람에게 질문을 했다. 조경 회사를 운영하다가 폐업한 그는 최세진의 아버지가 별장 관리인으로 채용하여 그곳의 정원 관리 일을 하게 되었다고 한다.

"어제, 이 별장에 오셨었나요?"

"왔었죠."

"무슨 일로요?"

"친척분들이 불러서요. 와 봤더니 돌아가신 최 사장님이 유산 문제 관련해서 들은 이야기가 있는지, 뭔가 있으면 얘기해 달라더군요. 하지만 저는 유산 이야기는 전혀 모릅니다."

관리인은 고개를 저으며 불편한 표정을 지었다. 강 형사는 곰곰이 생각했다. 사망 시각은 전날 밤 11시 정도였다. 그때는 눈이 그친 다음이었다.

"사건이 발생했을 때 어디 계셨습니까?"

"저는 집에 있었습니다. 여기서 그리 멀지도 않아요."

백선욱은 어깨를 으쓱했다.

"알리바이 증명해 줄 사람은 있나요?"

"증명해 줄 사람은 우리 집사람뿐입니다."

강 형사는 다른 질문을 했다.

"여기 온실을 최세진 씨가 전용 찜질방처럼 만들었다고요?"

"네, 저랑 최 사장님이 만든 온실인데, 따님이 그렇게 바꿨어요. 보셨죠? 가마솥에 물 붓고 불을 때면 흙을 데우고, 그 물을 끓여서 나무 관으로 안에 습기를 보내는데 그게 마음에 든다며. 그 따님은 무슨 가습기 마니아 같았어요. 촉촉한 게 피부에도 좋다나. 호박에 물 뿌린다고 수박 되는 것도 아닌데 원. 매일 거기서 지내다시피 한 것으로 압니다."

백선욱은 비꼬듯 말했다.

"서재에 있는 골동품 중에 독화살이 있다는 거 알고 계셨습니까?"

"독화살이요? 알고는 있었지만 진짜로 독이 묻어 있을 줄은 몰랐습니다."

백선욱은 온실 개조에 대한 불만은 있었지만 그 외의 범행 동기는 없어 보였다.

다음으로 김진록의 알리바이를 확인했다. 그가 전날 최세진과 싸우고 그 별장을 나선 게 약 8시 정도였는데, 바로 택시를 불러서 타고 시내로 가서 한 실내 포장마차에서 술을 마셨다. 그곳 주인이 사진을 보고 확인해 주었고, 묵었던 여관 CCTV에서도 그의 모습이 확인되었다.

나머지 용의자들인 황영식, 최자인, 공진희는 모두 별장에서 잤다. 결국 그들 중 하나가 범인일 가능성이 커졌다.

"세 분 모두, 밤에 집 밖을 나간 적이 없으신가요?"

"다 일찍 잤어요. 엄마도 삐져서 그 온실에 가 버리셨고요."

공진희가 말했다. 어머니의 죽음에 대한 슬픔과 함께 분노가 느껴졌다. 강 형사가 물었다.

"무슨 일로 다툼이 있었는지 말씀해 주실 수 있겠습니까?"

"저는……, 진록 씨랑 결혼하고 싶었는데 엄마가 그 사람은 안 된다고, 아주 격하게 반대하셨어요."

공진희는 자리에 앉으며 말을 이었다.

"아빠 돌아가시고, 엄마는 저를 완전히 캥거루처럼 키우셨어요. 아니, 캥거루는 크면 독립하기라도 하지, 저는 계속 그 주머니에 들어가 있어야 했어요. 제가 취업한 다음에 회사 동료랑 만나는데, 사람 써서 뒷조사까지 하시더라고요. 평생 저 데리고 사시려고 그랬는지……."

"딸이 결혼할 상대에 관해 알아볼 수 있지 않나요?"

"형사님, 결혼하셨나요? 배우자 될 사람이나 그 가족이 형사님 뒷조사하면 기분 좋으시겠어요? 그것도 지나칠 정도로 집요하게. 엄마의 그런 성격 때문에 이렇게 된 거예요. 그만 좀 하라고 그렇게 말했는데……."

"그래서 김진록 씨를 반대한 이유는 뭔가요?"

"엄마가 결혼을 반대하는 이유는, 그 사람 집에 빚이 좀 있고 우리 집보다 경제 사정이 좋지 않다는 거였거든요. 정말 너무한 거 아닌가요? 외할아버지는 오히려 그 사람을 마음에 들어 하셨어요. 그 사람, 그 온실 만들 때도 도왔다고요."

공진희가 자신의 어머니를 상당히 미워하고 있다는 것을 알 수 있었다. 물론, 그렇다고 살인까지 할 동기로는 보이지 않았지만.

"그 독화살이 없어졌다는 사실은 알고 있었습니까?"

"아뇨, 저는 그 서재에는 들어가지도 않았어요."

강 형사는 이번에는 최자인에게 질문을 던졌다.

"피해자의 사촌 동생이라고 하셨죠? 어젯밤에는 뭘 하셨습니까?"

"알리바이 물으시는 건가요?"

"그렇습니다."

"저는 아니에요. 제가 왜 언니를 죽여요."

"네, 어디까지나 수사상 절차입니다. 어젯밤에 뭘 하셨는지 말씀해 주시기 바랍니다."

"세진이 언니가 화를 내면서 나가 버렸기 때문에 저라도 가 볼까 했는데……. 이럴 줄 알았으면 같이 있을 걸 그랬어요. 제가 곁에서 위로라도 해 줬어야……."

"뭐라고요? 위로?"

공진희가 크게 비웃으며 말했다.

"툭하면 와서 엄마한테 돈 빌려 달라고 조르는 주제에 위로는 무슨……."

"그래도 영식이보다는 낫잖아? 나는 도박이 아니라 사업에 필요해서……."

"사업도 따지고 보면 도박이잖아요. 그리고 엄마가 담배 냄새 싫어하시는 거 알면서 보란 듯이 담배나 피우고."

"뭐가 어째? 자기가 낳은 딸 아니라고 시집가서 돈 뜯어 갈까 봐 남자도 못 만나게 한다고 욕했으면서. 언제부터 엄마 건강 생각했다고 그래."

강 형사는 이 집의 분위기가 어떤지 짐작할 수 있었다. 유산만 아니면 만날 일도 없는 사람들이 서로 으르렁거리는 모습, 드라마 등에서도 심심치 않게 볼 수 있는 것이었다.

"아무튼, 언니가 그렇게 나가고 나니까 저도 별로 기분이 좋지 않아서, 제 방에 가서 스마트폰으로 유튜브 보고 있었어요."

"최세진 씨가 유언장을 남겼나요?"

"세진이 언니는 아직 건강했으니 유언장 같은 건 없을 걸요. 변호사한테 한번 물어보세요. 유언장이 없으면 친족들이 공평하게 나누는 거죠?"

최자인의 밝은 표정과 질문을 무시하고 강 형사는 황영식에게 질문을 했다.

"황영식 씨, 당신은 어젯밤에 뭐 하셨나요?"

"이럴 줄 알았으면 나도 그냥 가는 건데⋯⋯. 제가 술을 좀 많이 마셨습니다. 만취가 돼서 저기 2층 구석방에서 잤어요. 아침에 김진록 씨가 와서 세진 이모가 돌아가셨다고 난리 치는 소리를 듣고 깼고요."

"그사이에 아무데도 안 가신 걸 증명하실 수 있으세요?"

"네? 지금 저를 의심하시는 건가요?"

"아, 이건 어디까지나 절차상의 질문입니다."

"아무리 그래도 그렇지, 제가 이모님을 죽일 이유가 어디 있겠어요?"

"뻔뻔하긴, 네가 도박 때문에 얼마를 날렸는지 우리 집에서 모르는 사람 한 명도 없어."

최자인이 인상을 쓰며 한마디 했다.

"아니, 그렇다고 제가 세진 이모를 죽이는 게 말이 됩니까?"

"도박 빚이 있으시군요. 친족 살해에서 금전 문제가 가장 큰 원인인 건 아시나요?"

강 형사가 황영식을 의심의 눈초리로 보았다.

"형사님, 저는 정말 아닙니다."

"밤 11시경에는 뭘 하셨죠?"

"아까도 말씀드렸지만, 여기 핸드폰을 놓고 간 김진록 씨가 그때쯤 본인 핸드폰으로 전화를 했어요. 방에서 술 마시고 있었고요."

"어제 여기 왔다 갔던 사람이 김진록 씨 말고 또 있습니까?"

"옆집 아가씨가 어젯밤에 여기에 왔어요."

강 형사의 질문에 최자인이 대답했다.

"그 아가씨는 어떤 분이죠? 뭔가 의심스러운 부분이 없을까요?"

최자인이 진지한 표정으로 대답했다.

"이런 산골에서 젊은 여자가 혼자 산다는 게 좀 이상하긴 하죠. 언니랑은 꽤 친하게 지냈나 봐요. 카페에서 바리스타로 일해서 언니한테 좋은 커피를 가져다줬어요. 언니도 저도 커피를 좋아하거든요. 그런데 그 아가씨, 생긴 거하고 다르게 도마뱀이니 개구리니 하는 걸 잔뜩 기르고 있어요. 그것도 독개구리를요. 색이 아주 요란한 개구리, 그거 독개구리 맞죠?"

"독개구리요?"

"주서연 씨가 왜요? 사람이 다양한 취미를 가질 수도 있지."

황영식이 갑자기 끼어들며 최자인을 노려봤다.

"얘, 너 왜 갑자기 그 여자 편을 들고 그래."

"그게, 그⋯⋯."

당황하는 황영식의 표정을 힐끗 본 강 형사가 질문을 이었다.

"그 아가씨도 여기 와서 저녁 식사를 같이 했나요?"

"아니오, 잠깐 왔다 갔어요. 김진록 씨가 여기 나가기 전이었으니까⋯⋯. 아무튼 그때 커피를 가져다주러 왔어요."

"그게 몇 시쯤이었죠?"

"아마 저녁 8시쯤이었을 겁니다."

"커피만 주고 그냥 갔다고요?"

"네, 맞아요. 아무튼 그 사람은 이 일과 아무런 상관이 없습니다."

황영식이 강하게 주장했다.

"정말 그럴까?"

갑자기 최자인이 건조한 목소리로 말했다.

"그게 무슨 말씀이시죠?"

"김진록 씨가 이 집 나간 다음에, 네가 슬쩍 옆집으로 가는 거 내가 봤어."

"제, 제가 무슨?"

황영식은 당황한 얼굴로 눈을 크게 떴다.

"내가 2층 내 방에서 네가 옆집으로 가는 거 봤다고."

"보긴 뭘 봐요. 뭔가 잘못 보신 거겠죠. 전 그 시간에 집 안에 있었어요."

황영식이 화를 내자 강 형사는 한숨을 쉬었다. 아무래도 제대로 된 단서나 증거를 찾기에는 시간이 좀 걸릴 것 같았다.


사람들과의 대화를 잠시 쉬고, 강 형사는 서재를 조사해 보기로 했다. 별장 2층의 서재에는 도자기, 족자 등 골동품들이 많이 있었다.

"모두 가격이 꽤 돼 보이는데요? 조각상에, 그림에……. 응? 저건 왜 저렇게 되어 있죠?"

한쪽에 안이 텅 비어 있는 액자가 보였다.

"그 안에 그 화살이 있었습니다."

백선욱이 설명했다.

"화살의 전체 길이가 한 뼘이 좀 넘었던 것 같습니다. 화살촉은 좀 길고 끝이 마름모꼴이었고요."

한 뼘이 넘는 길이라고 했는데, 현장에 있던 독화살들은 그 반도 되지 않는 크기였다. 누군가 어떤 목적으로 짧게 자른 것이다. 그것이 없어졌다는 사실을 아는 사람이 있었는지 물었지만, 누구도 그 서재에 간 적은 없다고 했다. 감식반이 확인했는데 액자에는 피해자 것 외에는 지문이 검출되지 않았다. 백선욱이 말을 이었다.

"이 방 안은 사장님이 철저히 관리하며 사람들의 접근을 막았습니다. 사장님이 무서워서도 그렇지만, 솔직히 이런 거 보는 눈도 없고 잘 모르기도 하고……. 아무튼 다들 이 방에 들어오는 건 엄두도 못 냈어요."

"이건 뭡니까?"

강 형사가 금빛의 알갱이 같은 게 든 병을 보며 물었다.

"아, 그건 아교(접착제)입니다. 사장님이 취미 삼아 동양화를 그리곤 하셨는데, 그림 그릴 때 안료가 종이나 천에 잘 붙도록 쓰는 것으로 압니다. 소의 가죽이나 꼬리 등에서 뽑은 천연 아교는 건조할 때는 강력하지만 습하면 접착력이 없어지죠. 아는 미술상에게서 산 거라고 하셨어요."

백선욱의 말에 따르면, 골동품이 가득 있는 2층 서재에는 사람들의 출입이 없어서 독화살의 존재도 모른다고 했다. 하지만 독화살이 도난당했다는 사실은 그 말에 신빙성이 없음을 의미했다.

잠시 후, 급히 시내에서 불려 온 주서연은 옆집에서 살인 사건이 일어난 사실도 모른 채 카페에 출근해 일하고 있었다.

"최 여사님이 살해당하셨다고요?"

"그렇습니다. 밤에 방문하셨다고 들었습니다."

"네, 커피를 좀 가져다 달라고 하셔서요. 그리고 커피 기계가 말썽이 있다고 하셔서 제가 좀 봐 드렸어요."

"그랬군요. 저 조선 온실에 관해서는 알고 계셨습니까?"

"동네에서 그 온실 모르는 사람은 없을 걸요? 직접 들어가 본 적은 없지만요. 작년 가을에 주인 할아버지 돌아가시고 바로 개조한 것으로 알고 있어요."

주서연은 사건 소식에 놀라기는 했지만 불안해 보이지는 않았다.

"집에서 독화살개구리를 키우시죠?"

"네. 그건 왜 물으시죠?"

"수사상 필요해서요. 그 독화살개구리, 독 있는데 위험하지 않나요?"

"시중에 파는 독화살개구리는 다 독을 뺀 거예요."

"어떻게 독을 빼죠?"

"걔네들은 독충을 잡아먹어서 몸에 독을 축적하는 거니까, 며칠 동안 독 없는 곤충만 먹이면 독이 점점 빠져요. 그 색이 예뻐서 애완용으로 꽤 인기가 있어요. 독 있는 동물들은 다 화려한 색을 하고 '나 독 있으니까 건드리지 마라'라고 경고를 하죠."

주서연이 문득 표정을 바꾸며 물었다.

"그런데 왜 갑자기 독화살개구리 이야기를……. 혹시 최 여사님이 독으로 돌아가셨나요?"

"수사에 관해 자세한 건 아직 말씀드릴 수 없습니다."

"혹시, 절 의심하시는 건가요? 커피에 독이라도 탔다고 생각하세요?"

주서연은 정색했다.

"최 여사님이 커피를 좋아하시지만, 밤에는 드시지 않는다고 했어요. 잠을 못 잔다고요."

"그렇군요. 어제는 어떤 커피를 가져가셨나요?"

"블루마운틴을 좋아하시는데 별도 주문을 해야 하거든요. 주문한 게 어제 좀 늦게 왔는데 옆집이라 제가 집에 가는 길에 직접 가져다드렸어요."

"이 집 분들과는 잘 아시나요?"

"관리인 아저씨는 알지만 가족분들은 잘……. 사촌 동생분은 커피를 가져다드릴 때 뵌 적이 있어요. 아, 그리고 조카분은 오실 때마다 우리 카페에 들르세요."

"황영식 씨요?"

"네."

순간, 강 형사의 머릿속에는 한 가지 가능성이 떠올랐다. 황영식은 최자인이 주서연에 대한 이야기를 할 때 약간 민감한 반응을 보였다. 만약 그가 서재에서 독화살을 훔쳐서 주서연에게 줬고, 주서연이 실행범이라면.

"어젯밤에는 뭘 하셨나요?"

"평소처럼 가게 마감하고, 집에 가서 쉬었죠."

"혹시 이 집의 서재에 들어가 보신 적은 있습니까?"

"저는 거실 외에 다른 방에 들어가 본 적이 없어요."

그녀는 불안한 눈으로 강 형사를 보았다.

"혹시, 저 의심하시는 거예요? 제가 최 여사님을 죽일 이유가 어디 있다고."

"수사 절차상의 질문이니 너무 불쾌해하지 마세요. 그리고 이건 다른 질문인데요. 지금 주서연 씨 사는 집 소유주시죠? 젊은 분이 어떻게 그런 집을 가지고 계시는 거죠?"

"할아버지가 돌아가시면서 물려주셨어요. 요즘 서울이나 큰 도시에서는 집을 구하기도 어렵고, 동물 기르기도 그렇잖아요. 작년부터 그 집에서 살면서 동물들 기르고 있어요."

"독화살개구리 외에 어떤 동물들을 키우고 있죠?"

주서연은 문득 뭔가 생각났다는 표정으로 핸드폰을 꺼내더니,

자신의 SNS의 사진들을 보여 주었다. 화려한 색의 개구리 사진이었다.

"이게 다, 독화살개구리입니까?"

"네. 빨간 아이, 파란 아이, 제일 독이 강한 건 이 밝은 황금색 아이예요. 물론 아까 설명드렸듯이 지금은 독이 없지만요."

'아이'라는 말과 함께 개구리들을 보여 주는 그녀의 표정을 보니, 진심으로 동물들에 애정이 있는 듯했다. 독화살개구리 외에 도마뱀 등의 사진도 있었다.

"아직은 이 아이들만 키우고 있지만, 날씨 좀 따뜻해지면 강아지도 두 마리 입양하려고요. 그리고 뜰에서 뛰놀게……. 아, 맞다!"

"뭔가 생각나셨나요?"

"거기 관리인 하던 아저씨의 개가 얼마 전에 죽었어요."

"개가 죽어요?"

강 형사는 눈을 크게 떴다.

"네, 그 별장에서 걸어서 한 10분 정도 거리에 그 아저씨가 사시는 집이 있는데, 그 집 강아지가 귀여워서 저도 가끔 장난감도 주고 그랬는데, 그 강아지가 죽었어요. 늙었지만 꽤 건강했는데……. 혹시 그 개도 독살당한 건 아닐까요?"

강 형사는 주서연을 잠깐 기다리라 하고, 관리인 백선욱이 있는 곳으로 가서 그 말을 전했다.

"어쩐지 갑자기 쓰러져 있어서 이상하다 했는데……, 독살당한 건가요?"

백선욱은 놀란 표정으로 말하며 몸을 떨었다.

"아, 그럴 가능성도 있다는 얘깁니다. 최세진 씨 살해 전에 독화살을 시험했을 수도 있으니까요."

독화살은 바늘보다 약간 굵어서 맞아도 주사 자국 정도로 상흔이 아주 작다. 바로 화살을 회수하면 털에 가려진 개의 피부의 상흔은 발견할 수 없었을 것이다.

"어, 어떤 놈이……."

"진정하시고요. 죽은 개는 어떻게 하셨나요?"

"벌써 화장했죠. 우리 집사람이 그 일로 얼마나 마음 아파했는데요. 대체 어떤 놈이……!"

"그 개가 죽은 게 언제입니까?"

"약 보름 전입니다."

강 형사는 다시 공진희와 다른 사람들이 있는 집 안 거실로 가서 보름 전 일에 관해 물었다. 보름 전엔 최세진의 생일 파티가 있었고, 황영식과 공진희가 방문했다는 것을 알게 되었다.

"아니, 그게……."

그 말을 들은 황영식이 유독 안절부절못하는 모습을 보였다.

"무슨 문제라도 있습니까?"

"솔직하게 말해!"

공진희가 말했다.

"갑자기 무슨 소리야?"

"영식이 네가 그런 거잖아? 보름 전에, 네가 그 서재에 들어가는 거 내가 봤어!"

"아까는 아무도 들어간 적이 없다고 하셨잖아요."

"그건 어젯밤이죠. 지금 말씀을 듣고 나니 보름 전에 쟤가 거기 들어가는 걸 봤어요."

강 형사와 공진희가 황영식을 노려보자 그는 잠시 망설이더니 입을 열었다.

"그래요, 개를 죽인 건 접니다. 하지만, 결코 세진 이모는 죽이지 않았습니다. 외할아버지가 전에 귀한 독화살을 구입했다고 자랑하는 걸 들었거든요. 정말 독화살인가 궁금해서, 바람총으로 한번 쏴 봤어요. 설마 했는데 정말 독이 있는지 개가 바로 쓰러지더라고요. 놀라서 화살을 뽑아 피를 닦은 다음에 액자에 다시 끼워 놨습니다."

"왜 하필 이웃집 개를 쐈죠?"

"그 녀석이 저만 보면 막 짖어서 짜증 났거든요."

"세상에, 동물 보호 단체에서 알면 참 좋아하겠다."

최자인이 고개를 저으며 한심하다는 표정을 지었다. 황영식이 다시 말했다.

"아무튼 저는 이모를 절대 죽이지 않았습니다. 제가 왜 그런 짓을 해요."

"도박 빚 때문에 압박을 받고 있었으면 돈이 무척 필요하셨을 것 같은데요."

강 형사의 말에 황영식은 화난 표정으로 언성을 높였다.

"형사님, 정말 너무하시네요. 아무리 그래도 저는 그 정도로 패륜아는 아닙니다. 게다가 아까 말씀드린 대로 11시경에 집에 있었다고요. 빚 하면 사치 심한 자인 이모도 만만치 않을걸요."

"왜 갑자기 날 걸고넘어지고 그래."

강 형사가 정색을 하는 최자인에게 질문했다.

"아참, 공진희 씨가 11시쯤에 최자인 씨가 밖으로 나가는 걸 봤다던데요."

최자인이 공진희를 노려봤다. 그녀는 못 들은 척 시선을 돌리고 있었다.

"전 그냥 잠깐 담배 피우러 나갔을 뿐이에요."

강 형사는 이들 모두가 의심스러웠지만 범인이라는 증거 역시 찾을 수 없었다. 별장에 남았던 세 사람 전원이 공범일 가능성도 있었다. 서로 알리바이를 증명해 주고 유산을 나누면 되는 것이었다.

동기는 드러나지 않았지만, 백선욱도 주서연도 용의자 선상에서 제외할 수 없었다. 또한 겉으로는 황영식이 일방적으로 주서연을 짝사랑하는 것처럼 보였지만, 실은 두 사람이 공범일 가능성도 있었다. 황영식이 주서연이 일하는 카페에 자주 들렀다는 건 두 사람이 이미 어떤 관계일 가능성도 있다. 사실은 둘이 공범이라면, 수사에 협력하는 척하면서 의심을 사지 않으려고 아닌 척했을 수도 있다.

앞서 언급했듯 주서연의 집은 꽤 컸다. 그녀는 할아버지로부터 물려받았다고 했지만, 여전히 의심스러웠다. 그래서 강 형사는 밤에 몰래 주서연의 집을 살펴보기로 했다.

그녀의 집에 도착한 강 형사는 주변을 둘러보고 창문이 있는 곳으로 다가갔다. 창밖에서 집 안을 보니, 거실에는 수조가 있었고 개구리나 도마뱀 등이 있었다. 그리고 집 뒤로 돌아가 보니 그곳에 누군가 서 있는 것이 보였다. 그 사람은 한 손에는 손전등을 들고 한 손에는 가느다란 막대기를 들고 있었다.

"당신 누구요?"

강 형사가 들고 있던 손전등으로 그를 비추며 소리쳤다. 순간 그가 든 막대기 끝부분이 반짝였다. 그 사람이 갑자기 손전등을 비추는 바람에 눈부신 불빛에 강 형사가 주춤하자, 그는 재빠르게 달리기 시작했다. 강 형사는 서둘러 그를 쫓아갔고, 그는 산으로 도망쳤다. 산에서 한참 동안 추격전을 하다가, 강 형사는 그만 그에게 얻어맞고 절벽에서 떨어진 것이다.

◎

"깨어나 보니 병원이었지. 그때 다리를 크게 다치는 바람에 결국 경찰복 벗게 됐어. 내가 너무 과욕을 부린 것 같아. 혼자서 범인을 잡겠다고 의욕만 앞서는 바람에……. 부주의했던 내 탓이 커."

"저런."

클루스 멤버들은 누가 먼저랄 것도 없이 안됐다는 표정을 지었다.

"쌓인 눈 위로 떨어져서 목숨은 겨우 건졌지만, 다리를 다치고 자칫하면 동사할 뻔했지."

그는 잠시 뜸을 들인 후 말했다.

"그때 구조 요청을 해서 병원으로 이송되었고, 나중에 다른 형사들이 주서연의 집에서 독화살을 쏘는 바람총을 찾아냈다는 것을 알게 되었지. 발견 장소는 그 집 뒤 장작이 쌓여 있는 곳이었어."

"그랬군요."

클루스 멤버들은 옛날얘기에 집중하는 아이들처럼 강 형사의 얘기에 집중했다.

"거기서 지문은 나오지 않았어. 하지만 발견 장소도 그렇고 정황상 황영식과 주서연을 공범으로 의심하게 되었지."

"주서연이 범인이라면 범행 후 바로 그 바람총을 태워 버리지 않았을까요?"

기석이 말했다.

"나도 그렇게 생각했어. 누군가 몰래 주서연 집에 가져다 놓고 죄를 뒤집어씌우려다가 나를 보고 놀라서 거기 떨어뜨린 게 아닌가."

강 형사는 클루스 멤버의 얼굴을 둘러보며 말했다.

"자, 사건의 개요는 여기까지야. 이젠 누가 범인이고 범행 방법은 어떤 것이었는지 여러분이 맞혀야 할 차례. 질문할 게 있으면 해도 좋아."

강 형사가 말을 덧붙였다.

"이번에도 여러분이 즐겨 하는 보드게임 클루(CLUE)처럼 범인을 맞혀 봐. 추리 게임의 철칙이지만, 범인은 여섯 명의 용의자 중에 있어."

이들은 모두 추리소설을 좋아해 살인 사건의 범인을 알아맞히는 보드게임인 '클루'를 즐겨 했고, 동아리 이름도 '클루스'라고 지었다. 재욱이 제멋대로 Creative(창의성 있는), Logical(논리적인), Unique(특별한), Energetic(열정적인), Specific(명확한)의 머리글자라는 말까지 덧붙였지만 그런 의미는 그리 중요하지 않았다. 이렇게 보드게임이 아닌 실제 사건의 단서를 쫓아 범인을 찾아내는 추리 게임의 묘한 재미를 느꼈다. 특히, 범인을 알아맞혔을 때의 그 쾌감은 보드게임의 그것과 비교가 되지 않았다.

"그 독화살 크기가 30cm 정도 된다고 하셨죠?"

해미가 물었다.

"응, 하지만 현장에서 발견된 독화살은 잘려서 15cm 정도밖에 되지 않았어."

"그렇게 큰 걸 불어서 날리다니, 대단하네요. 그걸 반으로 자른 이유는 뭘까요?"

"당시에는 그 점이 의문이었지. 그 이유도 한번 맞혀 봐."

강 형사는 어깨를 으쓱했다.

"질문이 하나 더 있는데요. 화살에 혹시, 뭔가로 꽉 눌러 놓은 흔적은 없었나요?"

해미가 자신의 손바닥을 다른 손의 손톱으로 쿡 누르며 말했다.

"그런 흔적은 없었어."

이번에는 소현이 물었다.

"그 온실 지붕의 살창은 어떻게 여는 거였어요? 혹시 종이 붙인 흔적은 없었나요? 찢긴 곳을 덧붙인 흔적 같은 거."

"살창은 전부 여덟 개였는데 그걸 뚜껑처럼 들어서 틀 위에 덮듯이 놓는 형식이었어. 보온용 거적은 지붕 맨 위에 돌돌 말려 있다가 펴지도록 되어 있었지. 그리고 종이가 찢어졌거나 덧붙인 흔적은 찾을 수 없었어. 또 다른 질문?"

강 형사가 클루스 멤버들을 돌아보았다.

"그럼 시작해 볼까?"

강 형사가 말하자 재욱이 주사위를 집어 들었다.

"네, 여느 때처럼 해야겠죠."

이제, 멤버들이 돌아가면서 사건의 진상을 추리할 시간이었다. 발표 순서는 늘 그렇듯 동아리의 막내인 해미가 가장 나중에 말하고, 다른 세 사람은 각자 주사위를 던진 뒤 나온 숫자 크기 순서대로 이야기하기로 했다. 해미가 제일 나중에 말하는 이유 는 뒤에 밝히기로 하고, 주사위를 던진 결과, 기석이 가장 먼저 말하게 되었다.

"독살은 여자의 범죄라는 말이 있죠. 아무래도 남자라면 흉기 를 직접 쓰는 경우가 많으니까요."

"용의자 여섯 명 중에 여자가 셋이나 되는데, 누가 범인이라고 생각하지?"

"주서연이요."

기석이 단호하게 말했다.

"의외네요. 동물 좋아하는 사람 중에는 나쁜 사람 없다던데."

해미가 한마디 하자 기석이 반론했다.

"그건 모르는 거야. 히틀러도 작은 동물 좋아했대."

"그럼 황영식과 공범이라고 생각하는 거야?"

강 형사가 물었다.

"솔직히 거기까지는 모르겠지만, 그럴 확률이 높긴 해요. 독화 살이 있었다는 걸 주서연이 어떻게 알았는지도 모르겠어요. 그 집 서재에서 독화살을 훔치는 일은 황영식이 하는 게 더 쉬웠겠 죠. 하지만 주서연 단독 범행일 가능성도 있습니다. 서재에 들어 가 본 적이 없다는 것도 거짓말일 수 있죠. 가끔 방문하면서 기회는 얼마든지 있었을 테니까요. 독화살이 있다는 걸 알았는데도 몰랐다고 했을 수도 있고요. 황영식도 알고 있었으니 가능성은 얼마든지 있죠."

"그럼 동기와 방법을 추리해 볼래?"

"주서연은 황영식이 자기에게 마음이 있다는 사실을 알았을 겁니다. 황영식을 이용해서 그 집 재산을 노린 거죠. 일부러 황영식이 알리바이가 확실한 시각에 그 온실로 가서 범행을 저지른 겁니다. 최세진 씨를 살해한 다음 다른 상속자들도 제거할 계획이었을 거예요. 그다음에 그 황영식이랑 결혼하면 그 재산이 전부 자기 게 되는 거니까요. 그리고 황영식도 언젠가 제거할 생각이었겠죠. 아마 살고 있던 큰집도 그렇게 해서 손에 넣었을 겁니다."

"상상력이 좋긴 하지만, 비약이 좀 심한 거 같은데."

재욱이 끼어들었다.

"결국 모두 살해당하는 것을 황영식이 알게 될 텐데 가만히 있을까. 둘이 공모했다고 쳐도 그래. 그렇게 여러 명을 죽이다가 꼬리가 길어서 잡힐 가능성이 있는데. 자기 집도 있는 사람이 그렇게까지 리스크를 걸 이유가 없을 것 같은데."

"그 얘기는 좀 있다가 하는 게 좋겠어. 다양한 가능성을 생각해 볼 수 있는 거잖아. 그럼 이제 방법에 대해서 추리해 볼까?"

강 형사가 기석을 향해 고개를 끄덕였다.

"네, 그게 구들장의 원리를 이용해 만든 거라고 했으니까 굴뚝이 남동쪽에 있었고, 별장 동쪽에 주서연의 집이 있었죠?"

"그렇지. 벽돌로 쌓은 굴뚝이었어."

"그 온실의 문은 어느 곳에 있었죠?"

"그 온실 들어가는 문은 북쪽에 있었어."

네모난 온실 건물의 입구는 북동쪽, 아궁이가 있는 방에 있었다.

"주서연은 미리 자기 집 근처에 있는 나무 등에 밧줄을 매 놓고, 연결해서 굴뚝에도 매 놨을 겁니다. 물론 나중에 회수할 수 있도록 고리 모양으로 묶은 거죠."

"굴뚝에 줄을?"

기석은 강 형사의 그림 위에 덧붙여 그렸다.

"네, 미리 굴뚝에 줄을 묶어 놓고 늘어뜨려서 사람들 눈에 띄지 않게 한 다음, 밤에 나무 위에 올라가서 당겼을 거예요. 어두운 밤에 높은 곳에 이어진 밧줄은 별로 눈에 띄지 않을 테니까요. 자기 집에서 최세진 씨의 집을 보고 있다가, 그 온실 안으로 들어가는 것을 확인하고 따라 들어가서 대화를 하는 척하다가 빈틈을 봐서 단번에 독화살로 찌른 겁니다. 화살을 자른 이유는, 그렇게 해야 몰래 가지고 다니기 좋을 테니까요. 길면 품속에 감추기 어렵잖아요."

"아, 그렇게 생각할 수도 있겠네."

"즉, 범행 후 눈 위에 족적이 남지 않도록 굴뚝 위에 올라가서 그 줄을 타고 자기 집까지 간 겁니다. 그리고 줄을 잘라서 회수하기만 하면 그만이죠. 바람총이 거기서 발견된 건 다른 사람이 자기에게 누명을 씌우려고 한 짓으로 보이게 유도하려는 목적이었을 것 같아요."

기석은 자신 있게 정답이라는 듯 말했지만, 강 형사와 다른 멤버들의 표정은 별로 좋아 보이지 않았다. 재욱이 웃으며 말했다.

"곡예사도 아니고, 그렇게 줄을 타고 가는 건 어렵지 않을까? 아무리 밤이라도 공중에 매달려 있으면 누군가의 눈에 띌 수도 있을 텐데. 첩보 액션 영화를 너무 본 거 아냐?"

소현도 한마디 거들었다.

"나는 아무리 부자라도 도박 중독자랑은 결혼하지 못할 것 같아. 황영식이 도박을 좋아했다는 걸 알았을 텐데. 아무리 재산을 노려도 그런 사람이랑 결혼할 정도로 주서연이 돈이 궁했으려나."

강 형사가 고개를 끄덕이며 말했다.

"아무튼, 추리 잘 들었어. 다음은 누구지?"

"저요."

주사위를 만지작거리던 소현이 말했다.

"제 생각엔, 범인은 황영식 같아요."

"조카 황영식? 역시 유산 때문에?"

"네. 11시경에 정확히 눈이 그치지는 않았을 거 같아요. 그리고 사망 시각에는 오차가 있게 마련이니까요. 오늘 아침에 시체가 발견되었고 어젯밤에 죽었다면, 추정 오차는 얼마나 될까요?"

"그날 온돌방 온도가 높은 편이었지만…… 그래도 직장 체온으로 계산하기 때문에 오차는 길어야 1시간 정도야."

"그러면 오히려 생각보다 일찍 죽었을 수도 있지 않을까요? 사실 저도 기석이랑 비슷한 생각을 했어요."

"줄을 탔다고?"

"아니, 내가 보기에는 거긴 원래 정원이라 사다리가 있었을 거 같아요. 그걸 길게 해서 그 온실 지붕으로 올라간 게 아닐까요? 눈이 오는 도중에 하면 흔적도 남지 않겠죠."

"그러고?"

"거긴 정원 일에 필요한 농기구 같은 막대기 같은 게 많았을 거 같아요. 그러니까, 살창을 들어내고 긴 막대기에 그 화살을 달아서 창처럼 찌른 거죠. 그러는 편이 바람총으로 쏘는 것보다 더 정확하잖아요."

"그런 다음?"

"그런 다음, 사다리를 타고 진입로로 내려가면 온실 주변에는 발자국이 남지 않게 되겠죠. 자기가 직접 눈을 치워서 발자국을 지웠을 수도 있고요. 눈이 내리고 있는 상태였다면 어떻게 하든 자연스럽게 흔적이 없어졌을 거예요."

"그런데 왜 화살 세 개를 다 썼을까?"

재욱이 문득 물었다.

"세 개 중 하나는 황영식이 썼다고 했으니까, 독이 닦여서 덜 치명적일 수도 있잖아요. 그래서 세 개를 전부 쓴 거죠. 어느 게 그건지 모르니까 막대기에 화살 세 개를 전부 묶어서 찔렀을 거 같아요."

"벌써부터 앞뒤가 안 맞네. 황영식이 그 화살을 썼으니까, 어느 화살의 독이 닦였는지는 그 사람이 잘 알 거 아냐. 그렇다면 두 개만 썼겠지. 그리고 내가 만약 그 방법을 썼다면, 화살을 잘랐다는 것도 알아차리지 못하게 하기 위해 화살을 아예 회수한 뒤 처분했을 거야. 막대기에 묶어서 썼으면 오히려 회수하는 게 낫지."

"두 개만 썼으면 내가 했습니다 하는 거나 마찬가지죠. 그래서 일부러 세 개를 다 쓴 거 아닐까요? 화살촉이 마름모꼴이라서 쉽게 빠지지 않았을 수도 있으니까요."

"그렇다면 왜 한 개는 빠졌을까? 시신에는 두 개만 꽂혀 있었다고 했는데."

"그야, 피해자는 독 때문에 고통스럽게 몸부림쳤다고 했으니까 그 와중에 한 개는 빠진 모양이죠."

"마름모꼴이라서 쉽게 빠지지 않는다며?"

"심하게 몸부림쳤다면 빠질 수도 있겠죠."

"세 개 다 맞았다면 몸에 흔적이 남았을 텐데, 그런 얘기는 없었어. 강 형사님, 맞죠?"

"응, 시신에는 두 개 꽂힌 것 외에 흔적이 없었어."

"찌르기 전에 하나가 빠졌을 수도 있잖아요. 아무튼, 제 생각은 그래요. 이젠 오빠 차례네요."

다음은 재욱이었다. 재욱이 망설이지 않고 대답했다.

"제 생각에, 범인은 사촌 동생인 최자인입니다. 사실 생각보다 간단한 사건일지도 몰라요. 밀실도 우연히 만들어진 거나 마찬가지였을 것 같아요."

"그게 무슨 뜻이지?"

강 형사와 다른 멤버들은 모두 재욱의 설명을 기대했다.

"저는 소현이의 의견에 일부 동의합니다. 눈이 11시경에 그쳤다고는 했지만, 한 번에 딱 그친 건 아닐 테니까요. 범행 시간대에 눈은 여전히 오고 있었을 겁니다."

재욱은 설명을 이어 갔다.

"그날 일기 예보는 눈이 밤새 온다고 했는데, 피해자가 사망했을 무렵에 눈이 그쳤다고 했잖아요. 저는 범인이 단순한 방법을 썼을 것 같아요. 소현이 말대로, 범인은 계속 눈이 오면 자기 발자국은 지워질 거라고 생각하고 눈이 그치기 전에 담배 피우러 나간다는 핑계를 대고 나가서 그 바람총으로 피해자를 쏜 겁니다. 온실 윗부분이 아니라 아랫부분의 살창을 들어낸 다음에요."

"아랫부분 살창이면 바로 보일 텐데. 피해자에게 금방 들키지 않을까요?"

소현이 말했다.

"슬쩍 들고 얼른 쏜 거지. 게다가 피해자는 술에 취해 있었잖아. 첫발은 빗나갔는데 피해자가 눈치를 채지 못했을 거야. 그래서 두 번째, 세 번째를 쏴서 명중시키고, 바로 돌아간 겁니다. 그러니까 거적에는 눈이 다시 쌓여서 들어낸 흔적도 사라졌을 것이고, 발자국도 덮였겠죠."

"그런데, 최자인을 범인으로 지목한 이유는 뭐죠?"

해미가 물었다.

"최자인이 밖에 나가서 담배를 피웠다고 했잖아. 현장에서 발견된 독화살은 원래 30cm 정도였는데 잘려 있었다고 했지? 바람총은 폐활량이 중요한데 담배 피우는 골초가 불면 그 힘도 약할 수밖에 없지. 최자인은 미리 그걸 부는 연습을 하다가 도저히 그 먼 거리에서 날릴 자신이 없어서 좀 더 가볍게 하려고 잘랐을 거야."

"폐활량이 부족해서, 독화살을 잘라서 썼다고?"

강 형사는 고개를 갸우뚱했다.

"네, 공진희가 밝혔잖아요. 최자인이 11시 무렵에 잠깐 나가는 모습을 봤다고. 담배 피우러 가는 거야 제일 좋은 핑곗거리죠."

"그러고 나서, 그 바람총은 주서연의 집에 가져다 놓으려고 했다고요?"

소현이 물었다.

"그랬겠지."

"잘 들었어. 그러면 이제 마지막 추리를 들을 차례군."

강 형사가 해미를 보았다. 그녀가 방긋 웃었다.

"어떻게 된 건지, 남자는 여자를, 여자는 남자를 범인으로 지목하게 됐네요. 뭐, 이건 성차별이랑은 상관이 없겠지만요. 제가 생각한 범인은 김진록이에요."

"오호, 김진록이라. 왜 그렇게 생각했는지 궁금해지는데? 이유를 한번 들어 볼까?"

"그날 김진록은 사건 발생 당시 알리바이가 확실하다고 했죠? 눈이 변수였다는 점은 저도 동의해요."

"눈?"

기석이 물었다.

"이 사건이 밀실 살인이 된 이유는, 현장에 그 살창을 건드린 흔적이나 범인의 발자국이 없었기 때문이잖아요. 범인은 그런 상황을 처음부터 기대하고 있지 않았을 거 같아요. 게다가 그날 눈이 밤새 온다고 했는데 11시경에 그쳤잖아요. 그런 우발적 상황에도 상관없는 범행을 계획했을 거예요. 그래서 범인은 그때 알리바이를 확보할 수 있는 사람일 가능성이 높아요."

"김진록이 독화살에 대해 알고 있었다는 거야? 그리고 범행 시간에 알리바이 확보되는 사람이 범인이라니, 무슨 말인지 모르겠네."

기석이 고개를 갸우뚱했다.

"순서대로 설명해 드릴게요. 먼저, 김진록이랑 공진희가 공범인지 아닌지는 모르겠어요. 하지만 김진록은 독화살의 존재를 알고 있었고, 황영식이 그중 하나를 썼다는 사실도 알고 있었을 거예요. 우연히 황영식이 개를 죽이는 것을 목격했다면 모든 게 설명되죠."

"그래서 세 개를 다 썼을 수도 있지만, 독화살에는 극소량의 독만 묻기 때문에 한 개로는 모자랄까 봐 그랬을 수도 있지 않을까?"

재욱이 의견을 덧붙였다.

"사실 독이란 게 맞는 사람 몸무게가 얼마나 되느냐, 어떤 체질이냐에 따라 변수가 생길 수 있는 거니까. 개는 죽여도 사람은 못 죽일 수도 있고."

"바로 그거예요. 세 개 다 쓴 데는 두 가지 이유가 있었어요. 그리고 화살이 잘린 이유는 무엇일까요? 바람총으로 살해한 것이 아니기 때문이에요."

"바람총을 안 썼다고? 그럼 조금 전 의견처럼 막대에 묶어서?"

"아뇨, 제 생각은 그런 게 아니에요."

해미가 설명을 이어 갔다.

"김진록은 그 바람총을 사용한 것처럼 보이려고 같이 훔쳐가서, 주서연에게 누명을 씌우려고 했던 거예요. 즉, 실제로 화살을 쏠 대롱은 직접 만들었을 거예요. 보통 부는 화살이라면 독침 뒤쪽에 스펀지를 끼우거나 실을 칭칭 감아서 그걸 바람총으로 쓸 대롱에 끼워 넣고, 뒤에서 힘껏 불어서 쏘죠."

"굳이 원래 있던 바람총을 안 쓰고 직접 만든 이유가 있을까?"

강 형사가 호기심 어린 눈으로 물었다.

"네, 저는 그렇게 생각해요. 대나무 같은 것만 하나 있으면 바람총용 대롱 만들기는 어렵지 않을 테니까요. 게다가 바람총에서 더 발전된 독화살 전용 총이 있어요."

"더 발전된 독화살 전용 총?"

"중국의 오래된 암기 중에 '수전(袖箭)'이라는 게 있어요."

"수전?"

"소매 속의 화살이란 뜻이죠. 바람총은 입으로 불어서 쏘는 거지만 그건 붓 같은 것으로 위장한 대롱 안에 강력한 용수철을 넣고 버튼을 누르기만 하면 화살이 발사되는 거예요. 이렇게요!"

해미는 아이스 아메리카노의 빨대를 들고 재욱 쪽을 향해 겨누며 손가락으로 누르는 시늉을 했다.

"이러면 암살용으로 딱 좋죠? 범인은 그것을 온실 안에 미리 설치해 뒀다가 피해자가 그 화살에 맞게 한 거 같아요."

"그런 흔적이 있었나? 그 수증기 공급하는 관에서 아교 성분이 나왔지만, 나무로 만든 관을 아교로 붙이는 건 그리 드문 일도 아닌데."

"그 별장에도 미술용, 전통 아교가 있다고 했죠? 아교의 가장 큰 단점은 습도가 높으면 접착력이 약해진다는 점이잖아요. 그런데 수증기 공급하는 관에 그런 아교를 쓴다면 말이 안 되죠."

"목제 관이라면, 가마솥이랑 연결된 거?"

재욱이 물었다.

"네. 그 전통 온실은 가마솥에 물을 끓여, 잠망경 모양의 목제 관을 통해 식물 배양실에 수증기를 보내게 되어 있다고 했어요. 범인은 바로 그 목제 관에 수전을 장치해 둔 거죠. 아마 수전을 두세 개쯤 묶어서 동시에 발사되도록 했을 거예요."

"어떻게 장치를 하고, 또 어떻게 회수해?"

기석이 고개를 갸우뚱하며 물었다.

"그 나무관은 잠망경처럼 생겼잖아요."

해미는 강 형사가 그린 그 그림에 덧붙여 그렸다.

"이렇게 수전을 약간 45도 정도로 기울여서 여기에 달아 두는 거예요. 관 안은 어두워서 잘 보이지도 않을 테니까요. 하지만 그 수전용 대롱의 길이가 그리 길지 않았을 테니 화살도 자를 수밖에 없었을 거예요. 피해자는 그곳에서 나오는 수증기가 피부에 좋다고 생각해 그 관 바로 앞에서 술을 마셨겠죠. 그것까지 계산에 넣은 거예요."

"어떻게 자동 발사가 된 거지?"

강 형사가 물었다.

"아교는 습기에 약하잖아요. 방아쇠에 끈을 매고, 그 끈 끝에는 좀 무거운 나무 추 같은 걸 아교로 나무 관 벽에 붙여 놓았다가 물이 끓으면 습기가 관을 타고 가면서 접착력을 점점 약하게 만들었겠죠. 그러다가 그 추가 떨어지면서 끈을 당겨, 수전의 방아쇠가 당겨지는 거죠. 그러면 화살이 발사될 거예요. 독화살 세 개를 동시에 쏜 것은 세 개 중 어느 게 독을 닦아 낸 화살인지 몰라서이기도 했지만 명중률을 조금이라도 높이기 위해서, 수전 세 개를 묶어서 쐈을 거예요. 그래서 그중 두 개가 맞은 거고요."

소현이 손뼉을 탁 쳤다.

"그것참 기발한 생각이네."

해미는 설명을 계속했다.

"그리고 범인은 관 속에 눈에 띄지 않게 끈 같은 것을 늘어뜨려서 그걸 당기기만 하면 그 수전을 회수할 수 있도록 장치를 했겠죠. 물론 수전은 대나무처럼, 태우기 쉬운 걸로 만들었을 거예요. 추도요. 그리고 회수한 다음에 통째로 아궁이에 던져 태워 버렸겠죠. 굴뚝 연기는 그 때문에 난 거고요."

"아, 그래서 시신을 처음 발견한 사람이……."

재욱이 고개를 끄덕였다.

"네, 그러니까 김진록이 범인이죠. 범행 도구를 인멸할 시간이 있던 사람은 그 사람 한 명뿐이었으니까요."

"잠깐, 그 용수철은 어떻게 처리하지? 그건 안 타잖아."

"수전을 분해해서 용수철만 빼낸 다음에 사람들에게 알리기 전에 어딘가에 던져 버렸겠죠. 그 옆집이었을 것 같은데……."

모두 고개를 끄덕이며 수긍하는 모습이었다. 해미가 뭔가 생각났다는 표정으로 말했다.

"강 형사님이 옆집에서 누군가가 장작 근처에서 반짝이는 막대기를 들고 뒤지고 있었다고 하셨죠? 그 끝부분의 반짝이는 것이 자석이었을지도 몰라요. 용수철을 회수하기 위한 자석이요."

"하지만 모두 추측이잖아. 그 가설을 입증할 증거가 있을까?"

재욱이 말했다. 그럴듯한 추리긴 했지만 결정적인 증거가 필요했다.

"현장에는 바닥에 휴지 조각이 널려 있었다고 했잖아요? 부는 화살은 대롱에 딱 맞도록 바늘 뒷부분에 실이나 종이 등을 감아 두는데, 이 사건에는 그 독화살보다 직경이 큰 대롱을 썼을 거예요."

"휴지 조각들이 그것과 관련이 있다는 얘기야?"

"네, 원래 수전은 방아쇠 장치로 그 화살을 눌러 고정시켰다가 버튼을 누르면 발사되도록 하는 장치가 있지만, 화살에 눌린 자국이 있으면 의심받을 수도 있으니까 대신 용수철을 눌러 뒀겠죠. 그런데 대롱은 그 나무 관 안쪽에서 피해자 쪽, 즉 아래쪽을 향하고 있으니까 화살이 빠질 염려가 있잖아요."

"그야 그렇지."

"그래서 대롱 끝을 종잇조각 같은 것으로 가볍게 막아 둔 거죠. 원래 조총이나 화승총도 총알이 빠지는 걸 막기 위해 천이나 종잇조각으로 가볍게 총구를 막았거든요. 결국, 화살이 발사될 때 그것도 빠지면서 바닥에 흩어졌을 거예요. 그 휴지에 범인의 지문이 있었겠죠."

강 형사가 손뼉을 치며 말했다.

"역시, 해미가 이번에도 맞혔어. 그때 내 머리를 쳐서 절벽에서 떨어뜨린 건 김진록이 맞았어. 그가 그 용수철을 회수하러 몰래 갔다가 나랑 마주친 것도 맞아. 사실, 이 이야기는 내가 좀 보탰는데, 나는 그 주서연의 집 뒤에서 그 사람을 봤을 때 김진록임을 알아차렸어. 그런데 도망치는 걸 쫓아갔다가 당하고 다친 거지. 휴지에서 그 사람 지문이 발견된 건 해미가 추리한 대로야."

"대단하다."

재욱도 감탄하는 표정을 지었다.

"김진록은 화살과 대롱 등의 지문은 지웠는데, 그 휴지 조각의 지문은 생각하지 못했어. 그 수전이란 것도 그가 대나무로 직접 만든 거였어."

"세상에나."

소현이 탄성을 질렀다. 해미는 쑥스러운 표정으로 웃었다.

"김진록은 앞에서 밝힌 대로 피해자 때문에 자기가 공진희랑 결혼할 수 없다는 사실에 앙심을 품고 있었지. 그래서 살해할 계획을 세웠어. 게다가 공진희가 상속을 받을 테니 결혼하면 막대한 돈도 들어오니까 일석이조였을 거야."

강 형사의 설명이 끝나자 재욱이 말했다.

"역시 해미, 우리 동아리의 명탐정은 고정이라니까. 언제 마지막을 양보할 거냐?"

이들은 가끔 이렇게 추리 게임을 했는데, 정해진 규칙이 있었다. 그 전에 정답을 맞혔던 사람이 다음번 문제에서 제일 마지막에 말해야 하는 것이다. 하지만 첫 번째 게임 이후 진상을 알아내는 사람은 항상 해미였다. 그 때문에 그녀는 지금까지도 마지막을 양보하지 못하고 있었던 것이다.

"아무튼 강 형사님, 그 일 때문에 경찰을 그만두셔서 서운하셨겠어요."

해미가 말했다.

"별수 없지 뭐. 실적 올려서 서울로 돌아오고 싶었는데, 결국 서울에는 카페 주인으로 돌아오게 됐네."

"그래도 다행이네요."

"맞아. 그때 경찰을 그만두지 않았으면 지금쯤 반장 정도는 하고 있을지 모르지. 뭐, 대신 사장이 됐으니까 더 잘된 건지도 모르겠네."

강 형사의 농담에 클루스 멤버 모두 함께 웃었다.

"아무튼 이것도 다 이렇게 학생들이랑 만나려는 인연인가 봐. 가끔씩 클루스 학생들이랑 추리 게임을 즐기는 것도 나에게는 큰 즐거움이거든."

"사장님 추리 게임 덕분에 오늘도 맛있는 음료를 공짜로 마시게 되어서 저도 너무 좋아요."

해미의 말에 다 같이 크게 웃었다.

수상한 업무보고

## 정명섭

서울에서 태어났다. 대기업 샐러리맨과 커피를 만드는 바리스타로 일했다. 파주 출판 도시에서 일하던 중 소설을 발표하면서 본격적인 작가의 길을 걷게 되었으며, 현재 전업 작가로 생활 중이다. 『기억, 직지』로 2013년 제1회 직지소설문학상 최우수상을 수상했고, 『조선변호사 왕실소송사건』으로 2016년 제21회 부산국제영화제에서 NEW 크리에이터상을 받았으며, 2019년 '원주 한 도시 한 책'에 『미스 손탁』이 선정되었다. 2020년에는 한국추리문학상 대상을 받았다. 다양한 글을 쓰고 있으며, 주요 출간작으로는 『훈민정음 해례본을 찾아라!』, 『일상 감시 구역』, 『귀신 초등학교』, 『앉은뱅이밀 지구 탐사대』, 『미스 손탁』 등이 있다.

가장 좋아하는 명탐정은 코난 도일의 셜록 홈즈.

셜록 홈즈는 탐정으로서 가져야 할 모든 것을 가졌다. 사냥 모자와 망토 달린 코트, 그리고 굽은 파이프 담배는 탐정의 전형적 이미지를 상징하며, 범죄 수사의 고문이라는 점과 수수께끼 같은 사건을 명석한 두뇌로 해결한다는 점 등이 모두 셜록 홈즈에서 비롯되었다. 특히, 사람의 인상착의 등 외형을 관찰하여 상대의 내력까지 추리하는 프로파일링 능력과 권투와 펜싱 등 신체적 능력은 캐릭터로서의 매력을 완벽에 가깝게 만든다.

총무과의 만년 사원 이도일은 몇 시간째 컴퓨터 모니터를 바라보는 중이었다.

"재고가 안 맞아, 재고가."

총무과에서 관리하는 A4 용지가 예상보다 빨리 소모되었다. 어차피 소모품이라 다들 크게 신경 쓰지 않았다. 하지만 이도일은 지난 몇 년간 회사의 전체 A4 용지 소모량을 엑셀로 만들어서 가지고 있었다. 미묘하긴 하지만 두 달 전부터 사용량이 눈에 띌 정도는 아니지만 살짝 높아졌다. 과장에게 공식적으로 보고할 만큼 늘어난 건 아니었다. 하지만 개인적인 데이터로는 분명위험 신호가 왔다.

사실 A4 용지를 비롯한 소모품을 넣어 두는 창고 앞에 CCTV를 달아 놓으면 끝이었다. 하지만 총무과장은 그걸 본 직원들이 자신들을 도둑으로 취급하느냐고 항의할 게 뻔하다며 거절했다. 이도일은 도둑으로 취급하는 게 아니라 도둑이라고 말을 했다가 과장에게 그러니까 네가 계속 진급을 못 하고 물을 먹는 것이라고 잔소리를 들었다.

그럼에도 한 집착 하는 성격의 이도일은 A4 용지 도난 사건을 따로 조사하기로 했다. 당장 각 부서의 종이 사용량을 조사하기 시작했다. 그가 일하는 현성 SV는 전자 결재 방식을 사용했기 때문에 종이 사용량은 예전에 비해서 확 줄어든 상태였다. 하지만 여전히 부서 내부 보고서 작성이나 여러 가지 업무에서는 종이가 사용되었다. 각 부서의 몇 년 치 데이터를 보면 실제 사용량과 소모량에서 미세한 차이가 발생했다. 그 얘기는 누군가 소모품 창고에서 A4 용지를 그냥 한 박스나 한 덩이씩 들고 간다는 것을 의미했다. 주말 내내 그 생각만 하다가 월요일 날 출근하자마자 본격적으로 조사에 착수했다.

"내가 잡는다, 꼭."

사실 그가 점찍은 범인, 아니 부서가 있긴 있었다. 하지만 지난주에 보고를 받은 최 과장은 어처구니없다는 표정을 지었다.

"걔들이 왜?"

"그건 잘 모르겠습니다만⋯⋯."

"이유도 모르면서 범인으로 모는 까닭이 뭐야? 걔들이 뭐가 아쉬워서 A4 용지를 빼돌려? 전화 한 통이면 우리가 갖다 바쳐야 하는데 말이야."

틀린 얘기는 아니었지만 자존심이 상한 이도일은 자료를 보고 또 봤다. 다 가지고 있다고 해도 남의 것을 탐내는 경우가 있기 때문에 의심을 저버리지 못한 것이다. 그래서 볼 수 있는 자료들을 총동원해서 증거를 잡으려는 중이었다. 그러다가 갑자기 모니터의 화면이 바뀌는 걸 보고 깜짝 놀랐다.

"뭐, 뭐야?"

잠깐 검정색으로 변한 화면은 회사인 현성 SV의 로고로 바뀌었다. 그리고 아래쪽에 사내 통신망 메시지 창이 자동으로 열렸다.

"기, 기술개발팀?"

사옥 7층의 절반을 쓰는 기술개발팀은 현성 SV 내부에서는 언터처블 같은 존재였다. 기술개발팀 직원들은 한도가 없는 법카를 가지고 다닌다는 소문이 돌 정도였다. 보통 회사에서는 기획이나 경리 쪽에 뛰어난 직원들이 가지만 현성 SV는 기술개발팀에 인재들이 모였다.

그도 그럴 것이 대기업의 자전거 사업부에서 분사되었다가 전기 자전거와 전동 킥보드로 대박을 쳤기 때문이다. 그래서 분사시킨 대기업이 부도가 나 버리고, 반대로 쫓겨나다시피 나간 현성 SV는 수천억 원의 매출을 올리는 건실한 중소기업으로 자리

잡았다. 중국제와 유럽제의 강력한 공세에도 불구하고, 고객의 니즈를 정확하게 맞춘 제품들을 적절한 시기에 출시하고 판매함으로써 점유율을 유지하고 있는 것이다.

전기 자전거는 10만 원대의 저가부터 500만 원이 넘는 고가의 라인업을 모두 갖춘 것이 가장 큰 장점이었다. 전동 킥보드역시 초반에는 고전했지만 작년에 출시한 제품이 히트를 치면서 역시 자리를 잡았다. 하지만 최근 가성비를 앞세운 중국과 유럽제 전기 자전거가 대량으로 수입되면서 위기감이 감돌았다. 현성 SV에 밀린 국내 전기 자전거 업체들이 자체 생산을 중단하거나 줄이고 외국 제품들을 수입하기 시작한 것이다. 거기다 전동 킥보드 역시 정부의 규제가 강화되면서 판매에 영향을 미쳤다.

따라서 회사 내부에서는 신제품의 개발을 앞당기는 등 여러대책을 내놓고 있었다. 하지만 그런 건 총무과의 만년 사원인 이도일에게는 남의 일이었다. 방금 전에 기술개발팀에서 사내 메신저가 오기 전까지는 말이다. 곧바로 메신저가 들어왔다.

〉 이도일 사원?

〈 네, 누구십니까?

〉 기술개발팀 곽광선 전무.

〈 곽 전무님? 안녕하십니까.

이도일은 혹시나 해서 메신저의 이모티콘을 클릭했다. 그러자 메신저를 보낸 사람의 직급과 이름, 부서가 차례대로 떴다. 메신저를 보낸 사람은 진짜 곽광선 전무였다. 숨이 멎을 것 같은 기분에 잠시 멍하게 앉아 있던 이도일은 서둘러 키보드를 두드렸다.

〈 무슨 일이십니까, 전무님?

〉업무 보고를 받고 싶어서 연락했네.

〈 업무 보고요? 저에게요?

〉이도일 사원에게.

아무리 총무과가 힘없는 부서라고는 하지만 기술개발팀에서 업무 보고를 하라고 요구할 수는 없었다. 의아해하는 이도일의 눈에 곽광선 전무가 보낸 메시지가 도착했다.

〉경영지원본부장이랑 얘기를 끝내 놨어.

〈 아! 알겠습니다. 어떤 걸 보고하면 되겠습니까?

〉올 상반기 총무과 A4 용지 사용 내역을 보고받고 싶어.

〈 네? A4 용지 말입니까?

안 그래도 A4 용지 도난 사건을 조사 중이고, 가장 유력한 부서로 찍은 기술개발팀에서 관련 보고를 하라고 하자 이도일은 소스라치게 놀랐다. 밉살스러운 최 과장이 일러바친 게 아닌가 라고 생각했지만 역시 만년 과장이며 자신의 조사를 비웃던 그가 움직였을 거 같지는 않았다.

"최 과장은 본부장 지시가 아니면 기침도 못 할 사람이잖아."

여러모로 의아했지만 나는 새도 떨어뜨린다는 기술개발팀의 요구를 만년 사원이 무시할 수는 없었다. 거기다 본부장이랑 얘기가 끝났다고 못을 박은 상태였기 때문에 더더욱 버틸 수는 없었다.


〈 알겠습니다. 언제까지 보고하면 될까요?

〉 30분 후에 7층 기술개발팀으로 와.

〈 30분이요? 정리하기에는 부족한 시간입니다만.

〉 괜찮아. 시간 늦지 않게 와.


머리로 시간을 계산한 이도일은 서둘러 키보드를 두드려서 자료를 정리했다. 그러면서 중얼거렸다.

"정말 수상한 업무 보고로군."

관련 자료들을 서둘러 뽑은 이도일은 결재판에 집어넣고 자리에서 일어났다. 그리고 직속상관이자 빌런인 최 과장에게 다가갔다. 불도그처럼 아래턱이 축 늘어진 최 과장은 이도일이 다가오자 얼굴부터 찡그렸다.

"기술개발팀에서 저에게 보고하러 올라오랍니다."

"본부장님한테 들었어. 올라갔다 와."

표정은 뭘 보고하는지를 무척 궁금해 하는 것 같았지만 따로 묻지는 않았다. 고개를 꾸벅 숙여서 인사를 한 이도일은 총무과를 나와서 엘리베이터가 있는 복도로 향했다. 심호흡을 한 이도일은 마침 도착한 엘리베이터가 열리자 안에 탔다. 그리고 옆에 붙은 거울을 보면서 와이셔츠의 깃을 펴고, 사원증이 제대로 걸렸는지 확인했다. 그러면서 얼굴도 힐끔 봤다. 피곤에 찌들고 윗사람들에게 치이는 20대 후반 직장인의 얼굴이 보였다. 회사 일이 힘들어서 계속 하던 운동도 때려치운 상태라 몸도 여기저기가 쑤셨다.

엘리베이터가 7층에 멈추자 이도일은 밖으로 나왔다. 기술개발팀의 입구는 7층의 오른쪽에 있었다. 왼쪽의 다른 부서는 그냥 안이 보이는 유리문 하나만 있는 데다 사원증이 있으면 누구나 열고 들어갈 수 있었다. 반면에 기술개발팀은 안쪽이 잘 보이지 않는 짙은 색깔의 유리문으로 되어 있는 데다 기술개발팀을 제외하고는 현성 SV의 사원증을 아무리 찍어도 문이 열리지 않았다. 외부인은 인터폰을 누르고 얼굴을 보인 다음에야 들어갈 수 있다. 이도일은 한 손으로 사원증을 만지작거리며 유리문 옆 인터폰을 눌렀다. 화면이 켜지면서 여성의 목소리가 들렸다.

[무슨 용무이십니까?]

"곽 전무님에게 보고하러 왔습니다."

[총무과 이도일 사원인가요?]

"네."

[잠시만 기다려 주십시오.]

삑 하는 소리와 함께 유리문이 스르륵 열렸다. 하지만 안에는 유리문이 하나 더 있었다. 바깥쪽의 유리문이 닫히고 나서야 안쪽의 유리문이 열렸다. 그리고 누군가 어색하게 그를 맞이했다. 짧은 단발머리에 검정색 치마, 그리고 하얀색 블라우스 차림의 그녀가 먼저 인사를 했다.

"오랜만이야."

이아린의 인사에 이도일은 억지로 웃어 보였다.

"기술개발팀에 있었구나."

"응, 올 초에 발령받았어. 총무과에 계속?"

이도일은 대답 대신 고개를 끄덕거렸다. 그러자 그녀가 따라오라며 돌아섰다. 유리문이 열리고 안쪽 공간이 보였다. 다른 사무실처럼 파티션이 아니라 아예 벽으로 구분이 되어 있었다. 반쯤 열린 문을 힐끔 보자 엄청나게 큰 모니터와 홀로그램들이 보였다. 앞장 서 걷던 이아린이 헛기침으로 살짝 주의를 줬다. 막다른 곳에 다다르자 벽으로 된 공간이 나왔다. 문이나 옆에는 아무런 표시가 없었지만 이도일은 어떤 곳인지 어렵지 않게 짐작할 수 있었다.

문을 살짝 노크한 이아린이 안쪽에 귀를 기울였다가 고개를 끄덕거리며 문을 열었다. 바짝 긴장한 이도일이 따라서 들어갔다. 총무과 전체보다 넓어 보이는 사무실에는 은색으로 된 책상과 소파가 놓여 있었고, 창가에는 운동 기구가 있었다.

사무실의 주인이자 이도일을 부른 기술개발팀 곽광선 전무는 의자에 앉아서 책상 위의 모니터를 보는 중이었다. 파란 핏줄이 보일 정도로 창백한 피부에 팔다리는 마치 백인처럼 길쭉했다. 40대 후반이지만 30대 중반까지 볼 수 있을 정도로 동안이었다. 운동을 계속해서 그런지 슈트 핏도 예술이었다. 하얀색 긴팔 와이셔츠에 검정색 조끼를 입은 모습이 마치 모델 같았다. 따로 앉으라는 얘기가 없어서 이도일이 앞에 서 있는 동안 곽 전무는 모니터를 뚫어지게 바라보고 있었다. 살짝 짜증이 난 이도일이 액션을 보이려고 하자 이아린이 기다리라는 눈빛을 보였다. 잠시 후, 모니터에서 시선을 떼지 않은 채 곽 전무의 목소리가 흘러나왔다.

"이도일, 4년 전에 인턴으로 입사. 53명의 인턴 중에서 최종적으로 정규직으로 뽑힌 7명 중 한 명. 하지만 총무과에 배치된 이후 근무 평점이 좋지 않고, 상사와 동료와의 사이도 좋은 편이 아님. 가까운 동료도 없고, 입사 동기들과도 친하지 않음. 회사에 대한 불만을 지속적으로 주변 인물에게 토로 중. 올 가을 인력 조정 과정에서 퇴직 권유 예정. 권유를 받아들이지 않으면 지방으로 발령을 내서 정리할 것."

모니터를 보며 이도일에 대해서 읽은 곽 전무의 시선이 옮겨졌다.

"인사팀에 올라온 자네의 업무 평가 내용이야. 어떤가?"

"구체적이지 않고, 감정적입니다. 아마 총무과장과 경영지원팀장의 개인적인 견해가 들어간 것으로 보입니다만."

이도일의 대답을 들은 곽 전무가 웃으며 의자에서 일어났다. 그리고 조끼를 추스르며 소파로 다가왔다. 앉으라는 손짓을 하며 그가 이아린을 바라봤다.

"자네도 앉지."

이아린이 앉자 곽 전무가 한쪽 다리를 꼰 채 이도일을 바라봤다.

"갑작스럽게 업무 보고를 요청해서 놀라지 않았나?"

"수상한 업무 보고라 당황했지만, 이유를 들어 보고 놀랄 생각입니다."

이도일의 대답을 들은 곽 전무가 씩 웃었다.

"듣던 대로군. 자네 별명이 총무과의 셜록 홈즈지, 아마?"

"맞습니다. 회사에서 가장 필요 없는 능력이죠."

자조 섞인 이도일의 대답을 들은 곽 전무가 흥미롭다는 표정을 지었다.

"인턴 시절에 용역 사무실에서 벌어진 화재 사건을 해결했다고 들었네."

곽 전무의 물음에 이도일은 이아린을 바라봤다.

"동기 둘이랑 같이 조사했었습니다. 처음에는 전기장판이 과열되어서 발생한 화재라고 판단했는데 알고 보니까 용역 회사 직원의 소행이었습니다. 자기 말을 안 듣는 청소부 아저씨를 쫓아내려고 벌인 짓이었죠."

"당시 보고서를 봤는데, 심지어는 소방서의 화재조사팀도 전기장판이 원인이라고 지목했었는데 말이야."

"벽에 난 화재 흔적을 제대로 확인하지 않은 탓입니다."

이도일의 얘기를 들은 곽 전무가 말했다.

"회사는 사건을 해결하는 자네 능력이 필요치 않아. 왜 그런지 아나?"

이도일이 모른다고 대답하자 곽 전무가 말을 이었다.

"최소한의 자원을 투자해서 많은 이익을 얻기를 원하니까. 회사가 나에게 막대한 급여를 주고, 내 팀의 인사권까지 행사할 수 있는 권한을 준 이유도 그것 때문이야."

잘난 척하는 듯한 말이었지만 틀린 얘기는 아니었다. 몇 년 전에 곽 전무가 스카우트되어서 기술개발팀을 만든 이후 눈부신 성과를 냈기 때문이다. 특히, 현성 SV의 아킬레스건으로 지목되었던 전동 킥보드들을 성공시키는 데 결정적인 역할을 했다. 그래서 중국 업체에서 엄청난 금액을 주고 스카우트하려고 한다는 소문이 돌았지만 그는 계속 자리를 지키는 중이었다. 이도일이 잠자코 듣고 있자 곽 전무가 소파에서 일어났다.

"요즘 총무과의 A4 용지가 사라지고 있다며?"

이도일은 그때서야 옆구리에 끼고 있던 결재판이 생각났다. 그리고 이곳에 온 이유도 떠올랐다.

"많은 양은 아니지만 한 박스 정도씩 빕니다."

"자네는 그걸 조사 중이었고?"

"비품 관리가 제 일이니까요."

기술개발팀과는 비교할 수 없지만 나름 중요한 일이라는 생각을 하며 이도일은 어깨에 힘을 줬다. 그런 모습을 본 곽 전무가 이아린을 바라보면서 말했다.

"범인은 자네 앞에 있는 이아린이야. 지시를 내린 건 나고."

예상 밖의 대답이라 이도일은 어떻게 반응해야 할지 잠시 고민에 빠졌다가 조심스럽게 물었다.

"왜 그러셨습니까? 전화 한 통이면 문 앞까지 가져다드렸을 텐데요."

"여러 가지 이유가 있었지. 어쨌든 자네가 우리 부서가 A4 용지를 가져갔을 거라고 보고했다고 들었어."

"불가능한 모든 것을 제외했을 때 마지막 남은 것이 아무리 이상해도 진실일 가능성이 높다."

이도일의 얘기를 들은 곽 전무가 중얼거렸다.

"셜록 홈즈 시리즈에 나온 말이군."

"네, 모든 가능성을 검토해 봤는데, 남은 건 기술개발팀뿐이었습니다. 말씀하신 대로 전화 한 통이면 충분한 걸 굳이 훔쳐갈 이유는 없었지만 말입니다."

이도일의 대답을 들은 곽 전무가 손짓을 했다. 그러자 지켜보고 있던 이아린이 손에 쥐고 있던 리모컨의 버튼을 눌렀다. 곧 입구 옆의 벽에서 빔 스크린이 내려오고, 화면이 켜졌다. CCTV 화면인데 여러 개로 분할된 상태였다. 모두 기술개발팀 내부를 촬영한 화면이었다.

잠시 후, 오른쪽 모서리 화면에서 누군가 나타났다. 검정색 점퍼에 비니를 뒤집어써서 누군지 알아볼 수는 없었지만 기술개발팀의 유리문을 열고 들어와서는 곧장 오른쪽으로 걸어가면서 사라졌다. 가운데 화면에 다시 나타났는데 곽 전무의 방으로 다가오다가 왼쪽으로 발걸음을 돌렸다. 그러고는 기둥 뒤로 사라졌다. 그리고 왼쪽 모서리에 다시 나타났다. 방을 위에서 아래로 비스듬하게 찍은 화면이었는데 아까 그 괴한이 문으로 들어오는 게 보였다.

조심스럽게 문을 닫은 괴한은 안으로 들어가서는 벽에 걸린 그림을 손으로 벗겨 냈다. 그러자 그림 뒤에 숨겨져 있던 금고가 보였다. 장갑을 벗고 손으로 금고를 만져 보던 괴한은 갑자기 주변을 돌아보더니 황급히 밖으로 뛰쳐나갔다. 밖으로 나간 괴한은 기술개발팀의 유리문을 지나쳐서 복도로 사라졌다. 그리고 엘리베이터 옆에 있는 비상계단으로 종적을 감췄다. 괴한이 사라진 직후, 엘리베이터로 경비원이 올라왔다. 화면은 거기서 끝났다.

멈춘 화면을 응시하던 곽 전무가 넥타이를 매만지면서 말했다.

"괴한이 침입한 시간이 지난주 금요일 저녁 10시 23분이었어. 그리고 4분 후에 경보가 울려서 1층 로비에 있던 경비원이 올라왔지."

"간발의 차이로 놓쳤네요. 침입자는 어떻게 들어올 수 있었던 거죠?"

이도일의 질문에 대답은 이아린이 했다.

"기술개발팀의 직원 신분증을 카피한 걸로 보여."

"그게 가능해?"

이번 질문은 곽 전무가 대답했다.

"원론적으로는 불가능하지. 하지만 한 달 전에 기술개발팀 직원이 술을 마시다가 출입증을 잃어버린 적이 있어."

"총무과에 재신청을 하면 이전 출입증은 폐기될 텐데요?"

"누군가 장난질을 친 거 같아. 그래서 폐기되어야 할 출입증을 쓸 수 있었지. 그걸 잃어버린 직원은 얼마 후에 퇴사했어. 현재 행방을 찾고 있는데, 한국에 없고 중국의 선샹으로 넘어간 거 같아."

"선샹이면."

회사의 금기어 중의 금기어인 회사였다. 막대한 자본력으로 현성 SV를 추격해 오는 회사였기 때문이다. 산업 스파이를 쓰거나 현성 SV 직원들을 스카우트하는 일도 빈번하게 벌였다. 팔짱을 낀 곽 전무가 말했다.

"그것도 그렇고, 들어오자마자 망설이지 않고 금고가 있는 방으로 갔어. 그리고 금고를 만진 걸 보면 분명 비밀번호도 알고 있는 것 같았고 말이야."

"퇴사한 직원이 그걸 알고 있었습니까?"

"접근 권한이 없긴 했어. 하지만 회사 일이라는 게 권한이 없다고 모르는 건 아니잖아. 거기다 바로 금고까지 다가간 걸 보면."

"금고 안에는 뭐가 있었던 겁니까? 그리고 침입자는 그걸 알고 금고에 접근한 겁니까?"

이도일의 물음에 곽 전무는 잠깐 고민하는 눈치였다. 그러다가 팔짱을 풀고 말했다.

"이번 주 목요일에 회사의 운명을 결정하는 굉장히 중요한 회의가 열리네. 금고 안에는 그 회의에서 공개할 최신 전동 킥보드의 설계도가 들어 있지."

"금고에 말입니까? 보통은 컴퓨터에 들어 있지 않나요?"

"최근 보안 이슈들이 있어서 컴퓨터로 설계하지 않았어. 종이로 했지."

"맙소사, 그럼 그 종이들을……."

놀란 이도일이 바라보자 곽 전무가 이아린을 쳐다봤다.

"저 친구가 가져왔지."

"그냥 신청을 해도 되는데."

"우리가 종이를 갑자기 많이 쓰게 되면 눈치 빠른 누군가가 의심할 수 있다고 생각해서 말이야."

"철저하시군요."

"그래야 살아남을 수 있으니까."

힘주어 말한 곽 전무가 손을 턱에 괸 채 덧붙였다.

"누군가 그걸 조사하고 있다고 들어서 흥미를 가지긴 했는데, 이렇게 디테일하게 조사할 줄은 몰랐어. 그래서 비서에게 알아보라고 했더니 자네 얘기를 해 주더군."

이도일은 이아린을 바라봤다. 그러자 이아린이 살짝 불편한 표정을 지으며 외면했다. 이도일이 마른침을 삼키는데 곽 전무가 계속 말을 이어 갔다.

"그래서 자네에게 일을 맡겨 보려고 해."

"무슨 일을요?"

"금고에 접근했던 놈을 찾는 일. 출입증을 카피해서 들어오고, 금고까지 접근한 걸 보면 안에 뭐가 있는지 아는 것 같아. 거기다 그날은 기술개발팀 회식이 있어서 모두 일찍 퇴근한 날이었지."

곽 전무의 얘기를 들은 이도일이 말했다.

"내부자 소행이군요."

"맞아. 저 안에 뭐가 들어 있는지 알고 있는 쪽이야. 거기에 다

이얼에 손을 댄 걸 보면 금고의 비밀번호도 알고 있었겠지. 다행히 진동 경보기의 존재는 몰랐지만 말이야."

"그래서 다이얼을 만지려고 하다가 도망친 겁니까?"

고개를 끄덕거린 곽 전무가 금고가 보이는 화면을 가리켰다.

"며칠 전에 혹시나 해서 설치했어. 직원들이 퇴근한 이후에 금고에 손을 대면 진동을 감지하고 경보가 울리게 되어 있어."

"직전에 설치한 거라 침입자도 몰랐군요."

"아린 씨가 기계를 사 가지고 와서 직접 부착했어. 아마 총무과나 다른 곳을 거쳤다면 분명 존재를 알았을 거야."

심각한 표정으로 말하는 곽 전무를 바라보던 이도일이 얘기했다.

"그런 건 경찰에게 맡기시죠."

"경찰에 신고하는 건 내 옵션에는 없어. 어쩌면 그게 침입자가 원하는 것일지도 몰라서 말이야."

"왜 그렇게 생각하시는 거죠?"

이도일의 물음에 곽 전무가 대답했다.

"경찰이 조사를 하면 금고 안에 뭐가 들어 있는지 얘기해야 하니까. 신형 전동 킥보드를 개발하고 있다는 것 자체가 대외비 중의 대외비야. 공식적으로 회사 안에서도 한 손가락 안에 들어갈 정도만 알고 있지. 회장님이랑 나, 수석 설계사, 그리고 아린 씨. 이제는 자네도 포함되는군."

"거, 부담되네요."

장난기 섞인 이도일의 말에 곽 전무가 심각한 표정을 지었다.

"보안에 신경을 쓰긴 했지만 사내에 소문이 퍼져 있다는 건 알고 있어. 내가 점찍은 용의자들도 아마 그런 과정을 통해서 정보를 접했겠지."

"그렇죠. 아마 알 만한 사람은 이미 알았을 겁니다. 티를 내지 않았을 뿐이죠."

"거듭 얘기하지만, 회사의 운명이 걸린 중요한 일이야."

"읽어 주신 보고서 내용을 보면 전 곧 잘릴 것 같습니다만."

"이 문제를 해결해 주면 자네의 직장 생활은 연장될 거야. 진급도 될 거고 말이야. 내가 약속하지."

갑작스러운 제안이 떨떠름해진 이도일이 이아린을 바라봤다. 이아린은 거절하라는 뜻의 눈빛을 보냈다. 잠깐 생각을 정리한 이도일이 입을 열었다.

"제가 수사권이 있는 경찰도 아니고, 목요일까지 범인을 잡는 건 어렵습니다."

이도일의 얘기를 들은 곽 전무가 가볍게 웃었다.

"범인을 잡아 달라는 건 아니야. 그냥 유력한 용의자 정도를 잡아 주면 되는 거지."

"그러면 경찰에 신고하실 겁니까?"

"아니, 목요일에 열릴 회의에 참석하지 못하게 만들어야지. 그것만으로도 충분하니까."

"그냥 명단을 만들어서 참석하지 못하게 하면 안 됩니까?"

곽 전무는 이도일의 말에 고개를 저었다.

"금고의 존재를 알고, 비밀번호도 알아낼 수 있는 용의자 명단은 있네. 하지만 그들을 모두 참석하지 못하게 하면 그걸로도 말이 나올 거야."

곽 전무의 얘기를 들은 이도일이 물었다.

"그 용의자 명단을 볼 수 있습니까?"

곽 전무가 대답 대신 이아린을 바라봤다. 그러자 이아린이 곽 전무의 책상으로 가서 아이패드를 가지고 와서는 이도일에게 보여 줬다. 아이패드를 건네받은 이도일은 화면에 적힌 이름들을 하나씩 소리 내서 읽었다.

"장도진 전략기획실 실장? 이분은 회장님 큰아드님 아닙니까?"

얼떨떨한 이도일의 물음에 곽 전무 대신 이아린이 대답했다.

"장 실장은 선샹과의 합작을 주장하고 있어. 따라서 우리 기술개발팀이 독자적으로 전동 킥보드를 개발하는 걸 싫어하셔."

첫 번째 명단부터 심상치 않은 이름이 나오자 이도일은 한 손으로 머리를 짚었다. 그다음 이름도 만만치 않기는 마찬가지였다.

"해외영업팀의 김선준 부장? 이분은 영업팀의 전설 아닙니까?"

이번에는 곽 전무가 대답했다.

"그렇지. 오창진 전 부회장 라인이야. 오 전 부회장이 어디로 이직했는지는 알고 있지?"

"선샹으로 이직하셨죠."

이직이라고는 하지만 사실상 숙청이나 다름없었다. 창업 공신이자 개국 공신으로 불리는 오창진 부회장은 독자적인 세력을 구축하고 있었고, 나름 지분도 있었다. 그런데 장 회장의 아들들이 차츰 자리를 잡아 가자 밀려나기 시작했고, 위기감을 느낀 그는 자기 지분을 늘리려고 시도했다. 그 문제가 불거지면서 장 회장에게 거의 쫓겨나듯 회사에서 나가야만 했다. 그리고 거기에 대한 복수심 때문인지 선샹으로 이직했고, 적지 않은 직원들을 스카우트해 갔다. 물론 회사 내부 정보들도 알고 있었기 때문에 선샹이 급성장해서 현성 SV를 위협하는 데 큰 역할을 했다. 아이패드를 들여다보던 이도일이 물었다.

"김선준 부장이 오창진 전 부회장 라인이라고 어떻게 확신하십니까? 둘이 가깝다는 소문은 사내에서는 들린 적이 없는데요."

"오창진 전 부회장의 사돈과 김선준 부장 아버지가 고등학교 동창이야."

"뭐라고요? 그걸 가지고 엮는 건……."

"너무하긴 하지. 하지만 사돈 집안 행사 때 오창진 전 부회장과 김선준 부장이 같이 찍은 사진이 있어. 지난번 중국 출장 때 둘이 몰래 만난 적도 있었고 말이야."

"이야, 007 뺨치는군요."

"사실, 그 출장은 미끼였어. 둘이 만나는지 안 만나는지 보려고 말이야. 김선준 부장은 회사에 보고하지 않고 호텔 뒷문으로 나가서 택시를 타고 모처로 이동해서 오창진 전 부회장을 만났지.”

곽 전무의 얘기를 들은 이도일은 혀를 내둘렀다. 그리고 다음 명단을 살펴보다가 그대로 굳어졌다.

“국내영업 1팀 모홍주 대리?”

“자네들 동기 맞지?”

곽 전무의 물음에 이도일과 이아린은 서로의 얼굴을 바라봤다. 딱히 대답을 바라는 질문은 아니었는지 곽 전무가 말을 이어갔다.

“모홍주 대리는 국내영업 1팀 백영섭 팀장의 오른팔이지.”

“백영섭 팀장이면 회장님의 막내 사위 아닙니까?”

“그렇지. 그리고 이탈리아에서 미술 전공으로 유학을 했고, 마르티에사의 인턴으로 일한 적이 있어.”

“마르티에면 재작년에 중국 회사에 인수된 이탈리아 전기 자전거 회사 아닙니까?”

“맞아. 우리 회사랑 경쟁에서 밀리면서 큰 손해를 봤고, 결국 인수가 되었지.”

“그런데 고작 인턴 했다는 거 가지고 의심하는 건 좀 아닌 거 같습니다만.”

“국내로 돌아와서 한 달에 한 번씩 자전거 동호회 활동을 하고 있지. 거기 주축 멤버들 상당수가 마르티에 한국 법인 소속 직원

들이야. 같이 인턴을 했던 친구도 있고 말이야. 모홍주 대리도
그 모임에 간간이 참석하고 있어. 이상하지?"

"직장 상사가 하는 모임에는 따라갈 수 있죠."

이도일이 동의를 구하는 표정으로 바라보자 이아린 역시 가볍
게 고개를 끄덕거렸다. 둘의 대답을 들은 곽 전무가 말했다.

"모홍주 대리는 작년에 국내영업 1팀으로 가기 전까지 회사
내의 어떤 모임도 참석한 적이 없어. 심지어 동기 모임에도 잘
안 나갔다고 들었는데?"

"맞습니다. 처음에 한두 번 나오고 말았죠."

"그런데 1년 사이에 마음이 바뀐 게 이상해서 말이야. 거기다
사건이 벌어진 당일에 회사에서 야근 중이었어. 국내영업 1팀
사무실은 5층이라서 비상계단으로 내려가면 금방 갈 수 있지."

"CCTV로 확인해 보면 되지 않습니까?"

"정말 우연인지 아니면 다른 이유인지 모르겠지만, 5층 복도
와 영업 1팀 사무실 입구의 CCTV는 모두 고장이 나 있었어."

"진짜 재미난 우연이네요."

한숨을 쉰 이도일은 그 아래의 명단들을 살펴봤다. 그러고는
한동안 아이패드를 뚫어지게 들여다보다가 고개를 들어서 곽 전
무를 바라봤다.

"아까 영상을 다시 보여 주실 수 있습니까?"

"물론이지. 어떤 영상?"

"침입자가 금고를 만졌던 모습을 보고 싶습니다."

곽 전무의 눈짓에 이아린이 리모컨을 조작해서 화면을 켰다. 그리고 침입자가 사무실에 들어왔을 때의 영상을 확대해서 재생했다. 몸을 앞으로 기울인 채 바라보던 이도일이 외쳤다.

"정지!"

이아린이 황급히 정지 버튼을 눌렀다. 화면은 침입자가 그림을 떼어 내고 장갑을 벗은 채 금고를 만지는 것에서 멈췄다. 이도일이 일어나서 화면 앞으로 다가갔다.

"침입자가 금고 문을 열기 위해 장갑을 벗었습니다."

곽 전무가 흥미롭다는 눈빛으로 바라보는 가운데 이아린이 대답했다.

"그러면 금고 표면에 침입자의 지문이 남아 있겠네?"

"맞아. 사건 이후에 금고 건드린 적 있어?"

"아니, 그림을 도로 걸어 놓은 게 전부야."

이아린의 대답을 들은 이도일이 곽 전무를 바라봤다.

"저 금고를 맨손으로 만진 사람이 있습니까?"

"2주 정도 전일 거야. 그 이후에는 아무도 안 만졌어."

"그러면 금고에 남은 지문은 용의자의 것입니다. 그걸 채취하면 용의자를 찾을 수 있습니다."

"수사 기관의 도움 없이 말인가?"

"도구 몇 가지만 있으면 됩니다. 그리고 금고 표면에 흠집이 생길 수도 있는데 괜찮습니까?"

이도일의 말에 곽 전무가 어깨를 으쓱거렸다.

"용의자만 찾을 수 있다면 상관없네."

"그럼 몇 가지 필요한 도구들을 사서 오겠습니다."

곽 전무는 이도일이 자리에서 일어나자 이아린을 바라봤다.

"비서랑 같이 가게. 다시 들어오려면 출입증이 있어야 하니까."

이도일이 문으로 나가면서 이아린을 바라봤다. 이아린이 곽 전무에게 인사를 하고는 따라 나왔다. 둘은 기술개발팀을 나와서 엘리베이터가 있는 복도로 올 때까지 아무 말도 하지 않았다. 그러다가 이도일이 먼저 이아린에게 물었다.

"왜 하지 말라고 한 거야?"

"일이 어떻게 될지 모르니까."

"범인만 찾으면 되는 거 아니야?"

엘리베이터가 올라오면서 숫자가 바뀌는 것을 보던 이도일의 물음에 이아린이 고개를 저었다.

"다들 저기가 산 정상이라고 생각하고 올라가. 하지만 올라가다가 많은 사고들이 일어나지. 여긴 콘크리트로 된 정글이야. 잘못하면 길을 잃고 헤매다가 죽을 수 있어."

"나는 산 정상에 올라갈 생각은 없어."

"그럼, 왜 승낙한 거야?"

그때 엘리베이터가 도착했다. 땡 하고 울리며 문이 열린 엘리베이터를 본 이도일이 대답했다.

"범인이 누군지 궁금해서."

무미건조하게 말한 이도일이 엘리베이터를 타자 이아린이 어이없다는 표정을 지으며 따라서 탔다. 마침 아무도 없어서 둘은 대화를 이어 갈 수 있었다. 지하 2층을 누른 이도일이 문이 닫히는 걸 보고는 이아린에게 물었다.

"기술개발팀 일은 어때?"

"살얼음판이지."

"가장 편한 부서라고 하던데, 혜택도 많고?"

피식 웃은 이아린이 대답했다.

"그만큼 힘들어. 회사 내부의 갈등이 고스란히 압축해서 벌어지고 있으니까."

"선샹과의 문제?"

"그건 일부에 불과해. 진짜 장난 아니라니까. 그래서 네가 끼어들지 않으면 좋겠다고 생각했어."

한숨과 함께 말한 그녀는 내려가는 숫자를 보면서 물었다.

"지문은 어떻게 찾게?"

"과학 기술로."

대답을 들은 이아린이 얼굴을 찌그렸다. 1층에서 멈추지 않고 지하 2층에 도착한 엘리베이터가 열리자 이도일이 먼저 내렸다. 지하 2층에는 식당을 비롯해서 회사에서 필요한 물품들을 파는 오피스 데일리라는 상점이 있었다. 그곳에 들어간 이도일은 곧장 제일 구석으로 갔다. 그리고 필요한 것들을 하나하나 챙겼다. 뒤따라간 이아린이 그가 구입한 물건들을 보고는 고개를 갸웃거렸다.

"순간접착제, 테이프, 라텍스 장갑, 소형 플라스틱 파이프, 거기에 맞는 크기의 깔때기, 밀폐 용기, 대형 커터 칼, 소형 은박지 접시, 집게, 줄자, 캔들 라이터, 코팅지, 글루건, 실리콘, 비닐에 미니 선풍기?"

어리둥절해하는 이아린을 뒤로한 채 이도일은 카운터로 향했다. 뒤따라온 이아린이 카드를 내밀었다. 그걸 본 이도일이 씩 웃었다.

"이럴 줄 알았으면 내가 필요한 걸 더 살걸."

이아린은 별다른 대답 없이 카드를 받아서 밖으로 나왔다. 복도를 지나 에스컬레이터 옆에 있는 엘리베이터에 도착한 이도일은 비닐봉지 안에 있는 물건들을 살펴봤다. 그러다가 문이 열리자 먼저 탔다. 따라서 탄 이아린이 버튼을 눌러서 문을 닫았다. 이번에는 1층에서 멈췄다. 문이 열리자 무심코 바라보던 두 사람은 깜짝 놀랐다. 엘리베이터에 탄 모홍주가 두 사람을 보고는 껄껄거렸다.

"아니, 못 볼 사람이라도 본 거야? 표정들이 왜 그래?"

주머니에 손을 찔러 넣은 채 두 사람 사이에 선 모홍주는 엘리베이터 버튼을 누르려다가 이도일을 바라봤다.

"7층만 눌려 있네? 기술개발팀에 가는 거야?"

예리한 모홍주의 질문에 이도일은 심드렁한 표정으로 들고 있는 오피스 데일리 비닐봉지를 보여 줬다.

"기술개발팀에서 뭘 좀 사 오라고 해서."

피식 웃은 모홍주가 이아린을 쳐다봤다.

"이제는 심부름까지 시키는 거야?"

이아린 역시 대수롭지 않다는 표정으로 대꾸했다.

"기술개발팀 일에 왜 관심을 기울이는데? 팀장이 시켰어?"

한 방 먹은 듯한 모홍주가 어깨를 으쓱거렸다.

"같은 회사 부서인데 쳐다도 못 보게 하네, 진짜."

그사이, 엘리베이터는 모홍주가 근무하는 국내영업팀이 있는 5층에 멈췄다. 그러자 엘리베이터에서 내린 모홍주가 돌아서서는 나란히 서 있는 두 사람을 보고 씩 웃었다.

"나란히 서 있으니까 잘 어울리네. 우리 동기들 중 사내 커플 1호가 너희들이었지."

기억하고 싶지 않은 일이라 둘 다 입을 꽉 다물었다. 모홍주는 재미있다는 표정을 지으며 덧붙였다.

"그림 좋네. 둘은 대체 왜 헤어진 거야? 설마 그 사건 때문에?"

그 말을 끝으로 문이 닫혔다. 잊고 싶었던 기억이 떠오른 둘은 서로 딴 곳을 바라봤다. 주저하던 이도일이 이아린에게 말했다.

"2년 전 그 일은 내 오해였어."

"참 빨리도 말한다. 다 잊었으니까 신경 쓰지 마."

7층에 도착한 엘리베이터에서 내린 둘은 곧장 기술개발팀으로 들어갔다. 이아린은 금고가 있는 사무실로 이도일을 데리고 갔다. 곽 전무 바로 옆 사무실이었는데 아무것도 없이 책상과 의자 한 세트에 벽에 그림만 걸려 있었다. 그걸 본 이도일이 중얼거렸다.

"우리 층에서는 자리가 모자라서 난린데 말이야."

그러고는 이아린이 그림을 떼어 내는 걸 보며 물었다.

"곽 전무에게 보고해야 하는 거 아냐?"

그림을 빈 책상에 올려놓은 이아린이 대답했다.

"CCTV로 보고 있을 거야."

그림 뒤에 감춰져 있던 금고로 다가간 이도일이 세심하게 살폈다. 녹색의 금고 앞면을 이리저리 바라보던 그가 한 곳을 가리켰다.

"여기네. 침입자가 장갑을 벗고 만진 곳 말이야."

"맞아. 그런데 아무것도 안 보이는데."

걱정스러워하는 그녀에게 이도일이 말했다.

"원래 지문은 잘 안 보여."

그러고는 그림이 올려진 책상에 비닐봉지를 올려놨다. 이도일은 줄자를 꺼내서 침입자가 만진 부분을 대략적으로 쟀다. 밀폐 용기 중에서 적당한 크기를 고른 다음 대형 커터 칼로 옆면에 구멍을 냈다. 적당한 크기의 구멍이 만들어지자 플라스틱 파이프를 끼웠다. 그리고 테이프로 꼼꼼하게 고정시킨 후 반대쪽 끝에 깔때기를 끼웠다. 밀폐 용기의 뚜껑을 열어서 지문이 붙은 부분의 주변에 갖다 댄 다음에 지켜보던 이아린에게 말했다.

"테이프 좀 떼어 줘."

그러자 이아린이 능숙한 솜씨로 테이프를 떼어 내면서 말했다.

"이거 예전에 청소부 아저씨가 쓴 누명을 풀어 줬을 때 쓰던 방식이잖아."

"4년 전인데 기억하네."

이도일은 건네받은 테이프를 밀폐 용기와 금고 사이에 붙였다. 미리 붙여 놓은 파이프가 아래쪽으로 향하게 해 놓은 이도일에게 이아린이 대답했다.

"그럼, 그거 때문에 엄청난 경쟁률을 뚫고 인턴에서 정규직으로 뽑힌 건데."

잠깐 그때를 떠올린 이도일이 가볍게 웃었다.

"어제 일 같은데 벌써 4년 전이라니."

테이프로 금고 외부에 밀폐 용기를 완전히 고정시킨 이도일은 아래쪽으로 뻗어 있는 플라스틱 파이프 앞에 양반다리를 하고 앉았다. 그리고 연결된 깔때기 부분까지 꼼꼼하게 살핀 다음에 라텍스 장갑을 꼈다. 이도일은 원형의 은박지 접시들을 꺼내서 하나씩 깔때기와 맞춰 봤다. 비슷한 크기를 찾자 거기에 여러 개 사 놓은 순간접착제의 뚜껑을 열어서 부었다. 투명한 순간접착제의 액체를 은박지 접시에 담은 다음에 집게로 집어서 플라스틱 파이프 아래에 갖다 댔다. 그리고 깔때기 부분에 붙인 다음 이아린에게 말했다.

"테이프 몇 개 떼어서 붙여 줘."

"고정시키게?"

"응."

이아린이 얼른 테이프 몇 개를 떼어서 깔때기와 소형 은박지 접시를 붙였다. 그리고 주둥이가 긴 캔들 라이터의 포장을 뜯어 불을 붙인 다음에 은박지 접시 아래에 갖다 댔다. 불꽃이 은박지 접시에 닿자 담겨 있던 순간접착제가 부글거리며 끓다가 연기가 서서히 피어올랐다. 그리고 파이프를 타고 금고에 붙여 놓은 플라스틱 밀폐 용기가 있는 곳으로 올라갔다. 계속 가열을 하자 순간접착제가 기화되면서 생긴 연기가 밀폐 용기 안을 가득 메웠다. 허리를 숙인 채 지켜보던 이아린의 눈이 커졌다.

"지문이 보여."

이아린의 중얼거림을 들은 이도일은 캔들 라이터를 끄고 일어났다. 그리고 몽글거리는 연기 사이로 보이는 지문을 살폈다.

"잘 나왔네. 아마 한 손을 여기에 대고 다른 손으로 금고의 다이얼을 돌리려고 했나 봐."

잠깐 시간을 두고 지켜보던 이도일이 대형 커터 칼로 금고에 붙어 있는 밀폐 용기를 떼어 냈다. 그러면서 기화된 순간접착제들이 사라지고 선명한 지문이 남았다. 그걸 들여다보던 이도일이 휴대폰으로 사진을 몇 장 찍은 후에 말했다.

"이제 실리콘으로 지문을 옮길 거야."

"그건 어떻게 하는 건데?"

이아린의 물음에 웃음으로 대답을 대신한 이도일은 비닐봉지에서 글루건을 꺼냈다. 그리고 금고에 묻어 있는 지문 위에 글루건을 천천히 쐈다. 주변까지 완전히 덮어 버린 다음에 미니 선풍기를 꺼내서 실리콘 쪽에 대고 켰다. 위잉 하며 선풍기가 돌아가는 소리가 들렸다. 이도일이 지문을 채취하기 위해 꺼내 놓은 것들을 정리한 이아린이 물었다.

"식히는 거야?"

"응, 그래야 잘 떼어 낼 수 있잖아."

글루건으로 쏜 실리콘이 어느 정도 굳은 것을 확인한 이도일이 코팅지로 살살 눌렀다. 그러고는 대형 커터 칼로 조심스럽게 떼어 냈다. 몇 분 동안 낑낑거리던 이도일은 코팅지에 눌린 실리콘이 떨어지자 환하게 웃었다.

"성공!"

천진난만한 그의 행동에 이아린이 웃었다.

"넌 아무리 봐도 직장인 타입은 아니야."

"세상에 직장 다니려고 태어난 사람은 없어."

짧게 대꾸한 이도일은 코팅지에 붙은 실리콘을 살펴보며 덧붙였다.

"이 정도면 알아볼 수 있을 정도는 되겠네."

"끝난 거야?"

이아린의 물음에 이도일이 고개를 저었다.

"한 단계 더 남았어. 실리콘 좀 줄래?"

"알았어."

이아린이 건넨 실리콘의 뚜껑을 연 이도일이 코팅지에 붙어 있는 지문이 묻은 실리콘 위에 천천히 뿌렸다. 그리고 한 번 더 뿌려서 완전히 뒤덮은 후에 비닐을 잘라서 붙였다. 비닐로 밀봉한 실리콘을 손가락으로 꾹꾹 누른 이도일이 이아린을 바라봤다.

"이제 끝났어. 굳을 때까지만 기다리면 돼."

실리콘이 든 비닐을 흔든 이도일이 덧붙였다.

"이제 지문의 주인을 찾는 일만 남았군."

"어떻게?"

이아린의 물음에 이도일이 곽 전무가 있는 옆방을 가리켰다. 그리고 실리콘이 든 비닐봉지를 한 손에 들고 그곳으로 향했다. 사무실에 있던 곽 전무는 모니터를 바라보고 있다가 시선을 돌렸다.

"역시 기대했던 대로군."

"이제 금고에 지문을 찍었을 거 같은 사람들의 지문을 확인할 차례입니다. 그건 곽 전무님이 도와주셔야 할 거 같습니다."

"어떻게 하면 되지?"

곽 전무의 물음에 이도일은 뒤따라서 들어온 이아린을 바라봤다.

"용의자들을 한자리에 모아 주십시오."

"모은다고?"

"네. 그들의 지문을 일일이 확보하려면 시간이 너무 오래 걸립니다. 그러니까 한자리에 모아 놓고 물컵 같은 걸로 지문을 한꺼번에 확보해야 합니다."

이도일의 얘기를 들은 곽 전무가 고개를 끄덕거렸다.

"좋은 방법이군. 수요일 날에 관련자들을 모아서 회의를 열도록 하지."

"알겠습니다. 그때 확보한 지문들을 확인하겠습니다."

얘기를 마친 이도일이 돌아가려고 하자 곽 전무가 입을 열었다.

"그 지문은 내가 보관하고 있어도 될까?"

몸을 돌린 이도일이 대답했다.

"실리콘끼리 붙어 있어서 잘못하면 망가집니다. 제가 보관하고 있다가 굳으면 떼어 내서 가져오겠습니다."

"자네를 못 믿는 건 아니지만, 여기에 보관하고 있는 게 안전할 거 같아서 말이야."

딱 잘라 말하는 곽 전무를 향해 어깨를 으쓱거린 이도일이 비닐에 싸인 실리콘을 건넸다. 조심스럽게 건네받은 곽 전무가 그 것을 자신의 책상 서랍에 넣었다.

"수고했네. 모레 회의가 끝나는 대로 참석자들의 지문을 확보해서 알려 주지. 그때 마무리를 지어 주게."

"회의가 열리는 곳 바로 옆에서 대기하고 있다가 바로 지문을 채취하겠습니다. 과정을 모두 영상으로 담아 주십시오."

이도일의 요구에 곽 전무가 어깨를 으쓱거렸다.

"알겠네. 회의가 잡히면 비서를 통해서 알려 주지. 잘 가게."

인사를 한 이도일은 이아린의 배웅을 받으며 밖으로 나왔다. 유리문을 지나 복도로 나온 이아린이 초조한 표정을 지었다. 그 걸 본 이도일이 물었다.

"왜 그렇게 불안해하는데?"

"그냥, 느낌이 안 좋아."

"4년 전처럼?"

"응."

때마침 엘리베이터가 도착하자 안에 탄 이도일이 물었다.

"그때처럼 할까?"

엘리베이터 문이 닫히기 직전 그녀가 가볍게 고개를 끄덕거렸다.


이틀 후 수요일, 이번에도 사내 메신저를 통해 보고를 하라는 곽 전무의 연락이 왔다. 최 과장은 선선히 보내 줬고, 결재판을 옆구리에 낀 이도일은 7층으로 올라갔다. 복도에서 기다리고 있던 이아린이 가볍게 인사를 했다. 엘리베이터에서 내린 이도일이 물었다.

"회의는?"

"시작했어."

유리문을 열고 들어선 그녀가 빠른 걸음으로 회의실 쪽으로 걸어갔다. 그리고 그 옆에 있는 작은 방으로 이도일을 데리고 들어갔다. 그곳에선 회의실의 내부 모습이 보였다. 곽 전무가 보고서에서 언급한 용의자들이 모두 앉아 있었는데 그중에는 모홍주도 있었다. 그들 앞에는 투명한 유리컵이 하나씩 놓여 있었다. 모니터를 보던 이아린이 말했다.

"왼쪽에 있는 장도진 실장이 1번, 그 옆에 백영섭 팀장이 2번이야. 컵 바닥에 스티커로 번호를 붙여 놨어."

"물컵에 손을 안 대면?"

"물컵을 가운데 놓고 옆에 보고서를 놨어. 물은 안 마셔도 옆으로 움직여야 해."

그녀의 말이 끝나기가 무섭게 모홍주가 보고서를 펼쳐 보기 위해 물컵을 옆으로 옮겼다. 그걸 본 이아린이 말했다.

"일곱 명이 전부 물컵을 만졌어."

잠시 후, 비서들이 들어와서 물컵을 치우고 커피를 놨다. 비서들은 모두 장갑을 껴서 지문이 묻지 않도록 했다. 잠시 후, 비서

들이 물컵을 가지고 방으로 들어왔다. 그리고 테이블에 붙어 있는 번호 위에 물컵들을 올려놓고 나갔다. 바로 옆 테이블에는 이틀 전에 이도일이 금고의 지문을 채취할 때 밀폐 용기와 파이프로 만들었던 것과 비슷하게 생긴 것들이 놓여 있었다. 물컵을 씌울 수 있는 투명한 플라스틱 원통에 구부러진 파이프가 있었고, 아래에는 작은 캔들이 붙어 있었다. 장갑을 낀 이아린이 순간접착제들을 부은 다음 캔들 라이터로 아래쪽을 달궜다. 순간접착제가 기화되면서 물컵 표면에 있던 지문들이 선명하게 드러났다. 이도일은 휴대폰을 꺼내 하나씩 사진을 찍고는 이아린을 바라봤다.

"실리콘으로 지문도 직접 확보할 거야?"

"전무님 지시 사항이야. 직접 챙기라고 해서."

미묘한 표정을 짓는 이아린을 본 이도일이 씩 웃었다.

"이제 내 일은 끝이군."

그때, 용의자들이 모여 있는 회의실에 곽 전무가 들어와서는 다짜고짜 벽에 설치된 모니터를 켰다. 그 화면을 본 이도일의 얼굴이 굳어 버렸다.

"무슨 짓이지?"

곽 전무가 모니터로 보여 준 것은 침입자가 금고 문을 열려고 시도하는 영상이었다. 그걸 본 참석자이자 용의자들은 깜짝 놀라는 모습이었다. 이도일이 이아린을 바라봤다.

"무슨 의도야?"

"나도 잘 모르겠어. 아직 지문 대조도 안 했는데?"

영상만 보일 뿐 목소리는 들리지 않아서 어떻게 돌아가는지 완벽하게 알 수는 없었다. 하지만 다들 머리를 감싸 쥐거나 곽 전무를 향해 화를 내고 소리를 치는 모습이었다. 그걸 본 이도일이 중얼거렸다.

"누구나 범인이 될 수 있다."

"뭐라고?"

옆에 있던 이아린의 물음에 이도일이 모니터를 가리켰다.

"곽 전무의 의도가 뭔지 알겠어. 용의자들의 지문을 확보했으니까 그 지문을 금고에 찍을 수 있잖아."

이도일의 얘기를 들은 이아린이 지문이 선명하게 드러난 물컵을 바라봤다.

"그렇긴 한데, 너무 서두르시는데? 보통은 다 준비된 상태에서야 터트리는 분인데 말이야."

이아린의 대답에 이도일은 고개를 돌려 벽에 있는 디지털 벽시계를 바라봤다. 시간 위에 찍힌 날짜와 요일을 본 그가 중얼거렸다.

"월요일 날 지문을 떴고, 용의자들을 모은 회의가 수요일인 오늘 열렸고, 곽 전무가 얘기한 중요한 회의가 내일이네."

곽 전무가 모니터 화면을 다시 바꾸는 게 보였다. 거기에는 이도일과 이아린이 지문을 채취하는 모습이 찍혀 있었다. 그걸 본 이도일이 중얼거렸다.

"저건 또 언제 찍은 거야?"

곽 전무가 화면을 가리키면서 얘기하자 다들 표정이 굳어졌다. 그걸 유심히 바라보던 이도일이 얼굴을 찡그렸다.

"날 이용해 먹었군. 왜 경찰을 부르지 않았는지 알겠어."

"왜?"

"회사에서 셜록 홈즈라고 불리는 내가 증거를 확보했다고 말하고 있잖아. 제삼자들은 내가 이해관계가 없으니까 객관적이라고 생각할 거고, 지문을 채취하는 영상을 확보했으니 증거도 충분하잖아."

이도일의 얘기를 들은 이아린이 어처구니없다는 표정을 지었다.

"그러니까 널 이용해서 용의자들을 협박하려고 한 거야?"

"내일 무슨 회의가 열리는 거지?"

주저하던 이아린이 입을 열었다.

"회장님이 참석하는 긴급 수뇌부 회의."

"미국에 계시잖아, 전시회 참석차."

"내일 아침 첫 비행기로 귀국하셔, 회의에 참석하러."

"얼마나 중요한 회의인데 그래?"

이도일의 물음에 주저하던 이아린이 대답했다.

"일본 사누가와를 합병하는 문제."

"뭐라고? 사누가와면 얼마 전까지 우리랑 지적 재산권으로 소송하던 회사 아니야?"

"맞아. 덕분에 법무팀 직원들이 많이 늘었지."

"소송은 다 끝난 건 아니야?"

사누가와는 한때 잘나가던 전통 있는 일본의 전기 자전거 회사였다. 하지만 현성 SV에게 밀리고 중국 브랜드의 저가 공세에 치이자 소송이라는 카드를 꺼냈다. 터무니없는 꼬투리를 잡아서 자신들의 지적 재산권을 침해당했다고 소송전에 나선 것이다. 불법 복제를 했던 중국 브랜드들은 협상을 하고 보상금을 지급했지만 자체 기술로 개발을 했던 현성 SV는 소송전을 택했다. 그래서 지난 몇 년간 일본과 한국을 오가면서 소송전이 벌어졌다.

워낙 민감한 문제라 법무팀이 대규모 확충이 되었고, 온갖 소문들이 떠돌았다. 지난달에 한국에서는 현성 SV가 승소했고, 일본에서는 사누가와가 이겼다. 물밑에서 타협을 할 것이라는 예측이 직원들의 술자리에서 오갔지만 아예 합병을 택할 줄은 몰랐다. 모니터를 바라보던 이아린이 말했다.

"이번에 타협한다고 해도 다시 소송을 하게 되면 어떻게 될지 몰라서 말이야. 큰 비용이 들긴 하지만 아예 회사를 사들이면 번거롭지 않잖아. 물론 사누가와에서 엄청 비싼 값을 부르긴 했지만."

이아린의 얘기를 들은 이도일이 쓴웃음을 지었다.

"소송이 벌어질 싹을 아예 자르겠다는 얘기로군. 사누가와 정도 아니면 지적 재산권으로 소송할 회사는 없으니까."

"애초부터 사누가와에서는 그걸 노리고 소송을 한 거 같아. 그 회사는 지금 일본에서도 점유율이 한 자리 숫자라서 말이야."

"의견은 어때?"

이도일의 물음에 이아린이 모니터를 바라봤다.

"곽 전무는 찬성하고 있어. 사실, 디자인에서 표절했다고 볼 수 있는 애매한 부분이 없는 건 아니니까. 하지만 곽 전무를 싫어하거나 견제하고 싶어 하는 쪽은 반대해."

"그렇겠지. 그 문제까지 풀리면 곽 전무는 날개를 달게 되는 셈이니까."

"사실 비율로 따지면 반대가 조금 더 많은 편이야."

"그리고 그 반대자들이 대부분 저기 모여 있군."

이도일을 따라 모니터를 보고 있던 이아린이 고개를 끄덕거렸다.

"특히 영업팀과 장도진 실장의 반대가 심했어."

"아무리 그래도 회장님의 큰아들을 건드리다니."

"몰랐구나. 선샹과의 합작 문제로 회장님이랑 심하게 틀어졌어. 소문에는 회장님이 호적을 파 버린다고까지 하셨대."

점점 거칠게 변해 가는 회의실을 지켜보던 이도일은 문득 한 사람에게 시선을 집중했다. 김선준 부장이 손으로 입을 막고 손목시계를 계속 쳐다보고 있었다.

"아린아, 화면 확대할 수 있어?"

"어느 쪽?"

"김선준 부장."

이아린이 리모컨을 들고 김선준 부장 쪽을 확대시켰다.

"지금 애플워치로 누구한테 전화를 하고 있는 거 같아."

"회의실에 휴대폰은 가지고 오지 말라고 했는데?"

"뒤져 본 건 아니잖아."

"사무실 앞에서 휴대폰을 걸긴 했어."

"하나 더 가지고 와서 전화를 하나 봐. 워치를 통해서 음성으로 지시하면 되니까."

"전화를 거는 건 가능하지만 내용을 얘기할 수는 없잖아."

이도일의 말에 반박하던 이아린이 입을 살짝 벌렸다.

"전화 자체가 신호일 수 있겠네."

이아린의 대답을 들은 이도일이 서둘러 밖으로 나갔다. 놀란 이아린이 따라 나왔다.

"어디 가?"

"계획대로 하자고. 나는 1층 로비에 있을게, 너는 지하 주차장으로 가."

"빠져나가는 사람을 찾자고?"

"응, 분명 회사 내에 있는 누군가에게 전화를 걸었을 거야. 아마 회사를 빠져나가라는 신호겠지."

엘리베이터가 있는 복도로 나간 둘은 서로를 바라봤다. 잠시 후, 7층에 멈춰 선 엘리베이터의 문이 열렸다. 먼저 탄 이도일은 1층과 지하 1층을 눌렀다. 1층에서 문이 열리고 밖으로 내린 이도일에게 이아린이 살짝 속삭였다.

"미안해."

"뭐가?"

"이런 일에 끌어들여서."

"범인부터 찾자고, 신나고 재미있잖아."

장난스럽게 웃은 이도일은 1층 로비로 나갔다. 사원증으로 체크하고 나가게 되어 있는 출입구를 지나 로비의 소파에 앉았다. 잠시 후, 이도일이 아는 누군가가 황급히 엘리베이터에서 내려서 출입구를 통과했다. 로비로 나온 그는 이도일과 눈이 마주치자 몹시 당황했다. 카톡으로 이아린에게 1층이라고 보낸 이도일에게 상대방이 물었다.

"보고 올라간 거 아니었어?"

"업무 진행 중입니다. 어딜 그렇게 급하게 가시려고요, 최 과장님?"

질문을 받은 최 과장이 현관 쪽을 바라봤다.

"어, 뭐를 좀 살 게 있어서."

소파에서 천천히 일어난 이도일이 앞으로 다가갔다.

"심부름은 항상 저나 말단 직원을 시키셨잖아요. 직접 움직이는 건 지난 2년 동안 단 한 번도 본 적이 없습니다만."

이도일이 다가오자 최 과장은 한 걸음 뒤로 물러났다.

"그러고 보니 지난주 금요일 날 야근을 하셨네요. 금요일은 무슨 일이 있어도 야근을 안 하셨는데 말이죠."

이도일의 추궁에 얼굴이 붉어진 최 과장이 화를 냈다.

"지, 지금 무슨 소리를 하는 거야?"

그러고는 재빨리 몸을 돌려서 뒷문 쪽으로 몇 걸음 옮겼다. 하지만 지하 1층에서 올라온 이아린이 앞을 가로막자 허탈한 표정을 지었다.

"왜 그러셨어요?"

이아린의 물음에 최 과장이 헛웃음을 지었다.

"12년째야, 내가 이 회사를 다닌 게. 그런데 아무도 나를 몰라주더군. 심지어 너희 같은 신입 사원들도 말이야."

최 과장의 대답에 이아린이 쏘아붙였다.

"그거야 존재감 없이 행동하셨으니까 그렇죠."

이아린의 말을 들은 최 과장이 이마를 긁으며 대답했다.

"그래, 이래서 내가 딴마음을 품은 거야."

분위기가 심상치 않은 걸 느낀 경비원들이 슬금슬금 다가왔다. 그러자 최 과장이 이죽거렸다.

"경찰도 아니면서 나를 잡을 수 있을 것 같아?"

이도일이 혹시나 하는 마음에 경비원들에게 멈추라는 손짓을 했다.

"맞습니다. 하지만 뒷문으로 나가시면 다시는 여기로 못 돌아올 겁니다. 그리고 삶도 엄청나게 바뀔 거고요. 가지 마십시오, 과장님."

최 과장은 이도일의 얘기를 듣고는 가볍게 코웃음을 쳤다. 그리고 몸을 돌려서 뒷문으로 나가 버렸다. 지켜보던 이아린이 휴대폰으로 곽 전무에게 보고하는 소리를 들었다. 이도일은 한숨을 쉬면서 넥타이를 살짝 풀었다.

폭풍 같은 일주일이 지난 후, 이도일과 이아린은 25층 옥상 정원에서 만났다. 벤치에 앉아서 음료수를 마시고 있던 이도일이 옆에 앉은 이아린을 바라봤다.

"기술개발팀은 괜찮아? 딴 부서는 난리가 났던데."

"우린 폭풍의 중심이잖아. 조용했지. 곽 전무님도 조용히 있었고."

일주일 동안 벌어진 일을 떠올린 이도일은 고개를 절레절레 저었다.

"장도진 실장이 천안 공장 책임자로 좌천되었어. 국내 영업팀은 아주 작살이 났고."

"최 과장은?"

"법무팀이 만나고 있대. 협조하면 최대한 처벌을 약하게 해 주겠다고 설득 중이라고 했어."

이아린의 얘기를 들은 이도일이 한숨을 쉬었다.

"진짜 최 과장이 하수인 노릇을 할 줄은 몰랐어. 따지고 보면 모든 조건에 부합하긴 했지. 카드 키도 쉽게 복제할 수 있는 위치였고 말이야. 그런데 왜 보자고 한 거야?"

"곽 전무님이 자기 대신 전해 달래. 도와준 건 고마운데, 자기가 원하는 방향은 아니었다고."

"뭘 원했는데? 범인을 잡는 게 아니었어?"

"그걸 미끼 삼아서 사누가와와의 합병을 반대하는 쪽의 입을 막고 싶었나 봐. 그런 사건이 벌어졌고, 조사 중인 상황인데 반대를 하면 범인이라는 걸 자백하는 거나 다름없으니까."

"그런데 내가 범인을 잡아 버려서 원하는 방향대로 흘러가지 않았다 이거야?"

"가뜩이나 사내에 적들이 많은데 이걸로 더 많은 원한을 사게 될 거라고 했어. 심지어 회장의 큰아들까지 날려 버렸으니까 말이야."

"결국 그 사람도 정의에는 관심이 없었군."

"곽 전무님이 원한 건 이기는 거야. 정의가 이기는 건 아니잖아."

"망할 놈의 사내 정치."

이도일이 가볍게 웃자 이아린이 씁쓸한 표정으로 말했다.

"어쨌든 도와준 건 사실이니까 올가을의 정리 해고 때는 제외시켜 주겠다고 했어. 하지만 이번 일을 발설하지 않는 조건이어야 한다고 했어."

이도일이 어깨를 으쓱거렸다.

"토사구팽당하는 줄 알았는데 나쁘지 않군."

이도일의 대답을 들은 이아린이 곧장 카톡을 보냈다. 그리고 짜증 나는 표정으로 말했다.

"이런 회사 생활을 꿈꾼 건 아니었는데."

"어디나 다 비슷한데 뭘."

"끝나고 맥주나 한잔할래?"

이아린의 물음에 이도일이 고개를 끄덕거렸다.

"좋지. 8시에 뒷문에서 봐."

가볍게 웃은 이아린이 이따 보자는 말을 남기며 자리를 떴다. 남은 음료수를 마시고 쓰레기통에 넣은 이도일도 벤치에서 일어 났다.

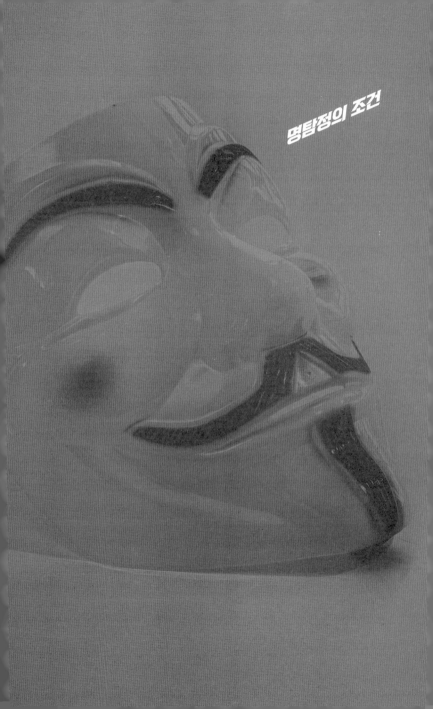

명탐정의 조건

## 공민철

2014년 한신대 문예창작학과를 졸업, 같은 해 한국추리작가협회 신인상을 받으며 작품 활동을 시작한다. 단편집 『시체 옆에 피는 꽃(2019)』, 연작 소설 『다감 선생님은 아이들이 싫다(2021)』를 발표했다. 작가 자신이 하나의 장르가 되는 것을 목표로 삼고 있다.

가장 좋아하는 명탐정은 히가시노 게이고의 소설에 나오는 가가 교이치로.

따뜻한 시선을 지닌 형사. 큰 키에 어깨가 넓고, 검도의 달인이다. 사건과 관련 없는 질문으로 수사를 하는 모습도 보이지만, 끝내 날카로운 관찰력으로 사건을 꿰뚫는다. 형사의 일은 단순히 범인을 검거하는 것을 넘어서 사람의 마음을 구원하는 일이라 생각하며, 모든 사건이 해결된 후에도 남겨진 이들의 마음을 어루만지기 위해 독자적으로 행동을 하곤 한다.

1

**[명탐정 도훈]** 2022년 4월 21일 유튜브 live

반갑습니다, 여러분. 오늘도 세상의 모든 미결 사건의 진상을 추리합니다. 명탐정, 도훈입니다.

오늘도 눈에 익은 아이디들이 많이 보이네요. 영상을 업로드하면 늘 가장 먼저 댓글을 달아 주시는 분들이시군요. 반갑습니다.

아직 많은 분이 오시지 않았네요. 100분 정도만 오셔도 시작할 생각인데, 조금 더 기다려 보도록 할까요. 제게 질문들이 올라오는데…… 아아, 지난번

N시의 그 연쇄 강도 사건 말이군요. 안 그래도 어제 새벽 범인이 잡혔다는 기사를 보았습니다.

어떻게 범인을 예측했느냐고요? 뭐, 그리 대단한 건 아니었습니다. 간단한 사건이었으니까요. 하지만 경찰에게는 참 곤란한 사건이었을 겁니다. 매주 수요일마다 범행을 벌이는데도 경찰은 손을 쓰지 못하고 있었으니까요. 언론에 공개된 정보는 범인이 복면을 쓴 키 175cm 전후의 남성이라는 것뿐이었죠. 이것도 피해자들의 목격 정보였고요.

범인은 복면을 쓴 채 혼자 사는 여성의 집에 침입합니다. 준비한 칼로 위협을 하며 스마트폰 화면 위에 글씨를 띄워 피해자들에게 금품을 요구했다고 합니다. 목소리를 내지 않은 거죠. 굉장히 조심스러운 사람이었습니다. 그리고 그 조심스러움이 제 눈에는 아주 특별해 보였죠.

1차 사건부터 4차 사건까지, 범행이 일어난 곳은 모두 제각각이었습니다. 가까운 곳에서 점차 먼 곳으로 범행 반경을 넓혀 가고 있던 것으로 보이기도 했죠. 범인은 주택가 구획마다 설치된 감시 카메라를 교묘히 피해 다닐 정도로 사건 현장 근방의 지리를 아주 잘 아는 사람이었습니다. 그래서 경찰은 인근 주민으로 생각하고 수사를 계속했던 것 같습니다. 다만 제 생각은 조금 달랐습니다.

그 영상의 결론을 제가 뭐라고 냈었는지 기억하시나요? 네, 범인은 오토바이 배달원일 확률이 높다고 했습니다. 범행 지역의 중심에는 제법 규모가 큰 식당가가 있었죠. 범인은 식당가를 중심으로 커다란 원을 그리며 범행 장소를 물색, 그리고 실행에 옮겼던 것이었습니다.

범인은 자신이 범행을 저질렀던 구획에서 다시 범죄를 행하지 않았습니다. 조심스러운 성격이 반영된 것입니다. 저는 지난 영상에서 범인의 직업과 5차 사건이 일어날 법한 몇몇 구획을 지목하며 영상을 끝마쳤습니다. 그리고 어떻게 되었죠?

네, 그렇습니다. 머지않아 경찰은 5차 범행을 벌이려던 배달원을 현장에서 검거하였습니다. 잠복 수사를 한 것이죠. 그게 바로 저의 지리 프로파일링이었습니다.

아, 경찰이 제 영상을 참고했을 것 같냐고요? 글쎄요, 아마 제 생각으로는 그렇지 않았을까 하는데, 여러분은 어떻게 생각하시나요?

그건 우연이라고 하시는군요. 수사 기관에서 발표하지 않았던 가능성을 제가 제시한다, 혹은 조사가 미비했던 부분을 파고들어서 그럴 것이라고 영상을 만들 뿐이다, 그렇게 말씀하시는 거죠? 그런 식으로라면 누구든지 추리를 할 수 있다고요? 인터넷에 올라온 다른 사람들의 글을 짜깁기를 했다라……. 흠음, 그렇게 보일 수도 있겠군요. 여기서 역으로 질문을 하나 드려보겠습니다. 여러분은 명탐정의 조건이 뭐라고 생각하시나요?

채팅창에 많이 올라오네요. 제가 따로 말씀을 드릴 필요도 없겠는데요. 잘 아시는 대로 기본이 되는 것은 역시 관찰력입니다. 관찰력은 단순히 보는 것만이 아닙니다. 시각을 포함한 오감을 모두 활용합니다. 보는 관찰뿐만 아니라, 맡는 관찰, 듣는 관찰, 만지는 관찰, 음미하는 관찰, 눈에 보이지 않는 것까지 놓치지 않고 알아내는 힘입니다.

다음으로는 탐정으로서 가장 중요한 논리적 생각 정리, 바로 추리력이겠죠.

사소한 단서부터 시작하여 가능성이 높은 추론을 쌓아 갑니다. 그렇게 사건의 거대한 진상으로 뻗어 나가는 거죠. 연역 추리라고 하죠? 제가 좋아하는 추리 방식입니다.

네, 말씀하신 대로 직관력도 중요합니다. 모은 정보만으로 순식간에 사건의 진상에 대한 심증을 갖습니다. 그리고 거꾸로 저의 직관을 뒷받침해 줄 나머지 증거를 찾아 나섭니다. 이 역시 제가 좋아하는 방식이죠.

앞서 말한 명탐정의 능력들은 단번에 주어지는 게 아닙니다. 저는 아주 오래전부터 끊임없이 훈련을 해 왔습니다. 거짓에서 참을 이끌어 낸다거나, 복잡한 문제를 구조화시킨다거나, 다양한 방법으로 가설을 검증한다거나 하는 저만의 생각의 도구들이 있고, 제가 올린 영상들은 전부 그 도구들을 활용해서 사건을 분석한 저만의 결과물입니다. 이 점만큼은 알아주셨으면 합니다.

애초에 저는 현장에서 뛰는 경찰이 아닙니다. 제가 가진 단서를 토대로 논리적인 가능성을 제시할 뿐입니다. 때문에 충분히 그러한 오해를 하실 수도 있다고 생각합니다. 저는 그저 수사관님들보다 제가 조금 더 빠르게 범인의 꼬리를 잡았다는 점에서 만족할 뿐입니다.

자아, 이 정도면 꽤 많이 모이셨군요. 그럼 이만 본론으로 들어가 보겠습니다. 공지에 올린 대로 제가 조사할 사건에 대해 이야기하고 싶습니다. 바로 어제인 20일 새벽에 있었던 유튜버 가십월드의 실종 사건입니다.

최초 언론에는 K모 씨라고 발표가 되었는데요. 가십월드, 다들 아시죠? 80만의 구독자를 보유한 대형 유튜버였고, 종종 곳곳의 인터넷 커뮤니티에 오르내리는 채널이었으니 여러분도 물론 잘 알고 계셨을 겁니다. 경찰은 목격자를 찾기 위해 실종된 그의 실명을 공개했습니다. 이름은 김성래, 서른여섯 살의 남성입니다. 김성래는 지난 4월 20일 새벽 1시, 라이브 방송 도중 괴한에게 피습을 당합니다. 약 3천 명의 구독자가 방송을 보고 있던 순간이었죠.

물론 잘 알고 계시겠지만, 가십월드 채널에 대해 짧게 소개하고 넘어가겠습니다. 가십월드는 말 그대로 유명인들의 가십을 다루며 사생활을 파헤치는 채널입니다. 해당 유명인의 온갖 과거, 루머를 가져다가 새로운 루머를 재생산해 내는 방식으로 말입니다.

저는 온갖 정보성 유튜브 채널을 구독하곤 시간이 날 때마다 찾아보고 있습니다. 명탐정의 또 다른 조건 중 하나, 명탐정에게는 박학다식한 지식이 필수 불가결하니까요. 하지만 이런 류의 채널은 결코 구독하지 않습니다. 개인적으로 그리 크게 흥미를 느끼지 못했거든요.

이 유튜버는 유명인의 구설수를 파고드는 부분에서는 천재적인 사람이었던 것 같습니다. 마치 탐정이 추리를 하듯 논리의 실을 엮어 베를 짜듯 이야기를 전개했죠. 타인의 은밀한 치부를 엿보고 싶은 심리, 그리고 유명인의 추락을 원하는 심리를 잘 자극합니다. 대중들이 어느 부분에 끌리는지 아주 잘 이해하고 있는 사람처럼 보였습니다. 그러니 구독자를 80만 명이나 보유할 수 있던 거겠죠.

또한 김성래는 최초라는 타이틀을 붙여서 여러 여성 방송인들의 치부를 드러내기도 했는데요. 아아, 채팅창에 말씀해 주시는군요. 맞습니다. 가장 알려진 것이라면 반년 전 여성 유튜버 피포 님의 성관계 동영상이 유출되었다는 사실을 알린 것입니다. 피포 님은 그 사실을 전면 부인했고요. 피포 님에 관한 것은 이따가 한 번 더 이야기를 나누도록 하겠습니다.

김성래는 자신의 신분을 철저하게 숨기고 있었는데요. 간단하게 같이 영상을 보실까요? 이 영상은 그날 사건이 일어난 순간입니다.

김성래는 은빛이 도는 가면을 쓴 채로 영상을 찍는 유튜버입니다. 보시는 대로 가면은 눈과 코의 일부를 덮고 있습니다. 얼핏 눈동자가 보이긴 하지만 이마 윤곽과 눈썹, 눈동자와 코까지 가려진 상태라 사실 얼굴을 식별하긴 어렵습니다. 음성 변조 프로그램을 사용해 목소리도 바꾸죠. 콧방울 부분부터 턱 아래까지 살짝 보이긴 하지만, 전체 얼굴을 그리긴 쉽지 않습니다.

그럼 이제 범행 장면으로 넘어가죠. 바로 여긴데요. 카메라를 보면서 이야기를 하고 있는 도중 뒤쪽의 방문이 스르르 열립니다. 검은색 오토바이 헬멧을 쓴 남자가 천천히 들어옵니다. 김성래의 뒤편에 서는군요. 보시면 김성래는 갑작스럽게 몸을 비틀어 뒤를 돌아봅니다. 아마 채팅창에 다급하게 올라오는 글을 읽은 듯 보이네요. 그리고 괴한이 휘두른 둔기는 김성래의 오른쪽 어깨에 떨어집니다. 그가 비명을 지르고, 다음 순간 괴한은 다시 한번 김성래의 머리를 내려칩니다. 마지막으로 카메라를 향해 둔기를 휘두릅니다. 그렇게 영상은 끝나 버립니다.

많은 사람들이 경찰에 신고를 한 듯 보입니다. 하지만 경찰은 김성래가 피습당한 현장을 그 즉시 찾아가지 못합니다. 어디인지 알 수 없었으니까요. 경찰이 김성래의 자택을 찾아간 시간은 같은 날 오전입니다. 사건이 일어나고 이미 6시간 정도가 지난 시각이었습니다. 아마 구글 측에 정보를 요청하고 회신을 받았을 것이라 생각됩니다.

현장에는 영상에서 본 대로 범인이 준비한 둔기가 남아 있었습니다. 그곳에 김성래의 혈흔이 있었던 것 같습니다. 자, 그리고 경찰이 공개한 이것이 김성래의 사진입니다.

갸름한 윤곽의 얼굴, 쌍꺼풀이 없는 눈매, 콧대가 뭉뚝하고 눈꼬리가 살짝 처져 있어서 날카로운 인상은 아닙니다. 좋은 사람이라는 느낌이 강합니다. 이런 사람이 가십거리를 다룬다니, 잘 어울리지 않는다는 생각입니다. 어떤 분이 채팅창에 아주 만만해 보인다고 하셨는데 정말이군요. 그런 그를 도대체 누가 습격한 걸까요? 그날 이후로 여전히 실종된 상태입니다.

김성래라는 사람에 대한 의구심이 드는 건 어쩔 수 없네요. 당연히 큰 소동이 일어났습니다. 김성래가 가십월드의 채널을 운영한다는 것을 아는 사람이 한 사람이라도 있었다면, 그 사람은 곧바로 경찰에 신고를 하지 않았을까요? 가십월드가 김성래인 것을 아는 사람은 단 한 명도 없었던 것일까요? 그는 스스로 고립되어 있던 걸까요?

김성래는 그날 첫 번째 유튜브 라이브 방송을 진행했습니다. 구독자가 80만 명이 넘는데도 말이죠. 구독자들이 많은 관심을 보였던 것도 그 때문인 것 같습니다. 아이돌 출신 배우 C군과 아나운서 출신 유튜버 K양의 불륜 사건에 대한 이야기를 했던 것 같군요. 얼마나 재미있었길래 이렇게 많은 사람이 보았는지……. 혹시 보신 분 계신가요? 그런가요? 내용은 그저 그랬다고 합니다.

그럼에도 그날 라이브 시청자 수가 아주 많았던 이유는 김성래가 이런 말을 했기 때문입니다. 아까 여러분이 피포 님에 대한 이야기를 했었죠? '최근 유튜버 피포 님에 대한 저의 잘못에 대해서 이런저런 말이 많더군요. 그에 대해서 오늘 라이브 방송이 끝날 때, 여러분께 놀랄 만한 일을 들려 드리도록 하겠습니다.'라고요. 이 말 때문에 구독자들도 많은 관심을 보였던 것 같습니다.

현재 김성래는 실종이 된 상태고요. 저는 오늘부터 사건이 해결될 때까지 범인을 추리해 보는 시간을 가지려고 합니다. 여러분도 함께해 주시길 바랍니다.

다시 김성래가 습격당할 당시의 영상으로 돌아가 보죠. 범인은 둔기를 오른손에 들고 있으니 아마 오른손잡이겠죠? 흠음, 그런데 이 부분은 뭘까요? 김성래가 갑자기 뒤를 돌아볼 때 움직이면서 책상을 건드려서 그런지 다소 김성래의 얼굴이 격하게 흔들리는 느낌이 있습니다. 김성래의 얼굴이 묘하게 뒤틀어지는 느낌이 있네요.

경찰도 분석을 했겠지만 지금 이 영상으로 알 수 있는 부분은 범인의 신장과 체형, 복장 정도네요. 오토바이 헬멧, 어두운 옥빛이 도는 재킷에 청바지를 입고 있고요. 집 안에는 운동화를 신고 들어왔군요.

화면이 깨지긴 하지만 확대해 보겠습니다. 혹시 범인이 입고 있는 복장의 브랜드를 아시는 분이 계신가요? 흠음, 확실히 제가 보기에도 특별히 어떤 유명한 브랜드는 아닌 것 같군요. 알겠습니다.

청바지는 꽤 오래 입은 듯 보입니다. 옆면에 세로줄이 생긴 것 보이시나요? 그러고 보면 청바지의 특이한 주름이 법정에서 하나의 증거로 채택이 된 사례가 있습니다. 이런 부분도 유심히 보셔야 될 듯합니다. 족적이 남았을지는 잘 모르겠습니다만, 사건이 일어나고 겨우 하루가 지났기 때문에 지금으로선 족적으로 범인을 특정하진 못할 것 같네요. 역시 용의자를 확보하고 대조를 하는 과정을 거쳐야겠죠.

화면으로는 잘 알 수 없지만, 김성래와 비슷한 키인 것 같습니다. 언론에서 공개한 김성래의 키는 173cm이니, 범인의 키도 그 정도로 보입니다. 지금으로서 알 수 있는 정보는 겨우 그 정도군요. 또 무엇이 있을까······.

2

소변에서 짙은 맥주 냄새가 났다. 어젯밤에 라이브 방송을 끝낸 후, 이것저것 생각을 하다 보니 한 캔만 마시려고 했던 것이 꽤 많이 마신 모양이었다.

사회에 도움 되는 일 한다고 착각하느냐는 둥, 이런 이야기는 누가 못 하느냐는 둥, 돈만 빨아먹으려고 한다는 둥, 채팅창에 올라오는 글들은 의식하지 않으려고 해도 역시 스트레스였던 것인가.

약 1시간 라이브 방송을 하는 동안 시청자들과 함께 이런저런 생각을 해 보았지만, 특별히 무언가 번뜩이는 부분은 없었다. 어쩔 수 없는 일이다. 채팅창에 그렇게 나에 대한 안 좋은 말이 오르는 것도 아주 조금은 이해할 수 있다.

이번 라이브 방송에서 김성래 실종 사건을 다룬다면 구독자수가 조금은 더 올라갈 줄 알았는데, 나의 '명탐정 도훈' 채널의 구독자 수는 여전히 5만 명이다. 어떻게 하면 더욱더 유명한 유튜버가 될 수 있을지 참 고민이 크다.

좋았던 부분만 생각하자. 주택가에서 일어난 연속 강도 사건의 범인을 잡은 것은 분명 나의 도움이 있었을 것이다. 왜냐하면 명탐정 도훈의 유튜브를 참조했냐는 몇몇 네티즌들의 물음에 경찰은 특별히 긍정도 부정도 하지 않았기 때문이다. 아니라면 확실히 아니라고 부정했을 것이다.

기사에 따르면 수사본부는 끝없는 잠복근무 끝에 범인을 검거했다고 한다. 마침 강도를 검거한 어제 수요일은 주변 경찰서에서 가용할 수 있는 최대한의 인력을 끌어모은 날이었던 것 같다. 그 많은 수사관 중 한 명이라도 내가 올린 영상을 보았고 잠복 작전에 참고를 했다면, 그건 나의 도움이 일부 들어간 것일 텐데. 경찰에서 한마디만 흘려 주어도 내 유튜브 구독자가 몇 배는 늘어날 텐데, 참 아쉬운 일이다. 고생한 만큼 보답이 돌아오면 참 좋으련만.

나는 식탁 위의 맥주 캔을 한곳으로 모으며 사건을 조사하던 날의 일을 떠올렸다.


네 번째 연쇄 강도 사건이 벌어진 다음 날인 4월 14일, 나는 사건이 벌어진 N시의 H동 주택가로 향했다. 계속되는 사건으로 주민들은 불안에 떨고 있었고, 언론에서는 점점 더 경찰의 무능함을 탓하고 있었다. 이런 때에 등장하는 것이 바로 명탐정이다. 사건을 해결하기만 한다면 유명해질 기회를 얻을 게 분명했다.

주택가에 도착한 나는 스마트폰을 켜서 지도를 확인해 보았다. 첫 번째 사건과 두 번째 사건이 일어난 곳의 거리는 불과 5km 정도인데, 세 번째 사건이 일어난 곳은 첫 번째 사건 현장과 15km나 떨어진 곳이었다. 반면 네 번째 사건이 일어난 곳은 직선거리로는 7km 정도였다.

범인의 동선이 점점 넓어지고 있다는 점만큼은 분명한 것 같았다. 다만 사건이 벌어진 정확한 현장은 알 수 없었다. 이 부분은 역시 물어보며 직접 찾아갈 수밖에 없었다.

"저는 지금 두 번째 사건이 일어난 현장으로 향하고 있는데요. 솔직히 범인을 특정할 만한 단서를 발견할 수 있을지 의문입니다."

물론 혼자서 중얼거리며 스마트폰으로 영상을 찍는 일도 잊지 않았다. 어떠한 장면이든 일단 찍어 놓으면 나중에 영상을 편집할 때 끼워 넣을 거리가 나올 수도 있다. 유튜브를 운영하며 생긴 참으로 번거로운 습관이다. 그렇게 큰 골목길로 접어들며 주변을 살피는데, 마침 길 반대편에서 나이가 지긋하게 들어 보이는 아주머니가 걸어왔다.

"안녕하세요, 어르신. 말씀 좀 물을게요. 요즘 이 동네에서 강도 사건이 일어나고 있잖아요? 혹시 가장 최근에 일어난 데가 어디쯤인지 아시나요?"

하지만 그녀는 인상을 팍 찌푸린 채 그런 건 왜 물어보냐며 역정을 냈다. 그녀뿐만이 아니었다. 길을 지나며 만나는 주민들에게 사건 현장의 위치를 물었지만 모두 나를 그리 달가워하지 않았다. 나는 그들의 표정을 관찰하며 깨달았다. 사람들은 생각보다 이 사건 때문에 크게 예민해져 있구나.

과연 정보를 얻을 수나 있을까. 절로 한숨이 나왔다. 하지만 그런 걱정도 잠시, 나는 인근 공원에서 개를 산책시키는 어느 여성에게 유성범이라는 사람에 관한 이야기를 들을 수 있었다.

"우리 동네가 얼마나 조용한 동네였는데 말이야. 어디 무서워서 살겠나. 그러고 보니 유 씨도 이것저것 알아보고 있던데……."

그녀뿐만이 아니라 주택가 안쪽으로 들어가며 사람들에게 사건에 대해 물을수록 그들의 입에 유성범이라는 남자의 이름이 자주 오르내렸다. 해결사처럼 주민들의 여러 가지 편의를 도와주는 남자. 그의 이미지가 점점 머릿속에 자리 잡혔다.

중간부터 나는 계획을 바꾸어 동네에서 유성범이라는 남자를 수소문하기 시작했다. 그는 이 연속 강도 사건의 범인을 잡기 위해 이곳저곳을 돌아다니고 있는 것처럼 보였다. 그렇게 열정적인 사람이라면 나에게도 무언가 정보를 줄 것 같다는 확신이 들었다.

그를 만난 것은 주택가 안쪽의 어느 카페였다. 나는 카운터에 팔꿈치를 올리고 기댄 채 사장과 대화를 나누고 있는 남자에게 다가갔다. 혹시 유성범 씨가 맞는지 물으려던 찰나, 그는 오히려 나를 보곤 눈이 휘둥그레졌다.

"당신은 혹시…… 명탐정 도훈?"

나는 너무 놀라 뒷걸음질을 치고 말았다. 내 유튜브 채널 이름을 말하며 나를 알아본 이는 처음이기 때문이었다.

나는 "맞습니다." 하고 아주 크게 목소리를 높였다. 한순간 나는 그가 눈부신 무언가를 본 듯 눈을 가늘게 뜨는 것을 놓치지 않았다. 그는 자신이 나의 아주 큰 팬이라고 말하며 두 손으로 악수를 청했다. 나도 두 손으로 그의 손을 맞잡았다. 구독자가 5만 명쯤 되니 이런 일도 생기는 것일까. 그는 내가 지난 4년간 올린 모든 영상을 다 보았다고 말했다. 나로선 아주 감사한 일이었다.

유성범의 나이는 아마도 마흔 후반 정도로 보였다. 참 묘한 눈빛을 지닌 남자, 그리고 건강하고 다부진 남자라고 생각했다.

"강도 사건을 조사하고 계신다고 주민분들한테 들었어요. 참 대단한 일을 하고 계십니다."

그는 손사래를 치며 그저 주민들이 걱정되어 수시로 동네를 순찰하고 있을 뿐이라고 말했다. 그러나 유성범은 분명 이 사건에 대해 많은 부분을 꿰고 있었다.

"사건은 전체적으로 몇 가지 공통점이 있어요. 범인은 택배가 왔다든가, 아니면 시청에서 용무가 있어서 나왔다든가 하며 접근해서 안에 있는 사람이 문을 열어 주면 다짜고짜 문을 밀치고 들어간다고 합니다. 그건 네 사건 모두 피해자를 혼자 사는 여성으로 특정하고 있기 때문이에요. 범인은 미리 혼자 사는 여성을 알아 두고 있었겠죠? 손발을 묶고 피해자를 결박하기는 했지만, 결코 피해자를 성적 착취하거나 해하지는 않았어요. 목적은 오로지 금품이죠."

그의 말을 들으며 나는 고개를 끄덕거렸다. 나 역시도 언론의 기사를 통해 파악하고 있는 내용이었다. 내가 그 말을 하자 그는 "역시!" 하며 감탄의 눈빛을 보냈다. 피해자 중에는 아주 젊은 학생도 있었는데, 그것만큼은 참 다행이라고 그는 진심으로 안도하는 듯 보였다.

"혹시 피해자들을 전부 만나 보신 건가요?"

"네, 그렇지요. 마음에 상처를 입었을 텐데, 위로해 드리고 싶었어요. 범인에 관한 이야기를 듣고 싶기도 했고요."

일일이 찾아가 보았다니, 오지랖이 대단한 사람이라고 나는 솔직히 생각했다.

"그럼 뭔가 알아내신 건 있나요?"

"아니요. 범인은 복면을 쓰고 있었고, 다들 너무 무서워서 제대로 보지도 못했나 봐요. 차라리 크게 저항하지 않아서 다들 무사했는지도 모르죠. 그게 제일입니다. 그것보다 지금 도훈 씨를 만나서 다행입니다. 제가 직접 발견한 게 있습니다.”

그는 들뜬 목소리로 말하곤 나를 공동 주택의 어느 현관문 앞으로 이끌었다.

“일로 와 보세요. 문 아래쪽에 작게 남겨진 표시 보이시나요?”

“붉은 유성 펜으로 브이 표시, 무언가 체크한 표시 같긴 한데, 이게 왜요?”

“이 표시는 얼마 전까지만 해도 없던 겁니다. 그리고 이 집에는 분명 30대 정도의 젊은 여자가 혼자 살고 있어요.”

유성범은 진지한 얼굴로 나를 보았다. 나는 고개를 갸웃했다.

“이건 범인이 남긴 표시일 가능성이 있다는 거네요?”

“모르죠. 다만 이 집뿐만이 아닌 다른 몇 군데에서 더 찾아냈습니다. 제가 알기로는 그곳 전부 여성 혼자 살고 있어요.”

그때 마침 옆집에서 머리가 하얗게 센 여성이 쓰레기봉투를 손에 들고 밖으로 나왔다. 유성범은 그녀를 보곤 반갑게 인사를 건넸다.

“아, 누님. 요즘 워낙 흉흉하잖아요? 혼자 지내실 텐데, 걱정되네요.”

그녀도 손을 흔들어 아는 체를 하며 우리 쪽으로 다가왔다. 유성범은 “그런데 저분 현관문에는 표시가 없긴 했습니다.” 하고 내게 이상하다는 듯 속삭였다.

그녀는 요즘 너무나 불안하다며 넋두리를 시작했다. 나를 제외한 두 사람의 대화가 길어지고, 특별히 할 말이 없던 나는 멍하니 그녀가 손에 든 쓰레기봉투를 살폈다. 특별히 일회용 플라스틱이 보이진 않았다. 나와는 확실히 다르다. 나는 쓰레기를 버릴 때 일회용 플라스틱을 한가득 버리니까. 왜냐하면 나는 유독 음식을 자주 시켜 먹으니……

순간 하얗게 번뜩이는 직관이 머릿속을 내달렸다. 현관문에 남겨진 체크 표시가 범인이 범행 대상을 고르는 표시라고 가정한다면, 체구가 아주 작고 마른 이 여성의 현관문에 그 표시가 없던 까닭은 무엇일까.

나는 스마트폰을 꺼내 지도 앱을 실행했다. 그리고 사건이 일어난 현장을 살핀 후, 중년 여성에게 "혹시 배달 음식 자주 드시나요?" 하고 물었다. 유성범과 대화를 나누던 그녀는 당황한 얼굴로 나를 잠시 쳐다보았다.

"……아뇨, 건강에 좋지도 않고, 그런 거 할 줄도 모르고요. 전 언제나 제가 해 먹어요."

그녀는 그것이 자부심인 것처럼 가슴을 펴며 답했다. 역시 그렇구나. 나는 내 안에서 조금씩 확신의 씨앗이 자라나는 것을 느꼈다.

다음 날인 15일, 나는 유성범과 함께 H동의 곳곳을 돌아다니며 남의 집 현관문을 확인했다. 그리고 16일 저녁, 'H동 연쇄 강도 사건의 다음 범행 장소는?'이라는 제목의 영상을 만들어 나의 채널에 업로드했다.

범인은 배달원일 가능성이 있다는 것, 범죄에 있어서 베테랑은 아니기에 다음 장소로 범행을 저지르지 않은 장소를 택할 것이라는 것을 말하며 H동 전체에서 범죄가 일어날 가능성이 있는 몇몇 구획을 지목했다. 내가 올린 영상은 구독자들에게 꽤 그럴 듯하다는 호평을 얻었다.

대신 영상에서 굳이 말하지 않은 부분도 있다. 현관문의 체크 표시가 발견된 장소를 힌트로 삼아 영상을 만들었다는 부분이다. 굳이 알릴 필요는 없었다. 왜냐하면 나는 현장에 나가는 것이 아닌, 오직 머리로만 사건을 해결하는 명탐정이고 싶으니까. 구독자들에게는 그런 식으로 보이고 싶으니까.

유성범과 함께 현관문의 체크 표시를 찾던 와중 나는 그에게 이런 건 경찰에게 먼저 제보해야 되는 게 아닌지 물었다.

"경찰보다 당신을 더 믿을 수 있으니까요."

문 아래쪽을 살피던 그는 고개를 돌리며 나에게 진지한 눈빛을 보여 주었다. 내 채널의 구독자여서 그런 것일까, 유성범은 지나칠 정도로 나를 신뢰하는 모습을 보였다. 괜히 민망해진 나는 "그럼 이제 아저씨도 저의 동료가 되어 주시죠."라고 말을 돌렸다.

"제게 그렇게 도움을 주시는 분들이 몇몇 있거든요. 다 저를 명탐정으로 만들어 주기 위한 동료들이에요. 앞으로 아저씨도 함께하실래요? 관찰력이 보통이 아니시니, 언젠가 다시 제게 꼭 도움이 될 것 같아요."

나의 말에 그는 아주 재미있겠다며 웃었다.

하루 종일 동네를 돌아다니며 나는 그와 참 많은 이야기를 나누었다. 큰 친밀감이 쌓인 것 같다. 그에게는 다시 감사 인사를 할 예정인데 약속은 언제로 잡으면 되려나…….

문득 초인종이 울렸다. 시계를 보니 오전 11시가 조금 지나고 있다. 점심 즈음 잠깐 들르겠다고 했는데, 벌써 온 것일까. 나는 심장 박동이 급격히 빨라지는 것을 느꼈다.

큰일 났다. 무엇부터 정리해야 하지? 일단 눈에 띄게 지저분한 것부터 치워야 한다. 하지만 눈에 들어오는 모든 곳이 지저분하다는 사실을 깨달은 나는 두 눈을 질끈 감고 생각했다. 아아, 이건 어쩔 수 없이 포기해야만 한다고.

급기야 쾅쾅쾅, 하고 현관문을 손으로 두드리는 소리가 집 안에 울렸다. 나는 서둘러 현관으로 나갔다. 명탐정이 되는 조건 중 하나, 그것은 바로 인맥이다. 각 분야 전문가의 의견은 탐정이 수사를 해 나가는 데 가장 필수적인 것이다. 그리고 나에게는 그 무엇보다 중요한 인맥, 수사의 전문가가 있다.

현관문을 열자 한 여성이 못마땅한 표정으로 나를 마주했다.

나는 그녀의 손에 든 반찬통을 받아 들며 나의 누나, 강도연을 향해 헤실헤실 웃어 보였다.

"누나, 고마워. 잘 먹을게."

부엌으로 향한 나는 식탁 위에 반찬통을 올려놓으며 재빨리 식탁 위의 맥주 캔을 부엌 바닥으로 옮겨 놓았다. 괜한 잔소리를 하나 더 늘릴 필요는 없다.

거실로 들어온 누나는 소파 위에 쌓여 있는 옷가지를 보며 깊은 한숨을 내쉬었다. 내일 누나가 올 것을 알고 있으면서도 청소를 하지 않은 것은 모두 어제 방송의 악플러 때문이다. 괜히 나를 기분 나쁘게 만들어서 술이나 마시게 하다니.

"도훈이 너, 집 꼴이 이게 뭐니. 적어도 빨래는 하고 살아."

"뭐긴, 나는 원래 이러고 사는 거 잘 알잖아."

타인의 눈에는 상당히 지저분해 보일 수도 있지만, 내 집에는 모든 것이 내 생각대로 그 자리에 있다. 즉, 내가 가장 창의력을 발휘할 수 있는 공간이다. 그 이야기를 하자 누나는 기가 찬다는 듯 헛웃음을 지었다.

"이걸 다시 입는 거라고? 그래, 네 마음대로 해라."

널브러진 옷을 하나하나 걷어 가던 누나는 옷가지를 다시 소파 위에 던져 놓았다. 그리고 허리를 굽혀 손바닥으로 바닥을 쓸었다.

"먼지가 이게 뭐야, 도대체! 이건 또 뭐야? 꽃잎?"

"어, 그건 뭐야?"

"네 집 바닥에 뭐가 있는지도 모르는 거니?"

누나는 손을 비벼 먼지를 털어 내며 보란 듯 한숨을 내쉬었다.

"도훈이 너 아직도 백수잖아. 언제까지 집에서 이렇게 놀기만 할래? 적어도 청소라도 해야 되는 거 아니야?"

누나가 작정하고 잔소리를 퍼붓기 시작한다. 이제는 내가 가만히 들어 줘야 할 시간이다. 사실상 내가 생활하는 돈도 전부 누나가 주고 있는 처지라 나는 무어라 큰 목소리를 낼 수 없다. 경찰인 친누나. 명탐정과 가까운 경찰이라면 탐정의 더할 나위 없는 조력자가 되어 주겠지만…….

"너 아직도 탐정 놀이 하고 있더라. 이제 그만 좀 해. 벌써 스물여덟이잖아. 제대로 된 직업을 갖고, 결혼할 상대도 찾고 그래야 하지 않겠어?"

누나는 결코 나의 편이 되어 주지 않는다.

"에이, 누나. 알잖아, 나는 여기서 절대 그만 못 두는 거. 그리고 나, 백수 아니야."

"돈을 못 벌면 백수야."

"유튜브도 나름대로 수익이 나오는데?"

"얼마나?"

"15만 원 정도."

잘 나오면, 이라는 뒷말은 생략했다. 내 말에 누나는 기가 차다는 표정을 지었다. 취업이라느니, 결혼이라느니, 누나는 나보다 겨우 세 살 위면서 자꾸만 나에게 부모 노릇을 하려고 한다.

"그리고 누나는 자꾸 결혼 결혼 하는데, 누나도 결혼 안 했잖아. 지금 상대도 없지?"

싫은 부분을 건드렸는지 누나의 목소리가 살짝 떨리기 시작했다.

"나랑 너랑 같아? 나는 할 일이 있어."

"나도 할 일이 있어."

"네가 뭘 하는데?"

"누나랑 똑같은 일."

나의 말에 누나는 입을 다물었다. 나는 잠시 누나와 눈을 맞추다 입을 뗐다.

"……범인을 잡는 일 말이야."

누나는 한숨을 쉬며 이마를 잠시 짚더니 그 손으로 머리칼을 깊게 쓸어 올렸다.

"도훈아, 네가 무슨 범인을 잡아?"

"엊그제 H동에서 일어난 연쇄 강도 살인 사건, 내가 그 사건을 해결한 거나 마찬가지야."

"뭐어?"

나는 아마도 경찰이 내가 올린 유튜브 영상을 참고했을 것이라 말했다.

"무슨 소리야. 경찰이 네 유튜브 방송을 왜? 그리고 네가 맞힌

건 범인이 배달원이라는 것뿐이잖아?"

"응? 그건 어떻게 아는데? 누나 내 영상 봤구나."

"그래, 봤어. 봤긴 하지만……."

거기까지 말한 누나는 그냥 말을 말자며 고개를 저었다. 누나의 표정이 어두워져서 나는 조금 농담조로 분위기를 풀어 보려했다.

"그럼 내가 어제 한 라이브 방송도 봤겠네. 김성래 실종 사건 있잖아. 나 이번에는 그 사건 조사할 거야. 경찰 내부에서 괜찮은 정보를 들었으면 좀 알려 줘."

다음 순간, 소파 위의 옷가지들이 누나의 목소리와 함께 나에게 한 벌씩 날아들기 시작했다.

"경찰이, 일반인한테, 그걸, 말하겠니!"

누나의 말에 맞춰 네 벌의 옷을 차례차례 잡아 낸 나는 멋쩍게 웃을 수밖에 없었다. 하지만 나는 결코 멈출 수 없다. 누나가 아무리 화를 내더라도 말이다. 누나도 그 점을 잘 알고 있을 것이다. 우리는 서로를 잘 알고 있다. 나는 누나에게 미안하다고 말할 수밖에 없고, 누나도 결국 그런 나를 이해할 수밖에 없다는 것을.

3

오랜만에 배달 음식을 시켜 먹는 게 아닌, 내 손으로 직접 점심을 차려 먹었다. 그래 봤자 누나가 가져온 반찬을 그릇에 옮겨 담은 것뿐이지만, 확실히 평소보다 더욱 식사를 잘한 기분이 들었다. 어떤 반찬은 놀랍게도 엄마가 만들어 준 반찬 같다는 생각이 들었다. 직접 배울 기회도 없었을 텐데, 누나는 참 대단하다.

점심을 먹은 후, 빨래와 청소를 했다. 빨래를 널 때도, 청소기를 돌릴 때도, 나는 종종 옷가지에 붙거나 바닥에 떨어진 진분홍색 꽃잎들을 발견할 수 있었다.

지난 21일, H동은 내가 직접 운전을 해서 갔지만 범행 현장을 돌아볼 때는 유성범의 차를 얻어 탔다. 그가 지리를 잘 알고 있기 때문이었다. 내가 조수석에 타려고 하자 그는 웃으며 잠시만 기다려 달라 말했다. 조수석에는 커다란 꽃다발이 놓여 있었고, 그는 갓난아기를 안듯 조심스레 꽃다발을 안아 뒷좌석으로 옮겨 놓았다.

"꽤 크네요. 이거 혹시 진달래인가요?"

"네, 맞아요. 아주 예쁘죠."

"진달래 꽃다발은 처음 보네요."

"저도 이렇게 주문을 하기 전까진 몰랐습니다. 산에서나 보던 꽃이니까요. 매년 같은 곳에 부탁해서 만들어 달라고 합니다."

문득 그의 얼굴이 어두워졌다.

"매년이라면 혹시……."

"도훈 씨는 눈치가 빠르시군요. 딸아이가 아주 좋아하던 꽃이에요. 사실은 좋아하는지 좋아하지 않는지도 모릅니다. 그냥 딸아이가 진달래가 아주 예쁘다고 했던 기억이 나서요. 그래서 매년 이맘때 꽃다발을 들고 찾아간답니다. 하지만 올해는 가지 못했습니다. 딸도 이번만큼은 용서를 해 주겠죠."

더는 묻지 않는 편이 좋을 것 같아서 나는 말없이 조수석에 올랐다. 아무래도 그때인가. 청소를 하며 그의 쓸쓸한 표정을 떠올리니 나도 괜히 우울한 마음이 들었다.

이제 막 화장실에서 씻으려던 참이었다. 부엌의 식탁 위에 올려 둔 스마트폰이 울리기 시작했다. 잠시 뒤 확인할 생각으로 무시하려 했지만 한두 번이면 사라지는 메시지의 알람이 계속해서 울렸다. 나는 고개를 갸웃했다. 양치질만 마치곤 우선 화장실 밖으로 나왔다.

이미 지인들에게 많은 메시지가 온 상태였고, 유튜브 앱에서도 계속해서 알림이 왔다. 많은 사람들이 나의 유튜브 채널 영상에 댓글을 달고 있는 것이었다. 메시지와 댓글에 일일이 답장을 할 겨를도 없었다. 나는 지인 한 명이 보내 준 메시지의 링크를 타고 들어갔다. 스마트폰 화면 위에 어느 인터넷 신문 기사가 떠올랐다.

'유튜버 명탐정 도훈, 사건의 새로운 가능성을 제시하다.'

기사의 첫머리는 지난 4월 20일에 일어난 사건으로 시작되고 있었다. 아아, 엊그제의 연속 강도 사건이구나. 절로 마음이 흐 뭇해지려는 찰나, 나는 다시 미간에 힘을 주고 기사를 읽어 내렸 다. 기사는 같은 날 새벽, 어느 주택가에서 일어난 화재 사건을 다루고 있었다.

맞아, 그랬다. 나는 혹시라도 무슨 단서가 될까 싶어서 김성래 실종 사건의 날짜인 4월 20일자의 사건 키워드를 여럿 검색해 보았다. 그리고 같은 날인 4월 20일 새벽 1시쯤, N시 H동의 어 느 주택가의 창고에서 화재가 일어났다는 사건 기사를 보았다. 물론 김성래의 사건과는 전혀 상관없을 듯하여 유심히 보진 않 았지만······.

나는 기자가 2년 전 올렸던 내 채널의 어느 영상을 링크해 둔 것을 보았다. 어느 지방의 산간 도로에서 일어난 자동차 시체 소 실 사건에 관한 것이었다.

[2014년 4월 11일, 한적한 어느 지방 도로에서 불에 탄 자동차가 갓길에 처박힌 채로 버려져 있었습니다. 사진에서 보다시피 이 장소는 잘 발견되기 어려운 곳 같습니다. 인근 마을 주민이 차를 타고 근처를 지나다 발견하여 신 고했다고 합니다.

이상한 점은 차량 내부입니다. 앞좌석의 조수석에는 피 묻은 칼 한 자루가 있었습니다. 지문은 발견되지 않았습니다. 그리고 뒷좌석에는 내부를 전부 흥건히 적실 정도로 혈흔이 가득했습니다. 또한 경찰은 자동차 트렁크에서 알몸인 채 사망한 10대 후반의 여성 A양의 시신을 발견합니다.

자동차는 불에 탔지만, A양의 시신은 거의 온전하게 보전되어 있었습니다. 이로써 범인이 A양을 살해한 후 트렁크에 넣고 자동차 내부에 불을 질렀다는 것을 알 수 있습니다.

경찰은 처음에는 현장의 혈흔이 A양의 것이라 생각합니다. 그러나 A양의 사인은 경부 압박에 의한 질식사였습니다. 누군가에게 폭행을 당한 흔적은 남아 있었지만, 여타 다른 자상은 없었습니다.

다시 화면을 보시죠. 뒷좌석의 모습입니다. 새카맣게 탔긴 했지만 보이시나요? 피가 시트를 타고 바닥까지 내려갈 정도입니다. 앞서 말했듯 누군가 아주 많은 피를 흘린 것입니다.

경찰은 가죽 시트 중 크게 훼손되지 않은 부분을 잘라 내어 감식을 진행합니다. 그리고 혈흔의 DNA를 확인한 결과, 혈흔의 주인이 B형의 남성이라는 정보를 알아냅니다. 이는 조수석에 놓여 있던 칼에서 발견된 혈흔과 정확히 일치했습니다.

다음으로 넘어가죠. 당시 A양은 치아 교정을 진행 중이었습니다. 그리고 경찰은 교정기 안쪽에 남은 어느 혈흔을 찾아냅니다. 감식 결과 이 혈흔 역시 차량 내부에 남은 B형 남자의 혈흔과 동일했습니다. 경찰은 A양이 이 B형의 남자에게 성폭행을 당하는 도중 남자를 물었고, 그 피가 교정기에 남게 된 것이라 판단합니다.

경찰은 차량의 소유주를 조회해 봅니다. 하지만 차는 소유주가 등록되어 있지 않았습니다. 소위 대포차라는 것이죠. 사실상 이 차량을 통해서는 아무것도 알 수 있는 사실이 없었습니다.

B형의 남자가 A양을 성폭행한 후 살해했다는 것은 틀림없습니다. 하지만 차량 내부에 남은 B형 남자의 혈흔은 어떻게 된 것일까요? 경찰은 제삼자에 의해 B형 남자 역시 살해당한 것으로 결론을 냅니다. 차량 내부에 남아 있던 혈흔의 양 때문이었습니다.

사건 현장에 남아 있는 혈액의 양은 사건 조사에서 사람의 생존 여부를 확인하는 아주 중요한 단서가 되는데요. 당시 경찰은 시트에 남아 있는 혈흔의 양을 측정합니다. 약 1200cc 정도의 혈흔이었습니다. 일반 성인의 혈액량은 약 4000cc입니다. 총 혈액량에서 3분의 1 정도만 빠져나가도 사람은 사망할 가능성이 크다고 합니다. 여기서 차 바닥에 남은 혈흔의 양까지 더한다면 2000cc 이상이 빠져나갔을 것이라 추정합니다. 즉, 이 B형의 범인은 이미 과다 출혈로 사망을 한 상황이라는 겁니다.

경찰은 또 다른 범인이 이 남자를 살해한 후, 자동차에 방화를 저지른 것이라 생각합니다. 하지만 그렇다고 한다면, 남자의 시체는 어디로 사라진 것일까요? 범인이 시체를 밖으로 데리고 나갔다고 생각할 수밖에 없지만, 범인은 어째서 그런 행동을 한 걸까요?

여기서 여러분은 시체가 없는 살인 사건이 가능한가에 대한 의문이 생길 것입니다. 하지만 실제로 그러한 판례가 몇몇 존재합니다. 이 사건 역시 차량에서 발견된 혈흔의 양이 치사량 이상이었기에 사체가 없는 살인죄가 적용되었습니다.

이 사건은 그렇게 미제 사건으로 남게 됩니다. 많은 부분이 가려져 있습니다. A양은 누가 죽인 것인지, B형 남자는 누가 죽인 것인지 알 수 없는 일입니다. 여기서 저는 새로운 가능성을 제시합니다. B형 남자가 살아 있을 또 다른 가능성입니다.

다시 한번 현장 사진을 보겠습니다. 경찰이 혈흔 감식을 위해 뜯어 간 부분은 뒷좌석의 시트뿐입니다. 차량 밑부분은 화재로 인한 훼손이 컸기 때문입니다. 그러나 거꾸로 범인은 이 부분을 일부러 남겨 둔 게 아닐까요? 경찰이 조사를 하도록 말이죠. 현장에는 혈흔이 가득했지만, 그건 과연 오로지 사람의 피뿐이었을까요? 10년 전 당시 차 바닥에 있던 건 동물의 피가 아니었을까요?

궁금증이 생긴 저는 어느 수의사님과 인터뷰를 진행했습니다.

'사람과 동물의 혈액을 섞으면, 사실 육안으로는 구분이 어렵죠. 이제 유전자형을 검출해야 하는데, 보통 실험실에서는 사람의 유전자형을 검출하는 키트를 사용하거든요. 저야 과학 수사가 어떻게 이뤄지는지는 모르지만, 혈흔을 채취하는 데 있어서는 그 키트만 사용했다면, 키트 안의 프라이머가 사람의 유전자에게만 달라붙기 때문에 자연스럽게 사람의 혈흔이라고만 생각할 가능성이 있긴 합니다. 동물의 혈흔을 구분해 내기 위해선 특정 동물의 특정 혈청을 사용해 비교 검사해야만 하니까요.'

잘 들으셨나요? 저는 범인이 자신의 피를 뿌려 놓고 과다 출혈로 사망한 척 위장을 했다고 생각합니다. 강간 후 살인을 한 자신이 누군가에게 살해당해 죽었다고 생각하길 바랐으니까요. 조수석의 칼 역시 마찬가지입니다.

물론 저 역시 경찰처럼 제삼자가 있었을 가능성도 부정하진 않습니다. 다만 제삼자는 남자를 살해한 범인이 아니라 공범자였겠죠. 채혈을 도와주고 현장을 꾸밀 수 있는 사람, 그리고 운전을 해서 함께 현장을 빠져나갈 수 있는 사람이 아니었을까요?

그래서 저는 당시의 과학 조사관들이 다소 안일한 수사를 했다고 말하고 싶습니다. 어쩌면 범인은 8년이 지난 지금도 살아서 저희들 곁에 머무르고 있는지도 모르는…….]

지금은 5만 명 정도의 구독자가 모인 덕에 라이브 스트리밍 위주로 유튜브 채널을 운영하고 있지만, 2년 전만 해도 내 채널의 구독자는 채 1천 명이 되지 않았다. 그때는 사람들의 주목을 끌 목적으로 흥밋거리 위주의 사건을 다뤘던 것 같다. 이 사건 역시 마찬가지였다. 미제 사건을 검색하다 이 소실 사건을 접한 나는 비어 있는 틈을 상상력으로 채우며 영상을 만들었다. 지금 돌이켜 보면 정말 되는 대로 말을 했던 것 같다. 그런데 지금 와서 이 영상이 어쨌다는 걸까?

나는 계속해서 기사를 읽어 내려갔다. H동 주택가 창고의 화재 현장에는 누군가의 혈흔이 남아 있었다고 한다. 그리고 이 혈흔은 같은 날 20일, 가십월드인 김성래의 집에서 발견된 혈흔과 같은 것이었다고 한다.

"뭐라고?"

나는 나도 모르게 미간을 찌푸렸다.

"그러니까…… 김성래는 자신의 집에서 습격을 당한 다음 주택가의 창고로 다시 옮겨졌다는 말이잖아?"

그렇게 말하지 않고는 설명이 되지 않았다. 그러나 다음 순간, 그럴 리가 없다고 머릿속에서 부정하는 나 자신의 목소리가 들려왔다. 화재가 일어난 시간은 약 새벽 1시 즈음이었다. 그리고 김성래가 라이브 방송 중 습격당한 시간 역시 새벽 1시였다. 눈이 아플 정도로 힘을 준 채 기사를 읽던 나는 기사의 본문을 내리던 엄지손가락을 멈췄다.

"경찰은 창고에서 발견된 혈흔이…… 지난 8년 전의 자동차 화재 소실 사건에서 발견된 그 혈흔과…… 유전자 정보형이 일치한다는 것을 발표했다……, 고?"

나는 기자가 내 영상을 링크로 걸어 둔 이유를 깨달았다. 8년 전 그 사건을 위장한 범인은 다름 아닌 김성래였던 것이다.

머릿속이 정리되지 않아 혼란스러운 와중 자꾸만 유튜브 앱에서 댓글 알람이 왔다. 나는 스마트폰 화면을 바꾸어 나의 유튜브 채널에 들어가 보았다. 화면을 갱신할 때마다 구독자와 영상의 조회수가 조금씩 오르는 것이 보였다. 구독자는 어느덧 10만 명을 넘어섰다.

나는 주먹을 불끈 쥐었다. 10만 명이라니, 실버 버튼을 받을 수 있다니!

기쁨과 동시에 김성래 실종 사건은 순서를 어떻게 구성을 하느냐에 따라서 아주 재미있는 영상을 만들 수 있을 것 같다는 생각이 들었다. 먼저 화재가 일어난 창고의 모습을 영상으로 담고 싶었다. 영상을 편집하며 곳곳에 끼워 넣으려면 일단은 그림을 찍어 놔야 했다. 어차피 오후에 유튜버 피포의 집을 방문할 예정이었다. 그녀는 우연하게도 H동의 주택가에서 지내고 있었다. 가는 길에 잠시 들르면 될 것이긴 한데…….

　김성래의 실종 사건을 접한 날, 나는 라이브 방송의 내용을 계획하면서 유튜버 피포의 이메일 주소로 메일을 보냈다. 내가 명탐정 도훈이라는 유튜브 채널을 운영하고 있다는 것, 그리고 현재 김성래의 실종 사건을 조사하고 있다는 것을 적었다. 김성래가 라이브 방송 도중 남긴 말도 그렇고, 어쩌면 그녀야말로 김성래에 관한 유의미한 정보를 가지고 있을지도 모른다고 생각했기 때문이었다. 그러나 그녀는 반년 가까이 방송 활동을 쉬고 있었고, 김성래에 관한 이야기라면 치를 떨지도 몰랐다. 연락이 닿지 않거나 나의 연락을 무시해도 어쩔 수 없는 일이었다.

　내 걱정과는 다르게 그녀는 곧장 회신을 해 주었다. 메일의 내용에 따르면 그녀는 지난 반년 동안 거의 모든 사람들과 연락을 끊고 지냈다고 한다. 그동안 인터넷은 전혀 하지 않았으며, 당연히 김성래가 피습당했다는 사실조차 모르고 있었다. 그것을 알게 된 것은 다름 아닌 경찰이 실종 사건의 건으로 자신을 찾아왔기 때문이라 했다.

잠깐만, 경찰이 찾아왔다고?

생각지도 못한 정보였다. 아무래도 그녀는 사건과 직접적인 연관이 있는 듯 보였다. 나는 다시 경찰과 나눈 이야기의 내용을 알고 싶다는 메일을 보냈고, 그녀는 자신의 연락처와 주소를 알려 주었다. 직접 만나서 이야기를 나누고 싶다는 것이었다.

그녀가 N시의 H동에 산다는 이야기를 들었을 때는 참 엄청난 우연이라 생각했다. 게다가 놀랍게도 그 창고를 소유한 이는 그녀의 이웃이었다. 철망 너머의 까맣게 탄 창고 건물을 바라보고 있자니 왠지 묘한 의심이 들기 시작했다. 이렇게까지 우연일 수가 있는 걸까?

나는 잘 떨어지지 않는 걸음을 옮겨 한 단독 주택의 초인종을 눌렀다. 지금은 그녀를 만나는 것이 먼저였다. 맑은 새소리 뒤에 [누구세요?]라는 낮고 음울한 목소리가 울렸다.

"안녕하세요, 피포 님. 저 오늘 통화했던 강도훈입니다."

[아, 오셨군요.]

곧 마당 안쪽에서 나타난 여자가 대문을 열어 주었다. 굳은 얼굴이었지만 그녀의 눈을 보며 나는 그녀가 아주 예쁜 사람이라고 생각했다. 다만 인터넷에서 본 사진과는 조금 달랐다. 다소 통통한 느낌이랄까. 하지만 눈을 사로잡을 만큼 미인인 것은 변함없었다.

그녀는 잠깐만요, 하고 대문 밖으로 목을 빼고는 도로를 유심히 살폈다. 어딜 이렇게 보는 거지? 나는 그녀의 시선을 따라 주변을 이리저리 살펴보았지만 무언가 눈에 띄는 것은 없었다. 문득 그녀는 입 모양만 움직여 '들어오세요.'라고 말했다. 나는 왠지 모르게 목을 움츠리며 집 안으로 들어갔다.

"특별히 내어 드릴 게 없어요. 죄송해요."

"아니에요, 피포 님. 이렇게 직접 초대까지 해 주시다니요. 정말 감사합니다."

우리는 거실의 소파에 마주 앉았다. 어쩌면 그녀는 나처럼 청소를 몰아서 하는 사람인지도 모르겠다. 집 안을 둘러보는 게 실례일 것 같아서 나는 되도록 그녀에게서 눈을 떼지 않으려 노력했다. 그녀는 괴로운 듯 눈썹을 찌푸렸다.

"밖에 나가기가 무서워서 그래요. 남들이 다 쳐다보는 것 같아서요. 사건을 조사하신다고 하니, 반년 전 저에게 어떤 일이 있었는지 탐정님은 다 아시겠죠?"

탐정님? 처음 듣는 호칭에 조금 얼떨떨했지만, 나는 얼른 고개를 끄덕였다. 유튜버 피포의 성관계 동영상 유출 사건. 그녀는 자신이 절대 아니라고 주장했지만, 세상 사람들은 그렇게 생각하지 않는 듯했다. 이럴 때 그럴싸한 말로 그녀를 위로해 주면 좋으련만, 솔직히 어떤 말을 해 줘야 할지 잘 알 수 없었다. 다행히도 그녀는 침묵을 깨고 계속해서 말을 이었다.

"오늘 탐정님을 뵙자고 한 건 그것 때문이에요. 저도 부탁드릴게 있는데…… 제게 물어보고 싶은 게 있다고 하셨죠? 그거 먼저 대답해 드릴게요."

나는 고개를 끄덕였다.

"피포 님은 김성래가 누군가에게 습격을 당했다는 사실을 경찰에게 처음 들으셨다고요."

네, 라고 답한 그녀는 21일 오전 두 명의 형사가 자신을 찾아왔다는 것을 말했다.

"그 전까지는 전혀 몰랐어요."

"그럼 피포 님은……."

내가 계속해서 그녀를 피포 님이라고 지칭하자 그녀는 한지은이요, 하고 자신의 이름을 말했다.

"아, 네. 지은 씨에게 형사들이 왜 찾아온 거죠?"

"제가 김성래한테 메일을 보냈대요. 당신이 과거 2014년에 저질렀던 범죄의 진상을 알고 있다고요."

"오호, 그래요?"

생각지도 못한 말에 나는 목소리가 높아졌다.

"실제로 보내신 건가요?"

"그럴 리가요. 말씀드렸다시피 반년 전부터 인터넷은 전혀 하지 않았어요. 핸드폰도 거의 매일 꺼 두었고요. 하지만 메일은 제 계정에서 발송되었어요. 누군가에게 해킹을 당한 거예요."

나는 메일이 발송된 날짜를 들었는지도 물었다.

"그건 석 달 전이라고 했어요. 저도 직접 들어가서 확인했어요. 1월 27일이라는 걸요. 그리고 그때 마침 탐정님에게서 메일이 왔어요. 그래서 답장을 드릴 수 있었던 거예요."

"아아, 그렇군요."

석 달 전이라면 확실히 계정이 해킹당했어도 그녀는 알 리 없다. 하지만 그녀의 말이 정말일까? 나는 천천히 한지은의 표정에서 무언가를 읽어 내려 애썼다. 거짓말을 하는 것처럼 보이진 않았다. 다만 석 달 전이라는 말을 하는 순간 그녀는 살짝 미간을 찌푸렸다.

"……지은 씨, 석 달 전에 무슨 일이 있었군요. 물어봐도 될까요? 혹시 사건과 관계된 거라면 듣고 싶은데……."

갑자기 그녀의 눈동자가 반짝반짝 빛나기 시작했다. 그녀는 보는 내가 아플 만큼 아랫입술을 깨물었다. 그리고 손목으로 눈가를 훔쳤다.

"그즈음부터 누군가가 저를 스토킹하기 시작했어요."

"스토킹이요?"

고개를 끄덕인 그녀는 괴로운 듯 잠시 말을 잇지 못했다.

"……경찰에는 신고했나요?"

"네, 한두 번 한 게 아니에요. 저는 계속해서 경찰을 불렀어요. 저를 보호해 달라고요. 하지만 제 이야기를 그냥 듣기만 한 게 전부예요."

"실제 피해가 일어났다면 경찰이 뭔가 조치를 했을 텐데요."

"……피해는 없었어요. 그저 제 느낌이었을 뿐이에요. 누군 가가 끊임없이 저를 지켜보고 감시하는 느낌이요. 그래도 분명…… 무언가 이상했어요. 어느 날은 대문에 이상한 붉은 표시도 되어 있었다고요."

"아아, 그건 스토킹과는 상관없는 거예요."

나의 말에 한지은은 문득 원망스러운 눈길을 보냈다. 나는 서둘러 손사래를 쳤다.

"아뇨, 그런 게 아닙니다. 최근 H동에서 여성을 대상으로 벌이는 연속 강도 사건이 있었어요. 그 표시는 그 범인이 해 놓은 거였어요. 그런데 걱정하지 마세요. 그 범인은 경찰에 현행범으로 체포되었으니까요. 아무튼 그런 느낌을 받기 시작한 게 석 달전이란 말씀이시죠?"

"그래요."

방금 말한 메일이 보내진 시기와 비슷한 것인가. 스토커가 연쇄 강도 사건의 범인일 가능성도 생각해 보았지만, 그 강도가 활개를 친 것은 요 한 달 사이이니 아닐 것이다. 그나저나 강도가 한지은의 집에도 표시를 해 두었다니. 그녀도 혼자 사는 여성이었다. 큰일이 없어서 다행이었다.

"하지만 경찰은 되레 저를 이상한 사람 취급했어요. 제가 그런

일 때문에 머리가 이상해진 것 같다고요. 그런 일이라니…… 저는 한마디도 꺼낸 적 없는데 경찰도 그걸…… 제 영상을 알고 있었던 거예요! 저는…….”

울분을 삭이듯 목소리에 힘을 주어 말하는 그녀 앞에서 나는 아무런 말도 할 수 없었다.

“저도 알아요. 제가 예민한걸요. 스토커가 없다는 것도…… 맞아요. 아마도 맞을 거예요. 하지만 저는 그런 일이 있었는걸요. 세상 모든 사람이 제가……, 제가 성관계를 한 동영상을 보았다고 생각하면 정말 미쳐 버릴 만큼 수치스러워요.”

주먹을 꽉 쥔 그녀의 손이 떨려 왔다.

“그건 지은 씨가 아니잖아요. 저는 영상은 안 봐서 모릅니다만, 지은 씨가 봐도 구별이 안 될 정도인가요?”

“네. 얼굴은 정말 깜짝 놀랄 정도로 저랑 똑같았어요. 제가 봐도 저 같았어요. 하지만 영상이 찍힌 장소, 그런 곳은 전 가 본 기억이 없어요. 그리고 영상 속 여자의 가슴께에 있는 점이 저한 테는 없어요. 게다가 그 여자는 옆구리에 화상 흉터가 있어요. 저는 그런 흉터는 없거든요. 뭣보다 그 영상은 아주 오래전에 촬영된 흔적이 있어요. 적어도 10년은 되었을 거예요. 그때면 제가 스무 살도 안 되었을 때일 텐데, 학창 시절의 저는 얼마나 뚱뚱했는데요. 그렇게 예쁘고 여리여리할 수가 없었다고요.”

거기까지 말한 그녀는 잠시 숨을 고르곤 목소리를 낮추었다.

얼굴이 고통으로 일그러졌다.

"사람들도 알고 있어요. 몸의 체형만 봐도 알 거예요. 하지만 믿어 주질 않아요. 그냥 내가 사라졌으면 좋은 거예요. 방송을 할 때도 채팅창에 찾아와서 온갖 성희롱 글을 남기고……. 그리고 저는 그들이 원하던 대로 다시 예전으로 돌아갔어요. 지금 제 꼴을 봐요. 반년 동안 밖에도 나가지 않고, 배달 음식만 시켜 먹고, 또 뚱뚱하고 볼품없어졌어요."

"지금도 충분히 예쁘신데요?"

내 말에 그녀는 말문이 막힌 듯 입만 뻐끔거렸다.

"……다시 게을러지기도 하고, 지금 이 방 꼴을 보세요. 쓰레기도 아무 데나 두고, 옷도 설거짓거리도 잔뜩 쌓여 있고……."

"혼자 사는 분들, 다들 이러고 살잖아요."

내가 살고 있는 아파트에 비하면 이 정도는 아주 준수한 편이었다. 그녀는 눈썹을 찌푸렸다.

"저한테 잘 보이시려고 거짓말하시는 거예요?"

나는 그녀에게 "제가 거짓말하는 것처럼 보이시나요?"라고 되물었다. 그녀는 아무런 말도 하지 않은 채 천천히 눈길을 떨어뜨렸다. 나는 나의 시선을 피하는 그녀를 잠시 바라보다가 입을 열었다.

"지은 씨, 저도 20대 초중반까지 집 안에만 틀어박혀 있었어요. 어떤 후회되는 날이 있었고, 그 순간을 기억하고 반복했어요. 매일 지옥 같은 그날의 일만 생각했어요. 하지만 저는 반드시 제 알을 깨고 나와야만 되었어요. 되고 싶은 게, 되어야만 하는 게 있었으니까요."

"그게 뭐였는데요?"

고개를 든 그녀는 진지한 얼굴로 물었다.

"명탐정이요. 명탐정이 되어야만 만날 수 있는 사람이 있어서요."

그녀는 이해가 되지 않는다는 듯 눈을 크게 떴다. 이해해 주지 않아도 괜찮다. 누군가에게 이해받고 싶은 건 딱히 아니니까.

"그래요, 명탐정 도훈. 도훈 씨는 탐정님이었죠."

문득 그녀는 무언가를 깨달은 듯한 눈빛으로 나를 보았다. 그리고 허리를 세우고 진지한 얼굴로 나를 마주했다.

"탐정님, 아까 제가 부탁이 있다고 했죠? 제가 정식으로 의뢰를 할게요."

"뭐라고요?"

생각지도 못한 말에 나는 자리에서 벌떡 일어나 그녀를 내려다보았다. 의뢰라니, 처음이었다. 맞다. 탐정에게는 늘 의뢰인이 있다. 이제 나도 진정한 의미에서의 명탐정으로 거듭나게 되는 것인가.

"그러고 보니 전에 어딘가에서 들은 것 같아요. 자격증을 따면 법적으로 한국에서 탐정 활동을 할 수 있다고요. 탐정님도 그런 거죠?"

나는 아아, 하고 힘없는 소리를 내며 그대로 소파에 주저앉았다. 그녀는 크게 오해를 하고 있었다.

"탐정님, 저한테 썬 누명을 벗겨 주세요. 많이 가진 건 아니지만, 돈은 얼마든지 드릴게요. 김성래는 없어졌지만, 그 영상을 만든 사람은 어딘가에……. 탐정님?"

나는 솔직하게 털어놓을 수밖에 없었다. 나의 말을 잠자코 들은 그녀는 실망한 기색을 감추지 못했다. 시시각각 변하는 그 얼굴을 보고 있자니 얼굴이 화끈거렸다.

"그러니까 탐정……, 도훈 씨는 그냥 유튜버인 거네요, 저랑 똑같이."

"네."

"자격증이 없어서 수사도 못 하는 그냥 유튜버네요, 아무것도 아닌 유튜버."

잠시 정적이 흘렀다.

"……하지만 명탐정이죠."

주먹을 쥐며 아주 자신 있게 말해 보았지만, 그녀는 깊은 한숨을 내쉬었다.

"저를 찾아온 것도 저랑 얘기한 것 전부 유튜브에 올리기 위해서인 거네요?"

부정할 수는 없었다. 나는 고개를 끄덕였다.

"당장 나가 주세요."

그녀는 소파에서 벌떡 일어나 현관문 쪽을 손가락으로 가리켰다. 나도 자리에서 일어났다.

"잠깐만요, 지은 씨. 지은 씨도 바뀌고 싶으신 거잖아요? 의뢰는 받겠습니다. 지은 씨가 제게 있어서 첫 번째 의뢰인이 되신다면, 제가 도와드릴게요. 뭘 어떻게 도와드려야 할지는 차차 생각해 봐야겠지만, 조금씩 바뀌는 정도는 도와드릴 수 있어요. 저도 아주 오랫동안 힘들었으니까요."

나는 그녀의 눈을 바라보며 진심으로 말했다. 우리는 서로를 빤히 바라보았고, 잠시 시간이 멈춘 듯한 착각이 들었다. 문득 그녀는 두 눈을 질끈 감으며 넘어지듯 소파에 앉았다.

"어이가 없어서 화도 안 나네요. 더 묻고 싶은 거 있으시면 대답해 드릴게요. 그러니 오늘은 그만 돌아가 주세요. 쫓아내는 거 아니라 힘이 빠져서, 쉬고 싶어서 그래요."

"감사합니다."

그녀가 마음을 바꾼 덕분에 우리는 조금 더 이야기를 나눌 수 있었다. 나는 형사들이 무엇을 질문했는지 물었다. 형사들은 김성래와의 관계, 법적 다툼 등을 집중적으로 물었다고 했다. 아무래도 경찰은 한지은도 용의선상에 올려놓은 것 같았다. 역시 그 메일 때문인 듯했다. 또한 형사들은 김성래에 대한 고소 건이 현재 어떻게 진행되고 있는지도 물었다. 그녀는 김성래 측을 고소한 상태였지만, 자세한 내용은 잘 알지 못했다. 변호사에게 전적으로 일임을 했다고 한다. 이 부분 역시 형사들이 그녀를 의심하기 때문에 한 질문 같다.

얻을 수 있는 것은 크게 없었다. 그녀는 정말로 사건에 대해 아무것도 모르고 있었다. 형사들도 얘기를 나눠 본 후 나와 같은 생각을 하지 않았을까. 다만 한지은의 집을 떠나기 전, 그녀가 마지막으로 해 준 어느 말이 가장 마음에 걸렸다.

"실은 20일 날 자정쯤 창밖에서 이상한 소리가 들린 것도 같아요. 저는 낮이랑 밤이 바뀌어 있어서 똑똑히 들을 수 있었어요. 형사분들도 아주 중요한 것처럼 제 이야기를 귀 기울였어요."

김성래가 피습을 당한 채 창고로 옮겨진 게 아니라면, 김성래는 이 근방을 찾은 것이다. 김성래를 움직이게 했던 것은 한지은의 계정으로 보내진 그 메일이 아닐까.

한지은의 집을 나온 나는 턱을 쓰다듬으며 옆집으로 걸음을 옮겼다. 까치발을 들고 창고가 있는 정원 안을 살피는데 마침 한 남자가 마당을 손질하고 있었다. 나이는 나보다 대여섯 살 많은 서른 중반 정도일까.

"저, 안녕하세요."

나는 목소리를 높여 그에게 인사를 건넸다.

"누구시죠?"

철망 가까이 다가온 남자가 나를 경계하듯 신경질적으로 물었다. 이야기를 듣기 위해선 솔직하게 말하는 편이 나을 것 같았다. 나는 내가 김성래의 실종 사건에 대해 조사를 하고 있다는 것, 유튜브 채널 명탐정 도훈을 운영하고 있다는 것을 말했다.

"아아, 이번에 연쇄 강도 사건을 해결했다는 그분이죠? 명탐정 도훈?"

"맞습니다!"

"영상 잘 봤어요. 이번에 구독도 했어요. 옛날에 있었던 사건도 맞히시고, 대단한 분이시던데요?"

다행히도 그는 아주 호의적으로 나를 대해 주었다. 이러면 사건에 대해 편하게 물어볼 수 있다. 나는 속으로 쾌재를 불렀다.

"유튜브 영상으로 쓰려고 자료 사진을 좀 찍고 싶은데, 혹시 창고 사진 좀 찍어도 될까요?"

"그럼요, 들어오세요."

그는 불이 난 창고에서 혈흔이 발견되었다는 부모님의 말을 듣고 걱정이 되어 직장에 휴가를 내고 한달음에 달려왔다고 말했다. 창고 안은 전부 새카맣게 그을려 있었다. 창고 앞에 선 나는 내부의 모습을 스마트폰에 담고선 남자에게 물었다.

"화재 원인이 얼어 있는 들깻가루라고 하던데, 이 창고는 평소에 많이 사용하나요?"

"여긴 창고면서도 저희 부모님이 작업실로 쓰고 있어요. 종종 드나드는 편이었겠죠. 아버지는 그 덩어리를 해동시킨 다음 햇볕에 다시 바짝 말릴 생각으로 이곳에 둔 걸 텐데, 설마 그런 사고가 날 줄은 몰랐겠죠, 아버지도."

그는 아버지가 아직까지 어머니에게 혼나고 있다면서 쓴웃음을 지었다. 혈흔에 대해서도 물으니 그는 도통 왜 그런 상황이 벌어졌는지 알 수 없다고 말했다.

"외부 사람이 이 창고를 마음대로 사용할 수 있을까요?"

"충분히 가능할 거예요. 창고는 자물쇠는 안 잠가 놨으니까요. 그리고 보시다시피 저희 집은 담장 대신 철망을 둘러 정원을 막았는데요. 이쪽으로 와 보세요."

그는 창고 뒤쪽으로 나를 이끌고는 철망의 한 부분을 가리켰다. 철망과 철망이 만나는 모서리 부분이었다. 직각으로 딱 붙어서 맞물려 있어야 할 그 가장자리가 꽤 많이 벌어져 있었다. 나는 다시 한번 스마트폰을 꺼내 현장의 사진을 찍었다.

"이거 더 움직이나요? 더 벌리면 사람 한 명 정도는 그냥 왔다 갔다 하겠군요."

남자는 경찰도 같은 이야기를 했다며 고개를 끄덕였다.

"어때요? 도움이 좀 되셨나요?"

범인이 이곳을 드나들었다는 것은 확실해 보였다. 얻은 것은 딱 그 정도뿐인 것 같았다. 하지만 그의 물음에 나는 큰 도움이 되어서 고맙다고 말했다. 이번에도 사건을 해결해 달라는 그의 말에 믿음직한 명탐정의 미소를 지어 보이면서.

**[명탐정 도훈] 4월 22일 유튜브 live**

새로운 분들이 계속해서 들어오시네요. 반갑습니다. 채팅창이 올라가는 속도가 확연히 다르네요.

네, 말씀대로 최근 유튜브 구독자가 10만 명을 돌파했습니다. 5만에서 바로 10만이라니, 감개무량합니다. 감사합니다. 더욱 열심히 추리하는 명탐정 도훈이 되겠습니다. 그럼 아까에 이어서 이야기를 해 보죠.

가십월드 김성래는 애초에 기획한 영상만을 올릴 뿐, 구독자들 간의 소통에 크게 관심이 있던 것 같진 않습니다. 종종 자신의 영상에 댓글을 달긴 했지만, 법적 분쟁에 휘말릴 가능성이 보였을 시 사과글을 올릴 뿐이었어요. 그런 사람이 지난 20일 처음 라이브 방송을 켠 것입니다. 이건 그에게 있어서 아주 큰 의미가 있었다고 생각합니다.

가십월드 방송을 보면서 김성래가 남을 저격하는 방식 중 하나를 분석해 봤습니다. 그는 기본적으로 다른 유명 인터넷 방송인들의 방송을 많이 찾아봅니다. 인터넷 방송은 아시다시피 웬만해선 무조건 생방송입니다. 말실수를 할 가능성이 굉장히 크죠. 설령 말실수가 아니라 하더라도 그 장면만 편집해서 어떻게 보여 주느냐에 따라서 그 사람이 말실수를 한 것처럼 보이기도 하고요.

김성래는 유명 인터넷 방송인을 따라다니면서 그 사람이 말실수를 한 부분만 자신의 입맛에 맞게 편집해서 저격하는 영상을 올렸습니다. 일부러 구설수를 만들기 전문이었죠. 그런 사람이 라이브 방송을 켰습니다. 그 라이브 방송은 무언가 그에게 의미가 있었다, 아주 커다란 목적이 있었다, 이렇게 봐도 되겠죠? 무엇보다 라이브를 시작하며 김성래는 방송의 말미에 무언가를 보여 주려고 한 듯한 뉘앙스를 풍겼어요.

여러분들도 다들 아시다시피 피포 님은 과거 오래전의 성관계 영상이 유출되어서 곤욕을 겪고 있습니다. 이 동영상의 존재를 최초로 알린 사람은 가십월드였습니다. 하지만 피포 님은 그런 영상을 찍힌 적은 단 한 번도 없다고 부인합니다.

실은 저는 오늘 유튜버 피포 님을 만나고 왔습니다. 채팅창의 많은 분들이 피포 님의 건강을 걱정해 주시는군요. 맞습니다. 정말 선한 분이라는 게 느껴졌습니다. 곧 건강한 모습으로 여러분의 곁으로 돌아오길 빕니다.

피포 님은 업체에 의뢰를 해서 영상의 최초 유포자를 찾으려고 했습니다. 하지만 결국 실패했다고 합니다. 다만 한 가지, 영상이 유출된 시점은 확실하게 특정할 수 있었다고 합니다. 그 동영상은 작년 8월 19일을 기점으로 급속한 속도로 공유되기 시작합니다. 그런데 같은 날, 가십월드의 채널에 스캔들을 폭로하는 영상이 올라왔습니다. 어떤가요? 이상하지 않나요? 김성래는 어떻게 그렇게 빨리 영상을 손에 넣은 후, 또 자신의 채널에 업로드를 할 폭로 영상까지 제작했던 걸까요. 피포 님 측의 변호사는 가십월드 측이 파일의 최초 유포자라 의심하였다고 합니다. 또한 성관계 영상이 만들어진 영상, 딥페이크 영상이라고 주장합니다.

그런데 피포 님 측의 주장대로 정말 이 딥페이크 영상이 가짜라면? 그런 의문을 던져 본다면 어떨까요? 저의 지인 중에 IT업계 관계자가 있어서요. 익명으로 인터뷰를 해 보았습니다.

[인공 지능의 딥러닝 기술을 활용하면 불가능한 건 아닙니다. 화질이 낮은 오래된 영상이기도 하고 꽤 오랜 시간 학습을 시킨다면 불가능한 것도 아니죠. 말씀하신 그분, 피포 님처럼 충분히 보일 수 있을지도 모르죠. 인공 지능이 사람의 얼굴을 인식하는 기술은 이미 오래전부터 상용화가 되어 있습니다. 하지만 사람의 얼굴은 표정이 다양하게 변하기 때문에 물론 자연스럽게 보이긴 쉽지 않습니다만……. 아, 당연히 인공 지능에게 학습을 시키는 기술은 그리 어렵지 않습니다. 하지만 아주 자연스러운 영상처럼 덧씌우려면 조건이 필요하긴 합니다. 인공 지능이 학습할 수 있는 대량의 데이터, 그리고 충분한 시간이 있어야 한다는 조건 말입니다. 그렇다면 이론상 가능하다는 거죠.]

전문가의 의견은 이렇습니다. 그리고 피포 님은 이미 인터넷 방송을 통해서 그러한 대량의 데이터를 송출했습니다. 벌써 5년 동안 꾸준히 방송을 해왔으니까요. 조건은 완성되었습니다. 몸의 주인이 누군지는 모르지만, 이 영상 위에 피포 님의 얼굴을 덧씌웠을 것입니다.

많은 사람들이 피포 님에게 그렇다면 아니란 것을 증명하기 위해 알몸을 보이라고 요구합니다. 하지만 그녀는 알고 있습니다. 이미 먹잇감으로 물린 이상 벗어날 수 없다는 것을요. 사람들은 믿어 주지 않을 겁니다. 몸의 특징적인 부분을 지웠다거나 바꾸었다거나, 그렇게 말하면 그만이죠. 대중은 그저 물고 뜯을 이슈가 필요할 뿐입니다.

그리고 그 라이브 방송 날, 김성래는 방송의 마지막 순간에 대해 언급했습니다. 무언가 커다란 반전을 보여 주려고 한 말투였죠. 게다가 김성래는 공지란에 피포 님과의 분쟁에 대해 계속해서 글을 써 왔습니다. 유튜브 커뮤니티에 잘 학습된 딥페이크가 씌워진 화면은 일반인은 결코 구분하기 힘들다는 이야기를 자주 언급했습니다.

여러분, 기사를 보셨을 겁니다. H동 주택가의 어느 창고에서 우연히 화재가 발생했습니다. 그리고 그곳에는 김성래의 혈흔이 남아 있었습니다. 하지만 그 시각, 김성래는 생방송을 하고 있었습니다. 이건 어떻게 된 일일까요? 범인은 김성래를 피습한 직후, 김성래의 시신을 H동의 그 창고로 옮겨 놓는다. 이렇게 생각하면 간단합니다. 하지만 차로 가도 30분 정도 걸리는 거리입니다.

여기서 여러분들께 물어보죠. 두 상황 중에 선행되는 상황은 어느 것일까요? 그렇죠. 피습을 당한 다음에 혈흔이 생겨야 정상이니, 생방송 도중 괴한에게 습격을 받은 게 당연히 먼저일 것입니다.

하지만 딥페이크 영상이라는 아주 작은 효모를 넣어 봅니다. 그리고 새롭게 부풀어 오르는 반죽을 한번 잘 살펴보죠. 상상력을 발휘해 보자고요. 순서가 바뀔 가능성은 있나요? 네, 정말 많은 분이 채팅창에 글을 올려 주십니다.

그날, 김성래가 딥페이크 영상을 이용하여 방송을 하고 있었다면, 다시 말해 방송을 하는 사람이 김성래가 아니었다면 창고 쪽의 혈흔이 먼저 생기는 상황이 발생할 수도 있습니다. 다만 그렇게 된다면 여기서 두 가지의 다른 가정을 해 볼 수 있습니다.

첫 번째로, 김성래는 창고에서 습격당했다. 그날 괴한에게 습격당한 사람은 당연히 김성래가 아니게 됩니다. 피해자는 두 명이 되는 거겠죠. 사실 몇몇 분들이 제가 어제 라이브 방송을 할 때 말씀해 주시긴 했거든요. 가십월드의 라이브 방송이 카메라의 화질이 깨끗한 데 반해 묘하게 프레임이 깨지는 것도 같다고요. 갑자기 고개를 돌리는 부분이 그렇습니다. 인공 지능이 미처 학습하지 못한 부분일 수도 있죠. 이런 점을 짚어 주신 분들이야말로 정말 대단한 관찰력의 소유자입니다.

김성래는 그날 딥페이크 영상을 통해 시청자들에게 진짜와 가짜를 구분할 수 있는지 없는지를 보여 주려고 했던 것 같습니다. 얼핏 보면 이것이 그날의 라이브 방송의 목적처럼 보입니다. 하지만 김성래는 그 순간, 조금 멀리 떨어진 H동의 주택가에 있었습니다. 김성래의 혈흔이 그걸 증명해 줍니다. 화재가 발생하지 않았다면, 그리고 혈흔이 발견되지 않았다면 이런 가정과 논증은 결코 해 볼 수 없었겠죠.

자, 사실 이 부분까지도 경찰은 이미 밝혀 냈을 거라 생각합니다. 경찰은 김성래의 자택을 수색하는 과정에서 컴퓨터를 확인했겠죠. 딥페이크 프로그램을 확인한 후, 김성래의 자택에서 생방송을 진행하던 이가 제삼자였다는 것을 아주 쉽게 알아냈을 것입니다. 그리고 김성래의 인간관계를 파악하며 김성래 주변의 실종 인물을 조사했겠죠. 그 사람이 피해자일 가능성이 높으니까요. 김성래의 메일을 확인해서 디지털 인간관계까지 샅샅이 파악했을 겁니다.

수많은 작품 속의 명탐정이 경찰을 싫어하는 이유가 여기 있습니다. 열심히 생각해서 알아낸 부분들을 경찰은 다소 쉽게 알아내니까요. 채팅창의 어느 분이 저를 비난하시는군요. 경찰은 자기 할 일을 하는 거고, 저는 그저 놀이를 하고 있는 거라고요. 하지만 저는 놀이가 아닙니다. 저는 언제나 최고의 명탐정을 꿈꿉니다.

그러니 이대로 경찰에게 뒤처지고 있을 수만은 없습니다. 지금부터 저는 경찰이 찾지 못한 두 구의 시체를 찾아보려 합니다. 여러분도 함께 생각해 주시면 좋겠습니다.

## 5

지나치다 싶을 정도의 단맛에 나는 나도 모르게 인상을 찌푸렸다. 반면 한지은은 포크를 움직여 다시 한번 큼지막한 케이크 조각을 입 안으로 가져갔다. 아까까지만 해도 깜짝 놀랄 정도로 뻘뻘 땀을 흘려서 이대로 탈수 증상으로 쓰러지는 게 아닐까 싶었는데 점점 긴장이 풀어지는 것이 눈에 보였다.

그녀에게서 의뢰가 왔다. 조금씩이라도 좋으니 밖으로 나오는 연습을 하고 싶다는 것이었다. 그 정도는 기쁘게 도와줄 수 있었다. 그녀는 불편할 정도로 챙이 큰 모자와 선글라스를 벗고 조심스레 주변을 살폈다. 카페의 손님이 우리 둘뿐이어서 그녀는 안심하는 듯했다.

"물어보니 이 시간대는 조용하다고 해요. 혼자서도 종종 와 보시면 될 것 같아요. 이렇게 하나둘 시작하는 거죠."

한지은은 작게 고개를 끄덕였다. 오랜만에 봐서 반갑다는 인사를 하고 싶다는 카페 사장님에게 나는 때가 될 때까지 아는 척을 하지 말아 달라고 신신당부했다. 그래야 그녀가 이곳에 자주 올 것이라고.

"참, 어제 방송 잘 봤어요."

문득 그녀는 그렇게 운을 떼었다.

"좀 다시 봤어요. 채널 운영을 4년이 넘게 하고 계시던걸요. 영상도 주기적으로 올리시고. 탐정놀이를 하시는 백수분인 줄 알았는데, 진지하신 분이셨군요."

누나랑 같은 이야기를 하다니, 나는 쓴웃음을 지을 수밖에 없었다. 그러면서 그녀는 김성래에 대한 이야기를 했다.

"그 사람이 벌을 받길 간절히 빌었는데, 누군가 제 대신 그런 짓을 해 줬네요. 저는 솔직히 그 사람한테 동정이 가질 않아요."

"충분히 이해합니다."

"고마워요. 어제 보니 말씀을 아주 잘하시던데요? 그래도 악플을 그렇게 받다니, 사람들 참 너무해요. 마음 많이 아프시겠어요."

그녀는 문득 슬픈 얼굴이 되었다. 나는 피식 웃고 말았다.

"저는 크게 신경 안 써요. 라이브 방송 할 때 채팅창의 글은 어쩔 수 없지만, 영상 댓글은 안 보면 그만이니까요."

게다가 꼭 그렇게 안 좋은 댓글만 있는 것은 아니었다. 자동차 화재 소실 사건의 영상에서는 잘 봤다는 댓글을 본 기억도 있다. 나에게 그 댓글을 남긴 사람의 아이디는 유성범이었는데, 혹시 내가 아는 유성범 아저씨와 같은 사람일까. 나중에 한번 넌지시 물어봐야겠다.

"그렇죠. 그건 저희 같은 사람들의 가장 중요한 미덕일 거예요."

그녀가 쓸쓸한 미소를 짓다 "지금은 뭘 하시는 거예요?" 하고 화제를 돌렸다.

"범인이 시체를 숨겼을 만한 곳을 찾아보고 있어요."

"시체요?"

그녀의 눈이 동그랗게 커졌다.

"그런 게 가능해요? 어떻게요?"

"어떻게 하냐면……."

나는 노트북을 돌려 그녀에게 화면을 보여 주었다. 지도 위에 화재가 일어난 창고와 김성래의 자택의 위치를 표시한 후, 이동할 수 있는 여러 가지 루트를 이어 보았다. 거리는 약 30km 정도 떨어져 있지만 어떤 도로를 이용하느냐에 따라서 시간도 많이 달라질 것이었다.

"표시가 되게 많네요. 이건 뭐예요?"

그녀가 손가락을 뻗어 지도 위를 가리켰다.

"요즘은 실시간으로 교통사고 정보나 도로 통제 정보, 도로 공사의 정보를 볼 수 있잖아요? 20일 새벽의 정보를 찾아서 적용 시켜 봤어요. 그리고 실시간으로 음주 운전 단속을 공유해서 경찰들을 피할 수 있는 어플도 있거든요. 불법이지만요. 그 정보도 넣어 봤고요."

그날 범인은 거리가 먼 두 도시, 창고가 있는 N시와 김성래의 자택이 있는 B시를 왕복했다. 반드시 차량을 사용했을 것이기에 그 루트만 파악한다면 동선 위의 CCTV에 차량이 찍혔을 것이다. 그리고 이 작업은 이미 경찰에서도 진행 중일 것이다. 나는 어쩔 수 없다는 쓴웃음을 지었다.

"조금이라도 도움이 될까 싶어서 한번 그려 보긴 했는데, 역시 안 될 것 같네요. 이 작업은 그만둬야겠어요."

"왜요?"

"주변에 산이나 강이 있다면 유기의 가능성이 보일 텐데, 여기 보세요. 두 도시 사이에는 그런 것도 없고요. 조금 먼 외곽으로 나간다면 가능했을 것 같기도 하지만, 동시에 찾아봐야 하는 범위가 너무 넓어져요. 최근에 지리 프로파일링을 해 보면서 조금 가능성이 보일까도 했는데, 역시 쉽지가 않아요. 애초에 범위가 너무 넓어요. 특히 20일 새벽은 연쇄 강도 사건의 범인이 현행범으로 잡힌 날이에요. 물론 범인은 오토바이 배달원이긴 했지만, 경찰은 수상한 차량은 전부 검문했을 거예요. 경찰이 곳곳에 진을 치고 있는 상황에서 범인은 그 감시망에 걸리지 않고 김성래의 집까지 갔어요. 천운이 있었던 거죠. 범인은 참 어려운 일을 해낸 거예요. 경찰이 어느 위치에 잠복했는지만 알아도 조금 수월하긴 할 텐데…….”

잠시 화면을 빤히 쳐다보던 그녀가 나에게 시선을 옮겼다.

“그건 쉽지 않나요?”

“네에?”

“저 라이브 방송이 끝난 다음에 봤거든요. 저희 동네에서 일어난 연쇄 강도 사건을 예측한 영상이요. 그 예측을 여기에 적용시켜 보면 되잖아요.”

“그건…… 예측일 뿐이지 실제랑은 다를 수 있어요.”

“그래도 사람들이 경찰이 도훈 씨가 올린 영상 보고 참고했을 거라고 댓글을 썼던데요? 실제로 그걸 보고 강도를 잡은 거 아닌가요?”

“그야 그렇다고 생각은 하지만…….”

그녀는 한번 해 보는 게 어떠냐고 계속해서 말했다. 왠지 직감적으로 느낌이 온다는 말을 한다. 나는 기운이 쭉 빠지는 것을 느꼈다. 느낌이라니, 지금까지 내가 해 온 것은 뭘까. 하지만 그녀는 무언가 대단한 발견을 한 것처럼 해맑게 웃었고, 오늘은 왠지 그런 그녀의 기분을 상하게 하고 싶지 않았다.

“한번 해 볼 수는 있죠.”

어차피 영상을 만들 때 사용했기에 파일은 완성되어 있었다.

나는 몇 번의 클릭만으로 현재의 지도 위에 연쇄 강도 사건의 지도를 덧씌워 보았다. 그러자 내가 먼저 그려 놓은 루트가 거의 전부 사라지는 것이 눈에 보였다.

어라? 이게 뭐지?

어떤지 묻는 그녀의 목소리가 귀에 잘 들어오지 않았다. 구불구불한 소로변을 계속해서 따라 빙빙 돌아가는 루트가 세 개. 심지어 두 루트는 인접 도시에 닿을 때까지 겹친다. 물론 범인이 실제로 이 길을 따라 차량을 움직였을지는 모르지만, 확실한 건 이 루트대로 간다면 적어도 경찰의 눈에는 띄지 않았을 것이다.

"어때요? 괜찮나요?"

그녀가 눈을 빛내며 물었다.

"아아, 그렇네요. 돌아가는 길에 한번 따라가 보는 것도 나쁘지 않을 것 같아요. 좋은데요? 지은 씨, 의뢰인이 아니라 제 조수를 하셔야겠는데요?"

나는 엄지손가락을 치켜 올리며 웃었다.

몸이 괜찮아진다면 혹시 방송을 재개할 생각이 있는지, 앞으로의 계획에 대해 그녀와 이런저런 이야기를 나누는 도중, 그녀의 표정이 갑자기 싸늘하게 굳어 갔다. 그녀는 옆에 놔둔 모자를 다시 푹 눌러쓰며 출입문 방향을 살폈다. 시선을 따라가니 반가운 얼굴이 보였다. 유성범이 카페 사장과 무언가 이야기를 나누고 있다.

"어? 성범 아저씨잖아?"

자리에서 일어서서 아는 척을 하려는데, 문득 한지은이 내 팔을 붙잡았다. 그 손이 파르르 떨리고 있었다.

"……저 사람이에요."

"네?"

"착각일 수도 있지만, 창밖을 보면 가끔 저 사람이 보이곤 했어요. 혹시 몰라요, 저 사람이 제 스토커일지도요."

그녀는 나에게 들릴 듯 말 듯한 아주 작은 목소리로 중얼거렸다. 한지은의 얼굴은 어느새 하얗게 질려 있었다.


조수석에 놓은 노트북 화면을 간간이 확인하며 천천히 차를 몰던 나는 문득 브레이크를 밟았다. 생각보다 그럴듯하다고, 나는 어느 인적 드문 공사장을 바라보며 생각했다. 내가 범인이고, 시체를 숨겨야 한다면 결코 발견될 리 없는 아주 익숙한 곳에 숨겼을 것이다. 하지만 범인에게 그런 상황이 닥치지 않았다면, 그날 새벽 범인이 익숙하지 않은 초행길을 달렸다면, 자정이 넘은 시각 길을 따라가다 시체를 숨길 만한 장소를 발견한다면 어떨까. 그곳이 여기라고?

간이로 세워진 철제 벽의 틈으로 공사장 안을 들여다보던 나는 지나가는 행인에게 잠시 이곳에 대해 물었다.

"아, 여기요. 여기 이렇게 방치된 지 거의 3년쯤 되었을걸요.

무슨 돈 문제가 있었던 건지……."

그렇구나. 시체를 숨길 만한 조건으론 충분해 보이긴 하다.

나는 몸을 낮추고 철제 벽 아래를 기는 모양새로 안으로 들어 갔다. 건물의 내부는 건물의 골조가 그대로 드러나 있어서 금방 이라도 무너질 것만 같은 착각이 들었다. 조금 무서운 기분이다. 하지만 뭘까? 이상한 기대감이 내 가슴속 밑바닥에서 점점 차오 르는 것이 느껴졌다.

설마, 혹시? 진짜, 정말로? 이렇게 간단히?

나는 점점 더 안쪽으로 들어갔다. 그리고 철근들이 난잡하게 쌓여 있는 어느 공간에 다다랐다. 철근 옆쪽에 무언가가 비죽 튀 어나와 있었다. 사람의 발. 한눈에 머릿속에 입력되는 그 단어가 너무나 낯설었다.

나는 천천히 철근 더미 근처로 다가갔다. 그곳에는 두 구의 시 신이 놓여 있었다. 한 명은 뉴스에서 본 그 얼굴, 김성래가 분명 했다. 나는 부들거리는 손으로 스마트폰을 꺼냈다. 손가락이 떨 려서 몇 번이나 오타를 낸 후에 겨우 라이브 스트리밍의 제목을 입력할 수 있었다.

**[명탐정 도훈] 4월 23일 유튜브 live**

안녕하세요, 여러분. 명탐정 도훈입니다. 저는 지금 N시와 B시 사이의 오래전에 공사가 중단된 어느 공사장 안에 들어와 있습니다.

여러분, 놀라지 말고 들어 주세요. 제가 김성래와 김성래의 대역을 맡은 사람의 시체를 찾았습니다. 그것도 경찰보다 먼저요. 제가 어떻게 추리를 했는지는 곧 영상을 만들어서 올리도록 하겠습니다.

지금부터 화면을 돌려 보겠습니다. 시신의 얼굴을 비출 테니 크게 마음의 준비를 해 주세요. 하나, 둘, 셋. 여기 김성래의 얼굴이 보이시나요? 계산해 보자면 사망한 지 나흘 정도 지난 시신입니다. 부패가 진행되고 있어 파리와 구더기가 꽤 보입니다. 다소 악취가 납니다만, 더 가까이에서 한번 살펴보도록 하죠. 바짓단에 무언가가 붙어 있는 것 같습니다만, 그 옆에는…… 어? ……이게 어째서 여기 놓여 있는 거지?

…….

………….

잠깐만……, 그렇게 된 거였다고?

6

**[명탐정 도훈] 4월 24일 유튜브 live**

안녕하세요, 명탐정 도훈입니다.

어제 방송이 갑자기 끊어져서 다들 걱정하셨을 텐데요. 큰일은 없었습니다. 경찰에 신고를 해서 현장도 잘 인계했고요. 어제저녁에 제 채널이 공중파

뉴스에 나오던데, 많은 분들이 보신 모양입니다. 벌써 구독자가 8만 명이 더 늘어났어요. 이제 저도 거의 20만 유튜버가 되어 가고 있습니다. 아마 오늘 라이브 방송이 끝나면 더 많은 분이 제 채널을 구독해 주실 것이라 믿습니다. 왜냐하면 오늘 전 김성래 실종 사건, 아니, 살인 사건의 범인과 만나서 담판을 짓고 왔거든요.

이건 그 녹취록입니다. 스마트폰으로 녹음을 해서 음질이 그리 고르지 못하더라고요. 그래서 제 말과 범인의 말에 일일이 자막을 쓰는 작업을 하느라 조금 늦었네요. 영상은 라이브 방송 후 따로 채널에 올려 두도록 하겠습니다. 그럼 재생하겠습니다.

[아저씨, 감사합니다. 밖에서 얘기를 나눠도 되는데, 집까지 초대해 주시다뇨.]

[내가 도훈 씨의 대단한 팬이니까요. 이야기를 나눌 장소가 마땅치 않으면 집으로도 부를 수 있죠. 어디 보자, 마실 거라도 주고 싶지만, 집에 마땅히 마실 게 없군요. 미안해요.]

[괜찮아요. 여기 동네 문화가 좀 그런가 봐요.]

[응?]

[아니요, 별거 아닙니다.]

[젊은 사람 농담은 잘 모르겠네요. 그나저나 어제 유튜브 잘 봤어요. 실종 사건의 시체를 찾다니, 정말 대단해요. 경찰도 해내지 못한 거 아닌가요. 대단한 명탐정입니다. 그런데 왜 갑자기 뚝 방송이 끊어진 거죠?]

[아아, 그건 잠시 생각할 게 있어서요. 명탐정…… 그렇죠, 저는 명탐정

이죠. 그런 명탐정인 제가 왜 아저씨를 만나자고 했는지 충분히 짐작이 가시죠?]

[뭔가요? 갑자기 정색을 하니 조금 당황스럽네요……. 글쎄, 아주 궁금하군요…….]

[명탐정은 반드시 사건이 끝난 순간 범인과 일대일로 이야기를 나눠야 해요. 범인 앞에서 잘난 척을 하는 것, 그게 명탐정의 조건 중 하나예요. 그러니 잠시만 저한테 좀 어울려 주세요. 아저씨는 지난 20일 자정 즈음에 무얼 하셨나요?]

[10시 정도만 되면 곯아떨어져서 자고 있을 시간이겠죠.]

[그런가요? 제 생각에는 가십월드, 김성래를 살해했을 것 같은데요?]

[……저를 의심하는 건가요? 갑자기 왜요?]

[……아저씨는 한지은 씨를 아시죠? 이 동네에서 화재가 난 창고 바로 옆집에 사는 제 또래의 여자.]

[…….]

[한지은 씨는 아저씨가 지난 석 달 동안 자신을 따라다닌 스토커라고 말했어요. 무려 석 달이면 얼굴은 보지 못해도 직감적으로 알 수 있는 무언가가 있는 걸까요? 입을 꼭 다무시네요. 그럼 제가 계속해서 말할게요. 제가 지금부터 하는 모든 이야기는 아저씨가 한지은 씨의 스토커라고 가정을 하고 이야기를 하는 거예요.]

[내가 스토커라는 가정?]

[그렇지 않으면 아저씨가 범행을 저지른 동기가 설명되지 않으니까요. 이

가정은 살인 사건을 성립시키기 위한 가정인 거예요. 명탐정의 추리, 들어 주실 거죠? 다시 20일 자정으로 넘어갈게요. 그 시각, 김성래는 어떠한 이유로 한지은 씨에게 위해를 가하려고 했어요. 한지은 씨는 자정 즈음 누군가 자신의 집을 침입하려는 듯한 소리를 들었다고 했고요. 아저씨는 언제나 그렇듯 한지은 씨의 집 주변을 맴돌고 있었고, 그녀의 집에 침입하려던 어느 괴한을 보았어요. 그리고 괴한을 공격했어요. 왜냐하면 사랑하는 한지은을 지키기 위해서.]

[……]

[결국 살인을 하고 만 아저씨는 시체를 처리하기 위해 차가 필요했어요. 아무리 밤이라지만 길거리에 둘 수는 없었겠죠. 그래서 아주 잠깐 옆집의 창고에 옮겨 두었지요. 그리고 아저씨는 자신의 차를 가지고 다시 돌아왔어요. 그 창고에 쉽게 접근할 수 있다는 건 한지은의 집을 맴돌면서 알게 된 것이었겠죠. 아저씨는 우연히 정체 모를 남자를 죽이게 된 거예요. 물론, 그 남자의 정체가 궁금했을 거예요. 그래서 시체의 지문으로 괴한의 스마트폰을 열어 봤어요. 메신저부터 시작해서 온라인 계정 등 개인 정보를 알 수 있는 어플을 전부 확인했어요. 깜짝 놀랐죠. 아저씨가 죽인 남자는 다름 아닌 가십월드였던 거예요.]

[가십월드…….]

[계속해서 말하지만, 이건 아저씨가 스토커라는 하나의 가정이에요. 가십월드는 한지은을 아주 곤란하게 만들고 있는 사람이었어요. 아저씨는 가십월드, 김성래를 아주 잘 죽였다고 생각해요. 그런데 이상한 일이 벌어졌어요.

가십월드는 자신의 채널에서 라이브 방송을 진행하고 있었어요. 아저씨는 직감했어요. 그가 누군가에게 대역을 맡기고 여기로 찾아왔다는 걸 말이죠. 그래서 그 대역을 하는 남자까지 죽이기로 했어요.]

[잘 이해가 안 되네요. 내가 왜 굳이 그 사람까지 죽였어야 했나요?]

[아저씨는 생각했을 거예요. 대역을 맡은 사람이 김성래가 죽었다는 걸 알고 경찰에 신고를 한다. 한지은은 또다시 세상의 구설수에 휘말리게 된다. 나와 그녀만의 행복하고 평온한 세상이 깨져 버린다. 저도 잘 이해가 되진 않지만, 어떻게든 스토커의 사고방식을 따라가 볼게요. 김성래의 자택을 아는 방법은 그리 어렵지 않았어요. 스마트폰 안에는 한 사람의 세상이 전부 들어 있어요. 개인 정보에 대한 접근은 지문으로 전부 처리가 되고, 아저씨에게는 김성래의 지문이 있었어요. 지문 주인은 물론 죽었지만요. 최근까지 나눈 사람들과의 메시지만 찾아봐도 대개의 정보는 금세 알 수 있어요. 내비게이션, 택시, 택배 어플만 살펴도 집 정도는 아주 쉽게 알 수 있죠. 자택의 현관문을 쉽게 통과한 것도 스마트폰 덕분이에요. 요즘은 스마트폰 안에 잠금을 해제하는 키를 넣을 수도 있으니까요. 창고에 숨겨 놓은 시체를 다시 차로 옮긴 아저씨는 1시경, 대역인 사람을 습격해서 죽여요. 마찬가지로 그의 시체 역시 차로 옮겨요. 그리고 아저씨는 다시 운전을 해서 N시와 B시 사이의 어느 공사장에 시체를 유기해요. 두 명을 살해하고, 두 명을 유기한 거예요.]

[흐음, 내가 한지은의 스토커라…….]

[실망한 듯한 말투네요.]

[확실한 증거는 없잖아요.]

[증거는 경찰이 찾을 거예요. 시체가 발견된 이상 부검을 통해서 확실한 증거를 발견하겠죠. 하지만 제가 제시할 수 있는 증거가 두 개 있어요. 첫 번째는 진달래꽃의 꽃잎이에요.]

[진달래? 아아…….]

[시체의 바짓단에 꽃잎이 붙어 있었어요. 아저씨가 아저씨의 차량에 시신을 실었다는 증거로 볼 수 있어요. 참고로 제가 아저씨의 차에 탔을 때 붙은 꽃잎은 아직 저희 집 청소기 안에 들어 있어요. 제가 가진 꽃잎과 시신에 붙은 꽃잎을 대조해 볼 수 있어요.]

[……. 두 번째는?]

[두 번째는 시체가 발견된 장소예요. 제가 시체를 어떻게 찾게 되었는지 궁금하시죠? 20일 새벽은 H동 전체에 경찰이 잠복을 하고 있었어요. 오직 수요일마다 강도 사건을 벌이는 강박적인 강도가 있었고, 경찰은 그 강도를 잡기 위해 혈안이 되어 있었으니까요. 아저씨도 그 점을 예상하고 계셨을 거예요. 그래서 아저씨는 제 유튜브를 참고했어요. 제가 예측한 곳에 강도가 반드시 나타날 것이라 믿고 있었어요. 강도를 잡기 위해 경찰들도 따라서 움직일 것이라 생각하고 있었고요. 그래서 제 유튜브를 참고한 거예요. 왜냐하면 아저씨는 저의 대단한 팬이니까요. 저의 말은 모두 믿을 정도로 말이죠.]

[잘 이해가 안 되는데, 그게 뭐가 어쨌다는 거죠? 내가 시체를 옮기는 범인이라면, 조금이라도 도망칠 수 있는 가능성을 높이기 위해서 도훈 씨 유튜브를 참고할 것 같은데요?]

[저의 아주 가까운 사람이 다름 아닌 경찰이에요. 저는 경찰이 제 유튜브

를 참고했는지 물어봤어요. 그 사람은 절대 그럴 리가 없다고 했어요. 저는 확실하게 알아봐 달라고 무릎까지 꿇고 부탁했어요. 그리고 끝끝내 경찰 내부의 정보를 얻었어요. 결과가 어땠는지 아세요?]

[……어땠죠?]

[경찰은 제 유튜브는 절대 참고하지 않았다고 해요. 참 너무하죠? 저희가 그렇게 고생해서 돌아다녔는데 말이에요. 그러니까 아저씨가 운전을 하는 동안 경찰의 잠복에 걸리지 않은 이유는 저의 덕분이 아닌 그저 정말로 운이 좋았기 때문이에요. 즉, 제가 정해 놓은 동선대로 운전을 해서 필연적으로 그 공사장에 다다를 수밖에 없었던 사람이 범인인 거예요. 그리고 범인은 저를 믿고 신뢰하는 아저씨뿐이에요.]

[…….]

[…….]

[……재미있네요. 자기만 알고 있는 하나의 정보를 가지고 거꾸로 추리를 해 본 거군요. 방식이 참 재미있어요. 역시 명탐정 도훈입니다. 그렇군요, 우연이라. 그날은 참 우연이 많은 날이었군요. 하지만 한 가지, 단 한 가지가 틀렸습니다.]

[네, 알고 있어요. 그렇게 거꾸로 추리를 하는 방식으로 저는 진실을 알 수 있었어요. 제가 아저씨가 스토커란 것을 가정했던 이유는 아저씨가 두 사람을 살해할 이유를 억지로 만들기 위해서였어요. 스토커라는 동기라도 가져다 붙이지 않으면 이 살인은 말이 되지 않으니까요. 하지만 저는 깨달았어요. 아저씨가…….]

잘 들으셨나요, 여러분? 이 대화가 끝난 후, 범인은 경찰에 자수를 합니다. 제가 직접 경찰서에 인도를 했기 때문에 잘 알고 있습니다. 자세한 수사 결과는 머지않아 경찰에서 발표를 할 것입니다. 범인의 진짜 동기도 말이죠.

오늘 영상은 다시 편집해서 유튜브에 업로드해 놓기로 하겠습니다. 이상, 명탐정 도훈이었습니다. 감사합니다.

7

나는 푸른 장미꽃을 들어 보이며 말했다.

"……아저씨가 스토커가 아니라는 것, 그리고 김성래와 김성래의 대역을 맡은 그 사람에게 복수를 하고 싶었다는 것. 이게 그 증거예요."

유성범은 모르겠다는 표정이다.

"공사장에서 시체를 찾았을 때, 시체 옆에는 푸른색 장미가 놓여 있었어요. 이 장미는 아저씨가 놓아두신 거죠?"

잠시 머뭇거리던 그는 천천히 고개를 끄덕였다.

"왜 놓아두신 거죠?"

"이유를 말할 필요는 없을 것 같네요."

"그럼 제가 대신 말해 드릴게요. 아저씨는 누군가의 도움을 받았어요. 그 누군가는 아저씨가 원하는 바를 이루어 주기 위해서 아저씨에게 살인에 대한 조언을 해 주었을 거예요. 대신 시신 옆에 푸른 장미, 자연계에서는 절대 존재하지 않는 그 특별한 장미를 놓아두면 된다는 말을 했겠죠. 그렇죠?"

그는 순간 나의 눈을 피했다. 그것은 분명한 긍정의 의미를 담고 있었다.

"그 사람과 만났나요?"

"······."

그는 대답하지 않았다.

"어떤 사람이었나요? 남자였나요? 여자였나요? 나이는요?"

"······."

그는 역시 답하지 않았다. 나는 깊은 한숨을 내쉬었다. 항상 이런 식이었다. 푸른 장미에게 도움을 받아 살인을 한 사람들은 모두 푸른 장미에 대한 정보를 발설하지 않는다. 늘 그랬다.

"아저씨, 저의 부모님은 오래전에 돌아가셨어요. 누군가에게 살해당했어요. 그리고 부모님의 시신 곁에는 그 푸른 장미가 놓여 있었어요."

그는 깜짝 놀란 듯 나를 바라보았다. 나는 계속해서 말을 이었다.

"그 이후 저는 그가 연관된 모든 살인 사건을 조사했어요. 그리고 어떠한 공통점을 찾았어요. 그 사람은 타인의 복수를 돕는 사람이에요. 자신이 결코 나서지 않고, 뒤에서 복수를 이룰 수 있는 방법만을 제시해 줘요. 저는 푸른 장미의 그런 특성을 알고 있기 때문에 이 살인 사건 전부를 다르게 볼 수 있었어요.

먼저 살해 동기부터 바꿔어요. 살해 동기는 스토킹 따위의 우발적인 범행이 아니에요. 어느 정도 계획된 복수예요. 그것이 도대체 무슨 계획인지 생각해 봤어요. 석 달 전, 누군가 그녀의 아이디를 해킹해서 그녀의 이름으로 가십월드에게 메시지를 보내요. 당신이 저지른 범죄를 알고 있다고요. 그것이 이 익명 유튜버를 끌어내기 위한 방법이었어요.

아저씨는 확신하고 있었어요. 김성래가 반드시 한지은을 살해할 것이라고요. 그래서 석 달 동안 한지은 씨의 주변을 맴돈 거였어요. 스토킹이 아닌 그녀를 지키기 위해서요. 자신의 욕심 때문에 그녀가 다쳐서는 안 되었으니까요. 그렇죠?

아저씨는 제 채널의 영상 중 자동차 화재 소실 사건의 영상에 잘 봤다는 댓글을 남기셨어요. 저는 워낙 댓글을 보지 않아서 기억에서 금세 지웠는데, 다시 보니 이런 말이 쓰여 있었어요. '잘 봤습니다. 덕분에 살아갈 이유가 생겼습니다.'라고요.

2년 전의 아저씨는 죽을 생각이었나요? 그런 와중 제가 올린 영상을 보셨군요. 죽지 않고 살 이유는 무엇이었을까요? 아까 말했듯 푸른 장미는 복수를 도와주는 사람이에요. 아저씨도 복수 때문에 움직였겠죠. 그리고 자동차 화재 소실 사건의 피해자는 10대 여성이었어요. 그 여성은 역시, 아저씨의 딸이었군요. 아저씨의 진짜 동기, 그것은 강간당하고 살해당한 딸의 복수예요."

나의 말을 가만히 듣고 있던 그는 잠시 천장을 올려다보았다.

그리고 다시 나를 보며 눈을 가늘게 떴다. 나와 처음 만났을 때 보여 준, 그 눈이 부시다는 듯한 표정이었다.

"8년 전, 딸의 시신이 발견된 이후 우울증을 앓던 아내가 자살했습니다. 저는 못난 아버지이자 남편입니다. 사랑하는 사람들을 따라 죽을 용기는 없었으니까요. 그저 숨만 붙은 채로 살았습니다. 하루하루가 커다란 고통이었죠. 2년 전, 저는 도훈 씨가 만든 영상을 보았습니다. 영상을 본 순간 생각했습니다. 범인은 분명 살아 있다. 그러니 무슨 일이 있어도 복수를 해야만 한다고요.

이 사람을 어디서 어떻게 찾을 것인지는 알 수 없었습니다. 그러던 와중 반년 전, 이것 좀 보라면서 일하던 곳의 동료가 저에게 어느 영상을 보여 주었습니다. 나체의 여자가 누군가에게 강압적으로 성폭행을 당하는 영상이었죠. 저는 여성의 나체를 보았습니다. 꼭 범선의 모양처럼 생긴 그 특이한 화상 흉터. 그 흉터를 어떻게 잊을까요. 제가 다리미를 사용하다 실수로 떨어뜨려서 어린 딸아이의 몸에 생겼던 화상 흉터입니다. 저는 확신했습니다. 이 영상의 원본을 가지고 있는 사람이 범인이라고요.

피포라는 여성 유튜버는 그 영상이 가짜라고 주장했습니다. 딥페이크, 그런 식으로 합성을 할 수 있는 기술이 있다고요. 또한 영상의 제작자가 가십월드라는 주장을 합니다. 저는 그 가십월드가 10년 전 저의 딸아이에게 몹쓸 짓을 한 범인이라 생각했습니다. 그리고 푸른 장미는 저에게 가십월드를 끌어낼 방법을 알려 주었습니다. 한지은을 이용해서요. 생각대로 김성래는 한지은을 찾아오게 됩니다.

한지은의 집으로 침입하려던 그를 제압하고 창고로 데려가서 직접 여러 가지를 물어보았습니다. 현재 자신의 대역을 해 주고 있는 남자에게 죄를 뒤집어씌우더군요. 김성래도, 김성래의 대역을 맡은 사람도 과거 사건에 연관이 되어 있다는 것을 확인하였습니다. 그것만으로도 죽일 이유가 되었습니다."

"만족하시나요?"

"아주 행복합니다. 결코 오지 않았을 구원을 받은 느낌입니다. 도훈 씨에게도 푸른 장미에게도 진심으로 감사합니다."

그는 아주 행복하다는 얼굴로 미소를 지었다.


8


사건은 모두 끝났다. 김성래 실종 사건은 살인 사건으로 종결되었다. 경찰이 발표한 피해자는 두 명, 김성래, 주승종이었다. 유성범의 자수 이후, 경찰은 사건을 마무리 지으며 과거 김성래와 그의 파트너 주승종이 벌였던 일들을 발표했다. 그들이 성폭행한 이는 유승범의 딸뿐만이 아니었다. 몇 명의 여성이 더 있었고, 그녀들을 성폭행하며 촬영한 동영상은 김성래의 컴퓨터에서 발견되었다. 동영상 속 여성들은 여전히 실종 상태라고 했다. 아마도 살해 후 유기한 것이 들키지 않았으리라 보였다.

　피해자의 유가족들은 복수할 기회조차 없다고 울부짖었다. 그 모습이 그대로 뉴스에 보도되었다. 또한 경찰은 전직 간호사 출신인 주승종이 근무했던 병원의 환자 명단을 확보했다는 것도 발표했다. 이로 미루어 보아 경찰은 아마 더 많은 피해자가 있을 것이라 판단하고 본격적으로 새로운 수사를 시작하려는 것 같았다.

　사람들은 유성범의 복수에 충분히 공감했다. 자신의 딸을 성폭행한 후 죽인 것도 모자라 그 영상을 이용해서 화젯거리를 만들려고 하다니. 그들의 범죄가 너무나 악질적이라고 비난했다. 잘 죽였다고 말하는 사람도 많았다.

　이 사건에서 행복을 조금이라도 되찾은 사람이 있다면 한지은일 것이다. 그녀는 나에게 매일 고맙다는 메시지를 보냈다. 정말로 명탐정인 내가 사건을 해결해 주었다고 말이다.

　"지은 씨, 유성범 아저씨를 너무 미워하진 말아 주세요. 석 달 동안 지은 씨를 따라다닌 것도 맞고, 지은 씨 메일로 김성래를 꾀어낸 것도 맞긴 하지만……."

　연쇄 강도 사건에서 그녀가 무사했던 이유는 어쩌면 유성범이 한지은의 자택 주변을 맴돌고 있었기 때문인지도 몰랐다. 그 이야기를 하자 잠시 말이 없던 한지은은 조용히 알겠다고만 했다.

　나는 유성범과의 대화의 일부를 유튜브에 업로드했다. 다만 푸른 장미에 관한 내용은 유튜브에 올릴 수 없었다. 내가 푸른 장미에게 가까이 다가갔다는 것을 눈치채면 곤란하니까.

"도훈 씨, 사랑하는 사람을 잃은 슬픔은 저도 잘 알아요. 그러니 이것이 제가 드릴 수 있는 마지막 선물입니다. 푸른 장미는 한 번 쓴 메일은 다시는 사용을 하지 않는 걸로 알아요. 저도 인터넷에서 아주 우연히 보게 되었으니까요. 만날 수 있을지 없을지 모르지만 행운을 빌게요."

함께 경찰서로 가기 전, 유성범은 어느 메일 주소를 메모에 적어 나에게 주었다.

'반드시 죽이고 싶은 사람이 있어요. 당신이 도와준다는 것을 잘 알고 있어요. 부탁드릴게요. 부디 사랑하는 사람의 복수를 도와주세요.'

나는 가계정으로 푸른 장미에게 메일을 보냈다. 과연 회신이 올 것인가. 인터넷 창을 켜 놓은 채 나는 몇 시간이고 컴퓨터 앞을 떠나지 못했다. 그리고 '띠링', 메일이 도착했다는 그 알림을 받은 나는 의자에서 벌떡 일어났다.

푸른 장미는 나와 만나고 싶으니 내게 약속 장소와 시간을 정해 달라고 했다. 나는 어금니가 아플 정도로 이를 꽉 앙다물었다. 웃음을 참는 것인지 울분을 참는 것인지 나 스스로도 알 수 없었다. 왔다. 드디어 온 것이다. 드디어 이어진 것이다. 드디어……!

약속 시간은 오후 3시, 장소는 내가 아주 잘 알고 있는 번화가의 어느 조용한 카페다. 30분 먼저 약속 장소에 도착한 나는 두근거리는 심장을 진정시키느라 진땀을 빼고 있었다. 그리고 약속 시간 10분 전, 나는 누나에게 전화를 걸었다.

"누나, 나야."

내가 가지고 있는 나의 가장 큰 인맥. 명탐정의 가장 친한 경찰. 그 인맥을 드디어 쓸 시간이 찾아왔다.

[무슨 일이야?]

"시간 없으니까 빨리 얘기할게. 나, 지금 푸른 장미랑 만나기로 했어."

한순간 수화기 너머의 공기가 얼어붙는 것이 느껴졌다.

[도훈아, 너 거기서 당장……]

"누나, 전에 내가 누나랑 갔던 카페야. '감성 로스팅' 기억하지? 약속 시간은 3시. 하지만 난 길 건너 그 반대편 카페에 있어. 여기서는 그 카페에 들어오고 나가는 손님을 전부 다 볼 수 있으니까. 푸른 장미가 먼저 도착하고 자리를 잡겠지. 나는 그때 들어갈 거야. 누나도 얼른 와 줘. 카페가 있는 건물은 출입구가 하나야. 거기만 막으면 빠져나갈 곳은 없으니까, 거길 부탁할게. 누나, 이제 다 왔어. 10년 만에 겨우 여기까지 온 거야. 그럼 부탁할게."

말을 마친 나는 일방적으로 전화를 끊었다. 10년. 그래, 10년이다. 문득 머릿속에서 10년 전의 기억이 빠르게 재생되었다.

10년 전인 9월 10일, 나의 생일날의 일이다. 아빠도 엄마도 집에 일찍 돌아오니, 학교가 끝나자마자 귀가하기로 아침부터 약속이 되어 있었다. 누나는 멀리서 대학을 다니기 때문에 어차피 올 수 없으니 외식은 세 명이서 할 예정이었다. 아주 즐거운 생일이 되리라 생각했다.

하지만 나는 곧장 집으로 돌아가지 않았다. 생일을 축하해 주는 친구들과 어울려 PC방에 가서 게임을 하며 몇 시간이나 늦게 집에 돌아갔다. 엄마에게 정말 미안하다는 메시지를 보내 놓아서 괜찮으리라 생각했다. 저녁밥은 한두 시간쯤 늦게 먹어도 괜찮았다. 늘 그래 왔으니까.

친구들과 헤어지며 엄마에게 전화를 걸었는데 엄마는 전화를 받지 않았다. 아빠도 마찬가지였다. 메시지도 확인하지 않았기에 어떻게 된 것인지 나는 영문을 알 수 없었다.

현관문을 열고 들어갔을 때, 가장 먼저 눈에 들어온 것은 날카로운 날붙이로 난도질당한 아빠의 시신이었다. 나는 울부짖으며 집 안을 뛰어 엄마를 찾았다. 그리고 엄마는 침실에서 숨진 채 발견되었다. 엄마 역시 온몸이 난도질당한 상태였다. 엄마가 마음에 들어 하는 하얀 침대보는 아주 짙은 붉은색으로 물들어 있었다.

눈앞이, 온 세상이 붉은색으로 핑핑 돌기 시작했다. 그 와중에 눈부실 정도로 파란 장미꽃 한 송이가 눈에 들어왔다. 그게 내 생일날 기억의 끝이다. 범인은 끝내 잡히지 않았다. 그렇게 사건은 미궁 속으로 빠졌다. 누나가 경찰이 된 이유, 그리고 내가 명탐정이 되려는 이유가 그것이다. 다름 아닌 범인을 잡기 위해서.

그런데 이상했다. 약속 시각에서 10분이 지났는데 '감성 로스팅'은 아직 아무도 드나들지 않았다. 돌연 도로 아래에 아주 빠르게 여러 대의 차량이 모여들었다. 그리고 차량에서 뛰쳐나온 사람들이 건물 안으로 뛰어 들어가는 것이 보였다. 경찰이 출동한 것이다. 아니, 하지만······.

그때 스마트폰이 울렸다. 화면에는 발신 번호 표시 제한의 문구가 나타났다. 직감적으로 푸른 장미라는 생각이 들었다. 나는 주변을 살핀 후 천천히 스마트폰을 귓가에 가져다 댔다.

"······여보세요?"

[명탐정 도훈 씨, 처음 인사드리네요. 반갑습니다. 저희가 만나기로 한 장소에는 경찰이 들이닥친 모양이군요. 큰일 날 뻔했습니다. 물론, 저는 처음부터 나갈 생각은 없었지만요.]

음성 변조된 목소리. 성별조차 분간할 수 없다.

"푸른 장미, 인가?"

[그렇습니다.]

"물론 나를 알고 있는 거겠지?"

[그럼요. 명탐정 도훈의 유튜브 잘 보고 있습니다. 제가 조언

을 드렸던 분들이 범인 사건들을 많이 다뤄 주셨더라고요. 아주 많이 감사드립니다. 저를 이렇게 열정적으로 사랑해 주는 사람이 있다는 건 참 고마운 일입니다. 물론, 구독과 좋아요는 아직 누르진 않았습니다만.]

농담을 할 셈인가. 나는 한순간 가슴 깊은 곳에서 끓어오른 무언가가 폭발하려는 것을 겨우 억눌렀다.

"……나를 알고 있다면, 내가 너를 찾으려고 하는 이유도 알겠지?"

[물론입니다.]

"그래. 10년 전, 강호근, 김정아, 나의 부모님을 살해한 범인을 알고 있을 거야. 그 사람은 누구지?"

[말씀드릴 수 없군요. 의뢰인과의 신뢰가 있기 때문이죠. 다만 한 가지 힌트를 드리자면, 어쩌면 그 범인은 명탐정 도훈 씨 가까이 있었을지도 모릅니다.]

"하나 마나 한 말을 하다니……. 너는 어째서 그런 짓을 하는 거지? 왜 살인을 돕는 거지?"

[저는 도움을 필요로 하는 사람에게 아주 작은 손길을 내민 것뿐입니다. 계획을 알려 주는 것 정도죠. 그걸 실행하는지 마는지는 그 사람에게 달려 있는 것입니다. 저는 그 부분까지도 존중합니다. 유성범 씨를 예로 들어 볼까요. 저는 김성래를 끌어내는 법, 그의 공범자를 찾는 법, 시체를 유기할 장소까지는 아이디어를 드렸습니다. 하지만 시체를 유기할 곳은 임의로 바꾸시더군

요. 저는 그래도 상관없습니다. 그저 의뢰인의 마음이 풀렸기만을 바랄 뿐이죠.]

"의뢰인의 마음이라고?"

[그렇습니다. 세상에는 나쁜 사람이 정말 많습니다. 저는 의뢰인이 그런 사람들을 잘 살해하도록 조언만 드릴 뿐입니다. 그리고 저를 쫓던 도훈 씨도 이젠 잘 아실 겁니다. 도훈 씨의 부모님은 죽어 마땅한 사람이었던 걸요. 누군가에게 살의를 살 만큼 말이죠. 물론 도훈 씨는 잘 모르시겠지만요. 그래서 그날 두 사람이 집에 있는 시간과 현관문의 비밀번호를 의뢰인에게 전달했습니다. 그날은 도훈 씨의 생일이었습니다. 아버지도 어머니도 일찍 퇴근을 하셨죠. 시간은 5시, 현관문 비밀번호는 도훈 씨의 생일이었죠.]

"뭐라고?"

손에 쥔 스마트폰이, 온몸이 분노로 부르르 떨려 왔다. 이제 더는 참을 수 없었다. 나는 목소리를 억누르며 울분을 담아 말했다.

"……나는 너를 찾을 거야. 그래야 내 부모님을 살해한 범인을 만날 수 있으니까. 반드시 실토하게 할 거야. 내 손으로 직접!"

수화기 너머의 푸른 장미는 아주 재미있다는 듯 웃었다. 그 목소리가 무척 기괴하게 들렸다.

[아주 기대됩니다. 그렇다면 저희는 언젠가 다시 만나겠군요. 그럼 그날을 기약하며 더 오래 통화를 할 필요는 없을 것 같습니

다. 다시 만날 때까지 부디 건강하시길…….]

"잠깐!"

전화는 예고도 없이 뚝, 하고 끊어졌다. 나는 스마트폰을 쥔 손을 뚝 떨어뜨리곤 멍하니 길가를 내려다보았다. 건물을 우르르 빠져나온 경찰들이 이리저리 흩어지는 모습이 보였다. 나도 모르게 헛웃음이 나왔다.

나는 입술을 꽉 깨물었다. 혀끝에 아릿한 피 맛이 느껴졌다. 그래, 좋다. 누가 이기나 해 보자. 나는 포기하지 않는다. 푸른 장미를 잡을 때까지 무슨 일이 있어도 포기하지 않는다. 그게 바로 명탐정에게 있어서 가장 중요한 조건이니까.

# 명탐정 6

**초판 1쇄 인쇄** 2022년 9월 27일
**초판 1쇄 발행** 2022년 9월 27일

**지은이** 홍정기 김영민 황세연 조동신 정명섭 공민철
**기획 및 편집** 주자덕
**윤문 및 교정** 김미숙
**발행인** 주자덕
**인쇄** 미래피엔피
**펴낸 곳** 아프로스미디어
**출판등록** 제 2016-000073호
**주소** 서울특별시 성동구 금호로 173, 101동 904호
**전화** 02-6352-5133
**팩스** 02-6455-5891
**홈페이지** www.aphrosmedia.com
**전자우편** spitz70@aphrosmedia.com
**ISBN** 979-11-89770-29-7 (03810)